Seducir a un bribón

TERCIOPELO

Seducir a un bribón

Sabrina Jeffries

Traducción de Iolanda Rabascall

TERCIOPELO

Título original: *Never Seduce a Scoundrel*
Copyright (c) 2006 by Deborah Gonzales
Spanish Language Translation © 2006, by Libros del Atril, S.L.

Primera edición: abril de 2007

© de la traducción: Iolanda Rabascall
© de esta edición: Libros del Atril, S.L.
Marquès de l'Argentera, 17. Pral.
08003 Barcelona
info@terciopelo.net
www.terciopelo.net

Impreso por Litografía Roses, S.A.
Energía 11-27
08850 Gavá (Barcelona)

ISBN: 978-84-92617-12-8
Depósito legal: B. 932-2009

A la maravillosa Suse.
No podría haberlo hecho sin ti.

Capítulo uno

Londres, junio de 1818

Querido primo Michael:

Siento comunicaros que durante las próximas semanas tendré que ausentarme de la escuela ya que estaré en Londres, encargándome de lady Amelia mientras su padre y su madrastra se hallan fuera de la ciudad. Os agradeceré que no dejéis de enviarme vuestras misivas. Necesitaré vuestros sabios consejos, puesto que lady Amelia es una muchacha extremadamente avispada (me atrevería a decir que casi tanto como yo), capaz de organizar un lío antes de que culmine la temporada de fiestas.

Vuestra,
Charlotte

¿*Q*uién iba a imaginar que las fiestas pudieran resultar tan tediosas?

Lady Amelia Plume no, desde luego. Cuando llegó a Londres por primera vez proveniente de la pequeña localidad costera de Torquay, cada encuentro social, cada baile, cada velada, había resultado una grata caja de sorpresas.

Pero de eso hacía ya dos años, antes de que se diera cuenta de que todas las recepciones eran iguales. Y el baile anual de primavera que organizaba la vizcondesa viuda de Kirkwood no era una excepción, a juzgar por el hervidero de gente que Amelia escudriñó mientras entraba en la sala de fiestas engalanada con rosas. La misma gente insípida de siempre: dandis afeminados, señoronas chismosas y jovencitas la mar de pánfilas. Ninguna dama aventurera con un mínimo de decoro se dignaría a quedarse.

Lamentablemente, le había prometido a lady Venetia Campbell, su amiga escocesa, que así lo haría. Por lo menos Venetia, a la que avistó a escasos metros, sabía cómo animar una velada tediosa.

—¡Gracias a Dios que has venido! —exclamó Venetia mientras se le acercaba—. Me estaba muriendo de aburrimiento. Aquí no hay nadie que valga la pena.

—¿Nadie? —inquirió Amelia, exagerando su decepción—. ¿Ningún embajador ni ningún explorador recién llegado del Pacífico? ¿Ni siquiera un cantante de ópera?

Venetia se echó a reír.

—Me refería a algún hombre interesante.

Para Venetia, eso significaba un hombre que rezumara inteligencia. No era que la jovencita no pudiera elegir al candidato que más le gustara, inteligente o no, entre el enjambre de hombres allí presentes; además de ser una heredera obscenamente rica, poseía la clase de belleza que volvía locos a los hombres, con sus trenzas negras y su piel sedosa y sus pechos más bien… más bien voluminosos.

Al lado de Venetia, Amelia era abominablemente normal: de regular estatura, y con una piel y un tono nada destacables. Su figura normal y corriente jamás llegaría a inspirar rapsodias, y su melenita castaña no se decidía a ser ni rizada ni lisa.

Pero por lo menos tenía bastante volumen de pelo, y lo mantenía lustroso con una pomada y una loción de madreselva de su madrastra americana. Los ojos de Amelia no eran del color verde de sirena de Venetia, pero los hombres los describían como vivaces, y sus pechos normalmente conseguían atraer la atención.

En resumen, Amelia también poseía su cuota de encantos modestos… y de pretendientes modestos. Cierto, a la mayoría de los hombres sólo les interesaba su dote nada modesta y su destacada posición como hija del conde de Tovey. De todos modos, ella no albergaba intenciones de casarse con ninguno de ellos, ni con el marqués de Pomeroy, un general ya retirado que iba detrás de ella y de su fortuna, ni con el hijo de la anfitriona, el mismísimo vizconde Kirkwood, quien le había hecho proposiciones el año anterior.

Amelia aspiraba a una vida más aventurera; quería recorrer Turquía como lady Mary Wortley Montagu, o vivir en Siria como la legendaria lady Hester Stanhope.

—Bueno, la verdad es que sí que hay una persona aquí que ambas encontramos interesante; me refiero al primo americano de lord Kirkwood —manifestó Venetia al tiempo que hacía señas con la cabeza hacia un punto detrás de Amelia—. Parece ser que el comandante Lucas Winter está en Inglaterra por una misión con el Cuerpo de Marines de Estados Unidos.

Esperando encontrarse a un individuo curtido y con el pelo cano, Amelia siguió la mirada de Venetia. Entonces, lo miró fijamente. Por todos los santos, ¿cómo era posible que se le hubiera escapado semejante espécimen cuando había entrado?

El comandante Winter sobresalía en la abarrotada sala de baile como un halcón en medio de palomos, embutido en un elegante uniforme con casaca azul con ribete de galón de oro y un ancho fajín rojo que acentuaba su tersa cintura. Con sólo observar su figura, el corazón de Amelia empezó a latir más deprisa.

Y no era sólo el uniforme. Su pelo, sin ninguna cana, era del mismo color azabache que sus botas lustradas, y el tono dorado de su piel por el sol hacía que los otros caballeros parecieran positivamente anémicos a su lado. Todo en él evocaba días transcurridos en el mar, en medio de batallas en el Mediterráneo. ¡Cuántas aventuras debía de haber pasado!

—A eso le llamo yo un hombre —remarcó Venetia—. Los americanos saben crecer altos y con buen tipo, ¿no crees? Aunque para mi gusto, sus rasgos son un poco duros.

Cierto. La mandíbula de ese individuo era demasiado angular, y su nariz estrecha quedaba lejos de poder considerarse bonita. Además, seguro que cualquier caballero inglés criticaría esas cejas tan pobladas e indomables. Mas aunque su apariencia fuera otra, mientras ese hombre luciera esa mirada tan descarada y desafiante, continuaría pareciendo tosco.

Y fascinante.

—Aún no le ha pedido a ninguna chica que baile con él. —Un brillo de malicia apareció en los ojos de Venetia—. Pero te encantará esto: dicen que viaja con un verdadero arsenal. Si continúa insultando a nuestros soldados, a lo mejor tendrá que recurrir a su armería.

—¿Los ha insultado? —Maldición. Por haber llegado tarde, se lo había perdido todo.

—Le dijo a lord Pomeroy que los americanos ganaron el último conflicto con nosotros porque los oficiales ingleses muestran más interés en pasearse que en las pistolas.

Amelia soltó una carcajada. No le costaba nada imaginarse cómo se habría tomado el general ese comentario; especialmente viniendo de un hombre como el comandante, quien claramente veía Inglaterra como territorio enemigo, aún cuando la guerra había acabado tres años antes. Mientras el comandante Winter tomaba un sorbo de champán, se dedicó a sondear la sala de baile con un aire de desengañada frialdad, como si se tratara de un espía en una misión de reconocimiento.

—¿Está casado? —preguntó Amelia.

Venetia frunció el ceño.

—Ahora que lo pienso, nadie ha comentado nada al respecto.

—Espero que no lo esté. —Amelia lanzó otra mirada furtiva hacia él—. Debe de ser extraordinariamente valiente, para hacer frente a los viejos enemigos en su propio territorio.

—Y además debe de tener algo más que un palo de madera bajo la falda de cuadros —agregó Venetia, delatando su sangre escocesa.

Amelia la miró con recelo.

—Ya has vuelto a leer ese libro sobre los cuentos del harén, ¿verdad?

—Te aseguro que es francamente informativo. —Venetia bajó la voz hasta convertirla en un susurro—. ¿Qué opinas? ¿Tendrá el comandante una «espada» digna de ser venerada con la boca?

—¡Santo cielo! Ni siquiera yo soy tan desvergonzada como para especular sobre la «espada» del comandante.

Venetia se echó a reír.

—Tu madrastra estará encantada de oír eso.

Amelia también se puso a reír.

—Ay, mi pobre Dolly; ya está lo suficientemente desesperada conmigo como para que encima le dé más disgustos. ¡Cómo odiaba que su difunto esposo la llevara de un lado a otro por el mundo entero! Por eso no comprende que yo esté tan dispuesta a lanzarme a la aventura ante la mínima oportunidad de viajar.

Desvió nuevamente la mirada hacia el comandante. Los marines americanos se habían hecho famosos por luchar contra los piratas de Berbería antaño, pero quizá él era demasiado joven para haber intervenido en esas gloriosas batallas. ¿Cómo se las ingeniaría Amelia para conseguir que se lo presentaran y poder averiguar esa clase de detalles?

Lord Kirkwood miró en dirección a Amelia y murmuró algo a su primo, quien siguió su mirada. Era la primera vez que el americano posaba la vista en esa dirección, por lo que ella le dirigió una sonrisa cortés.

Pero él no sonrió. Achicó los ojos y se limitó a contemplarla con una repentina intensidad depredadora, acto seguido bajó la vista con impudencia, recorriendo lentamente su vestido de seda china amarilla con volantes rojos. Luego sus ojos recorrieron el camino en sentido contrario hasta que nuevamente los fijó en su cara, y Amelia sintió cómo sus mejillas se sonrojaban hasta abrasarla.

¡Por todos los santos! ¡Qué desfachatez! Ningún caballero inglés osaría mirarla como si la estuviera contemplando desnuda. Qué intrigante… Un delicioso escalofrío le recorrió la espalda.

Entonces, el comandante lo echó todo a perder: la saludó con un enérgico golpe de cabeza, y a continuación volvió a centrar toda su atención en su primo.

—Vaya, vaya. ¿Qué se puede deducir de ese proceder?

—¿Y dónde está tu madrastra esta noche? —le preguntó Venetia.

—Ella y papá se marcharon a Torquay ayer —contestó Amelia con aire ausente. Ahora que Dolly estaba esperando su primer retoño, su padre había adoptado la determinación de mimarla en la campiña inglesa—. Casi me obligaron a ir con ellos; afortunadamente, la señora Harris aceptó venir a la ciudad para cuidar de mí mientras no requieran sus servicios en la escuela.

Amelia y Venetia se habían graduado hacía dos años en la Escuela de Señoritas que regentaba la señora Harris, quien seguía mostrando un enorme afecto por sus pupilas —y el sentimiento era recíproco—. Por eso las dos muchachas iban a la escuela una vez al mes para tomar el té y asistir a una de las sesiones para señoritas. Había otro aspecto destacable respecto a la señora Harris: siempre recibía una gran cantidad de información de su misterioso benefactor, el primo Michael.

—Aunque es cierto que adoro a la señora Harris, no me gustaría tenerla como institutriz —se sinceró Venetia—. Jamás te permitirá un encuentro en privado con ningún caballero.

—¿Con qué caballero piensa tener Amelia un encuentro en privado? —profirió una voz quejumbrosa a sus espaldas.

Amelia resopló con disgusto. Se trataba de lady Sarah Linley, otra antigua compañera de la escuela. Amelia había intentado ser gentil con ella, pero la pedantería y el esnobismo de Sarah *la Pánfila* le provocaba una aversión invencible.

—Hola, Sarah. —Amelia trató de esbozar una sonrisa cortés—. Precisamente, estábamos hablando de la falta de hombres que valgan la pena esta noche.

—¿Cómo que no? —exclamó Sarah—. Pues yo veo a unos cuantos; lord Kirkwood, por ejemplo.

—Del que he oído que tiene intención de casarse con alguna rica heredera —apostilló Venetia.

Sarah se puso a juguetear con uno de sus rizos dorados.

—Y yo soy una rica heredera, ¿no es así?

La hija del banquero también tenía unas facciones exquisitas, similares a las de una muñeca de porcelana. ¡Qué pena que no tuviera nada similar a un cerebro, dentro de esa bella cabecita!

—Lord Kirkwood jamás se mostraría interesado por ti —espetó Venetia, sin preocuparse por ocultar su desagrado por su antigua compañera de clase. Por culpa de las frecuentes menciones de Sarah sobre «esos asquerosos escoceses», las dos jóvenes siempre estaban a punto para pelearse.

—Ah, pero es que ya lo ha hecho —terció Sarah, con voz condescendiente. A continuación suspiró con un marcado dramatismo—. Lamentablemente, a mis padres no les parece bien.

Papá llama a lord Kirkwood un «noble cantamañanas» y ansía que me case con un mercader de té que tiene mucho dinero. Sólo me han dejado asistir a esta fiesta porque sabían que el mercader también iba a venir. ¿Os lo podéis imaginar? ¡Yo! ¡Casada con un mercader de té, cuando podría ser lady Kirkwood!

—Estoy segura de que al vizconde se le partirá el corazón —soltó Venetia con sarcasmo.

—Oh, pero la historia no acaba aquí. —Sarah les lanzó una sonrisa llena de complicidad.

Amelia no deseaba alentarla, pero Venetia no soportaba la idea de que Sarah supiera algo que ella no sabía.

—¿De veras? —la animó Venetia.

Sarah se acercó más a ellas.

—Prometedme que no se lo contaréis a nadie.

Venetia intercambió una mirada fugaz con Amelia.

—Lo prometemos.

—La última vez que nos vimos, él me entregó una carta a escondidas, declarándome sus intenciones.

Amelia casi no podía ocultar su contrariedad. Había pensado que lord Kirkwood era un tipo inteligente, pero si realmente pretendía casarse con Sarah *la Pánfila*, entonces no le cabía duda de que ese hombre estaba totalmente loco… o más desesperado por el dinero de lo que aparentaba.

—Le he escrito una carta de respuesta. —Sarah adoptó un aire trágico—. Pero esta carta está destinada a permanecer en mi retículo para siempre. Mamá vigila el correo con recelo, y me ha amenazado con retirarme todas las joyas si bailo con lord Kirkwood. —Desvió la vista hacia el otro lado de la sala—. Pero es que además no hay manera de hablar con él por culpa de su abominable primo.

Las muchachas miraron hacia el comandante americano justo en el momento en el que éste intercambiaba unas palabras con otros dos convidados. De repente los ánimos se encendieron en el grupo, y lord Kirkwood tuvo que intervenir para aplacar a los caballeros.

Sarah suspiró.

—Cada vez que él intenta acercarse a mí, el rufián de su primo inicia una trifulca con alguien. Y yo tampoco puedo acercarme a él descaradamente para entregarle la nota. Alguien nos podría ver, y sé que papá me mataría.

—Pues dásela a un criado —soltó Venetia con un tono beligerante.

—¿Y si mamá se entera? ¿O y si el criado se lo cuenta a alguien? Mis papás probablemente me encerrarían en mi habitación o me aplicarían algún castigo igual de horrible.

—Podrías dejarla en algún sitio donde él no tenga problemas para encontrarla —sugirió Amelia—. Como en su estudio.

—Ahora mismo hay un puñado de hombres jugando a cartas en su estudio —explicó Sarah, con una mueca petulante.

—Pues deja la carta sobre su cama —propuso Amelia—, o mejor aún, bien visible, sobre la almohada. Ningún criado se atreverá a retirarla hasta que su señor la haya visto.

Sarah la contempló boquiabierta, y Venetia añadió, con un brillo malicioso en los ojos:

—Eso, Sarah, ¿por qué no subes a su habitación y dejas la carta en su cama?

—Sí, claro —farfulló Sarah de mala gana—. Vosotras lo único que queréis es que me meta en un lío para que así os podáis quedar con lord Kirkwood.

Amelia estuvo a punto de replicar que lord Kirkwood lo había intentado con ella antes de intentarlo con Sarah, pero no podía ser tan cruel.

—Sólo digo que la casa es pequeña, y que tienes la escalera de servicio, la que usan los criados —espetó Amelia tensamente—. Podrías subir sigilosamente y dejar la carta antes de que nadie repare en tu ausencia.

—Si es tan fácil, ¿por qué no lo haces tú? —la provocó Sarah—. Tú eres la que siempre sueña con aventuras.

Amelia se disponía a contestar, pero súbitamente se quedó pensativa. Era cierto, le encantaban las aventuras. Y subir con cautela, experimentar la fabulosa sensación de entrar sigilosamente en el cuarto de lord Kirkwood… ¿Por qué no? No pensaba hacerlo por Sarah, desde luego, sino sólo para averiguar si era capaz de salirse con la suya.

Tampoco parecía que fuera a suceder nada excitante esa noche. Además, probablemente la habitación del comandante se hallaba también en el piso superior. Podría entrar y echar un vistazo al arsenal que Venetia había mencionado.

—De acuerdo —repuso Amelia—. Dame la carta.

Sarah la miró sorprendida, pero Venetia no pudo reprimirse y objetó:

—No seas ridícula. No puedes entrar en el cuarto de un hombre.

—Es la mejor manera de asegurarnos de que leerá la carta de Sarah.

—Es la mejor manera de arruinar tu honra, si alguien te ve —espetó Venetia—. ¡Por el amor de Dios! ¿Y por qué no vas directamente hasta él y le entregas la carta delante de todos? Mira, como alguien te pesque, las habladurías harán añicos tu reputación.

—Si Amelia quiere ayudarme, ¿por qué no puede hacerlo? —protestó Sarah.

—Porque pueden pillarla, cabeza de chorlito.

—Si me pillan, me haré la despistada —explicó Amelia—. Pestañearé varias veces seguidas con cara de ingenua y simularé que me he perdido mientras buscaba el baño.

—No funcionará. No todos creerán que eres tan ingenua —la previno Venetia.

—Entonces procuraré que no me pillen. —Amelia se volvió hacia Sarah—. Dame la carta.

Sarah hundió la mano en su retículo, asió la carta y la depositó en la mano de Amelia.

Ignorando las continuas protestas de Venetia, Amelia se guardó el sobre en su retículo y luego se dirigió con paso ágil hacia el vestíbulo. Quizá no era exactamente la clase de aventura exótica con la que tanto soñaba, pero al menos era mejor que nada. Ahora sólo tenía que alcanzar la puerta que daba a las escaleras de servicio sin que nadie la viera…

Tuvo suerte. Las escaleras se hallaban cerca del baño, así que fue fácil elegir una puerta en lugar de la otra cuando nadie estaba pendiente. En el piso superior, la suerte no la abandonó: el ala de las habitaciones estaba despejada.

Pero ¿cuál de esas habitaciones era la de lord Kirkwood? Con todos los sentidos alerta por si se acercaba algún criado, se decidió a abrir las puertas en una rápida sucesión. La primera estancia olía a agua de rosas, así que dedujo que debía de ser la de la vizcondesa viuda; la segunda debía de ser la de la criada de la señora. Justo cuando Amelia iba a abrir la puerta que se hallaba al otro lado del pasillo, oyó voces provenientes de las escaleras. Con el pulso acelerado, se metió dentro de la habitación y cerró la puerta.

Mientras alguien pasaba por el pasillo, Amelia se dedicó a inspeccionar la habitación. Sin lugar a dudas se trataba del cuarto de un hombre. Un par de botas lustradas descansaban al pie de la cama, y del respaldo de una silla colgaba un cinturón que contenía una espada con una forma curiosa, enfundada. Lord Kirkwood debía de guardar su espada en un gabinete en el piso inferior, así que ésta debía de ser...

La habitación del comandante Winter.

Amelia se sintió invadida por una excitante sensación al saber que estaba haciendo algo prohibido. Ahora tendría la oportunidad de inspeccionar su arsenal. Y descubrir más cosas sobre ese individuo... dónde había estado, adónde iba...

Si estaba o no casado.

Con el pulso acelerado, se acercó a la jofaina que contenía los utensilios de afeitado y empezó a examinarlos. Como la mayoría de los militares, el comandante era un hombre escrupulosamente ordenado; las brochas de afeitar y el peine ofrecían un aspecto notablemente pulcro. Y lo mismo sucedía con la mesilla que hacía las veces de tocador, completamente ordenada. No vio abalorios, pero dentro de un cajón descubrió una curiosa daga con el mango de ébano.

Echó un rápido vistazo al armario; los trajes eran de buena calidad, si bien nada sofisticados; distinguió además unas botas y unos guantes de uso diario, y dos sombreros viejos de piel de castor. También halló más armas de su famoso arsenal: un estuche de pistola cerrado con llave, otra daga y... ¡Por todos los santos! ¡Un rifle! Mas ningún detalle que delatara si tenía esposa o no. Qué rabia.

Entonces se fijó en las cartas desparramadas encima del escritorio. Dudó unos instantes mientras se sentía invadida por una creciente excitación. ¿Sería capaz de hacerlo? A lo mejor eso sería ir demasiado lejos.

Oh, pero precisamente ése era el motivo por el que debía hacerlo. No podía existir una aventura que no conllevara ningún riesgo.

Se precipitó hacia el escritorio y echó un vistazo a los papeles que coronaban la pila. Una carta de la Infantería de Marina al cónsul americano le otorgaba al comandante Lucas Winter permiso para examinar los astilleros de Deptford. Interesante, aunque no era terriblemente informativa. Ojeó el resto. Más correspondencia aburrida; ninguna carta amorosa.

Entonces, llegó a la última hoja y vio que contenía una curiosa lista de nombres con comentarios garabateados al lado. Señora Dorothy Taylor, había anotado junto a una serie de direcciones de Francia, una fecha, y una escueta descripción. La entrada Señorita Dorothy Jackson, no iba acompañada de ninguna descripción, aparte de algunas direcciones de Francia y la mención de un hermano. Señora Dorothy Winthrop —por Dios, ese hombre parecía mostrar una obsesión por las mujeres que se llamaban Dorothy—, a su lado sólo había una fecha y una dirección, junto con una referencia de su esposo americano.

El último nombre estaba subrayado dos veces: Señora Dorothy Smith. A Amelia se le heló la sangre. Antes de que Dolly se casara con papá, su nombre era Dolly —Dorothy— Smith. Tragó saliva. No, eso no quería decir nada. Seguramente en Londres debían de haber cientos de mujeres llamadas Dorothy Smith.

Pero a medida que repasaba los comentarios escritos al lado de la entrada de la Señora Dorothy Smith, notó cómo se le oprimía el corazón:

> 270 Rue de la Sonne, París
> ¿Quizá con un compañero en Rouen en noviembre de 1815?
> Salió de Calais en dirección a Plymouth sola en febrero de 1816.
> Piel clara, ojos verdes, pelo rojizo, bajita.

Amelia continuó con la vista clavada en el trozo de papel. La descripción encajaba con Dolly. Y Dolly había estado tanto en París como en Rouen antes de llegar a Plymouth en 1816, cuando papá se había enamorado perdidamente de ella y se habían casado. «Quizá con un compañero»… ¡Claro que tenía un compañero! Su difunto esposo, un rico mercader.

Pero ¿se podía saber por qué el comandante Winter estaba interesado en Dolly? Claramente su nombre era lo que había despertado su interés, así que era probable que ni siquiera la conociera en persona.

Giró la hoja, y encontró otras anotaciones alarmantes:

¿Dorothy Frier alias Dorothy Smith?

Los años coinciden, cuando Frier huyó de Estados Unidos para evitar ser capturada.

¿Dolly? ¿Intentando escapar? Pero ¿de quién?, y ¿por qué? Amelia tuvo la desagradable impresión de que la palabra «alias» entrañaba connotaciones de persona malvada. Y el hecho de que el comandante Winter estuviera involucrado, ¿significaba que el gobierno de Estados Unidos también estaba metido en ese asunto?

Quizá la Dorothy que el comandante Winter perseguía había sido una espía británica. Pero la guerra había terminado hacía unos cuantos años, ¿a quién le importaban los espías, ahora? Además, de todos modos no podía tratarse de la recatada Dolly, quien se arredraba cuando la gente discutía, quien se desvivía por agradar a Amelia y a papá, quien se había mostrado tan orgullosa de casarse con papá y de permitirle que disfrutara por completo de su fortuna cuando podría haberse casado fácilmente con un rico…

Amelia sintió una desagradable punzada en el estómago. ¿Y si Dolly había conseguido su fortuna de una forma deshonesta?

Cuando el padre viudo de Amelia conoció a Dolly en Plymouth, los dos se enamoraron casi al instante. Dolly estaba tan apesadumbrada, tan deprimida, que el papá fortachón de Amelia sólo pensó en protegerla. ¿Y quién no? Dolly era de un talante genuinamente dulce.

Pero fue la fortuna de Dolly lo que realmente cambió sus vidas. Con el dinero de Dolly pagaron las cuotas de la exclusiva Escuela de Señoritas de la señora Harris. Dolly también puso su dinero a disposición de Amelia para que ésta contara con una sustanciosa dote y pudiera ir a Londres. Y el dinero de Dolly le había permitido a papá volver a impulsar el trabajo de las tierras de la familia, después de años de frugalidad.

Amelia rebuscó entre los papeles para hallar más información, pero no la encontró. ¿Y ahora qué? Dolly jamás había mencionado el apellido Frier, pero lo cierto era que tampoco le había contado prácticamente nada de su pasado. ¿Era posible que Dolly hubiera tenido otra clase de vida? A Dolly le gustaba jugar a cartas, ¿acaso había sido una jugadora empedernida? ¿O la esposa de un jugador, o de un tramposo?

No, eso era totalmente ridículo. Dolly jamás participaría en ningún plan perverso. Carecía del temperamento necesario. Por el amor de Dios, si ni siquiera era capaz de negarle a Amelia el más mínimo deseo, y se echaba a llorar desconsoladamente ante la muerte de un pececito de color. La idea de que Dolly hiciera algo malvado le parecía absurda. Que su vida reciente coincidiera con la de esa otra Dorothy Smith se debía meramente a una horrible serie de coincidencias.

Pero seguro que el comandante no opinaría del mismo modo. Debía de ser uno de esos investigadores faltos de escrúpulos. Era posible que ese tipo supiera algo sobre la vida de Dolly; eso explicaría por qué se había quedado observando a Amelia con tanto detenimiento en la sala de baile.

¿Cuánto tiempo pasaría antes de que el comandante decidiera ir a Devon para hablar con papá? ¿O antes de que intentara arrastrar a Dolly de vuelta a América por algo de lo que seguramente ella era inocente?

Amelia tenía que prevenirla, pero ¿cómo? ¿Y sobre qué? No sabía qué era lo que el comandante buscaba; a lo mejor no era nada. Ni tan sólo estaba segura de si él había establecido un vínculo entre Dorothy Smith y Dolly. Y preocupar a Dolly ahora, con su delicado estado de salud, no le parecía conveniente. Además, ¿no sería más adecuado averiguar qué era lo que buscaba ese hombre primero?

Un ruido brusco la sacó de sus pensamientos. Era sólo un tronco en la chimenea, pero no obstante… tenía que escapar de esa habitación. De repente, la estancia había adoptado un aspecto distintivamente amenazador, con esa espada inquietante en primer plano y las armas ocultas y las notas ominosas que apuntaban hacia una posible traición. Si el comandante la pillaba allí, ninguna excusa le serviría para convencerlo.

Con sumo cuidado volvió a depositar los papeles tal y como los había encontrado, y acto seguido se precipitó hacia la puerta. Por suerte el pasillo estaba desierto. Todavía tenía que dejar la carta de Sarah, una tarea que ahora deseaba terminar lo antes posible.

Mientras se dirigía hacia la única habitación que le quedaba por entrar, sacó la carta de Sarah de su retículo. Entonces se enfrascó en forcejear con el bolsito para cerrarlo, por lo que no se dio cuenta de que alguien había subido las escaleras hasta que fue demasiado tarde.

—¿Se puede saber qué estáis haciendo aquí? —espetó una voz masculina desconocida con un acento distintivo.

Amelia dio un respingo del susto. Instintivamente se llevó la carta y el retículo a la espalda antes de levantar la cara con porte altivo. Frente a ella vio al único hombre que sabía que tenía que evitar.

El comandante Lucas Winter.

Capítulo dos

Querida Charlotte:
Ser un poco avispada nunca está de más. Sin embargo, me sentiré más que contento de poderos ofrecer mis consejos, y si surge algún problema, podéis estar segura de que me tendréis a vuestro lado. No obstante, os pido que me aviséis con la debida antelación, ya que seguramente necesitaré tiempo para organizar cualquier viaje a Newgate.

Vuestro fiel servidor,
Michael

*L*ucas observó cómo la jovencita palidecía. Perfecto. Sabía que podía confiar en una mujer inglesa atemorizada. Cuando había subido a por su daga, no había esperado toparse con la hijastra de la mujer que andaba investigando. Parecía obvio que los enemigos no sólo se paseaban por la sala de baile, embutidos en esos uniformes con la casaca roja. Y ese enemigo en particular ocultaba algo en la espalda.

—¿Y bien? —la apremió él—. ¿Qué estáis haciendo delante de la puerta de mi habitación?

Un cambio de humor repentino afloró en la cara de la joven, quien empezó a pestañear sin parar.

—¿Vuestra habitación? Pero si ni tan sólo sé quién sois. Simplemente estaba buscando el baño.

El comandante soltó un estentóreo bufido.

—Ya, en el ala de la familia, en el segundo piso. Por qué no me contáis otro cuento; éste no me lo trago.

A pesar de que era incluso más guapa así de cerca que cuando la había visto en la sala de baile, por su porte airado dedujo que debía de tratarse de la típica niña mimada que él tanto odiaba.

—De verdad, señor, no sé por qué os habéis puesto tan iracundo. ¿Cómo iba a saber que las habitaciones de la familia estaban aquí? Mirad, ahora mismo vuelvo a la sala de baile y…

—Pero antes me mostraréis lo que ocultáis en la espalda —exigió él.

—¿Os referís a mi retículo? —adelantó ella con premura, y a continuación le mostró el bolsito.

—¿Y en la otra mano?

—Nada que sea de vuestra incumbencia —espetó ella. El cambio brusco de jovencita petulante a señorita altiva hizo que él achicara los ojos, e inmediatamente ella suavizó el tono.

—Es personal.

Sin pensarlo dos veces, el comandante dio un paso hacia delante y la agarró por el brazo.

—Quizá deberíamos continuar esta conversación en la sala de baile.

—¡No! —gritó ella al tiempo que intentaba zafarse de su garra. Entonces, algo cayó al suelo. Amelia se inclinó para cogerlo, pero él se lo impidió poniendo el pie encima. Airada, levantó la cara y lo miró con ojos desafiantes.

—¡Levantad el pie ahora mismo!

¿Era posible que esa chica hubiera robado alguna nota de su habitación? Sin prestar atención a la jovencita indignada, recogió el papel que había apresado con el pie. Una carta sellada dirigida a lord Kirkwood. Mil rayos y mil centellas. Sólo necesitó echar un rápido vistazo a las mejillas sonrojadas de la joven para comprender de qué se trataba; aunque Kirkwood no le había mencionado que ella se sintiera atraída por él.

Maldita fuera esa muchacha por merodear por donde no debía. Ahora que la había insultado y puesto en evidencia, jamás conseguiría sonsacarle la verdad.

Apretó los dientes. Ya habría otra oportunidad. El comandante mostró la carta, sosteniéndola con una mano.

—Supongo que esto es vuestro, señorita.

Amelia se la quitó con desdén.

—Ya os dije que era algo personal.

—Un soldado siempre tiende a pensar lo peor, cuando ve a una mujer vagando sola. En Estados Unidos, una mujer moviéndose furtivamente cerca del cuarto de un soldado no suele albergar buenas intenciones. O, por lo menos, ninguna intención que sea respetable.

El fiero rubor de las mejillas de Amelia se tornó más evidente.

—¿Es ésa la idea que tenéis de pedir disculpas?

Mil rayos y mil centellas. Por lo que parecía, esa noche no lograba decir nada acertado para quedar bien.

—No, claro que no —se esforzó por hablar con un tono cortés—. Os pido perdón, señorita. Le diré a mi primo que habéis intentado proteger su privacidad.

—¿Lord Kirkwood es vuestro primo? —inquirió ella, abriendo exageradamente los ojos en un intento de aparentar absoluta inocencia.

—Debería presentarme. Soy el comandante Lucas Winter.

—Y yo soy lady Amelia Plume. —Le ofreció otra bella sonrisa, la clase de sonrisa que podría meter en apuros a cualquier hombre.

Pero no a él; no se dejaría seducir tan fácilmente hasta que confirmara que esa chica no estaba involucrada en los asuntos de su madrastra.

—Si os parece bien, puedo entregarle la carta a mi primo. Es lo mínimo que puedo hacer —se ofreció él con una evidente tensión.

—Oh, no, ya habéis hecho suficiente —contestó ella, haciendo alarde de una gran agudeza, al tiempo que ondeaba la carta con la mano—. Creo que será mejor que acabe de hacer lo que me proponía. Yo misma la dejaré en la habitación de lord Kirkwood, antes de que me disparéis por juzgarme sospechosa.

Sus comentarios perspicaces no casaban en absoluto con la imagen de niña poco espabilada que había exhibido al principio. Pero claro, esa clase de chicas —ricas y bien relacionadas— eran así, beligerantes y veleidosas. Él lo sabía; se había criado entre ellas.

El recuerdo de su pasado nubló su humor.

—No os preocupéis, lady Amelia, un poco de suciedad en la

carta no afectará el interés que mi primo pueda profesar por vuestra fortuna.

—Esta carta no es mía; es de una amiga —protestó ella.

—Entiendo. —Él abrió la puerta del cuarto de su primo con un ademán triunfal—. Adelante, pues; ya podéis dejar la carta de vuestra amiga. Esperaré aquí hasta que hayáis acabado.

El comandante se quedó de pie junto a la puerta, obligando a Amelia a pasar muy cerca de él para acceder a la estancia. Fue entonces cuando pudo oler el aroma de su perfume. Instantáneamente se sintió transportado a su niñez. Se trataba indiscutiblemente del olor a madreselva, como el jabón que tanto parecía agradar a las damas de la localidad donde creció, en Virginia, antes de que su padre decidiera trasladarse a Baltimore.

El embriagador aroma familiar hizo que deseara estallar y expresar a viva voz su enorme frustración. Llevaba más de dos largos años persiguiendo a Theodore y a Dorothy Frier. Mientras otros marines habían retornado a casa para gozar de paz, él se había quedado sin hogar y sin paz. Y encima, gracias a los Frier, se había visto obligado a regresar al país que tanto odiaba. Era una cosa más a echarles en cara, cuando lograra pescarlos.

Cuando lady Amelia hubo acabado, él se apartó para dejarla salir y permitir que fuera ella misma quien cerrara la puerta. No deseaba volverse a impregnar de ese aroma, para recordar todo lo que había perdido… ni corroborar lo terriblemente atractiva que era esa muchacha.

Ante su estupefacción, en lugar de salir despavorida, ella se detuvo delante de él y lo miró insolentemente a los ojos.

—Gracias por permitirme completar mi tarea. Os estoy muy agradecida, señor. Y por favor, no le contéis a nadie… quiero decir, si alguien se enterara de que yo…

—Lo que queréis es que no le cuente a nadie nuestro breve encuentro.

Ella lo miró con sus bellos ojos de color chocolate.

—Sería todo un detalle, señor. De veras, os estaría sumamente agradecida.

Así que ella quería que él le hiciera un favor, ¿eh? Perfecto. Ahora podría sacar partido de la situación.

—No me deis las gracias tan rápidamente, señorita. Espero algo a cambio.

Amelia se puso tensa.

—¿Ah, sí?

Probablemente, despertaría sus sospechas si le preguntara de golpe todo lo que quería saber, y lo último que deseaba era que ella alertara a su madrastra. No obstante, esa joven le había ofrecido una vía para estar más cerca de ella y de ese modo poder investigar el asunto con más discreción.

—Quiero que me concedáis el próximo vals.

—¿U... un vals?

—El hombre toma una mano de la dama, con la otra mano rodea...

—Ya sé lo que es un vals —contestó ella secamente.

—Entonces, quiero uno a cambio de mi silencio.

Ella pestañeó, y acto seguido le propinó una sonrisa embelesadora.

—Caramba, señor comandante, ¿estáis intentando hacerme chantaje?

La actitud seductora de la chica lo puso en guardia.

—Pues hablando en plata, sí.

—No es una respuesta muy diplomática, que digamos.

—Soy un soldado, señorita, no un cortesano. Uso todo lo que se me pone a tiro para conseguir lo que quiero. —La repasó lentamente de arriba abajo—. Y todo lo que quiero esta noche es un vals.

Ella bajó la vista con aire recatado.

—Si lo exponéis así, ¿cómo puedo negarme?

Amelia se dio media vuelta, y su vestido, con el peso de los volantes, se pegó a su figura, resaltando las curvas de su cuerpo antes de que ella consiguiera aderezarlo de nuevo. El comandante se puso tenso. ¿Cuándo era la última vez que se había acostado con una mujer? Probablemente, en París. Pero esa prostituta francesa, con sus mejillas embadurnadas con demasiado colorete y su cuerpo sin asear no emanaba los deliciosos encantos de la criatura perfumada que se contorneaba graciosamente por el pasillo delante de él.

No podía apartar la vista de ella. Que Dios se apiadara de él.

Ese sinuoso contorneo podría excitar a cualquier hombre. De eso ya se había dado cuenta incluso en la sala de baile.

Antes de que él lograra aplacar el fuego de sus venas, Amelia se volvió y le lanzó una sonrisa encantadora que iluminó toda su cara.

—Sólo para que lo sepáis, señor comandante: habría bailado con vos incluso sin el chantaje.

A continuación ella avanzó hasta las escaleras de servicio y desapareció.

Durante unos segundos, todo lo que el comandante pudo hacer fue mirar fijamente en dirección hacia donde ella había desaparecido. ¡Vaya con esa diablilla! Primero con su primo, y luego con él. Estaba seguro de que ella buscaba algo…

Esgrimió una mueca de disgusto. Maldición; a lo mejor se había colado en su habitación.

Rápidamente, entró en su cuarto y lo examinó todo. Revisó las superficies de los muebles, buscó en la moqueta alguna muestra de pelo, incluso olisqueó el aire. Nada parecía estar fuera de lugar. Incluso los papeles estaban tal y como él los había dejado. A pesar de que pensó que notaba olor a madreselva, no podía estar seguro, con tantos jarrones llenos de flores por doquier. Los criados de Kirkwood debían de verlo como a un maldito señorito afeminado, como sus señores ingleses.

Sin embargo, dudaba que una fémina de alta alcurnia osara entrar en la habitación de un hombre. Lady Amelia podía ser lo suficientemente traviesa como para arriesgarse a entrar en el cuarto de un pretendiente para dejar una carta sobre la almohada, pero jamás se atrevería a fisgonear en el cuarto de un desconocido.

A menos que supiera la verdadera razón por la que él había venido a Inglaterra —y no, no podía saberlo—, no se atrevería a hacer una cosa así. Además, ni siquiera estaba seguro de que esa muchacha tuviera demasiadas luces.

Sólo era una coqueta. Genial, también se aprovecharía de eso. Si ella buscaba diversión, él estaría más que contento de satisfacerla. ¿Acaso había otra forma mejor de sonsacar información a esa señorita?

Bueno, eso si era capaz de flirtear con ella, en una situación tan peliaguda. ¡Malditos casacas rojas! Siempre igual. Aunque la guerra hubiera terminado, esos desgraciados no lo dejaban en paz.

Dejaría que lo atacaran. Y en el caso de que ellos…

Sacó la daga del cajón. Debería de haberla llevado encima desde el primer momento.

La escondió dentro de su grueso fajín, donde el bulto firme le aportó seguridad, y acto seguido enfiló hacia las escaleras. Antes de llegar abajo, dos casacas rojas se le acercaron completamente ebrios.

—Caballeros.

El comandante los saludó con un brusco golpe de cabeza y se dispuso a proseguir su camino, pero los dos soldados le barraron el paso. Buscó la daga con la mano mientras notaba cómo el sentimiento de odio se instalaba nuevamente en su estómago. «Tranquilo, sólo son un par de imberbes, y encima borrachos», se dijo, pero eso no logró apaciguar la furia que empezaba a incrementarse en su interior.

Uno de los individuos dio un codazo al otro.

—Mira a quién tenemos aquí. Pero si es uno de esos americanos salvajes que huyeron despavoridos a Bladensburgo mientras nosotros nos dedicábamos a arrasar su insignificante capital.

Habían mencionado la batalla incorrecta. La milicia americana había escapado de los británicos, pero no el Cuerpo de Marines.

—Os equivocáis, señor. —Lucas se esforzó por no perder la compostura—. Soy uno de los salvajes que se mantuvo firme al lado del comodoro Barney. Pero claro, sois tan jovencitos que ni siquiera sabéis de qué os hablo. Probablemente, en esos momentos debíais de estar escondidos en algún cuartel, muertos de miedo —apostilló sin dejar de mirarlos despectivamente.

La expresión de las caras de los dos soldados cambió de repente, y Lucas supo que había logrado exaltar los ánimos de sus adversarios.

Uno de ellos lo agarró por el brazo derecho.

—Escuchad, yanqui insolente…

Con los instintos a flor de piel tras tantos años de batalla,

Lucas empuñó la daga con la mano izquierda y la colocó justo a la altura de las costillas del individuo.

—Será mejor que me sueltes, muchacho; a no ser que quieras que trace un nuevo agujero en tu cuerpo.

El otro soldado lo embistió con torpeza a causa de su estado de embriaguez, y Lucas cruzó el brazo derecho por encima del izquierdo para agarrar al hombre por la garganta.

—Adelante, pipiolos, me apuesto lo que queráis a que no podéis conmigo. —Apretó la mano con fuerza hasta que el soldado empezó a ahogarse—. No me provoquéis.

Pero Lucas no necesitaba ninguna provocación. La mera visión de unos casacas rojas fue suficiente para enturbiar su mente; de nuevo se sintió transportado a ese túnel claustrofóbico, y oyó los alaridos de…

—¡Comandante Winter! ¡Soltad a esos hombres! —exclamó una voz a sus espaldas.

Lucas sólo necesitó unos segundos para acabar con la alucinación y recordar dónde estaba. Entonces vio a Kirkwood avanzando por el pasillo a grandes zancadas, con la expresión alarmada.

Intentó suprimir la ira que aún sentía y sonrió impasiblemente.

—¡Cómo no, primo!

Soltó al soldado que tenía apresado por la garganta, pero tuvo que hacer un enorme esfuerzo para enfundar la daga. Su respiración todavía era rápida y entrecortada.

—Sólo les estaba aclarando algunos pormenores, pero creo que ahora ya nos hemos entendido, ¿no es así, muchachos?

El individuo al que había agarrado por la garganta se desplomó de rodillas, jadeando. El otro lo miró boquiabierto.

—¡Este hombre está loco… loco de atar!

Lucas lo contempló con desdén.

—Veamos si eres capaz de no olvidarlo.

El soldado se puso erguido y gruñó:

—Alguien debería enseñaros modales.

Lucas apoyó la mano en la empuñadura de la daga.

—Cuando queráis. Estaré encantado.

—¡Basta ya! —les ordenó Kirkwood con tono preocupado.

Luego se encaró al soldado—. Fuera de mi vista, antes de que le cuente a mi madre que habéis osado molestar a nuestro invitado.

De repente, el individuo se amilanó. Mientras se perdía por el pasillo, Kirkwood contempló al soldado que todavía jadeaba en el suelo y ordenó a un criado que le trajera un vaso de agua. Mientras el sirviente se ocupaba del hombre, Kirkwood hizo un gesto a Lucas para que éste le siguiera hasta el estudio.

Tan pronto como entraron en la estancia, Kirkwood cerró la puerta.

—Por todos los santos, Winter, ¿acaso intentas no salir vivo de aquí esta noche?

Lucas se sirvió un poco de brandy del decantador que Kirkwood tenía sobre la mesa.

—Créeme; esos dos energúmenos apenas se sostenían en pie, así que dudo que pudieran matar a nadie.

—Es cierto. Tienen más fama por su maña en las mesas de juego que en el campo de batalla. Pero eso no significa que no se atrevieran a intentarlo.

—Y que la palmaran —apuntó Lucas calmosamente, aunque sus manos habían empezado a temblar tanto que le costaba sostener el vaso de brandy. Ahora que su sed de sangre se había aplacado, se sintió alarmado por lo cerca que había estado de acabar con la vida de esos dos soldados. Ése no era el motivo por el que se hallaba en Inglaterra.

Se llevó el vaso hasta los labios y tomó un buen trago. Necesitaba sentir la quemazón del licor en sus entrañas para olvidar ese pasado infernal. ¡Qué jugada tan cruel! Que su misión lo hubiera conducido hasta el lugar que más odiaba en el mundo, el único lugar donde no podía sentirse cómodo.

Kirkwood lo observó con cautela.

—Debería de haber intentado desalentarte de la idea de lucir el uniforme esta noche, pero como que la guerra acabó hace tanto tiempo, pensé que unos caballeros como tú y el resto de nuestros soldados sabríais comportaros con el debido respeto.

—No puedo hablar por tus amigos soldados —espetó Lucas—, pero a mí me cuesta horrores aceptar que lo pasado pasado está. Lo que nos hicieron a mis hombres y a mí excede las reglas de la guerra y el sentido común de la decencia.

—Lo sé —aclaró Kirkwood—, y si llego a saber que mamá pensaba invitar a tantos oficiales, habría intentado evitarlo. Pero un gran número de ellos tiene hermanas que son ricas herederas, por lo que la pobre mujer esperaba que alguna de las asistentes...

—Está decidida a que te cases, ¿no? —lo interrumpió Lucas, desesperado por acabar con el tema de los oficiales ingleses, desesperado por olvidar lo cerca que había estado de cometer un asesinato. Una vez, en una situación apurada, Kirkwood se puso de su lado para ayudarlo y eso derivó en unos enormes problemas para su primo, mas en algunos temas estaba claro que jamás se pondrían de acuerdo.

Kirkwood se negaba a zanjar el tema.

—Hacer enemigos aquí no te ayudará a conseguir tu objetivo. Nadie querrá contarte nada sobre lady Tovey, si sigues enzarzándote en peleas.

Lucas tomó otro trago de brandy.

—Mira, de todos modos nadie me contará nada de lady Tovey, porque no soy uno de ellos, y mi padre era un mercader, o sea un nuevo rico.

—Bueno, sea por el motivo que sea, tu comportamiento afectará directamente al cauce de tu investigación.

—No necesariamente. —Con una sonrisa socarrona, Lucas pensó en lady Amelia.

Kirkwood lo miró fijamente.

—¿Ha pasado algo? ¿Te has enterado de alguna información?

—Tendré información después de bailar un vals con lady Amelia.

—¿Os ha presentado alguien?

—No exactamente. —Lucas observó la cara de su primo detenidamente—. La pillé en el piso de arriba, con una carta para ti.

La expresión de sorpresa de Kirkwood parecía genuina.

—¿Para mí? ¿Estás seguro?

—Tu nombre estaba escrito en el sobre, y la ha dejado sobre tu almohada.

Kirkwood se mostró vagamente contrariado.

—Pues no puedo imaginar el porqué.

—¿No existe nada entre vosotros dos?

—Yo le mostré mi interés hace tiempo, pero ella me rechazó. Lady Amelia no sale con cualquiera. Aterrizó tarde en la arena de las alianzas matrimoniales, y no parece que tenga prisa por casarse.

Interesante. El comandante no habría definido a lady Amelia como una chica difícil, con su sonrisa embaucadora y su balanceo de caderas.

—¿Por qué dices que aterrizó tarde?

—¡Y yo qué sé! Pero sólo asistió a su primera temporada de fiestas después de que su padre se volviera a casar.

¿Significaba eso que a lo mejor antes no disponía del dinero necesario? No, su padre era un maldito conde, por el amor de Dios. Kirkwood necesitaba dinero y, no obstante, continuaba con un nivel de vida muy superior al del americano medio. La falta de dinero podía no ser el motivo por el que lady Amelia se había introducido tarde en esos círculos sociales.

—Pues lady Amelia debe de haber cambiado de parecer sobre ti —le comentó a su primo—. Yo mismo he visto cómo depositaba la carta sobre tu almohada.

Kirkwood sacudió enérgicamente la cabeza.

—Francamente, estoy desorientado. Según la señorita Linley, esa chica ha expresado en repetidas ocasiones que ni siquiera sabe si desea casarse.

—¿La señorita Linley?

—Es una de las antiguas compañeras de escuela de lady Amelia, de la prestigiosa Escuela de Señoritas que regenta la señora Harris. En privado la llamamos la «Escuela de Ricas Herederas de la señora Harris». Supongo que, en conjunto, las familias de sus alumnas probablemente poseen media Inglaterra. —Esbozó una sonrisa apagada—. Mi madre se ha dedicado a invitar a todas las muchachas que se graduaron en ese centro. Y la mayoría de ellas ha aceptado la invitación.

—¿Y no les importa que vayas detrás de su dinero? —preguntó Lucas, incrédulo. Nunca lograría comprender ese sistema de trueque en los matrimonios ingleses. A pesar de que los americanos también lo tenían, la mayoría lo consideraba antidemocrático, y ése era el motivo por el que los de la alta sociedad intentaban encubrirlo.

—A algunas de las damas sí que les importa, pero han aceptado venir para tener la oportunidad de conocer a otros caballeros. En cambio, hay otras damas que están dispuestas a acceder al trueque. Como la señorita Linley, heredera de una gran fortuna que se muere de ganas por conseguir la posición que yo le puedo ofrecer. O por lo menos eso es lo que parece. Todavía no ha contestado mi carta. —Súbitamente achicó los ojos—. ¿Podría ser que lady Amelia me hubiera dejado una carta de la señorita Linley?

—Lo cierto es que lady Amelia alegó que lo hacía por una amiga.

—Vaya, vaya. Quizá debería echar un vistazo… —Kirkwood se dirigió hacia la puerta, pero Lucas lo detuvo.

—No tan deprisa. Primero, necesito que me presentes oficialmente a lady Amelia. Ella ha aceptado bailar un vals conmigo, y eso es lo que pienso hacer.

—¿Cómo has conseguido que te conceda un vals?

—Le metí el miedo en el cuerpo.

Kirkwood lo miró con suspicacia.

—Espero que no la hayas amenazado con tu daga.

—Claro que no —repuso Lucas con irritación—. Sé cómo manejar a mujeres como ella.

—Si tú lo dices… —Kirkwood avanzó hasta la puerta—. Vamos, te la presentaré. Pero por favor, procura no ofender a esa muchacha, ¿de acuerdo? Sus amigas son unas cotillas recalcitrantes, y yo todavía tengo que esposarme con una de ellas.

Lucas depositó el vaso sobre la mesa y siguió a su primo.

—Estoy seguro de que un hombre con tu inteligencia y tus buenas relaciones puede hacer algo más para conseguir dinero.

Kirkwood abrió la puerta.

—No con mi rango y no en Inglaterra. Aquí, el hijo mayor no puede olvidar sus obligaciones. Yo tengo dos hermanas y un hermano menor. Si me caso con una rica heredera, mis hermanos ostentarán una vida fácil; si no… —Lanzó un prolongado suspiro mientras le cedía el paso a Lucas.

Pobre idiota. A pesar de que a Kirkwood no pareciera importarle si su futura esposa era tan útil como el tope de mástil de un barco, Lucas no podía imaginar la posibilidad de recurrir al matrimonio para subsanar los problemas económicos de la familia. Si alguna vez decidía casarse, sería él quien llevara la comida a la mesa, no ella.

Afortunadamente, el vestíbulo estaba desierto cuando los dos se dirigieron hacia la sala de baile.

—¿Y si no logras sonsacarle nada a lady Amelia? —le preguntó su primo.

—No te preocupes; lo conseguiré. —¿Hasta qué punto necesitaría flirtear frívolamente para obtener la información que precisaba?

—¿Y no sería más fácil desplazarte hasta Devon y plantar cara a su madrastra?

—Si lady Tovey es Dorothy Frier, estoy seguro de que en el momento en que un soldado americano ponga los pies en las tierras de su esposo solicitando hablar con ella, sospechará de qué se trata. Es capaz de alertar a Theodore Frier o de escapar antes de que consiga que el mayordomo me deje pasar. Y esta vez, se asegurarán de que jamás los encuentre.

—Sólo si ella es realmente la persona que crees que es. Si estás en lo cierto sobre ella, entonces esa mujer habrá cometido el sacrilegio de la bigamia.

—Eso si ella y Frier están legalmente casados, en primer lugar. Es posible que se trate de un matrimonio a partir del derecho común. Obviamente, ella se cansó de que él la arrastrara de un lugar a otro sin parar, porque les perdí la pista después de que se separaran en Francia. ¿Y qué mejor manera de ocultarse de las autoridades que casándose con un reputado lord como el conde de Tovey?

—Ya, pero…

—Si esa mujer no es la que busco, entonces, ¿por qué convenció a Tovey de que la llevara fuera de la ciudad en el momento en que tu madre empezó a contar a sus amigas que iba a recibir la visita de un primo americano? Decidió no correr ningún riesgo, ése es el motivo. Me comentaste que esa mujer prefiere el campo a la ciudad; ¿por qué otra posibilidad se decantaría una fugitiva?

—¿Y por eso ha enviado a su hijastra al baile de mi madre, para que tú puedas acosarla? —preguntó Kirkwood con escepticismo.

—Mira —terció Lucas, notando que empezaba a alterarse—. No sé qué es lo que piensa esa mujer. Todo lo que sé es que esa lady Tovey es la única pista que me queda. No voy a arriesgarme a que alguien pueda alertarla o a que ella pueda alertar a Frier hasta que no esté seguro de si he dado con la mujer que busco. —Miró a Kirkwood con ojos feroces—. ¿Y por qué tantas preguntas? ¿Acaso tienes algún problema en presentarme a esa calientabraguetas caprichosa?

Kirkwood enarcó una ceja.

—Si vas a llamarla así, entonces sí. No es una miserable mujerzuela barriobajera, ¿sabes?, a la que puedas insultar sin consideración…

—Vale, vale —lo atajó Lucas—. Le pediré que me conceda un vals sin que me la presentes.

Acto seguido empezó a alejarse de su primo.

—¡Maldita sea! ¿Quieres esperar un momento? —gritó Kirkwood a sus espaldas, totalmente exasperado—. No he dicho que no vaya a presentártela. Sólo quiero asegurarme de que te comportarás como un caballero. ¿Actuarás con educación y circunspección?

—Seré la discreción en persona —entonó, arrastrando cada una de las sílabas.

—No sé por qué, pero no me convences —suspiró Kirkwood—. Bueno, quizá la suerte se ponga de nuestro lado, y averigües todo lo que necesitas saber en un único encuentro.

—Yo también lo espero. Porque cuanto antes acabe con esto, antes regresaré a mi hogar en Baltimore, lejos de todos vosotros, malditos ingleses.

Capítulo tres

Querido primo:

A pesar de que espero no tener que desplazarme hasta Newgate en el futuro, lo cierto es que sólo me atrevo a confiar en vos para salir airosa de esta situación.

Bueno, ahora pasemos a temas más serios: ¿creéis que debería animar a la señorita Linley a que se casara con lord Kirkwood, a pesar de que éste carece de fortuna? Lady Linley necesita un esposo inteligente para contrarrestar su propia falta de agudeza, y temo que la elección de sus padres, los señores Chambers, sólo sirva para afianzar más —si cabe— la necedad de su hija.

Vuestra preocupada allegada,
Charlotte

*A*melia se paseaba por el baño agitada y con el pulso acelerado. El comandante Winter había conseguido asustarla de verdad. ¡Cielo santo! Ella tan sólo buscaba un poco de aventura, no sufrir un ataque de corazón.

Además, si verdaderamente Dolly se hallaba metida en un lío, entonces no le apetecía pensar en ninguna clase de aventuras. ¿Aunque de verdad lo estaba? Únicamente, porque el comandante guardara numerosas referencias sobre una mujer con un nombre similar no significaba necesariamente nada. Y eso tampoco quería decir que él supiera que Amelia estaba emparentada con una tal Dorothy Smith.

Debía descubrir qué era lo que él sabía, lo que se traducía en más encuentros con él. Amelia se secó las manos sudorosas en la falda del vestido. Podía hacerlo. Acababa de salir airosa de la pe ligrosa situación en el piso superior. No importaba si para ello había tenido que comportarse como una niña pánfila; al menos había logrado engañarlo. Si no, él no le habría pedido que le concediera un vals.

«Soy un soldado, señorita, no un cortesano. Uso todo lo que se me pone a tiro para conseguir lo que quiero. Y todo lo que quiero esta noche es un vals.»

Por Dios, ese individuo había conseguido hacer que un chantaje sonara como una posibilidad francamente tentadora.

Pero más allá de su seductora forma de hablar, dulce y pausada, se ocultaba una voluntad de hierro. No se trataba de un mero señorito que ella pudiera controlar con una simple sonrisa por aquí y unas palabras duras por allá; era un oficial curtido, con una inteligencia más que obvia. ¿Cómo podría una verdadera dama aventurera persuadirlo para que le contara sus secretos?

Actuar como una bobalicona podía funcionar: los hombres les contaban unas cosas a las niñas pánfilas que jamás se atreverían a contar a las espabiladas. Pero necesitaba algo más para confundirlo.

Una pila de fantasías escandalosas que aparecían en los cuentos del harén empezaron a dar vueltas por su cabeza. Amelia esgrimió una mueca de fastidio. No, eso no. Buscaba aventura, no arruinar su honra. Sin embargo, el comandante no se había mostrado impávido cuando ella flirteó con él. Incluso un marine receloso podía soltar alguna prenda si se encandilaba de una bella mujer.

Un leve cosquilleo de nerviosismo se adueñó de ella, pero lo aplacó sin piedad. ¿Qué le pasaba? Sí, ese hombre exudaba un aire de peligro absolutamente embriagador, pero hasta que no averiguara si Dolly podía tener serios problemas, era mejor no dejarse seducir.

Amelia se dirigió a la puerta del baño, se detuvo delante del espejo para acicalarse los rizos y pellizcarse las mejillas pálidas. Cuando el comandante Winter viniera a por su vals, ella debería actuar como una perfecta señorita ingenua, llena de comentarios inocentes y sonrisas burlonas, para conseguir que él se relajara y se lo revelara todo.

Salió del baño con un espíritu de guerrera intrépida, pero enseguida perdió su energía cuando avistó al comandante junto a lord Kirkwood y su institutriz.

Su pulso se desbocó a causa de la repentina excitación. ¡Vaya jovencita aventurera de pacotilla que estaba hecha! Si no espabilaba, jamás averiguaría lo que necesitaba saber.

«Olvídate de tus preocupaciones por Dolly. Eres una espía con una misión. El americano tiene secretos que has de descubrir por el bien de tu país.»

Amelia consiguió calmarse. Así estaba mejor.

El anfitrión de la velada la observó mientras ella se acercaba al grupo.

—Ah, lady Amelia, precisamente estábamos hablando de vos con la señora Harris. Me gustaría presentaros a mi primo.

—Encantada —dijo al tiempo que se esforzaba por sonreír. ¡Qué nervios! El siguiente baile era un vals.

Lord Kirkwood realizó las presentaciones pertinentes. Cuando mencionó que la madrastra de Amelia era americana, ella contuvo la respiración, pero el comandante meramente sonrió a modo de respuesta. Acto seguido le pidió que le concediera el vals haciendo gala de unas formas perfectamente apropiadas. Si Amelia no hubiera sabido que él podía estar investigando a Dolly, se habría sentido adulada.

Por un momento, temió que la señora Harris, una diminuta mujer de unos treinta años con una melena incongruentemente llamativa, protestara, ya que el comandante no había causado exactamente la mejor impresión. La viuda parecía estudiar tanto a lord Kirkwood como al comandante Winter con cierta reticencia. Pero, afortunadamente, se limitó a decir: «Espero que disfrutes, Amelia», y a continuación se abanicó con brío.

Mientras el comandante la guió hasta la abarrotada pista de baile, Amelia notó que él la miraba con insistencia.

—¿Estáis emparentada con la señora Harris? —le preguntó al fin.

—No. Era mi tutora en la escuela.

—Creía que a las damas jóvenes generalmente las vigilaba algún miembro de la familia.

¿Intentaba decirle algo con eso? No estaba segura.

—Sí, pero es que mis padres están fuera de la ciudad en estos momentos. —Amelia esperó a ver su reacción.

El comandante no mostró ni sorpresa ni preocupación, sólo una curiosidad educada.

—¿Ah, sí?

—Mi papá y Dolly se han ido hoy a…

—¿Dolly? ¿La madrastra americana que ha mencionado Kirkwood?

Maldición, si hasta entonces él desconocía que ella estuviera emparentada con alguien que se llamaba Dorothy, ahora ya lo sabía. ¿Qué debía contestar? Él podía averiguar la verdad fácilmente, y si la pescaba mintiendo sobre algo tan simple, podría despertar sus sospechas.

—Sí.

—Creo que Dolly es el diminutivo de Dorothy, ¿no?

Llegaron a la pista de baile, y Amelia lo miró al tiempo que esbozaba una sonrisa radiante.

—Siempre la hemos llamado Dolly. Creo que de hecho es así como la bautizaron. En Inglaterra hay un sinfín de mujeres que se llaman Dolly, ¿sabéis? Y no siempre se trata de un diminutivo de Dorothy. Sin ir más lejos, la semana pasada…

El vals empezó, y Amelia se sintió aliviada al no tener que proseguir con su estúpido parloteo. Si no, seguramente él le habría sonsacado todo lo que deseaba saber antes de que ella hubiera averiguado nada sobre él.

Mientras el comandante le cogía una mano y deslizaba la otra por su cintura, ella intentó relajarse. Los espías sabían comportarse con una eficacia imperturbable, y no parloteando sin parar.

Entonces empezaron a moverse al son de la música, y Amelia puso toda su atención en el vals en lugar de en su estado nervioso. Pero eso sólo logró empeorar las cosas. Porque ahora ella era plenamente consciente de él; no sólo lo veía como un investigador. A diferencia de los otros hombres que había conocido, se sentía atraída por el comandante. Sus fornidos hombros se flexionaban bajo los dedos delicados de ella, su mano la sujetaba por la cintura de una forma íntima, y olía a brandy y a acero, si eso era posible.

Los comentarios de la gente no iban nada desencaminados: el vals era un baile demasiado íntimo, especialmente en ese escenario, bajo la romántica y tenue luz que emanaba de las lámparas Argand, con las rosas de lady Kirkwood perfumando el aire y la diminuta orquesta llenando la sala con la más exquisitamente sensual…

—¿Cómo es que vuestra familia se ha marchado sin vos?

Afortunadamente, la pregunta logró sacarla de sus pusilánimes pensamientos de chiquilla sentimental. Entonces se dio cuenta de que, si bien la pregunta era perfectamente comprensible, el tono que había empleado el comandante parecía demasiado despreocupado.

Amelia procuró contestar con el mismo tono.

—Oh, no querían privarme de esta diversión, obligándome a abandonar la ciudad justo en medio de la temporada de fiestas. Pero papá prefería que Dolly hiciera reposo en nuestra finca en el campo.

El comandante se mostró sorprendido.

—¿Reposo?

—¿Acaso los americanos no hacen lo mismo? —repuso Amelia con una desmedida carga de inocencia en la mirada—. En Inglaterra, cuando una mujer está en cinta…

—Ya sé lo que quiere decir hacer reposo. —Realizó varias respiraciones profundas, como si intentara calmarse—. Lo único es que no sabía que los ingleses os retirarais al campo para reposar.

—La salud de Dolly es muy frágil.

—Entiendo —apuntó con escepticismo—. ¿Es su primer hijo?

—Sí. —Con temor a que él continuara inquiriendo más, Amelia decidió cambiar de tema—. Bailáis muy bien, comandante Winter.

Lo cierto era que bailaba con un soldado, con un absoluto control de cada paso. Ninguna mujer tendría problemas para seguir su ritmo.

—Parecéis impresionada. ¿Creíais que los americanos no sabíamos bailar?

«Recuerda, compórtate como una coqueta bobalicona», se dijo a sí misma.

—Por supuesto que no. Lo que me sorprende es que a un soldado tan imponentemente robusto como vos le guste bailar. —Amelia deslizó la mano por encima de su hombro fornido provocativamente, y luego se inclinó lo suficientemente hacia él como para ofrecerle una panorámica privilegiada de su amplio escote. A los hombres siempre parecía gustarles.

El comandante clavó la mirada en el escote y no la movió de allí.

—Antes solía asistir a algunas fiestas —contestó, arrastrando la voz.

Amelia se sintió excitada por esa mirada insolente, y notó cómo se le erizaba el vello que cubría todo su cuerpo. Era como si en lugar de exhibir sólo la parte superior de sus pechos le hubiera mostrado mucho más. A duras penas pudo mantener el ritmo de su respiración y de los pasos del vals.

Deseó que él dejara de mirarla como si estuviera desnuda. Además del irritable furor que le provocaba en todo el cuerpo, le era prácticamente imposible concentrarse en la tarea que ella misma se había asignado. Sólo después de que él retirara la mirada de su escote y la mirara nuevamente a los ojos, fue capaz de pensar en algo ocurrente.

—He oído que estáis más interesado en pistolas que en paseos —comentó al tiempo que le regalaba una dulce sonrisa.

El comandante la observó con interés.

—Antes, en el piso de arriba, actuasteis como si no supierais quién era.

Maldición. Había vuelto a meter la pata.

—Todavía no había establecido la relación entre vos y el hombre del que todo el mundo parece hablar; no hasta que os presentasteis.

—Ah. —La expresión desconfiada no se borró de su rostro. La estudió con esos ojos que se escudaban debajo de unas pestañas increíblemente largas y pobladas—. ¿Y qué más habéis oído sobre mí?

—No demasiado. Nadie parece saber nada. —Le lanzó una mirada coqueta—. Si bien todos especulan sobre cómo es posible que un hombre que claramente aborrece tanto a los ingleses se atreva a venir a Inglaterra a visitar a su primo.

El comandante frunció el ceño.

—¿Y qué os hace pensar que no me gustan los ingleses?

—Vamos, comandante Winter, no mostráis ni un ápice de cordialidad con los caballeros, y no habéis bailado con ninguna dama…

—Porque no tenía nada con que hacerles chantaje; no por el hecho de que sean inglesas. —La sonrisa que le lanzó podría haberle acelerado el pulso de nuevo… a no ser porque continuaba mostrando una mirada tan glacial como siempre.

—Así que vuestra estancia en Inglaterra se debe sólo a motivos sociales. —Sólo para provocarlo, Amelia añadió—: ¿Y se os ha ocurrido presentaros a un baile abarrotado de oficiales ingleses con vuestro uniforme porque pensabais que eso os ayudaría a hacer amigos?

Un músculo se tensó en la mandíbula del comandante mientras hacía girar a Amelia sobre la pista de baile con una sorprendente maestría.

—De acuerdo. Lo admito. No sólo estoy aquí para visitar a mi primo. He venido para intervenir en el pacto que los británicos están a punto de cerrar con Argelia.

Amelia sintió que se le encogía el corazón. El comandante no había mencionado que andaba detrás de una tal Dorothy Frier o Smith, lo cual significaba que su investigación era secreta. Eso no podía ser bueno.

Pero ella se negaba a tirar la toalla tan fácilmente.

—¿Y por qué vos? No sois un diplomático.

—Gozo de una nutrida experiencia como intermediario con los piratas de Berbería.

El pulso de Amelia volvió a acelerarse.

—¿Estuvisteis con el teniente Decatur en Trípoli? —exclamó entusiasmada.

Él la miró con una incredulidad palmaria.

—¿Conocéis esa historia?

Maldito fuera su desparpajo. Pero ¿por qué él había tenido que mencionar ese tema, precisamente ese tema, que ella encontraba tan sumamente fascinante?

Bueno, una bobalicona podía mostrar una pasión por los piratas, ¿no?

—Todo el mundo sabe lo que pasó en Trípoli —señaló avispadamente—. Salió en la prensa con toda clase de detalles.

—Pero seguramente no erais más que una niña cuando eso sucedió.

—Sí, una niña que se aburría mucho en una población extremamente aburrida. Así que me dedicaba a leer la prensa.

Lo cierto era que Amelia guardaba un gran número de recortes de diario sobre cada combate de los americanos contra los piratas de Berbería.

Inclinando la cabeza como si fuera una tímida chiquilla, añadió:

—Si hubiera habido tiendas decentes en la localidad, no me habría dedicado a una tarea tan tediosa, pero una sólo puede aguantar hasta cierto límite. —Pestañeó con coquetería—. ¿Y quién no se queda encandilada, con una buena historia de corsarios?

—Corsarios despiadados que raptan a hombres, mujeres y niños por dinero. ¿Tenéis idea…? —Soltó un bufido de desprecio antes de proseguir—. No, claro que no. Para vos los corsarios son un tema de entretenimiento.

—Intentad vivir en Torquay únicamente con un padre malhumorado por compañía y ya veremos con qué os entretenéis —repuso ella con petulancia.

—¿Y vuestra madrastra? ¿No estaba con vos en esa época? Amelia se puso tensa.

«Cuidado cómo respondes», se dijo.

—Dolly y papá sólo se casaron hace unos pocos años.

¿Era sensato añadir algo más? ¿Podría entonces él revelar por qué estaba interesado? ¿O qué pasaría si ella le contaba algún dato falso? Posiblemente, la reacción del comandante sería un buen indicador de si iba detrás de su madrastra o de si se trataba de otra Dolly.

Amelia le lanzó una sonrisa sutil.

—Se conocieron en Devon. Inglaterra era la última parada de Dolly tras su viaje por el continente, y su barco desde Italia…

—¿Italia? —la interrumpió él, claramente sorprendido.

Mientras un horrible temor se apoderaba de su estómago, ella se esforzó por continuar hablando en un tono distendido.

—Florencia, si no recuerdo mal. Dolly visitó un sinfín de lugares después de que su esposo americano falleciera. Estuvo en España, en Italia…

—¿Durante la guerra? —volvió a interrumpirla, enarcando ambas cejas.

Maldición. A Amelia no se le daba bien mentir. No se atrevía a admitir que Dolly había llegado a Inglaterra después de la guerra, ya que entonces las fechas coincidirían con demasiada precisión con las que el comandante tenía sobre la tal Dorothy Smith cuando ésta se marchó de Francia.

—Oh, no… quiero decir, estaba en Italia al final de la guerra, pero antes de eso… bueno, quizá me equivoque en cuanto a España. Igual se trataba de Grecia… No estoy muy segura. —Se encogió de hombros—. Jamás logro recordar esos nombres de países extranjeros, ¿no os pasa lo mismo?

Él apretó los dientes.

—Mi trabajo consiste en mantenerlos a raya.

—Ah, sí, claro. —Amelia soltó una risita atolondrada—. ¿Viajáis mucho? Al menos debéis de haber estado en Trípoli, si tenéis experiencia con los piratas de Berbería, a no ser que, ejem, que vos fuerais uno de esos malvados piratas. —Intentó culminar la frase ocurrente con una sonrisa burlona.

Se lo podía imaginar como un corsario: con su pelo negro como el azabache revuelto por el viento, un destellante aro dorado colgando de una oreja, el pecho descubierto…

«Ya basta. Lo que quieres es comprobar si realmente ha venido a Inglaterra para hacer de intermediario en un tratado», se amonestó a sí misma.

—No estuve en Trípoli con Decatur. Me enviaron allí con el Cuerpo de Marines. Pero estuve con O'Bannon en Trípoli al año siguiente, atravesando el desierto hasta Derna.

¿El comandante había acompañado al valiente O'Bannon? ¡No podía creerlo! Estaba bailando con un hombre que había pisado el fuerte de Derna, quien posiblemente había liberado esclavos e incluso penetrado en algún harén…

Maldición. Otra vez se le iban los pensamientos detrás de esas historias románticas. Nada de eso importaba. Además, probablemente el comandante mentía.

—No es posible. Si sólo erais un mozalbete.

—A los diecisiete años, un muchacho es más hombre que niño.

Amelia no pudo ocultar su sorpresa.

—Pero entonces ahora debéis de tener…

—Sí, soy muy mayor —la atajó él con sequedad—. Tengo casi treinta años.

—Pues no los aparentáis.

—Ya, pero los tengo —terció él, con una voz tan grave que resonó dentro del cuerpo de Amelia de una forma más seductora que la música del vals—. Y si no creéis que estuve en Derna, puedo ofreceros un sinfín de detalles.

Por unos instantes, la curiosidad de Amelia se debatió con la prudencia. Al final, la curiosidad ganó la partida.

—¿Ah, sí? Contadme.

—Éramos cuatrocientos hombres temerarios: caballería árabe, griegos, mercenarios, y un puñado de marines americanos. Hicieron falta cincuenta días para atravesar el desierto. El viento Khamsin barría la arena y provocaba unas tormentas que eclipsaban al sol incluso al mediodía. Cuando nos quedamos sin víveres, los árabes sacrificaron a algunos de los camellos de la caravana, y así sobrevivimos hasta que alcanzamos los barcos con provisiones atracados en la costa cerca de Derna.

—¿Probasteis carne de camello? —exclamó ella, fascinada.

El comandante se encogió de hombros.

—No me quedó más remedio. Todos estábamos medio muertos de hambre.

—Y no obstante, lograsteis llegar al fuerte y… ¡forzasteis a que la población se rindiera en menos de dos horas! —relató Amelia sin apenas tomar aliento.

La exposición dejó al comandante estupefacto. Enarcó una ceja y la miró con cara de asombro.

—Realmente prestabais mucha atención a todo lo que leíais en el periódico, ¿no es cierto?

Ella pestañeó. Ya había vuelto a emocionarse más de lo debido.

—Oh, sí. Prestaba mucha atención, especialmente cuando hablaban de la espada de mazapán.

La mirada del comandante se tornó despreciativa.

—¿Os referís a la espada de mameluco?

—¿Mameluco? —Amelia lo miró con impavidez, aunque tuvo que morderse la lengua para no preguntarle si ésa era la extraña espada que tenía colgada en su habitación—. ¿No os dieron a los americanos unas réplicas de espada hechas de mazapán?

—No, eran espadas de verdad; con filo y todo. Si queréis, puedo mostraros la mía un día de éstos.

Ella deseó abofetearlo por su aire condescendiente... y besarlo por ofrecerse a mostrarle su espada. Ese bribón sabía cómo tentar a una mujer aventurera.

—¿La lleváis siempre con vos, cuando viajáis? —preguntó, intentando disimular su creciente excitación—. ¿Acaso suponéis que tendréis que subyugar al enemigo por la fuerza?

El comandante desvió la mirada hasta depositarla en sus labios, y con una voz más ronca respondió:

—Si es necesario, sí.

Amelia notó que su estómago empezaba a temblar como un flan.

—¿Todavía estamos hablando de espadas, comandante?

—Así es. —Una chispa selvática emanó de lo más profundo de sus ojos—. ¿De qué más podría hablar con una joven dama inglesa?

Las palabras se escaparon de los labios de Amelia antes de que ella lo pudiera remediar.

—¿De vuestra esposa, por ejemplo?

Era la típica pregunta que haría una coqueta bobalicona. Y ella sólo lo preguntó como parte de su investigación. Ése era el único motivo. De verdad.

El comandante parpadeó varias veces seguidas.

—No estoy casado.

Amelia ignoró el delicioso escalofrío que recorrió todo su cuerpo.

—Pues a los treinta años uno ya es un poco mayor como para no estar casado, ¿no os parece?

—He estado bastante ocupado en los últimos diez años, señorita. Antes de la guerra contra Inglaterra era demasiado joven para esposarme, y mientras duró la contienda, no tuve tiempo de hacer la corte a ninguna mujer.

—Pero hace tiempo que acabó la guerra. ¿Qué habéis hecho desde entonces?

La mirada del comandante se tornó taciturna.

—Misiones diplomáticas.

El vals tocó a su fin, y él guió a Amelia hasta el borde de la pista de baile.

—¿Dónde? —lo apremió ella, esperando que el comandante revelara sus motivos reales—. ¿En algún lugar donde no pudisteis hallar esposa? Me parece que…

Pero Amelia no continuó; se calló repentinamente y contuvo el aliento cuando avistó a un caballero que se abría paso hacia ellos entre la multitud.

—Oh, no, es él… —acertó a decir únicamente.

Su afán por obtener información quedó relegado a un segundo plano ante la inminente necesidad de autoprotegerse.

—Disculpad, pero tengo que marcharme —profirió Amelia precipitadamente mientras se soltaba del brazo del comandante.

Desconcertado, él la siguió hasta la cristalera más próxima que daba a la galería.

—¿Marcharos? ¿Dónde?

—¡Tengo que escapar del marqués! —susurró ella nerviosa—. Y por favor, no me sigáis. Sois ostentosamente visible, comandante Winter, por lo que le serviréis de cebo hasta mí.

Afortunadamente, él hizo caso de su petición. Una vez fuera de la sala, Amelia espió a través de los cristales de la puerta. El comandante Winter se había esfumado, pero el marqués de Pomeroy se estaba dedicando a barrer toda la zona. Cuando depositó sus afilados ojos azules en la cristalera, ella dio un respingo.

Descubrió un pilar cercano, y decidió ocultarse detrás de él. Fijó la vista en la grieta entre el pilar y la pared, a través de la cual alcanzaba sólo a ver las puertas de cristal.

—¿Me he perdido algo? —murmuró una voz a sus espaldas.

El susto que tuvo Amelia fue tremendo. Espantada se dio la vuelta y vio al comandante de pie, a su lado.

—¡Bestia! ¡Me habéis dado un susto de muerte! Pero ¿se

puede saber qué creéis que estáis haciendo? —lo amonestó sin poderse contener.

—Continuar con vos. He salido por la otra puerta. —Sus ojos la observaron con un brillo inusitado—. Qué lástima que no pudierais encontrar un pilar para esconderos en el piso de arriba, o podríais haber…

—¡Chist! —siseó Amelia.

Justo a tiempo. Porque en ese preciso instante ambos oyeron cómo se abría la puerta de cristal. Ella se puso visiblemente tensa cuando oyó la voz del marqués.

—¿Lady Amelia? ¿Estáis aquí?

Amelia lanzó una mirada intransigente al comandante Winter. Como si quisiera protegerla, él se arrimó a ella, y una sonrisa coronó los labios de Amelia. La situación era más bien excitante: estar allí, escondida con el comandante…

Durante unos segundos todo quedó en silencio, y Amelia pudo imaginar a lord Pomeroy escudriñando cada rincón de la galería con su semblante envanecido. Cuando oyó el taconeo sobre el suelo de piedra, instintivamente se pegó más al mármol helado y procuró ocultar su estado alterado.

No le resultó fácil, con el comandante a escasos centímetros. Él había emplazado la mano sobre su cintura y la acariciaba lentamente, con un tacto de seda. Amelia tragó saliva.

El comandante Winter clavó la vista en su garganta, y de nuevo apareció esa deliciosa chispa selvática en sus ojos. Pero la palabra soez que lord Pomeroy lanzó a media voz rompió la magia del momento. Mientras Amelia seguía conteniendo la respiración, oyó cómo se alejaban los pasos hasta que finalmente la puerta se cerró.

—¿Os importaría contarme qué sucede? —inquirió él.

Amelia exhaló el aire que había retenido en los pulmones, inquieta ante la posibilidad de que ese individuo volviera a aparecer y los encontrara juntos.

—Nada, simplemente es que no deseo hablar con «lord Pomposo»… quiero decir, Pomeroy.

—¿Y quién es ese individuo?, si no es mucho preguntar…

—El hombre con el que intercambiasteis unas palabras sobre paseos y pistolas al inicio de la fiesta.

—¿El general Paxton?

—Si osáis llamarle así en lugar de lord Pomeroy, os aseguro que no tendrá ningún reparo en acribillaros a balazos.

—Pues lo hice. Le llamé así. —La luna iluminó los labios del comandante mientras esgrimía una sonrisa burlona—. Y sí que se enfadó. Un viejo zorro arrogante, ¿eh?

Amelia lo fulminó con una mirada despreciativa.

—Aquí, en Inglaterra, le consideramos un héroe de guerra por derrotar a Boney. Por eso el príncipe le concedió el título de marqués.

—Entonces ¿por qué os ocultáis detrás de los pilares para evitarlo?

Ella suspiró.

—Ese pesado quiere casarse conmigo, conmigo y con mi fortuna.

—¿Por qué? ¿Acaso no dispone de su propia fortuna?

—No. Le otorgaron tierras y el título, pero tiene que mantenerlo.

—Y vos no deseáis casaros con un cazafortunas, ¿eh?

La mano del comandante todavía descansaba sobre su cintura. Amelia sabía que debería separarse de él, pero no se decidía a hacerlo.

—¿Quién querría casarse con un cazafortunas?

Él apoyó el brazo en el pilar, con expresión taciturna.

—Supongo que eso quiere decir que no tengo ninguna posibilidad con vos.

—¿No tenéis dinero?

—Lo tuve. —Su voz adoptó súbitamente un tono apesadumbrado—. Pero lo perdí todo hace años.

—Deberíais de haber sido más cauto —comentó Amelia con aplomo, aunque su pulso se había vuelto a acelerar. ¿Era posible que lo hubiera perdido por culpa de Dolly?

Los ojos del comandante se llenaron de rabia.

—Con cautela tampoco habría conseguido nada. —Apartó la mano de su cintura, dio media vuelta y empezó a caminar, como si pretendiera alejarse de ella.

Amelia lo siguió por la galería. Tenía que averiguar más, lo cual significaba que debería mostrar más tacto para no ofenderlo.

—Sin embargo, poseéis otras ventajas que pueden contrarrestar vuestra falta de fortuna, comandante Winter.

—¿Ah, sí? —refunfuñó él.

Amelia lo miró con unos ojos descaradamente provocadores.

—¿Qué mujer se resistiría a un marine guapo y robusto como vos, con un montón de aventuras en su haber? Con vuestras maravillosas historias, podríais entretener a una mujer; eso es algo que otros esposos desaboridos no conseguirían hacer nunca.

Él se detuvo para contemplarla con un escepticismo patente.

—¿Y vos os casaríais con un hombre simplemente porque ha vivido un montón de aventuras?

—¡Pues claro que sí! Sería muy divertido. —Con una sonrisa coquetona, ella continuó recorriendo la galería—. Especialmente, si mi esposo me llevara de aventura.

—Entonces, ¿por qué no os casáis con el general… con lord Pomeroy?

—¡Santo cielo! ¡Pero si no es más que un vejestorio! —exclamó ella de una manera vivaz.

—Bueno, pues con otro de los oficiales ingleses…

—La mayoría de ellos sólo quieren mi fortuna para asegurarse un buen retiro. —Aunque pareciera triste, era cierto—. Y los escasos oficiales aventureros que hay no buscan esposa o ya están casados. —Amelia se volvió hacia él y lo miró con porte altanero—. Incluso los casados esperan que sus esposas se queden en casa como unas buenas chicas y que nunca salgan a conocer el mundo, mientras ellos navegan hasta las Indias Orientales o incluso hasta más lejos.

—Os lo aseguro, lady Amelia, no os gustaría nada ver mundo si eso significara pasar muchos días encerrada en la claustrofóbica cabina de un barco o montada sobre la grupa de un camello.

—¿Qué se siente al montar sobre un camello? ¿Pueden esos bichos correr como los caballos, o es más bien como ir al trote? ¿Pueden realmente aguantar tantas horas sin agua?

Él la miró fijamente.

—Los camellos son unos animales muy sucios, huelen fatal y son muy tercos. No os gustaría montar en uno de ellos. Y, seguramente, no os gustaría comeros un ejemplar.

Maldición. De nuevo Amelia se había dejado llevar por su gran imaginación.

—Claro que no —contestó con gazmoñería—. Me temo que la carne de camello debe de ser muy dura.

—Dura y fibrosa. No es un manjar para una dama. —El comandante desvió la vista y contempló los jardines que se extendían a sus pies—. Supongo que habéis adquirido este interés por la aventura de vuestra madrastra.

Nuevamente él intentaba dirigir la conversación hacia Dolly. Debía de sospechar de ella. Amelia avanzó hasta la baranda de la galería y clavó la mirada en los arbustos para ocultar su nerviosismo.

—¿Por qué lo decís?

El comandante se acercó y se apoyó en la baranda.

—Estoy seguro de que ella os habrá relatado sus propios viajes por Francia y…

—Francia no, comandante Winter. Dije España, ¿os acordáis? —Amelia podía sentir en sus oídos el retumbar de los acelerados latidos de su corazón.

—Es cierto. Durante la guerra. Lo había olvidado. —Él la miró a los ojos, inquisitivamente—. Debéis de estar muy apegada a vuestra madrastra, si habéis adoptado su amor por los viajes.

—No sé a qué os referís. —Amelia estaba temblando. Obviamente, el comandante iba detrás de su Dolly. Hasta que no averiguara el porqué, no sabía cómo contestar a sus preguntas sin perjudicar a su madrastra. Lo más prudente era cambiar de tema.

—Deduzco que, aunque no lleve mucho tiempo casada con vuestro padre, compartís sus intereses. ¿Cuánto tiempo llevan casados?

—Comandante Winter —masculló ella, desesperada por cambiar de tema—. ¿Pensáis continuar aquí de pie, departiendo acerca de mi familia, o vais a decidiros a besarme?

Él la miró perplejo.

—¿Perdón? ¿Qué habéis dicho?

«Vamos, inténtalo; tienes que conseguir que deje de pensar en Dolly», se repitió a sí misma.

Con el corazón latiendo desbocadamente, Amelia deslizó lentamente los dedos por encima del ribete dorado de su casaca.

—Cuando un hombre sigue a una joven dama hasta la galería y le habla de sus pretendientes, normalmente alberga otras intenciones que simplemente conversar con ella. Estamos solos, bajo un maravilloso cielo estrellado. No se podría esperar otra oportunidad mejor. —Amelia agarró la mano del comandante y la emplazó en su cintura.

Él no la apartó. Lazó un sonoro bufido y le preguntó:

—¿Qué edad tenéis?

—Estoy a punto de cumplir los veintiún años.

—Sois demasiado joven para mí —aseveró él con la voz ronca.

—Bobadas. Lord Kirkwood tiene la misma edad que vos, y lord Pomeroy pasa de los cincuenta. Y, sin embargo, eso no les ha privado de pretenderme. —Bajó la vista con recato, en lo que esperó que fuera una actitud provocativa—. Pero claro, ya lo entiendo… No me encontráis atractiva…

—Ningún hombre en su sano juicio creería que no sois atractiva —profirió él—, pero eso no significa que esté tan loco como para besaros.

De repente, Amelia se sintió invadida por un instinto imprudente.

—Entonces, tendré que ser yo la que os bese.

Capítulo cuatro

Querida Charlotte:

Estoy absolutamente de acuerdo con vos. La consentida señorita Linley necesita un esposo con mano firme. Además, el señor Chambers frecuenta en secreto la clase de establecimientos que ningún caballero debería visitar, lo cual es indicio de una definitiva falta de carácter.

Vuestro primo dogmático,
Michael

Cada músculo del cuerpo de Lucas se tensó como una cuerda. Que Dios lo ayudara. Amelia se puso de puntillas y selló sus labios con los de él. Por todos los demonios, esa chica era lo suficientemente joven como para ser… bueno, como mínimo su hermana menor.

Pero no besaba como una hermana pequeña, de eso no le cabía la menor duda. Tenía los labios más tentadores que jamás había probado. Sin olvidar su gracioso cuerpecito tentador, que se moría de ganas por repasar con sus manos, centímetro a centímetro.

Sin embargo, antes de que tuviera la oportunidad de saborear el beso, ella apartó los labios y lo miró con un semblante irritablemente arrogante.

El enfado del comandante fue más que visible. Esa muchacha era igual que cualquier otro maldito inglés; se divertía acosándolo, atormentándolo, pensando que podría escapar airosa de la situación porque él no era más que un simple plebeyo americano, mientras que ella era una presuntuosa inglesa. Pero ella era la que había empezado el juego, así que tenía que ser ella la que lo terminara.

Atrapándola por la cintura con aire posesivo, la atrajo hacia sí.

—Si ésa es vuestra idea de un beso, entonces ahora entiendo por qué os morís de ganas por una buena aventura. —La agarró por la barbilla, y bramó—: Esto, lady Amelia, es un beso.

A pesar de que Amelia se quedó helada, no intentó detenerlo, y el comandante se aprovechó. Deslizó los labios por encima de los de ella, probando, saboreando, disfrutando. Y después, mientras acariciaba su espalda enfundada en el vestido de seda, empezó a abrirse paso dentro de su boca con la lengua…

Ella dio un respingo, pero no luchó por separarse de él; sólo se lo quedó mirando fijamente, con esos ojos luminosos de color chocolate.

—¿Qué estáis haciendo?

—Besaros.

Amelia se puso colorada.

—Ya, pero… habéis… o sea… que vuestra…

—Así besamos los salvajes americanos. —Amelia había conseguido irritarlo con su reacción. Puesto que ella había iniciado el flirteo, debería de haber comprendido lo que él estaba haciendo—. Pero supongo que no os gusta que un soldado raso se atreva a besaros con la lengua.

—No… no he dicho eso —protestó ella.

—Perfecto. Entonces, no os importará que continuemos donde lo habíamos dejado.

Sin darle la oportunidad de resistirse, volvió a besarla. No sabía qué era lo que lo ponía tan ardiente, si el visible sobresalto de Amelia ante su insolencia o el hecho de que ella sólo había pretendido tomarle el pelo; de lo que estaba seguro era de que no permitiría que una petulante dama inglesa se riera de él. No esa noche, no cuando se sentía tan agitado y furioso después de su encuentro con los soldados.

La besó del modo más insolente que un soldado indeseable osaría hacer, esperando que Amelia lo rechazara con el mismo grado de ferocidad. Pero ante su sorpresa, ella no sólo no contraatacó sino que no mostró ninguna clase de resistencia cuando él intentó abrir sus labios con la lengua.

Maldita fuera esa mujer. La sensación era deliciosa, como hundirse en una cálida melaza, suave como la seda y tan perversamente dulce que hizo que su rabia se tornara en algo más peligroso. Embriagado, hundió la lengua dentro de su boca, una y otra vez.

Con cada golpe, ella se deshacía un poco más entre sus brazos. Por Dios, esa fémina podría hacer enloquecer a cualquier soldado que estuviera desesperado. Qué labios tan lascivos, tan tiernos como un melocotón de agua… Su suave perfume de madreselva lo transportó nuevamente a su hogar; por unos segundos olvidó que ella era inglesa, olvidó de quién era hijastra. Sólo ansiaba más. Mucho más. Anhelaba conquistarla, devorarla.

Cuando Amelia lo rodeó por el cuello con su brazo, apretando sus blandos pechos contra su torso, él interpretó el movimiento como una invitación y empezó a acariciar su espalda con ambas manos… luego fue bajando hasta alcanzar sus sinuosas caderas, luego volvió a subir hasta sus costillas, y con los pulgares empezó a acariciar la parte baja de sus pechos por encima de las costillas…

—Será mejor que paremos —murmuró ella lentamente. Tenía la cara sofocada y respiraba con dificultad—. Alguien podría darse cuenta de que los dos hemos desaparecido de la sala de fiestas, y si nos sorprenden aquí juntos, no dudarán en tildarme de chica fácil o algo peor.

El comandante intentó asimilar sus palabras, luego la miró con frialdad.

—Éste es el precio que pagas por la aventura, bonita —bramó, luchando por contener la necesidad imperiosa que sentía de cargarla sobre sus hombros, llevarla abajo al jardín, y perderse con ella entre los arbustos.

Ella no parecía darse cuenta de que estaba jugando con fuego, y le lanzó una mirada beligerante.

—Si supierais el precio que ellos os intentarían hacer pagar si nos pillaran juntos, no actuaríais de un modo tan osado.

—La osadía no tiene nada que ver con lo que siento en estos precisos instantes.

A pesar de la gran excitación que sentía, Amelia intentó zafarse de sus brazos; pero el comandante no pensaba soltarla tan fácilmente. Lo que ella acababa de insinuar, había despertado su curiosidad.

—¿Exactamente, qué precio pensáis que ellos intentarían hacerme pagar? —le preguntó al tiempo que luchaba por no dejarse arrastrar por la sed insaciable que sentía.

—Os obligarían a casaros conmigo. Un caballero no puede besar a una dama soltera a menos que esté cortejándola. Y no es eso lo que estáis haciendo, ¿no?

Las palabras «No, por Dios» estuvieron a punto de aflorar de su boca, pero se contuvo. Se había dejado llevar por la dulce boquita de Amelia, pero lo que no quería era dar un traspié con una cretina dama inglesa. Estaba allí por una cuestión de justicia, y no lo conseguiría sin el apoyo de esa mujer.

¿Y qué mejor forma de obtener su ayuda que cortejándola? Esa actitud podía proporcionarle la coartada perfecta para conseguir su propósito. Si jugaba bien sus cartas, ella incluso lo invitaría a su casa a conocer a su padre y a su madrastra.

El comandante bajó la vista hasta los labios encarnados de Amelia y balbució:

—Ésa podría ser mi intención.

Amelia pestañeó.

—¿Qué intención?

—Haceros la corte.

Era un plan absolutamente seguro. Kirkwood le había comentado que esa dama no estaba interesada en casarse, y ella misma se lo había dado a entender. Además, lady Amelia no querría saber nada de él después de que él arrestara a su madrastra y a Theodore Frier, que era lo que pensaba hacer cuando tuviera la certeza de que ella era la Dolly que buscaba.

Amelia lo observó confusa.

—¿Decís que deseáis hacerme la corte? ¿Tras sólo un beso?

El comandante elevó la mano hasta acariciarle la mejilla, y luego deslizó el dedo pulgar por su provocativo labio inferior.

—Más de un beso. Y a veces, eso es todo lo que se necesita.

—¿De veras? —Su voz era extrañamente quebradiza—. Pensé que estabais en Inglaterra por cuestión de negocios.

—¿Negocios? —inquirió él con recelo.

—El pacto con los argelinos.

—Ah, sí, claro. —En cierto modo, era cierto. Sus superiores habían considerado que eso le proporcionaría la excusa perfecta para perseguir a los Frier—. Pero eso no significa que no pueda buscar una esposa mientras me dedico a mis negocios.

Al comandante le pareció distinguir una chispa de rabia en sus ojos, pero ésta se desvaneció rápidamente. Probablemente sólo se lo había imaginado. ¿Por qué motivo podía estar ella enfadada? Las féminas como ella hacían colección de pretendientes como si de joyas se tratara. A lady Amelia no le importaría colgarse un pretendiente más al cuello.

—Así que ahora buscáis una esposa. —Deslizó las manos por la cintura del comandante, y se quedó paralizada de repente, cuando notó la daga—. ¿Qué es esto? —Introdujo la mano en su fajín, sacó el cuchillo y se lo quedó mirando con cara sorprendida—. ¿Siempre lleváis una daga encima, cuando cortejáis a una mujer?

—¿Y vos? ¿Siempre cacheáis a vuestros pretendientes para averiguar si van armados? —contraatacó él, arrebatándole el arma con brusquedad y volviéndola a ocultar entre el fajín.

Durante unos instantes, Amelia no supo qué responder; luego le lanzó una sonrisa de complicidad más en la línea de la cándida muchachita seductora del principio que en la mujer que él acababa de besar.

—Claro que no, desconfiado; ha sido por casualidad. Pero ése es exactamente el problema con vos a la hora de cortejarme: desconocéis las reglas del juego.

—¿Qué reglas? —gruñó él, irritado ante el abrupto cambio de personalidad de Amelia.

Esta vez, cuando ella intentó apartarlo, él accedió a soltarla.

—Lo que se considera de buen tono. —Amelia le propinó una sonrisa burlona—. En Inglaterra, ir armado en un baile se considera un acto de extrema mala educación, comandante.

—Lucas —matizó él tensamente, enojado ante sus estúpidos comentarios sobre el decoro después de haberse dejado besar ardientemente—. Llámame Lucas. Es mi nombre de pila.

Ella bajó la vista con un ademán recatado.

—Todavía no estamos prometidos, señor. Y no es probable que acabemos prometidos si continuáis saltándoos las reglas de conducta que seguimos aquí, en Inglaterra.

¡Al diablo con las reglas de conducta de la alta sociedad inglesa! Él sólo quería una oportunidad para descubrir lo que necesitaba saber.

Pero claro…

—Bueno, podrías enseñarme cómo comportarme. Para no saltarme las reglas, me refiero.

Sí, eso podría funcionar. No sería capaz de proseguir con su investigación si ella no deseaba verlo más a causa de su adusto comportamiento.

—Podrías aleccionarme sobre cómo comportarme correctamente en sociedad. —Sin poder ocultar el tono sarcástico de su voz, añadió—: Conviérteme en un pretendiente digno de ti.

Un extraño brillo calculador emergió de los ojos de Amelia.

—Me parece una idea brillante.

El comandante también esperaba que así fuera.

—Pues claro. ¿Quién mejor que tú podría enseñarme cómo comportarme? —La única mujer capaz de guiarlo hasta Dorothy Frier, y de allí hasta Theodore Frier.

—Exactamente. ¿Quién mejor que yo? —Amelia pestañeó varias veces seguidas con coquetería—. Aunque no estoy del todo segura de si el esfuerzo vale la pena para mí, cuando tengo a otros caballeros interesados en cortejarme que ya conocen las reglas por las que se rige la sociedad inglesa.

El comandante apretó los dientes. Si esa muchacha esperaba que él le rogara que le otorgara el privilegio de cortejarla, iba lista. Pero él tenía algo que ella quería.

—Ya, pero ninguno de esos tipos puede saciar tu sed de aventura con maravillosas historias.

Amelia lo miró fijamente.

—En eso tenéis razón.

—Pero es que, además, yo puedo hacerte partícipe de mis aventuras, si quieres.

La mirada de ella se tornó más desconfiada.

—¿Qué clase de aventuras? ¿Vuestros besos?

El comandante notó cómo se crispaba cada músculo de su cuerpo. Al menos eso le serviría de pago por tener que soportar lecciones de comportamiento.

—Si eso es lo que quieres, bonita…

Amelia puso ojitos de coqueta.

—Ya veremos. Si demostráis que sois digno de ser mi pretendiente, entonces quizá esté interesada en algunas aventuras de ese orden.

Así que esa pequeña guasona deseaba ejercitar sus ardides con él, ¿eh? Perfecto; la dejaría que practicara todo lo que quisiera.

—Entonces, cerramos el trato. Tú me das lecciones de cómo comportarme en sociedad, y yo a cambio te ofrezco aventuras… de la clase que quieras.

Amelia dudó unos instantes, luego le lanzó una sonrisa triunfal.

—De acuerdo. No dudéis en pasar a visitarme por casa de mi padre, aquí en la ciudad. Lord Kirkwood os proporcionará la dirección. —Dirigió la vista hacia la cristalera—. Y ahora será mejor que entre antes de que alguien salga a buscarme.

Cuando ella empezó a caminar, él se dispuso a seguirla. Entonces, ella volvió a detenerse.

—No podemos entrar juntos o la gente pensará que…

—¿Que estábamos aquí fuera, haciendo algo que no debíamos?

—Exactamente. —Amelia lo observó con unos ojos seductores medio entornados—. Ésta será vuestra primera lección: nunca nadie desea que los demás crean que ha estado haciendo algo indebido.

—En ese caso… —Sin mediar ninguna palabra más, él empezó a cepillarle la parte posterior de la falda con la mano.

Sobresaltada, Amelia dio un brinco y se sonrojó.

—¿Qué estáis haciendo?

—Tenías la falda sucia, seguramente por haberte apoyado en la baranda. Y si no quieres que nadie sepa que estábamos…

—Ah. —Amelia se apresuró a limpiarse el vestido—. De ahora en adelante, decidme lo que tengo que hacer, pero no os toméis la libertad de actuar por vuestra cuenta.

—De acuerdo. La próxima vez dejaré que te limpies tú solita el trasero —concluyó él, y aunque no lo expresó en voz alta, pensó—: «Tu bonito trasero, que tanto me gustaría manosear».

Amelia se echó a reír.

—Ah, y no deberíais utilizar la palabra «trasero» en público.

El comandante la miró perplejo.

—¿Acaso prefieres que diga culo?

Ella le lanzó una mirada llena de reproche.

—Se supone que no debéis referiros a ninguna parte del cuerpo de una persona.

—¿Así que no puedo ofrecerte echarte una mano? ¿O tomarte del brazo? ¿O…?

—Vamos, sabéis perfectamente a qué me refiero.

—No estés tan segura. Según vosotros, los ingleses, no soy más que un salvaje.

—Incluso los salvajes pueden aprender a comportarse.

—Si eso es lo que ellos desean, claro.

Amelia enarcó una ceja.

—Pensé que era lo que queríais.

El comandante se esforzó por esbozar una sonrisa.

—Siempre y cuando no intentes convertirme en uno de esos caballeros remilgados ingleses.

—Oh, dudo que eso sea posible —aclaró ella, con una voz que sólo podía definirse como sarcástica. Pero justo cuando él se cuestionaba esos repentinos arrebatos de ella, Amelia levantó la mano, movió los dedos en señal de despedida y agregó—: Espero verte pronto… Lucas. No podré dormir pensando en nuestra próxima aventura.

Acto seguido, Amelia se deslizó rápidamente por la galería, contorneando las caderas con gracia, y él se quedó ahí plantado, contemplándola con una creciente excitación. Ya le daría a esa pequeña calenturienta una aventura que no pudiera olvidar; cuando se le presentara la ocasión de quedarse a solas con ella en algún lugar donde pudiera hacer que se tumbara y…

Lucas musitó una ordinariez entre dientes.

«No seas idiota», se dijo. Ese cortejo tenía por función destilar información, nada más. Tenía que dejar que ella le tomara el pelo y batiera sus pestañas como una pánfila coqueta. Mientras ella jugara a domar a un americano salvaje, él se dedicaría a interrogarla, no a hacerle el amor. Porque lo único que le importaba era obtener respuestas.

Υ

Cuando Amelia entró en la sala de fiestas, su sonrisa bobalicona se tornó en una mueca de disgusto. ¿Cortejarla? ¡Ja! Lo
único que ese bribón pretendía era usar la excusa del cortejo
para descubrir lo que necesitaba saber acerca de Dolly. Probablemente, incluso soñaba con la posibilidad de que ella acabara
invitándolo a la finca que la familia tenía en Torquay.

Aunque pareciera imposible, Dolly era el foco de su investigación. El comandante le había hecho demasiadas preguntas di-
rectas, había intentado acorralar a Amelia varias veces para
sonsacarle información.

¿Y su grosera forma de cortejarla? ¿Como se atrevía esa sa-
bandija a fingir que deseaba hacer la corte a una mujer sólo para
obtener lo que quería? ¿Cómo se atrevía?

Bueno, los dos podían divertirse con ese juego. Mientras el
comandante intentaba besarla a la espera de obtener datos, ella
le tomaría el pelo hasta que él acabara revelándole por qué iba
detrás de Dolly. Toda sospecha grotesca que ese individuo pudiera albergar no podía estar basada en nada sustancial. Y ella se
lo demostraría, aunque tuviera que jugar a ser una coqueta bobalicona, poniendo carita de pena y pestañeando sin parar...

—¿Has estado todo este tiempo fuera? —le preguntó una
voz femenina familiar a sus espaldas.

Amelia se quedó inmóvil, luego se dio la vuelta y vio a su
institutriz.

—Sí, necesitaba un poco de aire fresco.

La señora Harris parecía más preocupada que enojada.

—Ese sujeto no te habrá molestado, ¿no?

El corazón de Amelia volvió a acelerarse.

—¿Quién?

—Lord Pomeroy. Vi que salía tras de ti, pero antes de que
pudiera intervenir, él ya estaba de vuelta; así que supuse que habías sabido lidiar con él tú solita.

—Oh. —Amelia sonrió con cara de alivio—. Así es; me oculté para que no me viera.

La señora Harris lanzó un suspiro.

—Gracias a Dios. Como institutriz a tu cargo, me habría sentido fatal si ese sujeto te hubiera puesto la mano encima. Pero
no me di cuenta de que te quedaste ahí fuera. Me enfrasqué en

una conversación, y cuando quise darme cuenta… —La señora Harris se quedó muda de repente, con la mirada fija en un punto situado a la izquierda de Amelia.

Amelia se dio la vuelta y… ¡Oh, no! Vio a Lucas entrar en la sala justo por la puerta contigua a la que Amelia había entrado.

Lucas se fijó en las dos mujeres que lo estaban mirando; las saludó con la cabeza y continuó su camino, dejando a Amelia con la obligación de rendir cuentas con la señora Harris. Con la penetrante mirada azul de su institutriz clavada en su cara, Amelia espetó:

—No es lo que crees.

—¿Estabas con él? ¿En la galería, solos?

—Sí, pero únicamente estábamos hablando. Vino para asegurarse de que lord Pomeroy no me estaba incordiando.

—¿Estás segura? —La señora Harris miró a Amelia fijamente—. Ten cuidado, pequeña. Cuando un hombre de la edad del comandante Winter…

—No es más mayor que tú —protestó Amelia.

—Pero eso significa que sí que es bastante más mayor que tú. Y no debes olvidar que ese individuo es un simple soldado, y en cambio tú eres una rica heredera.

—Por lo que seguramente va detrás de mi fortuna, ¿no es así?

La señora Harris se quedó meditativa.

—Es posible.

Amelia se puso visiblemente tensa. ¿Debería confesarle todo lo que había descubierto en el cuarto del comandante?

Probablemente no. Consciente de la responsabilidad que la señora Harris tenía en su papel de institutriz, lo más seguro era que la obligara a hacer las maletas y marcharse al campo con su padre y su madrastra. Amelia no deseaba alarmar a Dolly innecesariamente… o provocar que su padre sospechara de su esposa. Lo más conveniente era no contarle a nadie lo que sabía hasta que dispusiera de más información.

—Te aseguro que dudo mucho de que el comandante Winter esté interesado en mi fortuna —replicó Amelia.

—¿Por qué no? Apenas sabemos nada sobre él; sólo que está

emparentado con lord Kirkwood. No sabemos de qué familia proviene, ni si tiene dinero...

—Y, por supuesto, sería conveniente saber todos esos detalles, ¿no es cierto? —Claro, esos detalles podrían ayudarla a averiguar qué era lo que Lucas quería de Dolly.

—¿Te gusta? —preguntó la señora Harris.

—A lo mejor sí.

El profundo suspiro que lanzó la institutriz hizo que su llamativa melena rojiza temblara como la copa de un árbol azotada por el viento.

—No sé por qué pero no me sorprende. Es la clase de hombre que podría atraerte. —Su voz se tornó más frágil—. Tiene esa edad tan interesante que le permite exhibirse como un tipo mundano sin ser todavía viejo. Luce un imponente uniforme y vive una vida fascinante, y es exactamente lo que cualquier jovencita cree que quiere. Hasta que esa jovencita lo consigue.

Amelia esgrimió una mueca tediosa.

—¿Todavía estamos hablando del comandante?

La señora Harris pestañeó, y luego carraspeó nerviosa.

—Perdona, querida. A veces tiendo a dejar que mis propias experiencias ilustren mis percepciones, ¿no es cierto?

—Sí, a veces sí —repuso Amelia, con una sonrisa.

No era que culpara a la señora Harris. Esa hija de barón se fugó de jovencita con un oficial de caballería que resultó ser un cantamañanas, y tras sólo dos años de matrimonio, el tipo se había gastado hasta el último centavo de su herencia. Afortunadamente, el oficial tuvo el acierto de morir en un duelo, dejando a la señora Harris libre para reorganizar su vida. Pero la viuda se había mostrado comprensiblemente cauta con los hombres desde entonces, tanto consigo misma como con sus pupilas.

La señora Harris clavó la vista en el otro extremo de la sala, donde Lucas se estaba sirviendo una copa de ponche.

—Así que te gusta el comandante americano, ¿eh?

—Me gustan sus historias acerca de las peleas contra los piratas de Berbería, y encuentro que su profesión es terriblemente fascinante.

Lo que Amelia no dijo fue que también la seducían sus besos, tan apasionados como los que se narraban en los cuentos del harén; como en ése sobre el corsario que raptó a una viuda inglesa y la besó de un modo tan subliminalmente apasionado que...

Amelia lanzó un bufido. Maldito fuera Lucas por recurrir a sus besos de corsario para seducirla. No debía pensar en esos besos. Eran meramente parte de su estrategia, las tácticas de un bribón, nada más. Besos fáciles de olvidar.

Como un cometa fugaz en medio del cielo nocturno. O como un eclipse de sol. O como el río Támesis congelado, cuando ella tenía dieciséis años.

Volvió a lanzar otro bufido. Maldito fuera ese rufián por conquistarla con sus besos engañosos.

—Si me gusta o no dependerá de lo que pueda aprender sobre él. —Fijó la vista en la fornida y ancha espalda de Lucas y sonrió maliciosamente—. Tal y como una sabia mujer que conozco dice siempre: «La información es más valiosa que el oro».

—Me agrada ver que algunas de mis enseñanzas han arraigado en ti —proclamó orgullosa la señora Harris.

—No te preocupes, aseguro que he aprendido de todas tus enseñanzas. —Amelia apartó la vista de su adversario—. Y sé exactamente a qué persona deberíamos consultar para averiguar cosas sobre el comandante Winter.

—¿Al primo Michael? —apuntó la señora Harris.

—Oh, la verdad es que no había pensado en él, pero sí, deberías escribirle. Estaba pensando en lady Kirkwood. ¿Quién mejor que un familiar directo de ese individuo para revelar sus secretos?

—No sé si accederá a contarnos algo —remarcó la señora Harris.

Amelia sonrió.

—Esa mujer está buscando una rica heredera para su hijo, ¿no? Nosotras también podemos ofrecerle información valiosa, a cambio.

La señora Harris no se pudo reprimir y soltó una risotada.

—Eres más taimada de lo que creía.

—Tuve una buena maestra. —Con una risita traviesa, Amelia estrujó la mano de su institutriz—. Vamos, deja que vea cómo te las apañas con lady Kirkwood.

A pesar de que la señora Harris esgrimió una mueca de cansancio, fue con Amelia en busca de lady Kirkwood.

Afortunadamente, hallaron a la vizcondesa viuda de pie, sola, al lado de la orquesta. Cuando se le acercaron, lady Kirkwood sonrió cautelosamente.

—Señora Harris, qué alegría veros.

—Igualmente —repuso la institutriz—. Espero que no os importe, pero Amelia y yo deseamos haceros unas preguntas sobre vuestro allegado, el comandante Winter.

—Huy, no estoy segura de que os pueda ser de gran ayuda. Nuestras familias nunca han estado muy unidas.

—¡Qué pena! —intervino Amelia—. Mi querida amiga Sarah Linley me comentó que vos seríais la persona más adecuada a la que preguntar.

Lady Kirkwood se ablandó considerablemente.

—Ah, sí, la señorita Linley. Qué muchacha más encantadora.

La señora Harris pensó que era el momento de actuar.

—Y fiel admiradora de vuestro hijo, por lo que he oído.

Lady Kirkwood sabía perfectamente cómo jugar en esa clase de partidas.

—Y él también la admira mucho. —Se pasó la mano por su pelo plateado—. Espero que le transmitáis lo que os acabo de decir.

—No os quepa la menor duda —contestó Amelia con afabilidad—. Estará encantada de oírlo; incluso diría más, se sentirá muy feliz. Y ahora, hablando del comandante Winter…

—Ah, sí. Mi primo. —Lady Kirkwood se inclinó hacia ellas—. Bueno, es un primo lejano. Su madre es descendiente del cuarto vizconde de Kirkwood.

—¿Y su padre? —inquirió la señora Harris.

—¿Por qué queréis saberlo? —contraatacó lady Kirkwood.

—El comandante Winter ha mostrado cierto interés por lady Amelia.

Amelia contuvo la respiración, rogando que lady Kirkwood no estuviera al corriente de las proposiciones que su hijo le había hecho el año anterior. De ser así, sus preguntas podrían parecerle un poco extrañas.

Por lo visto no sabía nada, ya que esgrimió una sonrisa inocente.

—¿Ah, sí? Debo confesaros que me sorprende. No digo que lady Amelia no sea una jovencita adorable, perfectamente capaz de atraer a cualquier joven, pero... —Suspiró—. Al comandante Winter no le gustan demasiado los ingleses. Y no muestra ningún reparo en ocultar su aversión.

—Supongo que la guerra es la culpable de sus prejuicios —reflexionó la señora Harris.

Lady Kirkwood sacudió la cabeza.

—Es más que eso, si bien no conozco la historia entera. Mi hijo David lo sabe, pero él no os lo contará. Parece ser que algo le pasó al comandante Winter cuando estaba en Inglaterra justo después del final de la guerra...

—¿Había estado en Inglaterra antes? —preguntó Amelia.

—Sí, aunque no estoy segura del motivo. Supongo que tenía algo que ver con el tratado de paz. Sé que David lo ayudó con su pasaje a América.

Qué extraño. ¿Qué estaría haciendo un americano en Inglaterra, justo después de la guerra? ¿Podía tratarse de un espía? ¿O el asunto tenía algo que ver con Dolly?

Eso carecía totalmente de sentido. Lord Kirkwood jamás habría ayudado a un espía. Además, en esa época Dolly aún no había llegado a Inglaterra, y era obvio que Lucas no sabía a qué Dorothy perseguía hasta hacía poco.

—Dejando de lado lo que pueda sentir por otras damas inglesas —continuó la señora Harris—, lo cierto es que ha mostrado un claro interés por mi pupila. Y esperaba que vos pudierais ofrecerme alguna información sobre su familia y sus intenciones.

—Lo poco que sé es que su madre proviene de una de las familias más adineradas de Richmond, en el estado de Virginia, y que su padre era un simple marinero. —Lady Kirkwood las obsequió con una sonrisa fugaz—. Parece ser que su padre era tan apuesto que las mujeres se volvían a su paso, y así fue cómo consiguió casarse con la madre del comandante Winter.

—¿Y cómo obtuvo una comisión, el comandante? —preguntó Amelia—. ¿Gracias a las poderosas influencias de la familia de su madre?

—No exactamente. Si bien tengo entendido que el comandante Winter se crió en un ambiente pobre (a los marineros en América no se les paga mejor que a los de aquí), la familia consiguió hacer fortuna más adelante. El padre abandonó la Infantería de Marina cuando el comandante Winter era un muchacho para montar una empresa de armamento. Inventó un cañón especial para barcos que lo hizo rico. Cuando el comandante Winter tenía dieciséis años, su padre presumía de suficientes influencias como para conseguir una comisión para su hijo con el Cuerpo de Infantes de marines de Estados Unidos.

La señora Harris parecía complacida.

—¿Es hijo único? ¿O, por lo menos, el mayor?

—Afortunadamente, es hijo único. —La voz de lady Kirkwood se tornó desdeñosa—. Si fuera el hijo mayor, tendría que compartir la propiedad familiar con sus hermanos. Esos americanos están tan locos como para permitir que todos los hijos hereden una parte de las tierras. Es irracional. ¿Cómo pueden las familias permanecer fuertes y unidas si dividen sus bienes?

Amelia tuvo que contenerse para no replicar a lady Kirkwood. Personalmente, siempre había considerado que el sistema inglés era injusto con las hijas y con los hijos menores.

—Así que heredará la compañía de su padre —dedujo la señora Harris.

—Ya lo ha hecho. Sus padres murieron hace tres años, mientras él se hallaba fuera del país.

La trágica noticia sacudió a Amelia de los pies a la cabeza. ¿Los padres de Lucas habían muerto mientras él estaba ausente? ¡Debió de ser terrible para él!

—Pobre hombre —manifestó la señora Harris con expresión apesadumbrada—. Supongo que eso le ha obligado a asumir las responsabilidades del negocio de su padre. ¿Por eso está aquí? ¿Por algo relacionado con la compañía de armamento?

—No, no… lo han enviado para que intervenga en un tratado. Todavía forma parte del Cuerpo de Marines de su país. —Lady Kirkwood parecía un poco confusa—. Supongo que tiene a alguna persona de confianza al cargo de la empresa Baltimore Maritime…

Amelia todavía no se había repuesto de la enorme tristeza

que le había causado la noticia de la muerte de los padres de Lucas cuando éste sólo tenía... ¿qué?, ¿veintisiete años? No podía haber sido mayor, si eso había ocurrido tres años antes... tres años...

¡Tres años antes! Un desagradable escalofrío le recorrió toda la espalda. ¿No fue entonces cuando Dolly se marchó de América a Canadá?

—¿Y sus dos padres murieron a la vez? —preguntó Amelia con voz temblorosa, con miedo a considerar la horrible posibilidad que se estaba fraguando en su mente.

—Sí. —Un repentino aire melancólico se adueñó de las facciones de lady Kirkwood—. No sé todos los detalles, pero fue muy trágico.

Claramente, lady Kirkwood había llegado al límite de los secretos que deseaba desvelar.

Sin embargo, Amelia aún quería averiguar una cosa más.

—No fueron asesinados, supongo...

—¿Asesinados? ¡Por supuesto que no! —exclamó lady Kirkwood—. Esos americanos pueden ser bastante brutos, pero estoy segura de que no se atreven a ir por ahí asesinando a personas absolutamente respetables.

—Os ruego que disculpéis a lady Amelia. —La señora Harris se apresuró a intervenir—. Esta jovencita tiene una imaginación desbordante.

—Ya lo veo. Asesinados... Bueno, y ahora, si me disculpáis, debo atender a otros invitados.

Y de ese modo, lady Kirkwood dio por concluida la conversación.

Tan pronto como las dos mujeres se alejaron de la vizcondesa viuda, la señora Harris amonestó a Amelia.

—Pero bueno, jovencita, ¿se puede saber a qué viene eso del asesinato? De verdad, Amelia...

—Lo siento. Ya me conoces; siempre tan dramática...

Amelia apenas podía ocultar su alivio. Gracias a Dios Lucas no sospechaba que Dolly estuviera involucrada en las muertes de sus padres. Eso sería terrible.

La señora Harris escudriñó su cara, pero finalmente abandonó el tema.

—Por lo menos ya sabemos que el comandante Winter no es un cazafortunas.

—Sí. —Pero en la galería él le había dicho que había perdido todo su dinero. ¿Le había mentido? ¿O era simplemente que lady Kirkwood desconocía ese detalle? ¿Y tenía eso algo que ver con Dolly? Probablemente no; si no, seguramente el comandante se lo habría mencionado a Amelia en primer lugar.

La señora Harris volvió a observarla con evidentes muestras de preocupación.

—No pareces muy convencida.

—Una mujer debería de ser siempre cautelosa. Antes de tener nada que ver con el comandante Winter, quiero confirmar si sus intenciones son serias. Y luego podré actuar de la forma que considere más conveniente.

—Una decisión muy acertada, querida. —La señora Harris sonrió complacida.

Ya lo creía que actuaría de la forma que creyera más conveniente... estaba segura de que los besos interesados de Lucas Winter tenían por función únicamente distraerla, para que él pudiera llevar a cabo su investigación secreta...

Pues bien, antes de que esa historia tocara a su fin, Amelia pensaba hacerle pagar bien cara su afrenta.

Capítulo cinco

Querido primo:

¡Qué terrible lo del señor Chambers! Jamás me lo habría imaginado. Es una persona con una cara tan afable. ¿Se puede saber de dónde conseguís esa clase de información? ¿Y qué opinan vuestras fuentes acerca del comandante Lucas Winter, el primo de lord Kirkwood? Ha mostrado cierto interés por lady Amelia, lo cual me incomoda. Ese hombre sí que tiene una cara poco afable.

Vuestra siempre
agradecida y buena amiga,
Charlotte

La lámpara en el túnel se apagó. Los gritos de Lucas quedaron apagados por el estruendo de los pasos en la superficie, sobre su cabeza. Nadie podía oírlo, ni verlo... Estaba todo tan oscuro en ese maldito túnel, y hacía tanto frío...

Se desplazó a cuatro gatas por la superficie mugrienta hasta que logró alcanzar la entrada del pozo; pero cuando levantó la vista, descubrió que el acceso estaba bloqueado por una enorme losa. Trepó con esfuerzo e intentó mover el bloque, pero éste no se movió. ¡Maldición! Con tanto ruido en el exterior, nadie lo oía.

Entonces sonaron disparos de mosquete, amortiguados por las piedras sobre él. ¡No! ¡Los casacas rojas estaban disparando!

Oyó gritos, gritos desgarradores de hombres que agonizaban; sus hombres. ¡Esto no debería de estar pasando! Los casacas rojas no tenían ningún derecho a disparar, ¡ninguno! De-

sesperado, continuó escarbando en la tierra con las manos ensangrentadas, intentando desplazar la losa, pero todo fue inútil. Mientras tanto, sus hombres eran masacrados ahí en la superficie…

Con la ropa hecha harapos, el frío le caló hasta los huesos, produciéndole unos temblores imposibles de controlar. El aire fétido le obstruyó la garganta, y empezó a respirar con dificultad. ¿Cuánto aire le quedaba? ¿Cuánto tiempo podría aguantar antes de que se acabara esa locura?

Intentó pensar, pero los alaridos no cesaban…

Lucas se incorporó de la cama de golpe, cubierto por un sudor frío, con el corazón latiendo tan desaforadamente en sus oídos que necesitó unos instantes para recordar que estaba a salvo. No se hallaba sepultado, medio desnudo y muerto de hambre en ese oscuro túnel, aguardando la muerte.

Sólo se había destapado a causa de la agitación, eso era todo. Y puesto que únicamente llevaba puestos los calzoncillos para dormir, se había quedado helado. No pasaba nada. Nada.

Se sentó en la cama, apoyó los pies en el suelo y respiró hondamente, intentando apaciguar el ritmo del pulso todavía desbocado.

Cuando se calmó, agarró la manta y se la echó por encima de los hombros, después se incorporó y se dirigió a la ventana, donde la escasa luz en el horizonte anunciaba el eminente amanecer. Entornó los ojos e intentó olvidar los fantasmas que poblaban su mente.

Esas detestables pesadillas… Hacía muchos meses que no tenía uno de esos sueños desapacibles; la última vez había sido durante la travesía de Canadá a Francia, cuando tuvo que encerrarse en la cabina claustrofóbica de un barco. Ese viaje le hizo temer lo peor: que ya jamás sería capaz de pasar semanas enteras en alta mar. Un marine que empezaba a respirar con dificultad tras sólo embarcar era una persona inútil en un barco.

Pero las pesadillas desaparecieron en Francia, y Lucas albergó la esperanza de…

Sin poderse reprimir, dio un puñetazo en la repisa de la ventana. Sólo había hecho falta ver a unos pocos casacas rojas en el baile para que esas pesadillas retornaran. Por Dios, no soportaba quedarse en ese maldito país ni un día más.

Lanzó un último vistazo al cielo que empezaba a llenarse de luz al tiempo que se pasaba los dedos por el pelo enmarañado. Se dirigió hacia la jofaina y se echó agua helada en la cara. Las ascuas en la chimenea estaban apagadas, por lo que pensó que los sirvientes no tardarían en entrar en la habitación para encender el fuego.

No valía la pena intentar volverse a dormir. Se sentía demasiado agitado; lo que necesitaba era descargar su tensión con unos cuantos latigazos con la espada, o con una salida a caballo al galope, o con un buen revolcón…

Mil rayos y mil centellas. ¿De dónde había sacado esa idea?

Sí, lo sabía: Amelia. La bella, coqueta y enloquecedora Amelia. La muchacha que deseaba montar en camello y que tenía una lasciva y dulce boquita que despertaba las necesidades acuciantes que él había suprimido durante meses, durante todos esos meses solitarios. Qué pena que fuera inglesa y la hijastra de la esposa de un estafador, pero el mero pensamiento de perderse en ese cuerpo sedoso…

Resopló con crispación. Como si esa fémina frívola, que ni tan sólo le permitía cortejarla sin lecciones de comportamiento, deseara acostarse con él. Ella alegaba que tenía sed de aventuras, pero probablemente se echaría atrás ante la primera ocasión que se le presentara.

Lucas contempló su rostro en el espejo, ensombrecido por la creciente barba sin afeitar y por la falta de sueño. Por todos los demonios; seguramente, ella se desmayaría si lo viera ahora. Y puesto que su intención era pasarla a visitar esa misma mañana…

Se afeitó y se vistió con esmero. No le importaba si ella había aceptado su cortejo simplemente porque estaba aburrida; Lucas necesitaba información. Y si ello requería adoptar un semblante de individuo civilizado y bailar al son de ella, lo haría, aunque tuviera que mantener los dientes prietos todo el tiempo.

Una hora más tarde, Lucas bajaba las escaleras hasta el comedor. Se sorprendió al ver a su primo en la estancia.

—¡Caramba! Sí que has madrugado. —Lucas se dirigió hacia la mesita auxiliar, donde los criados habían dispuesto para él unas rebanadas de pan fresco, queso y fruta—. Creía que nadie de la familia desayunaba hasta después de las diez.

—Todavía no me he ido a dormir —murmuró Kirkwood.

Lucas observó a su primo, que se escudaba detrás de una humeante taza de té. Era cierto. Kirkwood todavía lucía el traje de fiesta.

—¿Los bailes duran tanto, aquí? —Acabó de llenar su plato y luego se sentó en la mesa, en el extremo opuesto a su primo.

—Acabó a las tres. Pero luego me fui al club. Hace muy poco que he vuelto.

—Ah, eso lo explica todo. Yo no me quedé hasta el final. Me retiré tan pronto como lady Amelia se marchó, a eso de la medianoche.

—Ya me di cuenta.

El tono ácido de su primo puso a Lucas a la defensiva.

—También vi que lady Amelia y su institutriz hablaban con mi madre. —Kirkwood descargó todo el peso de sus ojos enrojecidos sobre Lucas—. Parece que creen que estás buscando esposa. Y que has depositado tus esperanzas en lady Amelia.

Procurando aplacar su irritación, Lucas se sirvió un poco de té de la tetera situada en el centro de la mesa.

—Ya sabes cómo son las mujeres. Siempre creen lo que más les conviene.

—No todas las mujeres. No la señora Harris, por ejemplo. Y no sin una razón bien fundada. —Miró a Lucas fijamente—. ¿Qué hiciste? Sé que tú y lady Amelia desaparecisteis de la sala de baile durante bastante rato, por lo que supongo que...

—Anda, vete a dormir —refunfuñó Lucas—. Antes de que empieces a fantasear con cosas que no son de tu incumbencia.

—Ve con cuidado, Winter. Eres nuestro huésped, pero...

—Pero tú eres el único aquí con derecho a cortejar a una mujer por motivos impropios, ¿no?

Cuando su primo puso cara de ofendido, Lucas añadió:

—Sólo se trata de un flirteo, nada más. Y no pienses que fui yo quien lo inició, porque no es verdad. Fue ella. Así que si a esa niña caprichosa le entra el deseo de coquetear con un salvaje americano, no seré yo quien la detenga. —Y lanzando una mirada desdeñosa a Kirkwood, agregó—: Ni tampoco tú.

Pero la expresión de su primo se había suavizado.

—¿Niña caprichosa? ¿Lady Amelia?

—No te preocupes si me aprovecho de esa cabecita hueca. —Envolvió una loncha de queso con una rebanada de pan y le hincó el diente—. Te lo aseguro, cada vez que lady Amelia me llama «soldado imponentemente robusto» y pestañea coquetamente, me entran ganas de estrangularla.

Cuando su primo se atragantó, Lucas levantó la vista y vio que Kirkwood tenía los ojos húmedos y brillantes, y que hacía unos esfuerzos más que evidentes por no echarse a reír.

—¿Qué pasa? —le preguntó Lucas.

—Estás hablando de lady Amelia, ¿no? De la hija del conde de Tovey…

—¿Por qué lo preguntas?

—Oh, por nada. —Kirkwood no se pudo contener más y lanzó una estentórea risotada—. Simplemente, es que estoy intentando imaginar a esa mujer pestañeando coquetamente y llamándote «soldado imponentemente robusto».

Lucas esbozó una mueca de fastidio.

—Oye… ¿crees que miento?

—No, por supuesto que no —respondió su primo, intentando recuperar la compostura, pero no lo consiguió y volvió a soltar otra sonora risotada.

—No soy un ogro, para que te enteres.

—Si no digo eso —repuso Kirkwood en un tono más calmado.

—Las mujeres me consideran atractivo, ¿sabes? —gruñó Lucas—. Y a veces flirtean conmigo.

—Ya, incluso cabecitas huecas como lady Amelia. —Los ojos de su primo delataban unas enormes ganas de reír.

—Claro, ¿por qué no?

Kirkwood elevó las manos como si simulara que se rendía.

—Eso mismo digo yo, ¿por qué no? —Se levantó de la mesa—. Bueno, me voy a dormir. Te dejo maquinando tu plan.

—¡Espera! Necesito que me digas dónde vive lady Amelia.

Kirkwood se detuvo en el umbral de la puerta.

—Así que ése es el motivo por el que luces esa pinta de galán, ¿eh? Tu intención es pasar a visitar a la «niña caprichosa».

—Dentro de un par de horas —concretó Lucas—. Quiero darle a ella y a la señora Harris la posibilidad de desayunar tranquilas. Además, necesito bruñir mi espada antes de irme. —Se acomodó en la silla—. Le prometí a lady Amelia que le enseñaría mi espada de mameluco. La pobre cree que está hecha de mazapán.

Kirkwood rio claramente divertido.

—¿Ah, sí?

—De verdad, no sé cómo soportas a esas estúpidas niñas ricas inglesas.

—Es una dura prueba. —Sus ojos brillaron con un humor renovado—. Pero será mejor que no te entretengas demasiado con esa espada. No querrás llegar tarde, ¿no?

—Tienes razón. Espero encontrarlas antes de que salgan de compras o a hacer cualquier otra frivolidad con la que ocupen todo el día. Bruñiré la espada rápidamente y me iré.

—O vete y deja que sea lady Amelia quien le saque brillo —bromeó Kirkwood—. Así aprenderá que no está hecha de mazapán.

Lucas se imaginó a esa coqueta frotando su espada, y una imagen completamente diferente se formó en su mente.

—Mira, si realmente creyera que lady Amelia bruñiría mi «espada», ahora mismo ya estaría plantado delante de la puerta de su casa.

Su primo parpadeó, y luego lo miró con un patente desprecio.

—Sabes perfectamente que no me refería a eso. Un caballero no debería pensar en tales cosas con una mujer, ni mucho menos expresarlas en voz alta.

—Pues qué suerte que no sea un caballero. —Lucas apuró el contenido de su taza—. No te preocupes; no se lo diré a ella. Aunque de todos modos, no creo que lo entendiera.

—Quién sabe. Tal vez te quedarías sorprendido —murmuró Kirkwood, y a continuación abandonó la sala.

Lucas lo miró con porte airado. Nada de lo que hiciera Amelia lo sorprendería. Esa mujer era tan variable como el viento.

Pero qué más daba. Lo único que importaba era obtener lo que necesitaba de ella; esa muchacha podía cambiar cincuenta veces en una hora si quería. Esta vez, Theodore Frier no se le escaparía.

A pesar de que se había acostado a la una, Amelia se levantó temprano. Normalmente, prefería dormir hasta más tarde, pero su preocupación por Dolly fue la causa por la que a la mañana siguiente apareció por el comedor de la casa que su padre tenía en la ciudad antes de las ocho.

Había pasado una noche muy agitada, examinando mentalmente sus escasos dos años con su madrastra, en busca de pistas. Y ahora se preguntaba si las hallaría en sus cuadernos de viaje. Tenía varios, llenos de recortes y de dibujos y de un sinfín de historias que había conseguido que Dolly le contara sobre sus viajes. Hasta que Amelia pudiera viajar, esos cuadernos eran todo lo que tenía.

Con paso firme se dirigió hacia el escritorio ubicado al lado de la ventana, donde estaban apilados todos sus cuadernos, asió el último y lo ojeó con interés. No halló nada que le indicara por qué Lucas podía estar interesado en Dolly.

Suspiró e insertó en el cuaderno un artículo que Venetia le había entregado la noche anterior acerca de un despiadado tipo conocido como El Azote Escocés que atracaba a los nobles ingleses en las montañas de Escocia. Por lo que parecía, odiaba al padre de Venetia, lord Duncannon, ya que siempre mencionaba su nombre a sus víctimas, a pesar de que Venetia no sabía el porqué.

Después, Amelia se dedicó a transcribir la descripción de Lucas sobre su incursión en Derna. Ese hombre había logrado transmitirle la esencia de la experiencia de un modo tan real, que casi podía notar el gusto de la arena en su boca. ¿De verdad había probado carne de camello?

Ojeó uno de los recortes de prensa. Sin lugar a dudas, un camello tenía que ser un manjar mejor que lo que comía ese pachá en Argelia. Una de sus esposas había intentado envenenarlo, pero lo único que consiguió fue provocarle una indigestión aguda.

Probablemente él la había obligado a hacerlo, con su apetito insaciable. Quizá ella se había cansado de contemplar cómo desfilaban las concubinas por su habitación para hacer lo que se describía en los cuentos del harén:

A las cautivas nos enseñaban a adorar el cuerpo del pachá, a excitarlo con besos por todo su grueso pecho y su enorme barriga. A continuación, nos instruían sobre cómo acariciar esa «espada» que los hombres tienen entre las piernas, primero con las manos y luego con la boca.

Las mejillas de Amelia se encendieron con rubor. La primera vez que ella y Venetia leyeron esas líneas, se murieron de risa. ¡Qué barbaridad! ¿Cómo podían esas mujeres hacer eso sin desternillarse?

Ahora la idea no le parecía tan descabellada. Si un hombre como… como Lucas, por ejemplo, estuviera tumbado, desnudo, frente a ella, y le pidiera que venerara su cuerpo…

—Veo que hoy has madrugado, querida —dijo la señora Harris desde el umbral de la puerta.

Amelia dio un respingo. Por Dios, esa mujer era tan diestra como Lucas cuando se trataba de dar sustos a la gente. Intentó esbozar una cándida sonrisa en los labios y se dio la vuelta para saludar a su institutriz.

—Y tú también.

La señora Harris se desplazó hasta la mesita auxiliar.

—Pensé que lo más acertado sería escribir al primo Michael sobre el comandante Winter lo antes posible. —Asió un plato y lo llenó con peras estofadas, lengua fría y una gruesa rebanada de pan integral.

—Nadie mejor que él para averiguar esa clase de información, ¿no es cierto? —comentó Amelia. A lo mejor el primo Michael incluso podría aclarar qué era lo que el comandante quería de Dolly.

—No sé cómo me las apañaría sin su apoyo.

El comentario despertó la curiosidad de Amelia.

—¿Es cierto que te dio el dinero necesario para montar la escuela?

—Sí. —Tras tomar asiento en la mesa, la señora Harris se

dedicó a untar el pan con una sustanciosa cantidad de mantequilla—. Jamás podría haberme permitido montarla yo sola.

—Y, sin embargo, no os conocéis. No lo entiendo, es tu primo. ¿Por qué…?

—Es el primo de mi difunto esposo, querida, no el mío. Y mi esposo se mostraba ciertamente evasivo sobre su familia. —Comió un poco de pan, luego se limpió los labios con la delicadeza de una dama—. Confieso que todavía no me he dedicado a indagar ese tema con profundidad. El primo Michael sólo me pidió un favor a cambio de su ayuda: que le permitiera permanecer en el anonimato. Dijo que eso me ayudaría a resguardarme de las malas lenguas. No deseaba arruinar mi reputación, después de que mi esposo —su propio primo— hubiera arruinado mi vida. Pensé que era una idea muy acertada, así que accedí a su condición.

—Sea quién sea, goza de unos excelentes contactos. Si no, ¿cómo conseguiría saber tantos chismes? A menos que… —A Amelia se le ocurrió una posibilidad deliciosa—. ¡Podría tratarse de uno de los secuaces de la policía metropolitana de la comisaría en Bow Street!

La señora Harris se atragantó.

—¡Pero qué imaginación tan desbordante tienes, chiquilla! No, no creo que sea una figura tan romántica; más bien sospecho que se trata de un hombre de avanzada edad, por su caligrafía. Tiene un pulso muy frágil.

—A lo mejor sólo intenta engañarte —especuló Amelia, pero la risotada que la señora Harris dio por respuesta dejó claro que tampoco daba crédito a esa idea.

Amelia y sus compañeras de clase habían imaginado un sinfín de historias fantásticas acerca del misterioso benefactor de la señora Harris: un admirador secreto, un viejo amor de juventud, un rico sultán que bebía los vientos por la bella viuda desde un país lejano…

Unos golpes secos en la puerta de la entrada sacaron a Amelia de su ensimismamiento.

—¿Esperas a alguien?

—No.

Cuando John, el nuevo lacayo, llegó del vestíbulo para anunciar al comandante Lucas Winter, las dos mujeres intercambiaron miradas de sorpresa.

—¿Ha venido a visitarnos a estas horas? —exclamó la señora Harris.

—Sí, señora. Dice que lady Amelia accedió a darle clases.

Amelia carraspeó antes de hablar.

—¡Huy! ¡Me olvidé por completo! —Cuando la señora Harris le lanzó una mirada inquisidora, ella repuso—: Le prometí que le enseñaría cómo comportarse debidamente en sociedad.

—Entonces, ¿debo indicarle al caballero que pase? —preguntó John.

—Por supuesto —asintió la señora Harris con una sonrisa—. La situación puede ser sumamente interesante.

Sólo después de que el lacayo hubo abandonado la estancia, Amelia recordó que había dejado sus cuadernos de viaje esparcidos por encima del escritorio. Rápidamente, se puso a ordenarlos.

—¿Qué estás haciendo, querida? —inquirió la señora Harris.

—Oh, sólo ordenando un poco todo este revoltijo.

No podía explicarle que, si el comandante veía sus cuadernos, quizá pensaría que no era una niña tan pánfila y simplona como aparentaba ser. Estaba segura de que la señora Harris no vería con buenos ojos esa absurda mascarada de su pupila.

Su institutriz se echó a reír.

—No te preocupes, querida. No se dará cuenta de si eres un poco desordenada… al fin y al cabo es un hombre.

Antes de que Amelia acabara de guardar los cuadernos, John anunció al visitante, y el comandante entró en la estancia.

La señora Harris se levantó para saludarlo, y Amelia se volvió rápidamente hacia él. Cuando lo vio, pensó que el corazón le iba a estallar de emoción. Que Dios la ayudara… Debería estar prohibido que esa clase de hombres tan atractivos circulara libremente por las esferas de la alta sociedad. No era justo.

—Buenos días, comandante. —Amelia se adelantó para bloquearle la visión del escritorio.

—Buenos días, señoras. —Lucas inclinó la cabeza cortésmente hacia ella y después hacia la señora Harris—. Tenéis muy buen aspecto.

—Y vos también —respondió Amelia.

Más que bien, maldito truhán… Las fieras facciones de corsario que encajaban exquisitamente con su uniforme, también casaban a la perfección con ese abrigo de color marrón oscuro, los pantalones de montar a caballo de piel de ante y las botas altas relucientes. Después de haber escudriñado su armario, sabía que ése era su traje más elegante, aparte del uniforme. Debería de sentirse adulada… si no fuera porque no le cabía la menor duda de que el comandante había elegido el vestuario como parte de su estrategia para sonsacarle información.

Ese pensamiento la puso en guardia.

—¿Y qué os trae por aquí, a estas horas excesivamente tempranas, comandante?

La señora Harris la miró perpleja por el comentario tan grosero, pero regresó a la silla que ocupaba en la mesa.

—¿Qué hay de malo en la hora? —preguntó él con voz calmosa—. Estoy de pie desde que amaneció.

—Me parece muy bien, pero en Londres nadie va de visita antes del mediodía.

—No sabía que a los ingleses les costara tanto levantarse de la cama.

—La señora Harris y yo estamos levantadas, ¿no? Simplemente, no estamos listas para recibir visitas. Deberíais recordarlo para la próxima vez.

—Os aseguro que lo intentaré —acató, apretando los dientes. Era evidente que Lucas no estaba acostumbrado a que le dieran lecciones de ninguna clase.

Ella ocultó una sonrisa. Haría que ese individuo se arrepintiera del día que decidió trabar amistad con la hija del conde de Tovey. Señalando hacia su espada enfundada, Amelia dijo:

—Pensé que ayer por la noche acordamos que no os presentaríais armado en ningún encuentro social.

Lucas apoyó la mano en la empuñadura.

—Es la espada de mameluco que os prometí que os mostraría.

Un delicioso escalofrío recorrió todo el cuerpo de Amelia. Muy bien, así que ese bribón le había traído la única cosa capaz de despertar su interés. Pero eso no significaba que ella fuera a postrarse a sus pies en señal de agradecimiento.

—¡Qué detalle! —gorjeó Amelia con un tono frío, aunque echó por la borda su efecto al apresurarse a despejar el extremo opuesto de la mesa donde estaba sentada la señora Harris, saboreando su colación—. Traedla aquí, para que pueda verla.

Lucas hizo lo que ella le ordenó. Desenfundó la espada y la depositó delante de ella. Amelia sintió una desbordante alegría cuando pudo examinarla detenidamente, e imaginó al comandante blandiendo esa maravilla en mitad de una batalla. La empuñadura curvada de acero dorado y plateado brillaba como una joya, incluso bajo la tenue luz matutina.

Pero fue el filo lo que más llamó su atención.

—¿Qué es esto? —Señaló los símbolos negros de aspecto oriental grabados a lo largo de casi un metro de acero templado.

—No sé lo que quieren decir todos, pero éste de aquí es la estrella de Damasco. —Apuntó hacia una estrella de seis puntas—. Los forjadores de espadas en Damasco usan dos triángulos invertidos como el signo de su gremio.

—¿Puedo tocar los símbolos? —preguntó Amelia.

—Ten cuidado, querida —la previno la señora Harris desde el otro extremo de la mesa.

—Sí —agregó él—. No vaya a ser que os lastiméis. No es una espada de adorno.

—Ya lo veo. —Sus numerosas muescas así lo atestiguaban. Amelia pasó el dedo por encima de cada una de ellas, preguntándose cómo se habían originado—. ¿La llevabais en Derna?

—No, mi gobierno sólo nos entregó la mameluco al resto de la guarnición después de que Hamet le entregara una a O'Bannon.

—Es increíble. —Ella continuó deslizando los dedos por el filo—. Mantenéis vuestra espada en un excelente estado, comandante Winter.

—Hago lo que puedo —contestó él, de repente, visiblemente azorado.

Amelia levantó los ojos y vio que el comandante tenía la vista clavada en su mano, con la que ella acariciaba delicadamente el filo de la espada, hacia arriba y hacia abajo, y otra vez hacia arriba. ¿Qué le pasaba? No iba a dañar el acero tocándolo con tan sumo cuidado. A juzgar por el modo en que la miraba sin apenas parpadear, parecía como si la espada fuera… ¡Por todos los santos!

«A continuación, nos instruían sobre cómo acariciar esa espada que los hombres tienen entre las piernas, primero con las manos y luego con la boca.»

No, seguramente él no podía… no se imaginaba que ella…

Amelia se dispuso a retirar la mano, pero algo la detuvo. El libro del harén decía que un hombre se sentía bastante incómodo cuando estaba excitado. Y sólo Dios sabía que eso era precisamente lo que ella quería: incomodar al comandante.

Decidida a tantear esa posibilidad, volvió a acariciar la espada, esta vez con más atrevimiento.

—Es magnífica —exclamó ella en un tono exultante.

Él se puso rígido, y un músculo se tensó en su mandíbula.

—Gracias.

—Jamás había visto una pieza de orfebrería tan exquisita. —Encantada con los resultados de su experimento, empezó a restregar la espada con más brío, arriba y abajo.

El comandante levantó la mano para detenerla.

—Cuidado. Podríais haceros daño. Ese filo es muy incisivo.

—Ya lo veo —sentenció ella con coquetería. Acto seguido apartó la mano… sólo para depositarla sobre la empuñadura y estrujarla.

La respiración entrecortada de él era tan audible que a Amelia le entraron ganas de felicitarse en voz alta.

Sin dejar de acariciar la empuñadura, levantó la vista y dijo:

—¿Me permitís bruñirla?

Él la miró con los ojos descomunalmente abiertos y, con el semblante acalorado, acertó a balbucir:

—¿Bruñir mi… espada?

—Sí, os prometo que lo haré con mucha delicadeza. —Amelia sonrió cándidamente, si bien notaba que le costaba respirar a causa de la mirada felina del comandante—. Aunque dudo que pudiera dañarla; se ve tan imponente, y tan dura…

—No os lo podéis ni llegar a imaginar.

Lucas se sentó en una silla totalmente rígido, y rápidamente se arrimó a la mesa.

—¡Comandante Winter! —lo amonestó Amelia, intentando poner cara de ofendida—. No es de buena educación sentarse antes de que todas las damas se hayan sentado primero.

—No puedes culpar al comandante, Amelia —intervino la señora Harris—. Lo has tenido plantado ahí de pie todo el rato, después de que el pobre ha cabalgado tanto rato para llegar hasta aquí.

Su institutriz la observaba con una ceja enarcada, pero Amelia estaba disfrutando de lo lindo y no tenía intención de detenerse.

—Bobadas, un pequeño paseo a caballo no significa nada para un soldado imponentemente robusto como él, ¿no es así, comandante Winter?

Lucas abrió la boca para mostrar su desacuerdo, pero la señora Harris volvió a intervenir.

—Muéstrale tus cuadernos de viaje, querida. Seguramente los encontrará interesantes.

Amelia suspiró. Ahora ya no había forma de ocultarlos. De todos modos, no estaba dispuesta a tirar la toalla en ese juego tan divertido, todavía no.

Capítulo seis

Querida Charlotte:
Debéis de saber que son pocos los hombres con carácter que ofrecen una cara dulce. Desgraciadamente, las duras pruebas de la vida dejan secuelas en el rostro de una persona. No obstante, veré qué puedo descubrir acerca del comandante Winter. Si puedo, intentaré conseguir información de los labios sellados de su familia.

Vuestro fiel servidor,
Michael

Como perdido en medio de la niebla, Lucas oyó la voz de Amelia.

—Probablemente, lo mejor será enfundar vuestra espada. ¿Lo haréis vos, señor, o preferís que lo haga yo?

Un sudor frío empezó a recorrerle la frente. Por todos los santos, sí, que le dieran un minuto con esa pequeña calenturienta, y enfundaría su espada tan rápidamente dentro de ella, hasta el fondo...

—Estoy segura de que el comandante podrá enfundarla más tarde —espetó la señora Harris.

Amelia lanzó una mirada socarrona a su institutriz, que incluso Lucas acertó a distinguir en su enfebrecido y sediento estado de lujuria. Habría jurado que esa maldita fémina lo estaba atormentando a propósito. Pero ¿cómo podría una virgen mojigata convertir una conversación sobre una espada de mameluco en una tortura sensual?

—Si no vamos a enfundarla —apuntó ella con una dudosa voz inocente—, entonces quizá yo pueda sacarle brillo...

—¿Habíais mencionado algo acerca de unos cuadernos de viaje? —acertó a decir el comandante. Si esa dama pronunciaba una sola palabra más acerca de bruñir o de enfundar su espada, se echaría irremediablemente a sus pies como un miserable perrito faldero—. Me encantaría verlos.

Amelia le lanzó una sonrisa fría.

—Oh, pero si sólo se trata de un estúpido pasatiempo sin sentido. Seguro que un marine imponentemente robusto como vos los encontrará sumamente tediosos.

—Yo diría que el hecho de ser un marine imponentemente robusto no tiene nada que ver con eso —argumentó la señora Harris. Después de lanzarle a su pupila una mirada amonestadora, la viuda se levantó y se dirigió hacia el escritorio que Amelia parecía estar empeñada en ocultar de la vista del comandante. Tomó entre las manos una pila de libros encuadernados de forma curiosa, los llevó hasta la mesa y los depositó delante del comandante.

Amelia se mostró notoriamente agitada cuando él abrió el primer cuaderno, un montón de gruesas hojas de papel cosidas con hilo y apresadas entre dos tapas de cartón fino. Cada hoja contenía algún elemento enganchado con pegamento: un recorte de diario, una entrada de teatro, una pluma…

Pero entre los típicos objetos femeninos —flores desecadas y bosquejos de flamantes trajes de fiesta— Lucas descubrió mapas, artículos sobre batallas, y esbozos de personajes poco conocidos. Sorprendentemente, la niña caprichosa había incluido hasta el más mínimo detalle en cada entrada. Incluso se había dedicado a escribir sus propios comentarios acerca de los artículos.

Entonces descubrió páginas y más páginas sobre los piratas de Berbería: recortes de prensa sobre sus incursiones, testimonios de los cautivos, descripciones de su cultura… La mayor parte de la información estaba relacionada con las batallas navales, incluida la incursión en Derna. ¡Lady Amelia incluso había escrito la historia que él le había relatado la noche previa!

No le cabía la menor duda. Esa muchacha era un bicho raro.

Lucas pasó de página, y se quedó estupefacto cuando vio uno de los dibujos.

—¿De dónde habéis sacado esto?

—¿El jefe indio? Mi madrastra lo dibujó —declaró ella llena de orgullo.

El pulso de Lucas se aceleró.

—Sus botas de piel afelpadas revelan que pertenece a la tribu de los Maliseet. —Observó a Amelia con una mirada feroz—. Y los Maliseet viven en New Brunswick.

Amelia dejó de sonreír.

—No es posible. No hay indios en Brunswick; los alemanes jamás lo permitirían.

—No, querida; el comandante se refiere a Canadá —aclaró la señora Harris al tiempo que se servía una taza de té.

—Lamento tener que corregirte, pero Brunswick no está en Canadá, sino en Alemania —matizó Amelia con un tono arrogante.

—New Brunswick está en Canadá —terció Lucas tensamente, negándose a dejar que ella enmarañara el asunto. ¿Podría ser que una mujer como Amelia, que había reunido tanta información de prensa, tuviera tan pocas luces como aparentaba?—. A juzgar por este dibujo, me atrevería a decir que vuestra madrastra ha estado en Canadá.

—¿De veras lo creéis? Probablemente lo único que ha hecho es copiar el dibujo de un libro.

—No sé, Amelia; es posible que tu madrastra haya estado en Canadá. —La señora Harris lanzó una mirada severa a su pupila—. Ha viajado considerablemente. Diría que ése fue el motivo por el que lord Tovey se enamoró de ella, por eso y por…

—¡Comandante Winter! —la interrumpió Amelia súbitamente—, lo siento, pero nos habíamos olvidado de vuestras lecciones por completo.

—No os preocupéis; tenemos tiempo. —Lucas ansiaba saber qué era lo que la señora Harris estaba a punto de decir.

Pero Amelia no pensaba permitirlo.

—No, de verdad, no deseamos que malgastéis vuestro preciado tiempo. Además, hace un día demasiado bonito como para estar aquí encerrados, hablando sobre mis ridículos cuadernos. ¿Por qué no salimos al jardín? Podemos departir sobre las normas sociales mientras contemplamos las magníficas rosas de damasco.

Lucas la observó fijamente durante unos largos segundos, pero ella se limitó a mirarlo con esa sonrisa enigmática que él no acertaba a comprender.

—Si eso es lo que queréis… —Hizo una reverencia a la señora Harris—. ¿Os parece acertado, señora?

—Adelante —repuso ella, a pesar de que la viuda contemplaba a su pupila como si súbitamente a lady Amelia le hubieran crecido unas enormes orejas de burro.

Él le ofreció el brazo a su acompañante, y la pareja se dirigió hacia el vestíbulo. Lucas se fijó en las numerosas habitaciones, en las magníficas alfombras, en las chimeneas de mármol, y en las velas de cera de abeja. Las paredes de la casa de su primo no exhibían una colección de cuadros tan interesante; además, olía a velas de sebo. La familia de Amelia poseía una fortuna, de eso estaba seguro.

Pero todo parecía nuevo, como si lo hubieran adquirido hacía pocos años. Si estaba en lo cierto, y el dinero para comprar todo eso provenía de…

—¡No vayas tan rápido, Lucas!

Una voz femenina logró sacarlo de sus abstracciones, y entonces se dio cuenta de que había apretado tanto el paso que Amelia se había visto obligada a trotar para continuar a su lado.

—Perdonadme, señora —espetó él con un tono enojado al tiempo que aminoraba la marcha.

—¿A que te mueres de ganas de contemplar nuestras rosas? —se burló ella.

—No te quepa la menor duda —refunfuñó él—. Qué casa más bonita. Todo tiene aspecto de ser carísimo. —Enfilaron hacia las escaleras de servicio que conducían al jardín—. No me extraña que los cazafortunas se peleen por llamar a tu puerta. ¿Hace mucho tiempo que vives aquí?

Una vez en el jardín, Amelia empezó a caminar más despacio.

—Lo suficiente. Y tengo otra lección para ti: se considera terriblemente de mala educación hablar sobre dinero y sobre el precio de las cosas. Estoy segura de que incluso los americanos seguís esa regla.

—Fuiste tú la que sacaste a colación lo de los cazafortunas, ayer por la noche. —A pesar de que ella lo miró con desprecio, Lucas añadió—: Deberías practicar aquello que predicas.

Amelia elevó la barbilla con porte airado.

—Y vos deberíais tomaros estas lecciones seriamente, señor, o si no, no me tomaré la molestia de instruiros.

—Te lo aseguro; me las tomo muy seriamente.

«Más seriamente de lo que te puedas llegar a figurar», pensó.

—¿Ah, sí? Seguro que llevas tu daga encima, aún sabiendo lo que te conté ayer por la noche.

¿En Londres? ¿Una ciudad en la que prácticamente de cada calle partía un callejón sombrío? ¡Pues claro que iba armado! Pero había ocultado la daga en un lugar donde ella no pudiera verla.

—No, señora —mintió, pensando que Amelia no se daría cuenta.

—Sólo lo dices para contentarme.

Echando chispas de ira por los ojos, Lucas abrió su abrigo de par en par.

—¡Vamos! ¡Cachéame si quieres!

Amelia se quedó contemplando su pecho con una patente admiración. Como si fuera capaz de ver a través del chaleco, se dedicó a repasar su torso muy lentamente, de abajo a arriba, hasta depositar la vista en su cara de un modo tan sensual que a Lucas se le desbocó el pulso. Mil rayos y mil centellas. ¿Dónde había aprendido esa chica a comportarse de una forma tan seductora?

—A pesar de que me muero de ganas de descubrir lo imponentemente robusto que eres, Lucas, será mejor que me contenga. —Desvió la vista y la fijó en un punto detrás de él—. Y te aconsejo que vuelvas a ponerte bien el abrigo, antes de que la señora Harris decida dar por concluida la lección de hoy.

Lucas miró hacia donde ella había emplazado la mirada. A través de una ventana del piso superior de la vivienda, avistó a la institutriz sentada detrás de una mesa, que sin quitarles el ojo de encima se dedicaba a escribir algo. Maldición. Eso dificultaría la posibilidad de besar a Amelia para obtener lo que necesitaba.

Soltó el abrigo para que éste volviera a su posición inicial.

—Supongo que eso de abrir el abrigo es algo que no debería de hacer delante de una dama.

—Así es. —Amelia continuó paseando por el sendero del jardín—. No se considera de buen gusto.

—¿Ni siquiera puedo quitármelo en el salón de juego? —Lucas se colocó a su lado.

—Si hay alguna dama presente, no. —Ella lo miró directamente a los ojos—. ¿Juegas a cartas?

—De vez en cuando. Pero jamás me he visto metido en ningún lío por culpa del juego, si eso es lo que te preocupa.

—Supongo que habrás conocido a un sinfín de tramposos.

«Qué comentario tan extraño», pensó él. Lucas se dio cuenta de que ella estaba escudriñando su cara atentamente.

—No, no muchos, ¿por qué?

Amelia pareció aliviada.

—Ah, sólo por curiosidad; nada más.

—Piensas que los americanos somos más propensos a hacer trampas cuando jugamos a cartas, ¿no es cierto?

—De verdad, no debes tomarte cada comentario inocente tan a pecho, como si fuera una crítica feroz a tus paisanos —protestó ella.

—¿Acaso he estado haciendo eso?

—Al menos ayer por la noche, en la fiesta, sí. Los soldados se mostraban claramente belicosos.

—Entonces no deberían de hablar sobre batallas en las que ni siquiera han intervenido.

—Y tú no deberías usar un lenguaje tan soez.

Lucas se contuvo para no soltar una respuesta mordaz.

—Os pido disculpas, señora. Me he pasado casi la mitad de mi vida entre soldados; a veces me olvido de cómo debo actuar ante una dama.

Amelia asintió con la cabeza.

—Bueno, lo importante es que modifiques tu conducta.

Enojado, lanzó un bufido. Modificaría su conducta por una mujer inglesa cuando las vacas volaran.

—No sé que te ha contado tu madrastra acerca de los americanos, pero no creo que sea tan terrible que un hombre lance alguna grosería de vez en cuando. —Eso no era absolutamente cierto, pero tenía que dirigir la conversación hacia el campo que le interesaba.

—Dolly no me ha mencionado nada al respecto.

Lucas creyó que era el momento de arriesgarse.

—Kirkwood me ha dicho que sus padres eran ingleses, no americanos.

Amelia aceleró el paso por el sendero.

—Sí, emigraron a tu país antes de que yo naciera.

La información encajaba perfectamente con los datos que él tenía de Dorothy Frier.

—¿Dónde se crió?

—No lo sé —respondió ella tranquilamente—. No suele mencionar nada acerca de su vida pasada. Le trae demasiados recuerdos de su difunto esposo, al que quería muchísimo.

—¿Quién era? —Cuando ella lo miró perpleja, él se apresuró a decir—: A lo mejor lo conocía.

—Se llamaba Obadiah Smith. Era el dueño de una empresa de importación en Boston.

Lucas frunció el ceño. Theodore Frier se había marchado de Baltimore en dirección al norte; se había unido a Dorothy en Rhinebeck, en Nueva York, no en Boston. Desde allí, los Frier habían cruzado la frontera hasta Canadá.

Así que… ¿Dorothy Smith no era Dorothy Frier? ¿O simplemente había mentido a su nueva familia?

—No me suena el nombre, pero claro, no conozco Boston. ¿Estás segura de que allí era dónde vivía?

—Claro que estoy segura. —Amelia irguió la barbilla con altivez—. Y no intentes convencerme de que era Brunswick únicamente porque las dos ciudades empiezan por B. Sé que es Boston.

—De acuerdo —refunfuñó él secamente—. Y dime, ¿dónde vivía, en Boston?

—¿Cómo quieres que lo sepa?

—Pues entonces, ¿cuánto tiempo vivió allí?

Ella aminoró la marcha.

—Oye, mi madrastra no me ha contado todos los detalles de su vida. De todos modos, ¿por qué estás tan interesado en ella?

Lucas debía ir con más cuidado.

—Ah, por nada.

Amelia lo miró con una carita inocente y pestañeó varias veces seguidas.

—Porque si tu idea de hacer la corte es hablar sobre mi aburrida familia, no creo que hagamos notables progresos.

—Tienes razón. Es cierto. —Apretando los dientes ante las nuevas muestras de coqueteo de su acompañante, se detuvo para coger un capullo de uno de los rosales y luego se lo entregó—. Por favor, acepta mis disculpas.

Con los ojos brillantes, ella se detuvo para oler el capullo.

—Tendrás que poner más empeño en disculparte como es debido. Si nuestro jardinero te sorprende arrancando un capullo de sus rosales premiados en tantos concursos, él también te arrancará alguna parte de tu cuerpo.

Lucas colocó el capullo en el pelo de Amelia, y al bajar la mano aprovechó para acariciarle la mejilla lentamente.

—Tu jardinero no está aquí, bonita —insinuó con voz ronca.

Amelia suspiró despacio mientras emplazaba la vista en sus ojos. De repente, Lucas se acordó de los besos de la noche anterior; un espectro tentador que hizo que todo su cuerpo se estremeciera de placer. Cuando ella se lamió los labios, él bajó la cabeza.

Pero antes de que pudiera besarla, Amelia retrocedió de un salto. Lanzando una mirada furtiva hacia la ventana del piso superior, murmuró:

—Tienes razón, el jardinero no está; pero la que sí que está es la señora Harris.

—Vosotros, los ingleses, complicáis tanto las cosas cuando se trata de hacer la corte a una mujer… En América se deja suficiente margen de maniobra para que los hombres puedan hablar con las mujeres. Las institutrices no están cada segundo con la vista clavada en el cogote del pretendiente.

—Hay formas de evitar esa férrea vigilancia.

Amelia depositó la mano sobre su hombro, y Lucas notó que de nuevo se le aceleraba el pulso.

—Podrías llevarme a dar un paseo a caballo, por ejemplo. Entonces sólo necesitaré llevar a un mozo de cuadras conmigo.

Dar un paseo a caballo. ¿Sería conveniente para sus planes?

No creía que pudiera besarla, a lomos de un cuadrúpedo y con un mozo de cuadras pisándoles los talones.

Entonces a él se le ocurrió otra idea.

—¿Te gustaría ver un genuino barco de los piratas de Berbería?

La cara de Amelia se iluminó.

—¿Hablas en serio?

—Sí. —De ese modo gozaría de numerosas posibilidades para estar con ella a solas—. En los astilleros reales de Deptford hay uno, y yo tengo permiso para entrar.

—Pero la señora Harris tendrá que venir con nosotros —advirtió ella.

—¿Por qué? —Lucas la miró con el ceño fruncido.

—Tendremos que ir en mi carruaje. Es muy peligroso ir al puerto a caballo, y no puedo ir contigo a solas en un carruaje cerrado.

Maldición. Lucas se había imaginado que irían a caballo, acompañados por el mozo de cuadras, y que éste se quedaría fuera, esperándolos. Debería de habérselo figurado.

De todos modos, un barco era suficientemente espacioso; quizá podría hacer algo una vez estuvieran a bordo.

—De acuerdo. Iremos los tres de excursión.

Capítulo siete

Querido primo:

Perdonad por escribiros con tanta frecuencia, pero esta cuestión acerca del comandante Winter me tiene realmente preocupada. Ese sujeto consigue que lady Amelia actúe de la forma más extraña que jamás he visto: cuando él hace acto de presencia, ella se comporta como una verdadera pánfila. Y os puedo asegurar que lady Amelia jamás se ha comportado como una pánfila ante ningún hombre.

Vuestra desesperada amiga,
Charlotte

*L*ucas se quedó sorprendido por la rapidez con que Amelia convenció a su institutriz para ir de excursión. Las damas se cambiaron de ropa, y en menos de una hora los tres partieron hacia los astilleros reales de Deptford.

—Lo que vamos a ver es un *xebec*, ¿no? —preguntó Amelia, que estaba sentada frente a él, al lado de la señora Harris.

Lucas la miró asombrado.

—¿Cómo lo sabes?

—Una vez vi un *xebec* inglés atracado en Torquay. Más tarde me enteré de que los franceses lo habían hundido.

—Sí, el *Arrow*. Por eso la Infantería de Marina quiere reparar éste para su propio uso. Los *xebecs* pueden ser unos barcos sumamente prácticos.

—¿De dónde lo han sacado?

—Un escuadrón que regresaba a casa lo capturó cerca de las costas españolas.

La señora Harris levantó su mano enfundada en un guante y se la llevó hasta el cuello.

—¿Hubo prisioneros?

—No. En ese momento los piratas no estaban en el barco.

—Gracias a Dios —pronunció Amelia serenamente.

Lucas le lanzó una mirada de reprobación.

—Ya, claro. Pues los piratas de Berbería no muestran demasiados remilgos con sus cautivos.

Los tres se quedaron en silencio mientras el carruaje pasaba por delante de Saint James's Square, el parque más encantador de Londres. Lucas ansiaba preguntar más cosas acerca de su madrastra, pero tenía que actuar con cautela delante de la señora Harris.

La cabecita hueca de Amelia podía no darse cuenta de que él la estaba interrogando, pero probablemente la señora Harris sí que lo veía.

Al cabo de un rato, el hedor del Támesis se filtró dentro del carruaje cuando se aproximaron al puente de Westminster. Amelia pegó la cara en la ventana, empapándose de la panorámica con una expresión animada mientras cruzaban el río.

Lucas también miró hacia el exterior y vio un cuantioso ejército de mástiles debajo de ellos, cada uno luchando por mantener su lugar en un río abarrotado de embarcaciones. Las barcazas se abrían paso bravuconamente ante los botes insignificantes, con los mercaderes de pie, en la proa, con la cabeza levantada y la mandíbula tiesa, como si se tratara de desdeñosas damas de la alta sociedad con la barbilla erguida. Los esquifes se deslizaban temerariamente delante de los pesados ferries, que a su vez se atrevían a cruzar la ruta de las imponentes fragatas, con los pilotos increpando a los remeros y a los marineros sin parar.

Lucas se dio cuenta de que la señora Harris se había puesto completamente rígida en su asiento, con las manos apretadas sobre la falda, como si fueran dos bolas de cañón.

—¿Estáis bien, señora?

Ella lo miró sin pestañear e intentó esbozar una sonrisa.

—Sí, perfectamente, gracias.

Aunque él sabía que no era cierto, pensó que lo mejor era no presionarla, especialmente cuando Amelia parecía estar disfrutando de lo lindo.

—¡Qué cantidad de barcos! —suspiró Amelia—. Con sólo pensar en los lugares donde habrán estado... y en los sitios exóticos a los que irán desde aquí...

Después de haber visto tantos muelles en su vida, Lucas no compartía la misma visión.

—¿Habéis estado alguna vez en un puerto?

—No, ni tampoco conozco a nadie que viaje al extranjero. He visto el pequeño embarcadero en Plymouth, pero no se asemeja en nada a esto.

—¿Lo decís por el ruidoso hervidero de gentuza, sucia y apestosa? —soltó él.

Mientras se alejaban del río, Lucas clavó la vista en el torbellino de hombres con pinta desaliñada que emergía de las calles; las pocas mujeres que circulaban entre ellos eran claramente prostitutas empolvadas de colorete, flotando en medio de esa nebulosa como si se tratara de botes salvavidas.

Amelia lo miró de soslayo.

—Veo una parrilla de criaturas fascinantes y variopintas, enfrascadas en una lucha feroz por sobrevivir, por ganarse la vida en los muelles.

Lucas lanzó un bufido.

—Si así deseáis definirlo... Yo los llamo marineros y chalanes, y la clase más baja de ratas acuáticas.

—¿Acaso no corre ni un ápice de romanticismo por vuestras venas, ningún afán de aventura? —La señora Harris, que parecía haberse relajado ahora que ya habían cruzado el Támesis, esgrimió una sonrisa.

—Si esto es lo que vos consideráis una idea romántica y llena de aventura, entonces no —espetó él—. Los barcos sólo sirven para llevar a la gente allá donde quieren ir; nada más.

—Qué descripción tan extraña, viniendo de un hombre que se ha pasado la vida en el mar —contraatacó la institutriz.

—Precisamente porque me paso la vida en el mar, no lo considero una aventura romántica.

—Os entiendo —continuó la señora Harris—, pero jamás conseguiréis convencer a Amelia. Lo primero que le preguntó a su madrastra cuando la matriculó en mi escuela fue si íbamos a realizar excursiones que valieran la pena.

«¿Su madrastra la matriculó?»

—¿Y cuándo fue eso? —A lo mejor conseguía obtener algún dato útil de la señora Harris, después de todo—. ¿A qué edad terminan las chicas inglesas sus estudios?

—Bueno, en el caso de Amelia…

—Fue antes de mi presentación en sociedad, por supuesto. —Amelia batió sus pestañas efusivamente—. No me digáis que no sois capaz de hacer los cálculos mentalmente, sin la ayuda de la señora Harris.

Lucas se puso rígido y la miró con evidentes muestras de irritación. Esa muchacha era tan voluble como una actriz. Era como tener a dos personas diferentes en una.

—Claro que soy capaz de hacerlo.

—Uf, no sabéis lo complicado que puede llegar a ser el debut de una chica en sociedad; hay que andar de una cierta manera, y mantenerse de pie con un determinado estilo… ¡Cómo me costó recordar todas las reglas! —Amelia continuó parloteando sin parar.

—Pues te has apañado espléndidamente bien —apuntó la señora Harris, con cara de estupefacción ante los estúpidos comentarios de su pupila.

Amelia jugueteó con el lazo de su sombrerito con una descarada coquetería.

—Una chica ha de aprenderlo todo, si quiere divertirse en sociedad.

—Lo supongo —murmuró Lucas.

Cuanto más conocía a Amelia, más le irritaba esa faceta tan frívola de la que ella hacía alarde. Esa muchacha era capaz de realizar comentarios notablemente inteligentes, como por ejemplo sobre los *xebecs*, y al segundo siguiente cotorrear acerca de cualquier tontería que le pasara por la cabeza, con esa mirada ausente. No lo entendía.

Especialmente cuando su institutriz parecía tan sorprendida como él ante las absurdas ocurrencias de su pupila. ¿Era posible que Amelia estuviera intentando adoptar el papel de niña pánfila? Y si así era, ¿por qué fingía?

Lucas ocupó sus pensamientos con esa cuestión durante el resto del trayecto, mientras ella continuaba con la cháchara sobre fiestas y abanicos y otras tonterías similares. Pero ¿a quién diantre le importaba lo que significaba cada señal que se podía hacer con un abanico?

Pronto avistó los muelles de Deptford. Intentando recuperar a la Amelia inteligente, Lucas señaló por la ventana y atrajo su atención hacia una fragata con la bandera española. Los estibadores estaban enfrascados en bajar a tierra una pila de toneles.

—Deben de haber empezado a descargar a esa belleza ahora mismo. Va cargada hasta los topes; fijaos en su casco, tan hundido en el agua.

Amelia siguió su mirada.

—¿Qué creéis que lleva?

—No lo sé. —Lucas apuntó algo deliberadamente ridículo—. Algodón, quizá.

Ella esbozó una mueca de contrariedad.

—¿Por qué alguien se dedicaría a importar algodón de España, y además en barriles? Seguramente se trata de vino, o quizá de olivas.

—¿Qué os hace pensar que es un barco español? —preguntó él serenamente.

—La bandera, claro… —De repente, Amelia se dio cuenta de que estaba delatando sus amplios conocimientos y le lanzó una sonrisa bobalicona—. Bueno, supongo que esa bandera es la española. Pero igual me equivoco y es un barco francés que lleva seda.

—Podría ser —apostilló él evitando comprometerse. Sí, quizá ella era tan estúpida como aparentaba ser, aunque empezaba a dudarlo.

El carruaje se detuvo.

—Hemos llegado. —Lucas saltó a tierra y ayudó a la señora Harris a apearse primero y luego a Amelia.

Sus manos prácticamente acordonaron la estrecha cintura de Amelia, y se le aceleró el pulso cuando nuevamente olió el aroma de madreselva. Ella lo miró con los ojos brillantes, y el rubor se apoderó de sus mejillas.

Lucas la depositó en el suelo, frenando la acuciante necesidad que sentía de satisfacer sus instintos. Por todos los demonios, qué guapa que era. En otras circunstancias, incluso habría considerado la posibilidad de cortejarla de verdad.

Lanzó un bufido. No, eso no era posible. No podía enamorarse de una dama inglesa cuyo pasatiempo favorito era probablemente malgastar toda su fortuna, una fortuna que él estaba casi del todo seguro que era robada.

Lucas le ofreció el otro brazo a la señora Harris.

—Ahí tenemos a esa belleza —proclamó al tiempo que las guiaba hacia el puerto—. Es esa embarcación negra, anclada a unos cien metros del muelle, con la vela latina.

—¡Qué pequeña es! —exclamó Amelia.

—Pues es grande para ser un *xebec*. Realmente es una fragata *xebec*, pero la marea todavía está demasiado baja como para que pueda soportar demasiado peso. Por eso cuenta con tan pocos cañones. Desde aquí no se ve, pero sólo tiene treinta y cuatro, cuando la media en un barco de guerra es el doble. Los piratas confían en su fácil maniobrabilidad y su ligereza en lugar de en los cañones. Para capturarla, la Infantería de Marina tuvo que derribar dos de sus velas con una andanada de proyectiles.

Lucas observó a Amelia.

—¿Os apetece subir a bordo? Podríamos ver ese bote por dentro…

—¡Sí! —exclamó al tiempo que la señora Harris gritaba—: ¡De ningún modo!

Amelia miró a su institutriz con carita de pena.

—Oh, por favor, tenemos que subir. Quiero verla de cerca.

Con los ojos llenos de horror, la señora Harris se soltó del brazo de Lucas y retrocedió unos pasos.

—De ningún modo… no pienso… no subiré… en esa vasija.

Amelia desvió la vista hacia Lucas, y con semblante desilusionado explicó:

—Lo había olvidado. A la señora Harris no… le gustan los barcos. Ni la sensación de estar sobre el agua.

A juzgar por la expresión de pánico de la viuda, se trataba de algo más que una simple aversión. Si alguien podía reconocer un miedo irracional, ése era Lucas.

Con el tono más suave que pudo, él se atrevió a decir:

—Pero puedo subir con lady Amelia, si os parece bien, señora Harris. Estaréis más que bien, aquí, con el cochero.

—¡Oh, sí, por favor! —Amelia se soltó del brazo de Lucas y corrió al lado de su institutriz.

—Me muero de ganas de verlo.

—Pero querida, si te pasara algo, si una tormenta…

—Oh, vamos, pero si el cielo está completamente despejado. Además, sólo está a unos pocos metros de la orilla —intervino Lucas con un tono indulgente—. No os preocupéis; vigilaré que no le suceda nada a vuestra pupila. Cuidaré de la dama como si se tratara de mi propia carne y de mi propia sangre.

—¿Lo ves? Con un tipo tan robusto a mi lado, no tengo nada que temer —cacareó Amelia.

La señora Harris observó a Lucas, después miró hacia la pequeña embarcación y luego a Amelia, quien a su vez la miraba con ojitos suplicantes. Al final la institutriz suspiró y asintió.

—Bueno, supongo que no hay nada que temer.

—¡Oh, gracias! —chilló Amelia al tiempo que estrujaba la mano de la viuda cariñosamente.

Sin perder ni un instante, Amelia se colgó otra vez del brazo de Lucas y los dos enfilaron hacia el muelle. La voz de la señora Harris sonó a sus espaldas.

—¡Ten cuidado, Amelia! ¡Ya sabes que a veces puedes ser muy atrevida! ¡No te acerques a ningún sitio que el comandante te diga que es peligroso!

—¡No te preocupes! ¡Iré con cuidado! —gritó Amelia a modo de respuesta, esbozando una amplia sonrisa desde debajo de su sombrerito.

La señora Harris se quedó detrás de ellos, cada vez más lejos, con el corazón acongojado.

Lucas subió al bote que los llevaría hasta el *xebec*. Luego le ofreció la mano a Amelia para que ella lo siguiera.

—¡No te acerques demasiado al borde, no vaya a ser que volquéis! —gritó la señora Harris.

Con los ojos destellantes, Amelia ocupó un asiento frente a Lucas, mostrando un equilibrio digno de un marinero.

—¡Tendré mucho cuidado! —gritó ella.

Lucas se sentó y asió los remos.

La señora Harris continuaba gritando cuando empezaron a alejarse del muelle.

—¡Y quédate todo el rato en cubierta! ¡Puede haber ratas en el interior de esa vasija!

—¡No te oigo! —volvió a gritar Amelia—. ¡No te preocupes! ¡No tardaremos mucho!

Sofocando una carcajada, Lucas remó hacia el *xebec*.

—Se nota que no soporta el agua.

Amelia asintió.

—De pequeña estuvo a punto de morir ahogada, y por lo que parece le ha quedado un buen trauma. Jamás se acerca a ningún bote; incluso se pone nerviosa cuando tiene que cruzar un puente.

—Ya me he dado cuenta. —Sonrió él—. Pero a ti no parece que te asusten los botes.

Ella echó la cabeza atrás, irradiando una felicidad genuina.

—¡Qué va! ¡Me encantan! ¡Me encanta el agua! Cuando era una niña, mi padre solía llevarme a pescar.

—Me da la impresión de que tú y tu padre estabais muy unidos.

—Tanto como una niña puede estarlo de un hombre que se pasa la mayor parte del tiempo enterrado entre libros. —Lo miró con una evidente curiosidad—. ¿Y tú?

—Se podría decir que estábamos unidos. Mi padre era el típico militar, como yo. Luchó en la Guerra de la Independencia.

—¿Qué Guerra de la Independencia?

Lucas arqueó una ceja.

—La guerra contra Inglaterra.

Ella soltó una risotada.

—Ah, claro. Ésa. Lo había olvidado.

—Pues créeme, yo no —terció él con una marcada amargura.

La sonrisa desapareció de la cara de Amelia. Rápidamente desvió la vista hacia el agua, con una expresión pensativa.

—¿Así murió tu padre? ¿En la batalla?

—No —respondió él tensamente. No pensaba contarle cómo había muerto su padre; ya era suficientemente malo que toda la población de Baltimore lo supiera, y que él no se hubiera enterado hasta que fue demasiado tarde para poder evitarlo.

Habían llegado al *xebec*. Lucas invitó a Amelia a trepar primero por la escalera de cuerda, y luego la siguió. Prefería ir detrás por si ella perdía el equilibrio y se caía, pero ella mostró la agilidad de un gato. De hecho, se deslizó tan rápido que Lucas no tuvo tiempo de solazarse con la visión del tentador balanceo de sus caderas ni de sus tobillos enfundados en las medias. Tan pronto como Amelia alcanzó la baranda de la embarcación, se sentó en ella, pasó las piernas por encima y desapareció.

Lucas balbució una palabrota, y luego se apresuró a trepar hasta la baranda.

—Maldita sea, Amelia; espera…

—¡Oh, Lucas! ¡Esto es increíble! —exclamó ella.

Él entró en el barco y miró a su alrededor. Realmente Amelia tenía razón. Delante de sus ojos se abrían unas líneas de tablones de madera nítidas, perfectas, casi delicadas; una gacela, allí donde la mayoría de los barcos de guerra eran elefantes.

—De todos modos, vigila bien dónde pones los pies. Esos botines que llevas podrían jugarte una mala pasada; además, hay remos y sogas por…

—¡Remos! Es un velero.

—Sí, pero puede avanzar más rápido si se usan las velas y los remos a la vez. Por eso un *xebec* es capaz de atacar un barco de guerra armado con el doble de cañones. Un *xebec* no se queda en el mismo sitio mucho rato, a la espera de recibir un cañonazo; porque si no, volaría fácilmente por los aires. Es demasiado ligero para soportar esa clase de asaltos.

Amelia contempló la cubierta.

—Ya lo veo. Los tablones de madera no son de roble… o por lo menos, no de roble inglés. Podrían ser de encina, ya que es un árbol muy común en el Mediterráneo. No creo que la madera del olivo sea lo suficientemente resistente como para…

—No soy un experto en la clase de árboles que hay en Argelia —la interrumpió él, incapaz de ocultar su sorpresa—, así que no estoy seguro, pero lo dudo.

Ella se puso tensa, y acto seguido le lanzó una sonrisa bobalicona.

—¿Madera de balsa? Flota mucho.

El retorno de la Amelia pánfila no le sentó nada bien a Lucas.

—¡Para! —rugió él.

—¿Que pare el qué?

—No te hagas la tonta conmigo.

—¿Cómo… cómo dices?

—Tu pestañeo y sonrisitas de niña atontada, y tus comentarios ridículos. Tú no eres así, y ambos lo sabemos. Así que deja ya de hacerte la pánfila. No hace falta que finjas… ya sé lo que buscas.

Capítulo ocho

Querida Charlotte:
Procederé a averiguar todo lo que pueda, aunque, de todos modos, debéis recordar que obtener información sobre un ciudadano americano es más difícil. Por fortuna, tengo un amigo que ostenta un alto cargo en la Infantería de Marina. Es posible que pueda ofrecerme algún dato relevante.

Como siempre,
quedo a vuestra entera disposición,
Michael

—¿*L*o… lo que busco? —El corazón de Amelia empezó a golpear su pecho con más brío que las velas de los barcos que ondeaban libremente al viento—. No sé a qué te refieres —declaró, intentando recuperar la compostura.

Lucas la fulminó con una mirada fría como un témpano.

—He oído los comentarios de los hombres ingleses, los de tu círculo, sobre las mujeres. Todos piensan que sois unas cabecitas huecas, y la verdad es que ellos os prefieren así. Por tanto, pensáis que sólo podréis cazar a un esposo si os comportáis como si fuerais estúpidas

Ella lo miró boquiabierta. ¿Eso era lo que él pensaba que ella buscaba? ¿Que estaba intentando cazar a un marido?

—Pero conmigo no tienes que comportarte de ese modo —prosiguió él—. Me gustan las mujeres con cerebro; así que no intentes convencerme de que tu cerebro se encogió cuando cumpliste quince años.

Aliviada, Amelia soltó un suspiro. Podía sacarle partido a la explicación que él le acababa de dar. Además, eso no significaba que tuviera que dejar de coquetear con él.

—Dieciocho. —Sonrió ella para ocultar la mentira—. Tenía dieciocho años cuando empecé a fingir que no tenía nada en la cabeza.

Con el semblante satisfecho, Lucas le ofreció el brazo.

—Lo sabía. Nadie con tus conocimientos sobre banderas o barcos puede ser tan lerdo como aparentabas.

—Gracias por el cumplido

Amelia dejó que él la guiara por el barco. Le dejó saborear su momento de triunfo. De ese modo quizá él no se daría cuenta de que ella únicamente había recurrido a la máscara de pánfila ante preguntas comprometedoras.

Qué pena que no pudiera plantarle cara. Pero mientras Lucas no recabara en lo mucho que ella sabía, dispondría de más tiempo a su favor para interrogarlo.

—¿Cómo es que tienes permiso de la Infantería de Marina para entrar en el *xebec*? —inquirió Amelia, mientras se dirigían hacia el flanco del barco más alejado de la línea de la costa. Pasaron por delante de varios cañones montados sobre unos bloques de madera antes de rodear el mástil principal—. Seguramente no pensarán que eso te servirá para cerrar el pacto con los argelinos.

—Consideraron que podría sugerir algunas modificaciones. La compañía de mi padre diseñaba cañones para barcos.

—¿Diseñaba?

Amelia quería incitarlo a continuar hablando.

—Ahora que está muerto, la compañía va a la deriva.

—¿Y tú no tienes interés en diseñar cañones?

Lucas sonrió con tristeza.

—La verdad es que no tengo destreza para esa clase de trabajo. Mientras mi padre se dedicaba a erigir su compañía, yo estaba lejos, luchando contra los piratas de Berbería. Y cuando regresé, lo intenté, te lo aseguro, pero... —Se encogió de hombros—. Prefiero disparar un cañón antes que fabricar uno. Entonces estalló la guerra contra Inglaterra, y yo...

—Optaste por ir a luchar otra vez.

Lucas enarcó una ceja.

—Sí, de hecho sí.

—Y aunque ahora ya no te dediques a luchar, sigues lidiando con villanos —se aventuró a comentar Amelia.

Lucas le lanzó una mirada intensa y afilada.

—¿A qué te refieres?

—Los piratas, claro, y los tratados.

—Sí. —Su expresión se tornó más enigmática—. Negociar un tratado es una batalla, también.

—¿Y cuánto tiempo llevas negociando ese tratado? Pensé que los británicos habían derrotado a la mayoría de los piratas de Berbería en Argelia hace un par de años. Sin embargo, si esta fragata *xebec* apareció cerca de España...

—Estás fascinada con esos execrables piratas.

Amelia no pensaba permitir que él cambiara de tema.

—Estoy fascinada con cualquier cosa que sea más interesante que mi vida tediosa. Como tus tratados.

—Y mis aventuras. —Con los ojos ensombrecidos, Lucas la agarró por la mano e intentó atraerla hacia sí para abrazarla.

Mientras su pulso latía desbocadamente, ella logró zafarse de sus garras.

—¡Aquí no! La señora Harris podría vernos.

—No puede. Desde el muelle no se ve este lado de la fragata.

Amelia sintió que un delicioso escalofrío le recorría toda la espalda. A pesar de que Lucas sólo intentaba distraerla para que no continuara haciéndole preguntas, no pudo evitar no sentirse tentada. Y el hecho de estar en un escenario tan magnífico como ése, a bordo de un barco pirata, no hacía más que añadir otro granito de arena a la romántica situación.

Ella deshizo sus pasos por la cubierta.

—Sin embargo, debemos limitarnos a la clase adecuada de aventuras.

—¿Como por ejemplo?

—Llegar aquí con un bote desde el muelle. La maravillosa posibilidad de estar subida en esta preciosa embarcación. —Esbozó una sonrisa socarrona—. Conocer a fondo el *xebec*.

Lucas la siguió como un corsario perseguiría a un bergantín en el mar.

—Ya, pequeñas aventuras que no conlleven ningún riesgo,

¿no?

Amelia reparó en una escotilla cercana y se dirigió hacia ella.

—No has acabado de enseñarme la fragata, y me muero de ganas de verla por dentro.

—Creí que tu institutriz te pidió que no abandonaras la cubierta —la amonestó Lucas, aunque su voz mostraba un tono extraño.

Ella llegó a la escotilla y la abrió.

—Pues no la oí —repuso con un aire burlón—. Creo que hacía demasiado viento.

Lucas no sonrió.

—Quédate ahí quieta, Amelia —le ordenó al tiempo que atravesaba la cubierta en dirección a la escotilla—. No se te ocurra bajar por esa escalera.

Ella echó un vistazo al interior oscuro.

—Vamos, Lucas, si sólo quiero…

Agarrándola por el brazo, la apartó del agujero oscuro.

—No, de ningún modo. No vas a bajar ahí.

—¿Por qué no? —Amelia se dio la vuelta para mirarlo directamente a los ojos, pero sus palabras murieron en sus labios.

La cara de Lucas estaba tan blanca como las velas del barco, y tenía los ojos fijos en el agujero oscuro, como si éste representara las puertas del mismísimo infierno.

—¿Lucas? —pronunció ella en voz baja.

Pero él no parecía oírla; continuaba con los dedos clavados en su brazo, como si de unas garras se tratara.

—¡Lucas! —dijo ella, alzando la voz—. ¡Me estás haciendo daño!

Él dio un respingo, y acto seguido la soltó.

—No vamos a bajar ahí. —Giró sobre sus talones y con paso acelerado se dirigió hacia la toldilla—. Pero te enseñaré el resto de la cubierta, si quieres.

Amelia lo siguió.

—¿Por qué no quieres bajar?

—Mira, lo que no quiero es que tú bajes allí —espetó él cuando atravesaba la puerta debajo de la toldilla.

Ella apretó el paso para seguirlo. Entraron en una modesta cabina en forma de medio círculo que probablemente hacía las funciones de cabina del capitán.

—Eso es una patraña —soltó Amelia. Cuando él se dio la vuelta con la rapidez de un torbellino para plantarle cara, ella añadió—: He visto la expresión de terror en tu cara. Parecía como si pensaras que ahí abajo habitaba el diablo en persona.

Lucas tensó la mandíbula.

—Tienes demasiada imaginación.

—Te aseguro que no; está más que claro que tú…

Él se precipitó sobre ella y atajó sus palabras con un beso apasionado.

Cuando se retiró, la sangre de Amelia fluía con rapidez y con furia. Lo miró sorprendida.

—¿Por qué has hecho eso?

—Para que te calles. —A continuación, con los ojos chispeantes, la agarró por la cara con sus poderosas manos, y el sombrerito que coronaba la cabeza de Amelia salió disparado hacia atrás—. Pero en cambio, éste es para mí.

El beso fue más delicado que imperioso. Y abrasador. Y posesivo. Lucas se apoderó de sus labios como si le pertenecieran, como si tuviera todo el derecho del mundo a hacer con ellos lo que le placiera. Amelia intentó recordarse a sí misma que él no era sincero, pero… ¡Santo cielo! ¡Cómo besaba ese hombre! Conquistó su boca con la seguridad de un corsario, e introdujo la lengua hasta el fondo, de esa forma tan íntima que le había mostrado la noche previa, y luego repitió el movimiento obsceno, con embestidas atrevidas y descaradas.

Ella también lo besó, entrelazando su lengua con la de él de un modo absolutamente salvaje. Lucas tenía sabor a café y olía a mar, una combinación irresistiblemente exótica.

Pero cuando los besos de él fueron adoptando un tono más fiero, ella se separó y giró la cabeza, en un intento de coger aire… para continuar con esa maravillosa locura. Fue entonces cuando divisó a la señora Harris a través de un ojo de buey abierto, paseándose por la orilla.

La señora Harris no podía verlos en la cabina semioscura, pero Amelia no cayó en la cuenta de ese detalle, soltó un chillido y se zafó de los brazos de Lucas.

Intentando recuperar el control de sus impulsos más perversos, decidió darle la espalda y separarse un poco de él.

—No te he dado permiso para que me beses.

Con paso airado, él volvió a rodearla con sus brazos sin piedad; sus intenciones eran inequívocas.

—Me diste permiso ayer por la noche.

—Eso era distinto.

La cara de Lucas plasmó una rabia incontenible.

—Ah. ¿Es porque ahora estamos completamente solos, y ningún caballero inglés puede venir a socorrerte, a protegerte del salvaje americano, si éste se pasa de la raya?

La acorraló contra la pared de la cabina, y antes de que pudiera escapar, se abalanzó sobre ella y empezó a manosear todo su cuerpo.

—Me dijiste que querías aventuras, y estoy más que encantado de podértelas servir en bandeja. —Acercó más su cara a la de ella, con los ojos centelleantes—. Pero eso era sólo un decir, ¿no es así? Tú sólo quieres aquello que puedes controlar. Y claro, a mí no me puedes controlar.

Ella le aguantó la mirada.

—¿Estás seguro?

Oh, no. Ésa no era la contestación más acertada que se le debía dar a un hombre enfurecido, que imaginaba que ella y sus compatriotas sólo intentaban subyugarlo.

Pero lo cierto era que Lucas parecía revelar más datos cuando se hallaba bajo la influencia de su temperamento... o de sus pasiones.

Amelia apartó bruscamente la cara y añadió:

—Pues a mí me parece que te he controlado suficientemente bien hasta ahora.

Después contuvo la respiración, a la espera de su respuesta, preguntándose si intentar domar a un salvaje no era una idea descabellada.

Pero en lugar de parecer enojado, Lucas se quedó pensativo.

—Quizá tengas razón.

—Pues claro que la tengo —insistió ella.

Amelia se lo esperaba todo menos la súbita reacción de Lucas: de repente él sonrió, y luego se inclinó y pegó la boca en su oreja.

—La espada. Lo hiciste aposta, ¿no?

—¿De qué estás hablando?

—Esta mañana, en tu casa, cuando empezaste a acariciar mi mameluco. Todos esos comentarios acerca de lo dura que era mi espada… durante todo el tiempo sabías el efecto que tus palabras malintencionadas estaban ejerciendo sobre mí.

Amelia notó que se le encogía el estómago.

—No sé a qué te refieres.

—Acariciaste deliberadamente mi espada y hablaste sobre bruñirla y enfundarla, todo para excitarme y luego dejarme en ese estado deplorable, sin ninguna esperanza de poder encontrar alivio.

—No seas ridíc…

—Y yo reaccioné como cualquier otro hombre. De la forma que tú esperabas que reaccionara, ¿no es cierto? —Continuó respirando acaloradamente contra su oreja, pero puesto que Amelia no podía ver sus ojos, no sabía si estaba enfadado o… algo más. Fuera lo que fuese, el hecho de sentirlo tan cerca —y tan amenazador— le provocaba un agradable cosquilleo en la parte baja del vientre.

Amelia no se contuvo y reaccionó con descaro. Giró la cara para mirarlo a los ojos y argumentó:

—Mira, si te afectaron tanto mis comentarios, es porque tienes una mente depravada.

Los ojos de Lucas continuaban desprendiendo un brillo amenazador.

—Tú empezaste el juego, así que tú eres la depravada. —Levantó la mano para acariciar su pelo—. Eres como la perversa Dalila, ¿no? Y sin embargo, juraría que jamás te has acostado con ningún hombre.

—¡Claro que no! —Intentó zafarse de él, pero Lucas la retuvo a la fuerza, pegada contra la pared.

—Entonces, ¿cómo sabías lo que tenías que hacer esta mañana, para conseguir que un hombre se postrara a tus pies sin siquiera tocarlo?

—Lo… lo supuse. Eso es todo.

—Ya, lo supusiste —espetó él con escepticismo. Entonces la besó en la oreja, y luego empezó a lamerle el lóbulo. Cuando tuvo la audacia de lubricar el agujero de la oreja con su lengua, Amelia se estremeció de placer. Por todos los cielos, ¡quién iba a pensar que las orejas pudieran ser tan sensibles!

Después empezó a mordisquearle el cuello, hasta llegar a la garganta, y allí se detuvo, para besar cada centímetro de su piel.

—Vamos, Amelia, eres demasiado inocente para haber averiguado esa clase de cosas. Cuéntame, ¿cómo sabías lo que tenías que hacer? ¿Te enseñó tu madrastra a...?

—¡Qué va! —soltó ella entre risas. La mera idea de que Dolly le enseñara cómo seducir a un hombre le parecía una obscenidad.

Lucas la besó en el hueco de la garganta, y entonces empezó a descender hacia sus pechos.

—Alguien te enseñó. Y puesto que ella es viuda...

—Lo leí en un libro —confesó Amelia.

Él se retiró para mirarla a los ojos.

—¿Un libro?

Amelia notó cómo se ruborizaba.

—Sobre los harenes de Berbería. Y lo que sucede allí dentro.

Lucas enarcó una de sus cejas.

—¿Te refieres a una de esas ridículas colecciones que algún desgraciado inglés decidió reunir para excitar a unos cuantos idiotas? ¿Por qué lees esa bazofia?

Amelia irguió la barbilla con altivez.

—Por curiosidad. ¿De qué otro modo supones que una jovencita súper protegida puede aprender la verdad sobre... ciertos temas?

Lucas soltó una estentórea risotada.

—¿Así que crees que puedes obtener la verdad a partir de unos cuentos de un harén? La mitad de ellos son mentiras, y la otra mitad, burdas exageraciones.

Ver cómo él se reía de ella sólo consiguió enfurecerla.

—Pues no fallaron en absoluto a la hora de narrar cómo excitar la «espada» de un hombre, a juzgar por lo fácil que me resultó esta mañana contigo.

De repente, la cara divertida de Lucas adoptó un semblante sombrío.

—Tienes razón. —Se inclinó hacia su boca, pero entonces se

retiró sin llegar a rozar sus labios.

—Así que sientes curiosidad por lo que sucede en un harén, ¿verdad?

—Sí —admitió ella con cautela.

—Entonces, tu curiosidad se verá saciada.

La aseveración tan contundente puso a Amelia a la defensiva.

—¿Qué quieres decir?

Con los ojos brillantes, Lucas apoyó su mano sobre la cintura de Amelia.

—Hoy te has portado muy bien conmigo. Has sido muy generosa con las lecciones sobre las normas de conducta; me has indicado que no diga palabras malsonantes, ni que abra el abrigo, ni que me atreva a sentarme si una dama está de pie, aún cuando tú me provocaste deliberadamente para… ponerme en evidencia.

La suave cadencia de su voz hizo que Amelia sintiera un suave cosquilleo, como si mil mariposas revolotearan en su barriga.

Lucas deslizó la mano hacia sus costillas.

—Y puesto que nuestro pacto consistía en que yo te ofrecería aventuras a cambio de tus lecciones, estoy dispuesto a cumplir mi parte ahora mismo.

El corazón de Amelia latía desbocadamente; tuvo que hacer un enorme esfuerzo para contestar:

—De verdad, no te preocupes. Considero que el hecho de haberme mostrado este barco es más que una aventura…

—¿Y pagarte con tan poco por todas tus atenciones? —prosiguió él, con un tono definitivamente sarcástico—. No, pequeña, ni lo sueñes.

Sin previo aviso, Lucas colocó su mano sobre los pechos de Amelia.

—¡Lucas! —Ella agarró su mano—. ¿Se puede saber qué crees que estás haciendo?

—Sientes curiosidad por lo que los piratas de Berbería les hacen a sus cautivas, ¿no? Pues me limito a enseñártelo.

—Si piensas que permitiré que arruines mi reputación…

—No tenemos que ir tan lejos, pequeña. —Lucas coronó sus labios con una sonrisa provocadora—. Puedes mantener tu castidad y aún así probar lo que experimenta una cautiva.

Acto seguido, empezó a mover la mano por encima de sus pechos, despacio, con una gran sensualidad.

—Pero...

Lucas selló la boca de Amelia con un beso. La besó con todo el fervor y la intensidad de un hombre que devora su última cena. Y ella no pudo resistirse, del mismo modo que la tierra es incapaz de resistir la magnética atracción que siente por el sol. Sobre todo cuando él acarició sus pechos con una destreza tan exquisita que consiguió hacer añicos cualquier vestigio de resistencia. Que Dios la ayudara. Amelia había imaginado esa escena cientos de veces. Desde el momento en que fue consciente de que sentía placer cuando se acariciaba algunas partes del cuerpo, había pensado qué sentiría cuando se las tocara un hombre.

Se había tocado a sí misma unas cuantas veces, lo cual sólo había conseguido despertar más su apetito. Pero sabía que no debería ansiar más hasta que se casara, porque ningún caballero inglés osaría tocarla. Quizá ése era el motivo por el que Lucas le parecía tan excitantemente perverso.

—Deja que te ofrezca una aventura real —susurró él con una voz gutural—, y no una que tengas que leer.

Amelia se sintió invadida por un cúmulo de emociones ante la idea de que él la tocara de un modo más íntimo de lo que lo estaba haciendo en esos momentos. Sentía temor, excitación... anticipación. Oh, realmente se estaba convirtiendo en una vulgar desvergonzada.

Desvergonzada y perversa. Allí en el barco, él podía hacer con ella lo que quisiera. Especialmente ahora que se habían apartado de la línea de visión de la señora Harris.

—No creo que sea prudente —acertó a decir ella, con la voz entrecortada. No obstante, no hizo nada para apartar la mano de Lucas.

—¿Acaso crees que cualquier aventura que valga la pena es prudente?

—Supongo que no.

A Amelia le costaba razonar, con la mano de Lucas acariciándola, con su caliente boca besándole el cuello... Al fin y al cabo... ¿de verdad sería un acto tan deshonroso, participar en una pequeña… aventura… íntima?

Ella desvió la mirada hacia el ojo de buey. Si chillaba, la señora Harris seguramente la rescataría, por más pánico que tuviera al agua.

Lucas debió de tomar su silencio como una señal de consentimiento, porque empezó a desanudar el *fichu* que cubría la parte superior de su vestido.

—Lucas, todavía no he dicho que esté de acuerdo…

—Pero si lo estás deseando. Puedo leerlo en tus ojos. —Ese pícaro diablillo, ese truhán tan sagaz sonrió—. Sé que te gusta sentir que dominas la situación. Así que cuando me digas que pare, pararé. La aventura acabará cuando tú quieras.

Lucas le estaba ofreciendo una aventura segura. O la más segura que ella podría llegar a soñar. Y si él rompía las normas que acababa de establecer, ella pelearía con él, con dientes y uñas si era necesario, mientras chillaba para llamar la atención de la señora Harris.

¿Cómo podía perder?

Capítulo nueve

Querido primo:

¿Habéis visto el recorte de prensa que os adjunto sobre el baile de ayer por la noche? En él se hace mención a que el comandante tuvo un comportamiento ostensiblemente desafortunado. No me fijé en que ese individuo tuviera unas emociones tan volubles. Ahora sí que estoy sumamente preocupada; Amelia no es precisamente la persona más sosegada del mundo.

Cordialmente vuestra,
Charlotte

—*D*e acuerdo. —Amelia rezó para que no se hubiera vuelto loca—. Dame una aventura. Muéstrame cómo los piratas de Berbería tratan a sus cautivas.

Una llama de deseo se encendió en los ojos de Lucas antes de inclinarse nuevamente sobre la boca de Amelia para acto seguido besarla con la lengua, con unas embestidas lentas e impúdicas. Entonces se apartó de ella.

—Date la vuelta.

—¿Por qué?

Lucas esgrimió una mueca de fastidio.

—Para ser una cautiva, eres demasiado insolente. ¿Lo sabías?

A pesar de que ella lo miró con cara desconfiada, hizo lo que él le ordenaba. Mas cuando notó que Lucas le ataba las muñecas con su propio *fichu*, se sintió presa del pánico.

—No te he dicho que esté de acuerdo con…

—He de asegurarme de que mi cautiva no se escape —aclaró Lucas con esa cadencia tan lenta y sensual que siempre lograba embelesarla—. Todo pirata de Berbería que se precie de ello lo haría.

Amelia se sintió irritada ante la excitación instantánea que se disparó en su estómago.

—Cuidado, Lucas —lo previno, dándose la vuelta para mirarlo a la cara—. Si arruinas mi reputación, te juro que haré que te arrepientas de haberme conocido.

—De eso no me cabe la menor duda, bonita. Pero entre besar y echar a perder la reputación existe un amplio margen para la aventura. —Lucas sonrió—. Además, no he apretado demasiado el nudo.

Escéptica, probó la atadura. Era cierto. Lucas la había dejado tan floja que ella podía liberarse con un leve forcejeo.

Si es que quería liberarse, claro, y eso era algo que no quería. Porque la enorme excitación que sentía ante el mero pensamiento de estar atada y a su entera disposición le provocaba el mismo efecto que una droga inyectada directamente en la vena.

Amelia se esforzó por recordarse a sí misma la misión que se había autoasignado.

—¿Habías hecho esto antes? —le preguntó, procurando no perder el control de su respiración acelerada.

—¿A qué te refieres? —Lucas se quitó los guantes con una maestría tan implacable que habría llenado de orgullo a cualquier captor.

A Amelia se le erizó toda la piel.

—Hacer cautiva a una mujer. —Mantuvo la serenidad en el tono, a pesar de que recordaba perfectamente las palabras «evitar ser capturada» en las notas que Lucas tenía sobre Dolly.

Él la miró perplejo.

—Perdona, pero es la primera vez que me hago pasar por un pirata de Berbería. ¿Por qué? ¿Acaso lo estoy haciendo mal?

—No. Pareces muy convincente en tu papel de capturar a una mujer. —Ése fue el comentario más arriesgado que Amelia se atrevió a hacer sobre la posible huida de Dolly.

Lucas le propinó una sonrisa maliciosa.

—Navego por aguas desconocidas. —Su voz adoptó un tono más áspero—. He estado navegando por aguas inexploradas desde el momento en que te conocí, bonita.

¡Qué hábil que era ese hombre con las metáforas! Y cuando Lucas lanzó los guantes a un lado, un escalofrío de anticipación recorrió toda la columna vertebral de Amelia.

—Pero estoy bastante seguro sobre cómo procedería un pirata a continuación —declaró al tiempo que empezaba a desabrochar las vetas del corpiño de Amelia—. Seguramente, querría inspeccionar su mercancía.

—¿Su... su mercancía? —Amelia soltó una risotada nerviosa.

Lucas enarcó una ceja.

—Tú querías que me tomara en serio tus lecciones, ¿no? Pues ahora debes tomarte la aventura en serio.

Si él supiera con qué grado de seriedad la estaba afectando esa aventura...

—Adelante. El pirata va a examinar su mercancía, que... por lo visto soy yo.

—Así es; pero quiere verla más de cerca.

Cuando él hundió la mano escandalosamente dentro de su corpiño para desabrochar los lazos superiores de su corsé y de su blusa, ella contuvo el aliento. Después le bajó el vestido, el corsé y la camisa hasta dejar al descubierto sus pechos, y clavó su mirada selvática en ellos.

¡Santo cielo! Era la primera vez en su vida que estaba delante de un hombre con los pechos expuestos. No sabía si se sentía injuriada... o encantada.

La posición de tener las manos atadas a la espalda la obligaba a arquear la espalda, por lo que sus pechos sobresalían más de su corsé, y cuando su respiración empezó a acelerarse sin que ella pudiera remediarlo, sus pechos se pusieron duros y erectos, de una forma que parecía tentar a Lucas.

—Serías un botín perfecto para cualquier pirata de Berbería —murmuró él con la voz grave.

La franca admiración que se desprendía de su tono consiguió tentarla a ella, y la expresión salvaje y carnal de la cara del comandante le dejó claro que en esos momentos él sólo deseaba una cosa de ella. Y no era ni su dinero ni información acerca de Dolly.

Los hombres miraban a Venetia de ese modo, pero jamás a

ella. Como el objeto de deseo de un hombre, ella siempre quedaba relegada a un segundo término.

Pero en esos momentos, Lucas la hacía sentir como si ella fuera la primera opción.

Sus escasos restos de resistencia se acabaron de disipar, y Amelia se perdió en la fantasía de él. Ahora era su propia fantasía. Incluso arqueó más la espalda para exhibir más los pechos, como invitándolo a que él continuara mirándolos, y se sintió recompensada con la sed codiciosa que iluminó los ojos de Lucas.

—Pero un pirata no se contentaría con una única inspección, no. Inspeccionaría la mercancía de diversos modos —proclamó él con la voz ronca.

—¿Ah, sí? —Amelia respiró, entonces se sonrojó al escuchar el tono provocador de su propia voz.

Lucas también pareció oírlo, ya que la miró con unos ojos tan lujuriosamente fieros que consiguió que Amelia se estremeciera.

—Querría asegurarse de la calidad de la mercancía palpándola con sus propias manos.

Acto seguido, depositó ambas manos sobre sus pechos... ¡sus pechos desnudos!

Y fue maravilloso.

Lucas deslizó una mano hasta su cintura para atraerla más hacia él y empezó a besarla enfebrecidamente, por el cuello y por la garganta, mientras que con la otra mano acariciaba sus pechos y le provocaba unos placeres desconocidos, indescriptibles. Amelia se estaba dejando manosear como una vulgar mujerzuela, pero la sensación era tan agradable... tan exquisita...

Después, Lucas empezó a juguetear con su pezón, masajeándolo con el dedo pulgar, y ella se arqueó todavía más, hasta prácticamente depositar todo su pecho en la mano fornida de él; estaba lista para continuar avanzando en la lección. Sí, era una desvergonzada, pero no le importaba. Se excitaba con sus caricias, y lo demostraba abiertamente, negándose a rechazar ese delicioso momento en la gloria.

—¿Ya tienes suficiente aventura, bonita, o quieres más?

Lucas le dio un beso húmedo y cálido en la parte superior e hinchada de su pecho, y Amelia contuvo la respiración.

¿Más? ¿Más?

—Déjame que te enseñe... que te chupe... —Entonces inclinó la cabeza, abrió la boca y la cerró alrededor de su pecho.

Que Dios tuviera compasión de ella. Eso era indiscutiblemente más... más delicioso, más tentador... ¡Más de todo! ¡Qué cosas tan maravillosas se podían hacer con una boca! Lucas le estaba lubricando el pezón con lamidas sensuales con la lengua, que le provocaban una excitación feroz por todo el cuerpo. Mmm... ¡Qué delicia!

Cuando Lucas le mordisqueó el pezón cariñosamente, Amelia pensó que se iba a volver loca de placer. Tensó los brazos y las manos, rodeadas por su *fichu*, con la seguridad de que se moriría de placer antes de que él hubiera acabado.

¿Cómo se las apañaban las mujeres espía? ¿Cómo conseguían usar sus juegos sensuales como un arma para conseguir información, cuando esos juegos constituían una fuente tan significativa de... distracción?

Lucas la había transformado en una extraña criatura carnal falta de control. Todo por encima de su ombligo temblaba como un flan; todo por debajo de su ombligo la abrasaba.

Como si él comprendiera lo que ella estaba sintiendo en esos precisos instantes, pasó la mano por su espalda para desabrocharle el vestido, y luego deslizó la mano por delante, hacia abajo, pasando por encima de su barriga encorsetada hasta llegar a la unión de las dos piernas. Ante la sorpresa de Amelia, él se dedicó a acariciar sin ningún reparo su parte más íntima por encima de la blusa.

Amelia jadeó a causa del roce tan adictivo.

—¿Estás... seguro de que un corsario sentiría la necesidad de examinar a su cautiva... ahí abajo?

Lucas levantó la cabeza. Su respiración, claramente audible, era húmeda, acalorada.

—Pues claro que sí. Especialmente cuando su cautiva ha sido tan mala.

—¿Cómo? ¿Por qué he sido mala? —preguntó ella con dificultad.

—Llevas dos días tomándome el pelo. Hace tan sólo un par de horas, te estabas divirtiendo de lo lindo excitando mi «espada» para un encuentro que pensabas negarme. —Llevó sus labios hasta la boca de Amelia, pero se detuvo a escasos centímetros y añadió en un grave susurro—: Pues bien, bonita. Te voy a dar el placer de probar mi «espada».

Acto seguido volvió a besarla con arrojo, llenando su boca con desenfrenadas embestidas de su lengua mientras que con sus endiablados dedos seguía acariciándole su zona más íntima. La sensación fue tan eléctrica que hizo que Amelia arqueara más la espalda para pegarse a él; ardía en deseos de que Lucas le diera más. Por todos los santos, ¿qué le estaba haciendo ese bribón?

Sus cálidos dedos imitaban las cálidas embestidas de su lengua, hasta que llegó un momento en el que ella se sintió empapada por una vergonzosa humedad. Probablemente él también podía notarla.

Si así era, únicamente consiguió que él la acariciara más impúdicamente, hasta que notó una curiosa sensación entre sus piernas, como si sus partes más íntimas estuvieran más inflamadas; una sensación que la hacía ondular sobre la mano de Lucas rítmicamente, sin poder parar.

De repente, él apartó la mano para acariciarle otra vez los pechos. Unos momentos antes, ella se habría mostrado encantada, pero ahora no; ahora quería más.

Amelia apartó la boca para suplicarle.

—Lucas… por favor… por favor, quiero que…

A pesar de que no estaba segura de lo que quería, sabía que él podía dárselo.

—¿Qué? —murmuró él con la boca pegada a su mejilla—. ¿Qué quieres?

—No lo sé —suspiró Amelia, sintiendo una enorme vergüenza.

—Yo sé lo que quieres. —Le lamió el lóbulo de la oreja—. Quieres placer. O tal y como nosotros, los burdos americanos, decimos, quieres «llegar».

—Llámalo como quieras, pero lo quiero —aseveró ella, mirándolo con ojos suplicantes.

Lucas aspiró aire lentamente.

—Y yo también lo quiero. Te lo daré si tú me lo das a mí.

Amelia lo miró confundida.

Lucas liberó sus muñecas del *fichu* que las apresaba, y luego se retiró para desabrocharse los pantalones. Entonces fue cuando ella se fijó en la protuberancia, una enorme protuberancia que destacaba en la parte superior de sus pantalones.

Amelia contuvo la respiración mientras él se desabrochaba los calzoncillos. Con unos ojos sedientos, devorándola con la mirada como un corsario haría con su cautiva, Lucas musitó:

—Ha llegado la hora de que pulas mi «espada», tal y como querías hacer, bonita. —Le quitó los guantes, entonces le cogió una mano, la guió hasta hundirla dentro de sus calzoncillos e hizo que la cerrara alrededor de su «espada»—. Tú me acaricias primero, y luego te acaricio yo.

Mientras ella se quedaba quieta, con la mano dentro de los calzoncillos, fascinada pero avergonzada a la vez por su propia curiosidad, Lucas deslizó la mano por dentro de su vestido y levantó la parte inferior de la blusa en dirección al corsé, luego depositó otra vez la mano sobre su pubis.

La única diferencia era que ahora él la tocaba directamente, no a través de una tela.

Lucas acarició la piel sedosa, cálida, excitada. Con la otra mano le enseñó cómo acariciarlo, cómo masturbarlo con unos golpes firmes y prolongados.

—Mmm… Por Dios… sí… —jadeó él cuando Amelia consiguió captar el ritmo, si bien le costaba concentrarse en complacerlo cuando él la hacía enloquecer con sus propias caricias.

Él se arrimó más a ella mientras ambos se acariciaban al unísono.

—Estás tan deliciosamente húmeda y dulce… —le susurró al oído.

—Y tú… la tienes tan… hinchada —susurró ella, medio sorprendida—. Y dura.

Lucas no pudo contenerse y lanzó una carcajada.

—¿Comprendes ahora… por qué… me excitaste tanto antes? ¿Con toda tu… palabrería acerca de bruñir mi… espada?

—Hombre, también lo entendí entonces —soltó ella.

—Eres una Dalila virgen, que está aprendiendo a torturar a un hombre a partir de libros obscenos.

Amelia notó cómo se inflamaba su rostro, y abrió la boca

para contestarle, pero otro sonido proveniente del exterior logró sofocar las acuciantes necesidades de placer que anegaban la cabina.

—¡Amelia! —gritó una voz desde el exterior—. Amelia, ¿dónde estás? ¿Qué estáis haciendo ahí dentro?

—¡Maldición! —rugió él. Los dos habían reconocido la voz de la señora Harris.

Amelia intentó retirarse, pero él la retuvo.

—Todavía no hemos terminado —protestó Lucas.

—Tengo que contestarle, o si no convencerá a alguien para que venga a buscarnos.

Zafándose de sus brazos, Amelia se precipitó hacia el ojo de buey de la pared curva encarada hacia el lado de la costa. Asegurándose de que su cabeza rellenaba por completo el marco de la ventana mientras que ponía todo su empeño en arreglarse el traje, gritó:

—¡Estamos visitando la cabina del capitán!

La señora Harris reparó en su pelo y frunció el ceño.

—¿Dónde está tu sombrero?

Lucas se colocó detrás de ella y murmuró:

—Dile que ha salido volando con el viento.

Mientras ella repetía su brillante excusa en una voz sosegada, él deslizó su mano para acariciarle el pecho. A Amelia casi le dio un ataque a causa de la impresión. Aunque sabía que la señora Harris sólo podía ver su cara, había algo terriblemente exasperante en el hecho de tener a su institutriz allí delante, mirándola fijamente, mientras él la tocaba de un modo tan perverso.

Exasperante y… extrañamente excitante. Amelia apretó su pecho contra la mano de Lucas.

—¡Deshazte de ella, maldita sea! —le ordenó él—. Dile que estamos buscando tu sombrero. —Con la otra mano le levantó la falda para proseguir con sus escandalosas caricias—. Dile que bajaremos a tierra tan pronto como lo encontremos.

Ella apresó su mano, pero eso sólo impulsó a Lucas a dirigir nuevamente la mano de Amelia hacia el interior de sus calzoncillos para que acariciara su «espada». Su espada juguetona e inflamada.

Ella cerró la mano alrededor de su pene con fuerza, pensando que con ello conseguiría que él se comportara, pero en lugar de eso, Lucas musitó:

—Sí, así… sigue, bonita… no pares, por favor…

Fue ese por favor lo que hizo que Amelia se decidiera. Sabía que el comandante se tragaría un clavo antes de suplicar a una mujer inglesa. Mientras sentía sus propios latidos de corazón desbocados en sus oídos, soltó la excusa a la institutriz, rogando que sus mejillas encarnadas no la delataran.

La señora Harris gritó:

—¿Estás bien, querida?

—¡Oh, sí! ¡Perfectamente! —exclamó, desesperada por apartarse del ojo de buey. Lucas le estaba haciendo las cosas más perversas que se podían imaginar, y la excitación que sentía en su zona más íntima era demasiado exquisita como para ignorarla—. Lo único es que hace un poco de calor, aquí dentro.

Pero calor no era la palabra más adecuada. Ardor. Quemazón. Se quemaba en medio de las llamas. Amelia pensó que se moriría si no hallaba alivio pronto.

No aguardó a ver si la señora Harris aceptaba su cuento. Apartándose rápidamente del ojo de buey, soltó la «espada» de Lucas y se dio la vuelta para mirarlo a la cara. De nuevo él se precipitó sobre ella, devorando su boca mientras guiaba otra vez la mano de Amelia hacia el interior de sus calzoncillos.

Entonces volvió a acariciarla, pero esta vez de un modo más irrespetuoso, hasta que introdujo un dedo dentro de su pubis. ¡Dentro de ella!

Amelia apartó unos instantes la boca y murmuró:

—Lucas… no deberías…

—Chist, bonita —susurró él al tiempo que bañaba su cuello de besos húmedos y fieros—. Sólo es mi dedo, nada más. Pero tienes que dejarme que… te haga enloquecer… igual que tú estás haciendo conmigo.

Ella se sintió halagada por la confesión.

—¿De veras? ¿Te estoy volviendo loco? —acertó a susurrar, aunque cada vez le costaba más articular las palabras.

—Ya sabes que sí —jadeó él—. Más rápido… más rápido… por favor, mi dulce Dalila…

Le gustaba verlo suplicar. Oh, sí. Y le encantó ver el modo en que sus besos se tornaron más salvajes y más frenéticos cuando ella accedió a sus deseos. Atrás había quedado el comandante calculador y dominador. En su lugar había ahora un hombre que necesitaba una mujer, que la necesitaba a ella.

Éste sería el momento oportuno para sonsacarle lo que quería. Pero no podía. No con esa increíble presión haciéndose cada vez más imperiosa en su zona más íntima… hinchándola… arqueándola… haciendo que sintiera la apremiante necesidad de estallar en un sonoro gemido, que se iba formando en su garganta…

Gracias a Dios que Lucas lo sofocó con su boca, porque ella se sentía incapaz de detenerlo, al igual que se sentía incapaz de poner freno a la tormenta de placer que envolvía su pubis, disparando la sangre por sus venas, enviándola al séptimo cielo, donde nada existía, únicamente el hombre que le proporcionaba placer… que la llevaba hasta el éxtasis…

Y unos momentos más tarde, Lucas también pareció alcanzar ese placer. Amelia vio que sacaba algo de su bolsillo y que se lo colocaba dentro de los calzoncillos. Notó cómo le envolvía la mano con ese objeto —¿un pañuelo, quizá?— antes de empezar a jadear y a presionar sus labios contra los de ella. Entonces, un líquido pegajoso se esparció por el trozo de tela que rodeaba su mano.

Amelia había aprendido suficientes cosas acerca de la relación entre un hombre y una mujer como para saber que eso era su semilla. Una satisfacción fiera se apoderó de ella. Él también había logrado encontrar el placer entre sus brazos.

Pero mientras los dos procuraban reponerse de las desbordantes sensaciones que habían experimentado, mientras sus besos ardientes daban paso a un abrazo más sosegado, la realidad de lo que ella acababa de hacer le dio de lleno en las narices. Habían… había…

Que Dios la ayudara. Esta vez había ido demasiado lejos. Ella se pudriría en el infierno por una obscenidad de tal magnitud; no había excusa que valiera, ni siquiera su propósito.

Su propósito… ¡Ja! Se había olvidado de su propósito en el instante en que ese hombre había empezado a seducirla.

Amelia retiró la mano de sus calzoncillos y se apartó de sus brazos, procurando relajar su pulso acelerado. ¿Y ahora qué? Él esperaría más aventuras, ahora que habían intimado hasta ese punto tan peligroso. Y si de verdad él pretendiera hacerle la corte, ella estaría más que contenta de satisfacerlo.

Pero él no la estaba cortejando. Maldición. Como cualquier otro hombre, lo único que perseguía era su propio placer. Lo miró de soslayo y lo pilló observándola con esa mirada insolente tan típica de él. Probablemente la había tomado por una muchacha fácil, y consideraba que eso era suficiente excusa para satisfacer su instinto básico mientras fingía cortejarla.

Amelia intentó sofocar la rabia que le provocaron tales pensamientos. Ella se lo había buscado, con su maldita fascinación por todo lo prohibido. Pero no era tan necia: una aventura más como ésa y acabaría con su reputación por los suelos. No pensaba arriesgarse a sembrar la vergüenza en su familia.

Dándole la espalda, se esmeró por acicalarse el vestido, intentando no pensar en los deliciosos escalofríos que había sentido cuando él le besó el cuello, cuando la contempló medio desnuda… cuando la acarició hasta llevarla al orgasmo.

Amelia sofocó un suspiro. Oh, realmente era una desgraciada, una perversa. No, no podían continuar así. Sus encuentros privados tenían que acabar. No respondía de su voluntad para lidiar con la nueva necesidad acuciante de saciar su pasión y con la tarea de descubrir detalles del secreto pasado de Dolly a la vez; el juego era demasiado aventurado. No sólo para ella, sino también para Dolly. Por alguna razón que se le escapaba, el comandante no había utilizado su encuentro íntimo para interrogarla, pero eso no significaba que no lo intentara en el futuro.

Así que a partir de ahora, ella se encargaría de mantener su cortejo únicamente en público. Él no debía saber hasta qué grado le afectaban sus aventuras, o probablemente no descansaría hasta hallar otra oportunidad para sacar ventaja de su debilidad.

Y eso sólo conduciría al desastre.

Capítulo diez

Querida Charlotte:

He leído el artículo de la prensa con enorme interés. Me atrevería a decir, sin embargo, que no debéis preocuparos por lady Amelia. Estoy seguro de que esa muchacha podrá manejar al comandante Winter si éste se muestra importuno. Habéis inoculado bien a vuestra pupila —al igual que al resto de las jovencitas que han pasado por vuestra escuela— contra los bribones.

Cordialmente,
Michael

«¡*M*aldición! Pero ¿qué he hecho?»

Mientras la razón retornaba a su cerebro enfebrecido, Lucas soltó un bufido. Esta vez había perdido la cabeza por completo. Lo había echado todo a perder.

Y la mejor prueba de ello era la forma en que Amelia se había separado de él: sin besos cariñosos, sin sonrisas de complicidad, sin abrazos tiernos. Y allí estaba él, plantado de pie, intentando recuperar el aliento, embriagado por su aroma a madreselva y todavía sintiendo su gusto en la lengua, mientras ella se alejaba.

No era que la culpara. La había maniatado. Dado placer. Obligado a que le diera placer a él. ¡Por Dios! ¡Incluso había estado a punto de hacer lo impensable!

Pero ¿qué más podía hacer? Cuando ella se empecinó en bajar por aquellas escaleras al piso inferior y fue testigo de su debilidad, él perdió el mundo de vista. Intentó encontrar la forma de enmascarar la realidad, una forma para que ella olvidara lo que acababa de presenciar. Y cuando supo que Amelia había llevado a cabo esa pequeña tortura sensual deliberadamente con la mameluco esa mañana, se sintió invadido por una necesidad de hacerla suya, de demostrarle que no podía tomarle el pelo ni mofarse de él como indudablemente hacía con toda esa panda de nobles ingleses afeminados.

Y sí, la había seducido. Y ahora ella le haría pagar cara la afrenta.

Tras lanzar a un lado su pañuelo pringoso, se abotonó los calzoncillos y los pantalones con la eficiencia veloz que sólo se consigue tras largos años de correr ante la llamada al deber. Miró a Amelia furtivamente, pero ella parecía negarse a mirarlo mientras se alisaba el traje. ¡Maldición, maldición, y mil veces más maldición!

Amelia era joven e inexperta, y además era una rica heredera proveniente de una familia aristocrática. No se trataba de una simple viuda con la que podía dedicarse a jugar a piratas y a doncellas, maniatándola y desnudándola para su mutuo placer. Ni de una prostituta a la que podía arrinconar contra una pared y manosear después de pagarle unas pocas monedas.

Amelia lo castigaría por lo que había hecho. Aún cuando ella había accedido a todo, aún cuando ella había participado por voluntad propia, y le había hecho olvidar durante unos instantes…

Lucas apretó los dientes. En lugar de interrogarla, se había dedicado a gozar de ella. Con su actitud había conseguido seguramente enfurecer a Amelia, lo cual significaba que se habían acabado las posibilidades de sonsacarle información en el futuro.

Mas lo peor era que no tendría ningún reparo en repetir lo que acababa de hacer si ella se lo permitiera. Porque esos momentos de intimidad con Amelia habían sido lo más cercano que había estado del paraíso en los últimos tres años.

Que Dios se apiadara de él.

Amelia lo miró, con la ropa de nuevo en su sitio, y su *fichu* cubriéndole sus hermosos pechos. Si no fuera por el temblor de sus manos mientras se enfundaba los guantes que él le había arrancado con tanto brío, Lucas habría pensado que nada había sucedido entre ellos.

—Ha sido una aventura de lo más interesante —acertó a decir ella.

¿Una aventura interesante? ¿Eso era todo lo que podía decir? Lucas la miró con cautela.

—¿Estás bien?

—Sí, ¿cómo no lo iba a estar, después de tus esfuerzos... desmedidos?

Lucas suspiró lentamente. Los ingleses eran reservados, pero esto...

—Te pido perdón.

—¿Por qué? Me prometiste una aventura, y eso es lo que me has dado. Ya está.

¿Ya está? ¿Eso era todo? ¿Se acabó?

Sonriendo fríamente, Amelia se dedicó a acicalarse el pelo.

Qué guapa estaba; jamás había estado tan deseable. Lucas sintió ganas de volverla a acorralar contra la pared y de hacerle el amor hasta conseguir que ella perdiera esa sonrisita tan fría y vacía, de desnudarla y enmarañar su pelo y manosear todo su cuerpo hasta oírla jadear y suspirar debajo de él...

«Cuidado, Lucas, cuidado», se dijo. Por algún motivo milagroso, había conseguido agarrarse a un cabo, y lo mejor que podía hacer era intentar no soltarse.

—Tenemos que regresar a la orilla —proclamó él, con la clara determinación de recuperar la compostura, al igual que ella lo había hecho.

—Sí. —Se inclinó para recoger su sombrerito con un aire tan desdeñoso hacia él que hizo que Lucas apretara los dientes—. Y la señora Harris no debe enterarse jamás de lo que hemos estado haciendo.

—¿Por qué no?

Amelia levantó la cara y lo miró horrorizada.

—No pensarás que debemos contárselo.

—No con todos los detalles. Pero seguramente incluso vosotros, los ingleses, os atrevéis a daros algún beso en un cortejo.

¿Era rabia lo que le pareció ver en la cara de Amelia? El rictus desapareció tan rápidamente que Lucas no podía estar seguro. Además, ¿por qué habría de estar furiosa ella por esa cuestión, cuando no lo había estado por la otra?

—Esto no es un cortejo formal. —Se ató el sombrerito con unos movimientos bruscos—. Así que hasta que nuestra relación no madure un poco más, preferiría que no le cuentes nada a la señora Harris.

Lucas achicó los ojos. Cuánto más se alargara su relación con Amelia, más oportunidades tendría Dorothy de descubrir quién era él realmente. Ella y Frier podrían estar en otro país cuando lady Dalila permitiera que Lucas accediera a su círculo familiar.

—Entonces, definamos nuestra relación de una vez por todas. —Lucas intentó poner el tono más despreocupado que pudo—. No me quedaré demasiado tiempo en Inglaterra. Además, ni siquiera conozco a tus padres. Y está claro que sentimos una atracción muy fuerte el uno por el otro. La verdad es que probablemente nos veremos obligados a casarnos, si continuamos con esta clase de encuentros.

—La verdad —contraatacó ella con una chispa de sarcasmo— es que no veo por qué tenemos que precipitarnos. Sólo hace un día que nos conocemos, Lucas. Un cortejo breve suele durar unos seis meses, y uno largo entre uno o dos años.

Su tono ausente dejó a Lucas helado. ¿Acaso ella pretendía mantenerlo suspenso durante varias semanas mientras ella lo hacía bailar al son de su música?

—Si crees que voy a alargar mi estancia en Inglaterra hasta…

—No, claro que no. —Amelia levantó la barbilla con una repentina expresión imperiosa—. Pero seguramente no nos hará ningún daño dedicar unos días a conocernos mejor antes de que revelemos a los demás tus intenciones.

Con la clara determinación de humillarla, empezó a repasarla lenta y codiciosamente, de arriba abajo, por todo ese cuerpo que había estado acariciando escasos minutos antes.

—Me parece que ya nos conocemos lo suficientemente bien, bonita.

En lugar del azoramiento que esperaba provocar con tal comentario, Amelia le lanzó una mirada tan fulminante que Lucas se quedó cortado. Esa muchacha no era la gatita calmosa y mimosa que aparentaba ser. Aunque pareciera extraño, eso le gustó.

—No me refiero a esa forma de conocernos, comandante Winter.

—Así que hemos reculado al trato formal de comandante Winter ¿no? —la provocó él—. ¿Es ésa la clase de amistad formal a la que te refieres?

—Sí, la adecuada, una relación en la que la gente conversa en lugar de…

—¿Dejarse llevar por el deseo? —Lucas bajó la voz hasta convertirla en un ronco murmuro—. ¿Excitarse uno al otro hasta gozar mutuamente?

Amelia escudriñó su cara.

—La clase de amistad en la que las personas revelan más de sí mismas que simplemente sus cuerpos. En la que comparten sus temores, como por ejemplo por qué se quedan paralizados con terror ante la visión de una escotilla abierta que conduce a las cabinas que hay bajo cubierta.

Las palabras tuvieron el mismo efecto hiriente que una pedrada en la frente. Maldita fuera esa chica y toda su curiosidad.

—Cuando podamos compartir esa clase de conversaciones tan personales —añadió Amelia suavemente—, cuando puedas ser honesto conmigo, entonces, y sólo entonces, te presentaré a mis padres.

Con un giro sobre sus talones, Amelia salió de la cabina.

En el carruaje, durante todo el trayecto de regreso a casa, Amelia se arrepintió de sus palabras tan impertinentes. No era sólo el semblante taciturno y horrorizado que Lucas mostró después de que ella las soltara, ni el hecho de que él apenas hubiera abierto la boca mientras abandonaban el *xebec*, ni la evidente tensión durante la corta travesía en el bote, de regreso a la orilla.

Se trataba del desagradable sentimiento de que esta vez había ido demasiado lejos. Fueran cuales fuesen los demonios que habían empujado a Lucas a reaccionar de un modo tan esquivo ante la escotilla abierta, seguro que no se trataban de meras tonterías, y un hombre con su orgullo odiaría que una mujer se diera cuenta de ese miedo irracional, y todavía más que le pidiera que rindiera cuentas ante ella.

¿Qué pasaría si la crueldad que ella había demostrado lo impulsaba a actuar de una forma despiadada? ¿Por ejemplo a arrastrar a Dolly a América a la fuerza con él? Puesto que todavía no lo había hecho, ¿significaba eso que no sospechaba que Dolly hubiera realizado ninguna fechoría?, ¿o era tan sólo porque existían unas leyes que no le permitían actuar de ese modo? Aún cuando existiera ese marco legal, no le cabía la menor duda de que Lucas era capaz de actuar indebidamente si se le hería allí donde más dolía: en el orgullo.

Pero… ¡Ella también tenía orgullo, caray! Y cada vez que él mencionaba su cortejo como si verdaderamente deseara casarse con ella, le entraban ganas de abofetearlo. Lucas simplemente intentaba presionarla para que lo llevara hasta Dolly. ¡Vaya bribón! ¡Un monstruo con dos caras! Pues pensaba mantenerlo así, danzando a su antojo hasta que tuviera la certeza de que no podía hacerle ningún daño a su madrastra.

—Los dos estáis muy callados —comentó la señora Harris, sentada al lado de Amelia en el carruaje—. ¿Ese barco no era lo que esperabais?

Amelia estuvo a punto de decir: «Ciertas partes le han creado una enorme aversión al comandante Winter», pero un vistazo a la expresión rígida de Lucas hizo que las palabras se quedaran atravesadas en su garganta.

—Estuvo bien.

—Lady Amelia lo encontró… sucio. —Lucas le lanzó una mirada de reproche.

Maldito fuera ese hombre.

—Me cuesta imaginar que un poco de suciedad pueda molestar a Amelia —repuso la señora Harris.

—¿Lo veis, comandante? —espetó ella con rabia—. Deberíais de haberme dejado bajar al piso inferior como os pedí, en lugar de alegar que estaría muy sucio.

Cuando él la acribilló con la mirada, la señora Harris se decidió a intervenir.

—En una situación como ésa, la precaución es más que apropiada. Estoy segura de que allí abajo debía de haber hasta ratas. Y aunque a Amelia no parezca importarle la suciedad, no creo que le gustara ver cómo unas ratas jugueteaban con sus zapatitos.

El comentario no pareció aplacar a Lucas.

—Lo tendré en cuenta la próxima vez. Quizá deberíamos hacer algo menos peligroso... visitar un museo o salir a dar un paseo por el parque a caballo.

—Un paseo a caballo me parece perfecto —gorjeó Amelia con una voz acaramelada—. Estoy segura de que a la señora Harris también le apetecerá venir.

—¿Os parece bien mañana? —propuso él, aunque el destello gélido de sus ojos revelaba que no le gustaba la idea de incluir a la viuda.

—De acuerdo —respondió Amelia, devolviéndole la mirada beligerante.

—No, querida, mañana no. —La señora Harris se volvió hacia Amelia—. ¿Has olvidado la reunión con la Sociedad de Damas de Londres? La señorita North cuenta contigo para apoyar su nueva causa, y le prometiste que irías.

Louisa North era la hija de un vizconde que había sido dama de compañía de la princesa Charlotte. Tras el desafortunado fallecimiento de la princesa hacía un año, Louisa se había mantenido ocupada ayudando a preparar a las pupilas de la señora Harris para su presentación en la corte.

Mas recientemente Louisa había enfocado sus esfuerzos en una serie de reformas penitenciarias, y ése era el propósito de la reunión prevista para el día siguiente. Después de todo lo que Louisa había hecho por la Escuela de Señoritas de la señora Harris, Amelia había aceptado gratamente la invitación a la reunión. No podía ahora echarse atrás y faltar a su palabra.

—Es verdad; lo había olvidado. Tengo que asistir a esa reunión —se excusó Amelia.

—Y al día siguiente tenemos la recepción con las graduadas al mediodía —le recordó la señora Harris—. Tampoco puedes faltar a esa cita, puesto que se celebrará en tu casa.

Amelia suspiró. A pesar de que se sentía enfadada con Lucas, todavía necesitaba pasar tiempo con él para averiguar más cosas sobre sus planes. Pero si empezaba a cancelar sus actividades sociales para estar con él, la señora Harris podría pensar que su relación había progresado hasta tal punto que sería capaz de escribir a papá o a Dolly para contárselo. Amelia prefería no arriesgarse a que regresaran a Londres antes de lo pensado.

—Quizá podríamos quedar por la noche —insistió Lucas tensamente.

—Mañana por la noche tengo un compromiso —objetó ella, aunque acto seguido añadió con semblante pensativo—: pero no tengo ningún plan para el día siguiente, después de la recepción a la hora de comer.

Lucas la observó con ojos calculadores.

—Entonces, me informaré de qué obra de teatro podríamos ir a ver.

—Oh, los teatros están cerrados esa noche —le explicó la señora Harris.

Lucas se derrumbó en el asiento, con aspecto cansado.

—Debo deciros que en este país no le ponéis nada fácil a un hombre que corteje a una mujer.

Un silencio incómodo inundó el espacio. Lucas acababa de realizar una declaración formal de sus intenciones, a pesar de que ella le había pedido que esperara a hacerlo.

Amelia se esforzó por contener su ira. Lucas se estaba vengando por sus comentarios acerca de la escotilla y por su negativa a quedar otro día con él. La estaba obligando a jugar en su terreno, y eso únicamente le podía acarrear problemas.

—¡Vaya, vaya! ¡Qué francos que sois, los americanos! —exclamó la señora Harris.

—Y presuntuosos —añadió Amelia. Ahora tendría que convencer a su institutriz de que todavía no había ningún motivo para escribir a papá y a Dolly y referirles lo de su cortejo.

—Ya habíamos hablado de ello, y no me dijisteis que no —terció Lucas.

Amelia podía sentir la mirada afilada de la señora Harris clavada en ella.

—Tampoco dije que sí. Dije que podíais cortejarme, y que ya veíamos qué tal iba. —Achicó los ojos—. Además, también recuerdo que os pedí que mostrarais discreción hasta que ambos estuviésemos más seguros… de nuestras respectivas intenciones.

Lucas la miró directamente a los ojos.

—Yo estoy seguro de vos.

«¡Mentiroso! ¡Si ni siquiera me quieres!», pensó ella.

La señora Harris depositó una mano pacificadora sobre el brazo de Amelia y argumentó:

—Comandante Winter, es obvio que los americanos demostráis cierta obcecación cuando perseguís un objetivo, pero nosotros los ingleses tendemos a actuar con más cautela. No nos echamos de cabeza cuando se trata de decisiones que pueden tener una repercusión tan importante para nuestro futuro.

—No dispongo de tiempo para actuar con cautela, señora —apostilló él—. A este paso veré a Amelia una vez a la semana, y eso no es suficiente. No sé si lo entendéis, pero pronto tendré que marcharme de vuestro país.

—¿Ah, sí? —espetó Amelia. Ahora sería él quien se sentiría verdaderamente incómodo—. ¿Qué acuciante negocio tenéis que llevar a cabo después? Estáis aquí en función de intermediario en un tratado. ¿Acaso vuestro gobierno no es capaz de concederos todo el tiempo que preciséis?

Un músculo se tensó en la mandíbula de Lucas.

—Estoy a la espera de ser nombrado cónsul. Puesto que no puedo continuar en el Cuerpo de Marines debido a ciertas dificultades personales, no me gustaría dejar este trabajo a medias antes de retirarme.

Sí él no se mordía la lengua, ella tampoco lo haría.

—¿Qué clase de dificultades personales?

—¡Amelia! Eso que acabas de preguntar es de mala educación —la amonestó su institutriz en voz baja.

Lucas la miró fijamente a los ojos.

—La clase de dificultad que no me permite seguir viviendo en un barco durante meses.

Entonces Amelia lo vio claro: Lucas no podía estar en las cabinas debajo de cubierta. Ciertamente eso provocaría serias dificultades a un marine.

Mientras él desviaba la vista hacia la ventana, mirando desdeñosamente hacia los muelles, un sentimiento de desasosiego hizo que Amelia se arrepintiera de sus palabras ponzoñosas. Pobre Lucas, pobre diablo orgulloso. Cómo deseaba poder levantarse y besar esas duras líneas de su expresión tan rígida.

Ahora comprendía por qué él se tomaba tan a pecho la misión de encontrar a Dorothy Frier. Lucas no podía proteger su barco como se suponía que debía hacer un marine, así que se dedicaba a servir a su país de otro modo. Aunque estaba claro que le habían ofrecido una información errónea acerca de Dolly y, además, no debería fingir que deseaba cortejarla con el único fin de conseguir su objetivo, por lo menos ahora entendía la ferocidad de su intento.

—Os reservaré la noche después de la recepción en mi casa, comandante —aceptó ella suavemente—. Cuando hayáis decidido qué es lo que haremos esa noche, comunicádmelo mediante una nota.

Lucas la miró fijamente, con unos ojos ensombrecidos y vulnerables.

—Gracias —contestó con tosquedad.

Durante un rato continuaron el viaje en silencio, con el único ruido del rechinar de las ruedas y el sonido de los cascos de los caballos sobre la calle empedrada. De nuevo se acercaban a Saint James's Square.

Amelia se sintió sorprendida al darse cuenta de las pocas ganas que tenía de despedirse de él. Pero los siguientes dos días le darían la oportunidad al primo Michael de averiguar más detalles acerca de la misión de Lucas, y eso no podía más que ayudarla. Mas echaría de menos a Lucas. ¡A él! Al tipo más irritante, más enigmático y más arrogante que jamás había conocido.

Y también el único que había conseguido desbocarle el corazón, el único que la había hecho sentirse deseable. Si finalmente descubría que Lucas no era más que un bribón ruin y desalmado, ¿cómo conseguiría soportar la enorme decepción?

De repente la señora Harris se puso muy rígida a su lado.

—Oh, querida; tenías toda la razón del mundo: ese hombre es la peste en persona.

Confundida, Amelia levantó la vista para mirarla y descubrió a la viuda oteando por la ventana, entonces comprendió a qué se refería. Un carruaje con una corona pintada en su parte superior estaba aparcado dos puertas más abajo de su casa.

Justo lo que necesitaba para rematar el día. Lord Pomeroy.

Capítulo once

Querido primo:

¡Gracias, venerable señor! Hago todo lo que puedo para «inocular» a mis pupilas, tal y como vos graciosamente expresáis en vuestra carta. Ninguna enfermedad es más peligrosa que un esposo infame, ya que si una mujer se contagia de ese mal, languidecerá sin remedio durante el resto de su vida.

Vuestra amiga,
Charlotte

—*P*or favor, Lucas, no le plantéis cara a ese hombre —imploró al poco rato Amelia, deseando que la señora Harris no hubiera recabado en el carruaje de lord Pomeroy aparcado en la calle.

Ahora se hallaban en los establos, puesto que Amelia había insistido en que el cochero los llevara hasta allí. Lo último que deseaba era que lord Pomeroy las viera con el comandante.

Amelia bloqueó el paso a Lucas cuando éste mostró su intención de dirigirse hacia la puerta del establo.

—Lord Pomeroy no tiene nada que ver con vos.

Lucas le lanzó una mirada desafiante.

—¿Cómo que no? La señora Harris me acaba de contar que ese tipo solía pasarse el día sentado en su carruaje aparcado en la puerta de vuestra casa para intimidar a vuestros pretendientes. ¿Y esperáis que me quede con los brazos cruzados?

A pesar de que a Amelia se sintió halagada ante el inesperado afán proteccionista de Lucas, pensó que su intervención sólo conseguiría complicar las cosas.

—Dejó de hacerlo cuando mi padre se negó a contemplar la posibilidad de que me casara con él. Probablemente hoy sólo ha venido a visitarme; deben de haberle dicho que no estaba, y ha decidido esperar a que volviera. Eso es todo.

—O —intervino la señora Harris— como sabe que tu padre está fuera de la ciudad, lord Pomeroy ha retornado a sus viejos hábitos. Especialmente después de observar cómo el comandante te colmaba de tantas atenciones, ayer por la noche.

Amelia le lanzó a la señora Harris una mirada de frustración. Su institutriz únicamente estaba enredando más las cosas.

Lucas parecía listo para pelear.

—Entonces, alguien debería recordarle a Pomeroy que sus atenciones no son bien recibidas. Y no sólo con palabras.

Hundió la mano en el bolsillo de los pantalones y sacó la daga enfundada.

—¡Santo cielo! —murmuró la señora Harris.

—¡Me dijisteis que no la llevabais encima! —dijo Amelia,

—Pues mentí. —Desenfundó la daga calmosamente—. Ningún soldado decente se atreve a salir del cuartel desarmado.

Amelia echó un vistazo a su alrededor y vio cómo los mozos de las cuadras les echaban miradas furtivas, con los ojos abiertos como naranjas clavados en la daga de Lucas mientras desenganchaban los caballos y empezaban a cepillarlos.

—No permitiré que uséis esa arma —le advirtió ella.

Lucas miró a Amelia fijamente, echando chispas por los ojos.

—Un militar como Pomeroy sólo comprende un lenguaje, un lenguaje que sólo otro hombre es capaz de explicárselo.

—Es un general retirado. ¿Creéis que se limitará a echarse al suelo y simular que está muerto?

—Cuando la opción es estar muerto, lo hará.

—Sólo conseguiréis que me acose más. Lo interpretará como una forma de salvarme de vos.

Cuando Lucas se limitó a guardarse la daga en la parte delantera de los pantalones, prominentemente visible, Amelia añadió:

—No podéis amenazar a un caballero. Os arrestarán. No importa el motivo. Y entonces, ¿podéis decirme de qué habrá servido vuestro gesto?

La mandíbula de Lucas se tensó visiblemente.

—Pues indicadme qué debo hacer. Porque no pienso irme hasta que esté seguro de que estáis bien.

—Estaremos bien, de verdad. Lord «Pomposo» no es nada más que un viejo fanfarrón. Lo único que se atreve a hacer es lanzar miradas desafiantes a mis pretendientes desde su carruaje.

—Algunos hombres son capaces de hacer lo que sea por dinero —lanzó Lucas.

Amelia se quedó pasmada ante esa fiera declaración. ¿Estaba hablando de sí mismo? ¿O de alguien más? Porque seguramente no era sólo lord Pomposo lo que había conseguido alterarlo tanto.

De acuerdo. Dejaría que ese idiota agresivo atacara a lord Pomposo. Probablemente heriría al viejo, conseguiría que lo arrestaran, y de ese modo desaparecerían los dos problemas que Amelia tenía. Lord Pomposo la dejaría en paz, y con Lucas en la cárcel, Dolly estaría a salvo.

Excepto que no soportaba imaginar al pobre comandante en la cárcel. No después de haber presenciado cómo éste había palidecido cuando había fijado la vista en el agujero de esa escotilla. Y, obviamente, no después de que la hubiera acariciado de un modo tan íntimo.

Para bien o para mal, la batalla entre ella y él debía limitarse a ellos dos. Así que tenía que sosegarlo, calmar sus temores. Esbozó una sonrisa abierta.

—De verdad, Lucas, estoy segura de que lord Pomeroy se cansará de su táctica cuando vea que no da resultado.

Lucas apretó el puño.

—No es uno de vuestros nobles flemáticos. Si no funciona, adoptará medidas más drásticas.

—¿Cómo qué? Cualquier otra actuación provocaría un escándalo, y ese hombre no querrá echar por los suelos su reputación como héroe de guerra. Además, sabe que no me casaré con él bajo ninguna circunstancia. Y puesto que ha de contar con mi consentimiento, y con el beneplácito de mi padre para acceder a mi fortuna…

—Pero si lo sabe —la interrumpió Lucas, patentemente incómodo—, ¿por qué merodea cerca de vuestra casa en lugar de perseguir a una rica heredera más maleable?

—Porque no es sólo el dinero de Amelia lo que le interesa a ese individuo —matizó la señora Harris—, a pesar de lo que él diga.

Amelia la miró con el ceño fruncido.

—Es cierto, y lo sabes, querida. La primera vez que te presentaste en sociedad, estabas tan encantada de poder escuchar sus historias acerca de la guerra que conseguiste que ese hombre se sintiera tan halagado por tu interés que decidió que tú serías su única dama.

—Ya —protestó ella— pero pronto me di cuenta de mi error, y desde entonces le he dejado claro más de un millón de veces que mi interés era meramente académico. Lo que pasa es que piensa que como ésta es mi segunda temporada y no tengo demasiadas ofertas de pretendientes convenientes, finalmente acabaré claudicando. Con el tiempo se dará cuenta de que se equivoca.

Lucas dirigió su mirada escéptica hacia la señora Harris.

—¿Qué opináis?

—Estoy de acuerdo con Amelia. A pesar de que el ávido interés que profesa ese hombre puede resultar molesto, dudo que actúe de un modo más ofensivo. No se arriesgaría a ser objeto de un escándalo.

—Lord Pomposo puede ser un general —añadió Amelia—, pero también es un marqués, y es muy consciente de su propia importancia.

—De acuerdo —refunfuñó Lucas—. Siempre se me olvida la importancia que los ingleses otorgáis a los títulos nobiliarios.

Por lo menos había enfundado la daga y la había guardado en el bolsillo del pantalón.

—Además —prosiguió Amelia—, ¿de verdad creéis que mi padre me abandonaría en Londres si pensara que estaba en peligro?

Lucas la miró fijamente a los ojos.

—No sé de qué es capaz vuestro padre.

Se refería a Dolly, Amelia estaba segura de ello, si bien no acertaba a comprender qué quería decir.

—Nunca dejará que nadie me haga daño. De eso podéis estar seguro. Así que ya podéis regresar a casa de los Kirkwood. —Depositó su mano sobre el brazo de Lucas y añadió—: Vamos, os acompañaré hasta la puerta.

—Te espero dentro —murmuró la señora Harris.

Amelia le lanzó una sonrisa de agradecimiento, contenta de

poder despedirse a solas de Lucas. Deseaba decirle un par de cosas que no podía expresar delante de una audiencia.

La pareja abandonó los establos, pero Lucas se detuvo súbitamente cuando apenas habían atravesado el umbral, con un brillo premeditado en los ojos.

—Debo recuperar mi espada. La dejé en la sala de estar.

Cuando se dio la vuelta con la intención de seguir a la señora Harris, Amelia lo agarró del brazo y lo llevó en dirección contraria.

—Oh, no. No tienes que hacerlo —dijo ella entre risas—. Sólo deseas tener la ocasión de cruzarte con lord Pomposo. —Le lanzó una mirada coqueta—. Además, no te devolveré la espada hasta que me permitas bruñirla.

Los ojos de Lucas se ensombrecieron.

—Maldita hechicera. Ésa es la razón por la que Pomeroy desea entrar en tu casa. Quiere que le pulas su espada.

Amelia se sonrojó.

—Bobadas. Ese tipo sólo va detrás de mi fortuna. —Llegaron a la verja—. Y vos, señor, lo dejaréis en paz, y os marcharéis a casa de los Kirkwood por el callejón que hay detrás de mi casa para que él no os vea.

—Pues estaba pensando en intercambiar unas cuantas palabras amistosas con él; de soldado a soldado.

—Vamos, Lucas… —empezó a decir Amelia.

—Sin armas. Lo prometo.

—No te creo. —Lo miró fijamente—. Prométeme que no hablarás con lord Pomeroy.

Lucas esgrimió una parca sonrisa.

—¿Y por qué crees que cometería tal idiotez como prometerte lo que me pides?

—Porque si no lo haces, me negaré a verte nunca más. —Con su mano enfundada le propinó un leve empujón en el pecho—. Y ahora vete.

Lucas le agarró la mano sin darle tiempo a retirarla.

—Te prometo que no hablaré con Pomeroy si tú me prometes que si ese tipo continúa molestándote, me dejarás que arregle las cosas a mi manera.

—¿Pegándole un tiro? ¿Provocándolo? ¿Luchando contra él?

—Lo que sea necesario para conseguir que te deje en paz.

Amelia se habría sentido adulada por su interés si no tuviera la sospecha del motivo que lo movía a actuar de ese modo. Probablemente, Lucas tenía miedo a que lord Pomeroy hiciera algo precipitadamente que le dificultara completar sus perniciosos planes.

Con esa triste certeza flagelándole el corazón, Amelia intentó poner un tono alegre.

—Te prometo que si me encuentro en un grave peligro mortal, enviaré a alguien a buscarte para que liquides a mis enemigos.

—Hablo en serio, maldita sea. —Su mano se cerró con más fuerza sobre la de ella—. Prométemelo. Por una vez, sé condescendiente conmigo.

—Me parece que he sido muy condescendiente contigo esta tarde.

Lucas lanzó una estentórea carcajada.

—Si hubieses sido condescendiente conmigo, bonita, no habrías salido virgen de ese barco. La próxima vez no mostraré tanta contención caballeresca. —Con una mirada lasciva, se llevó la mano de Amelia hasta los labios y le plantó un beso en el centro de su palma. Luego le destapó la muñeca enguantada y le dio otro beso sobre su pulso acelerado—. Porque cuando un hombre desea a una mujer, no se detiene hasta que consigue lo que quiere.

Ella contuvo la respiración. Cómo le hubiera gustado poder creer en las intenciones de esa mirada fiera, en la intensidad de su voz. Cómo hubiera deseado que se tratara de un cortejo real, que Lucas realmente anhelara casarse con ella.

Pero cuando él hablaba de deseos, se refería únicamente a su cuerpo, nada más. El cortejo era simplemente un móvil para conseguir su objetivo. Lucas esperaba obtener algo de esa farsa del mismo modo que lord Pomeroy esperaba conseguir su fortuna. Lucas era sólo un poco más hábil a la hora de ocultar sus verdaderas intenciones.

Intentó no dejarse vencer por el nudo que se le había formado en la garganta. Tan pronto como él acabara su investigación, el cortejo tocaría a su fin, por lo que no debía albergar ninguna estúpida idea romántica sobre la relación que había nacido entre ellos; no si deseaba proteger su corazón.

Con una sonrisa vaga, Amelia apartó la mano.

—La señora Harris me está haciendo señas para que entre —mintió al tiempo que abría la verja—. Gracias por enseñarme el *xebec*.

Lucas repasó su cuerpo de arriba abajo, con una mirada tan íntima como una caricia física.

—Gracias por enseñármelo... todo.

—Ten cuidado, Lucas, o puede que seas tú el que se vea forzado a esperarme sentado delante de mi casa en un carruaje —repuso ella con un tono claramente airado. Luego se dio la vuelta y se dirigió con paso furioso hacia la casa.

Lucas la contempló mientras se marchaba, con los latidos de su propio corazón resonando en sus oídos. ¿Humillarse a esperar en un carruaje a que lady Dalila lo consagrara con sus favores? ¡Ni por asomo! Si alguna vez esa mujer se atrevía a cerrarle la puerta en las narices, no se quedaría allí plantado hasta que ella cambiara de opinión. Ninguna mujer valía tanto la pena como para sufrir una humillación similar, ni siquiera lady Dalila.

Excepto cuando caminaba contorneando las caderas de ese modo tan sensual. O cuando le dejaba besar esa boquita tan tentadora. O acariciar esos pechos tan apetecibles y sedosos. O juguetear con la dulce perlita que tenía entre las piernas hasta que empezaba a jadear y conseguía ponerle la polla tan dura que no era suficiente con que lo masturbara para...

Lucas apartó la vista de la silueta de Amelia al tiempo que farfullaba una grosería. ¡Realmente esa chica era Dalila en persona! Podía arrancarle la fuerza a un hombre con sólo alejarse de él.

Buscó en el bolsillo un pañuelo para secarse el sudor que anegaba su frente, pero entonces recordó que había dejado el trozo de tela pringoso en el barco. Debería de haber dejado sus pensamientos pecaminosos también allí, porque cuanto más se sumergía en ellos, más absorto se sentía. Y eso no era conveniente.

No cuando finalmente estaba tan cerca del final. Al declarar sus intenciones aposta delante de la señora Harris, se había asegurado una de dos posibles reacciones: o bien la viuda apoyaría su tentativa y animaría a Amelia a congregar a sus padres en Londres para presentarles al pretendiente, o, si la institutriz no estaba a favor de ese cortejo, les escribiría para expresarles su preocupación, y eso provocaría que ellos regresaran a Londres rápidamente.

Así que si jugaba bien sus cartas, pronto conocería a lady Tovey. No pensaba dejar que su polla calenturienta arruinara su plan.

Enfiló hacia la casa de lord Kirkwood, pero se detuvo cuando pasó por el callejón que desembocaba en la calle. Por todos los demonios del mundo, no le hacía ni la menor gracia marcharse sabiendo que el viejo general estaba allí fuera plantado.

«Prométeme que no hablarás con lord Pomeroy.»

Cierto, si bien eso no significaba que no pudiera echar un vistazo a modo de reconocimiento. Abandonó el callejón y entró en la calle, bordeó la esquina justo en el momento en que Pomeroy bajaba precipitadamente los peldaños de delante de la puerta principal de los Tovey. Probablemente, el general había intentado visitar a Amelia de nuevo sin éxito.

Mientras Pomeroy cruzaba la calle en dirección a su carruaje, Lucas observó a su rival por la espalda. Para ser un cincuentón, se conservaba la mar de ágil, con un andar ligero y la postura erecta típica de los soldados. Por lo que recordaba del baile de la noche anterior, ese tipo era lo suficientemente atractivo como para poder atraer a cualquier mujer, a pesar de su papada y de su nariz chata. Su pelo cano tenía todavía cuerpo, y su fama como héroe de guerra cubría otros defectos que pudiera tener. Seguramente no le costaría nada encontrar esposa, así que, ¿por qué perseguía a Amelia con tanto empeño? Tenía que ser por algo más que por su fortuna.

Continuó vigilándolo, para ver si se marchaba, para confirmar si Amelia tenía razón y Pomeroy sólo había estado esperando a que regresara. Pero el marqués se metió en el carruaje sin dar ninguna orden explícita al cochero. Lucas necesitó únicamente unos minutos para comprender que ese tipo no pensaba marcharse.

Maldito idiota.

¿Qué pretendía Pomeroy? ¿Intimidar a otros pretendientes? De acuerdo. Ese desgraciado no era el único que podía recurrir a la táctica de la intimidación como parte de su estrategia. Le había prometido a Amelia que no hablaría con el general, pero no había dicho nada acerca de dejarse ver.

Lucas empezó a pasear por la calle tranquilamente, silbando. En cuestión de segundos, la cara agriada de Pomeroy apareció por la ventana del carruaje. Lucas caminó hasta la puerta principal de la familia Tovey y, fingiendo no ver al general, que lo estaba acribillando con una mirada envenenada, hundió la mano en el bolsillo de sus pantalones y sacó su daga.

Se sentó en los peldaños y empezó a afilar el cuchillo con unos golpes lentos y precisos, limpiando el filo en su bota de piel periódicamente. Siguió silbando plácidamente, como si no tuviera nada mejor que hacer mientras el sol se ocultaba en el horizonte.

Transcurrieron unos minutos y, súbitamente, levantó la vista y la clavó en el carruaje. Lord Pomeroy seguía mirándolo, pero tenía aspecto de no estar del todo cómodo. Cuando las miradas de los dos hombres confluyeron, Lucas se llevó la mano hasta el sombrero deliberadamente, como si quisiera saludar al general. Pomeroy frunció el ceño.

«Vamos, desgraciado; a ver si te atreves. Baja de ese condenado carruaje y solucionaremos esto de una vez por todas», pensó Lucas. No se le ocurría una forma más satisfactoria de enzarzarse en una encarnizada lucha sin cuartel con un general inglés. Pero después de mirar a Lucas con cara de pocos amigos, Pomeroy se retiró de la ventana.

Apretando los dientes, Lucas volvió a su tarea de afilar el cuchillo. *Chas, chas, chas, chas*… El movimiento le ayudó a calmarse, lo cual era positivo, porque sólo esperaba una mínima provocación para hundir el filo en las costillas de Pomeroy.

No era sólo porque ese tipo fuera inglés, ni tampoco porque fuera general. Se dijo a sí mismo que era porque las artimañas de Pomeroy dificultaban sus propios planes, aunque en lo más recóndito de su ser, sabía que eso era una burda patraña. Lo que le pasaba era que no podía soportar la idea de ver a otro hombre pululando cerca de Amelia, ni siquiera un caballo de batalla viejo y arrogante como Pomeroy.

Intentó alejar ese pensamiento perturbador; procuró concentrarse en la labor de afilar la daga. *Chas, chas, chas, chas...*

La moción continuó incluso cuando finalmente el carruaje de lord Pomeroy se puso en marcha y se perdió en la oscuridad.

Capítulo doce

Querida Charlotte:

Por fin dispongo de la información del comandante Winter que me solicitasteis. Os adjunto un informe detallado, cortesía de mi amigo en la comandancia de la Infantería de Marina.

Vuestro servicial primo,
Michael

—*Q*uizá deberíamos colocar el sarcófago fuera, en la entrada, señora.

Amelia apenas oyó las palabras del lacayo. Una semana antes, no habría dudado en protestar airadamente ante la mera idea de que alguien modificara algo de la sala de música que papá y Dolly le habían permitido que decorase. Una semana antes, se habría mostrado encantada ante la oportunidad de poder presumir del nuevo mobiliario de estilo egipcio delante de sus compañeras de escuela.

Una semana antes, no conocía a Lucas.

En los dos días que habían transcurrido desde su visita al *xebec*, Lucas y Dolly habían copado sus pensamientos. Por fortuna había convencido a la señora Harris para que no escribiera a su padre informándole de su cortejo hasta que la situación no estuviera más clara, pero ¿por cuánto tiempo lograría contener a su institutriz? Ahora, mientras ella y la señora Harris estaban ultimando los preparativos para recibir a sus antiguas compañeras de la escuela en la sala de música, no podía dejar de cavilar acerca de todo lo que Dolly le había revelado desde que se conocieron: cualquier información, cualquier mención sobre su pasado, cualquier reacción que había mostrado su madrastra…

Mientras retiraban las alfombras del suelo, recordó la expresión contrariada de Dolly la primera vez que vio cómo Amelia cubría la valiosa alfombra Axminster con un tapete protector. También recordó el día en que, cuando el mayordomo sacó el carísimo juego de té Wedgwood de basalto negro para reemplazar el que utilizaban a diario, Dolly se había mostrado muy sorprendida ante la idea de disponer de más de un juego de té.

O bien los americanos eran mucho menos caprichosos con su dinero que los ingleses… o bien Dolly jamás había gozado de la buena vida que Amelia suponía que había tenido por el hecho de haber estado casada con un rico mercader.

Así que cuando faltaba una hora para que llegaran sus amigas y pudieran iniciar su sesión mensual para señoritas, un único pensamiento acaparaba su mente. ¿Y si Lucas tenía razón? ¿Y si Dorothy Smith no era la persona que pensaba?

—¿Ha llegado el correo? —le preguntó al lacayo.

—No, señora, todavía no —contestó el criado.

—¿Aún no has escrito la nota a los Kirkwood? —inquirió la señora Harris. El día anterior, Amelia y la señora Harris habían recibido una invitación para cenar con el comandante Winter y con los Kirkwood—. ¿Todavía no les has explicado por qué no puedo asistir hoy a su cena en su casa?

—Sí, esta mañana le entregué la carta a Hopkins para que la enviara.

—¿Estás segura de que no te importa que no te acompañe? —insistió la señora Harris—. Ya le había prometido a mi amiga que…

—No te preocupes. Todo irá bien; el lacayo me acompañará en el carruaje hasta la casa de los Kirkwood. Sólo es una cena familiar, nada formal. Con lady Kirkwood allí presente, nadie lo encontrará inapropiado.

—Entonces, ¿por qué muestras tanto interés en que llegue el correo?

—Todavía no hemos recibido noticias del primo Michael acerca del comandante Winter.

—Ah. —Una sonrisa indulgente coronó los labios de la señora Harris—. No te preocupes; mi primo nos enviará información muy pronto, aunque ya me previno de que necesitaría más tiempo de lo normal en estos casos.

«No dispongo de tiempo para actuar con cautela, señora.»

Eso era lo que Lucas le había dicho a la señora Harris. Y si al comandante le faltaba tiempo, a Amelia también.

¿Cómo lograban los espías obtener información vital mientras, con una serenidad pasmosa, fingían no saber determinadas cosas? Ella era demasiado impaciente como para poder someterse a unas maniobras tan lentas. No le quedaba la menor duda, como espía habría sido pésima.

—¿Señora? ¿Apartamos el sarcófago? —insistió el lacayo.

—Aunque… ejem… admiro mucho esa pieza tan singular, querida, la verdad es que ocupa mucho espacio —intervino la señora Harris—. Quedará igual de impresionante en la entrada, ¿no te parece? Y las chicas podrán admirarlo antes de entrar a la sala de música.

—Está bien —aceptó Amelia con aire ausente.

No prestó atención a los lacayos, mientras éstos se dedicaban a sacar el sarcófago y a colocar tres sillas más en la estancia. No estaría tranquila hasta que tuviera la oportunidad de ver a Lucas otra vez, aunque lo cierto era que se sentiría mucho mejor si recibiera noticias del primo Michael.

Visiblemente nerviosa, se dirigió hacia la ventana para ver si había señales del cartero. En lugar de eso, vio otra imagen que la exasperó.

—Oh, no; ya vuelve a estar aquí —murmuró al tiempo que se apartaba rápidamente de la ventana.

—¿Lord Pomeroy? —preguntó la señora Harris.

—Sí. —Cuando la institutriz se acercó a la ventana para mirar, Amelia dijo—: ¡No dejes que te vea! Eso sólo lo animaría a llamar a la puerta, para intentar ser recibido.

La señora Harris escudriñó la calle escondida detrás del marco de la ventana.

—¿Se puede saber dónde está el comandante Winter cuando lo necesitamos?

—No digas eso; todo esto es por su culpa. Con su gran demostración de cómo afilaba la daga, lo único que consiguió fue ahuyentar a lord Pomposo momentáneamente. Pero cuando el marqués volvió ayer, lo hizo antes de su hora normal y situó el carruaje más cerca de mi casa.

—Y el comandante Winter volvió a ahuyentarlo.

Cuando regresaron de la reunión de Louisa, avistaron el carruaje de lord Pomeroy aparcado al otro lado de la calle y a Lucas sentado nuevamente en las escaleras de la casa de los Tovey.

Esa vez el comandante estaba limpiando una pistola.

—Por todos los santos, qué pesado que es ese hombre —suspiró Amelia—, y esta vez ha aparcado el carruaje prácticamente casi encima de las escaleras de nuestra puerta. Quién sabe lo que hará hoy el comandante para espantarlo.

—¿Sacarle brillo a un cañón, quizá? —insinuó humorísticamente la señora Harris.

Amelia le lanzó una mirada apesadumbrada.

—Sí, ríete, pero a mí no me sorprendería. Están locos, los dos.

Pero la señora Harris desvió la atención hacia otro tema.

—Ah, por fin ha llegado el cartero, querida.

Unos momentos más tarde, un lacayo entró con la correspondencia. La señora Harris ojeó los sobres, tomó uno y lo ondeó en el aire con una sonrisa triunfal.

—Contiene muchas hojas, lo cual es una buena señal.

Se dirigió al escritorio con paso veloz y abrió el sello con un abrecartas.

Tras ojear la carta, le ofreció a Amelia la segunda hoja.

—Nos envía un informe detallado de parte de un amigo que tiene en la comandancia de la Infantería de Marina —explicó con los ojos brillantes—. Pero así en breve, lo que veo es que nuestro comandante no es lo que parece.

Amelia asió el informe con manos temblorosas, y acto seguido leyó su contenido mientras notaba cómo se le removía el estómago:

Según mis superiores, el comandante Lucas Winter está de servicio en una misión especial del Cuerpo de Marines para capturar a un estafador y llevarlo de vuelta a Estados Unidos, donde será juzgado. Al final de nuestra última guerra contra Estados Unidos, un ciudadano británico llamado Theodore Frier malversó 150.000 dólares de la compañía Jones Shipping, una empresa proveedora de la Infantería de Marina americana. Parece ser que el individuo huyó a Canadá con todo el dinero. Desde entonces, el comandante Winter ha estado persiguiendo a Frier. A pesar de que Frier fue visto por última vez en Francia, el comandante Winter tiene motivos sobrados para creer que ahora se esconde en Inglaterra, y eso es precisamente lo que el comandante Winter está investigando.

La señora Harris sonrió.

—Deberías sentirte adulada de que el comandante ocupe parte del tiempo que tendría que dedicar a sus importantes obligaciones a cortejarte y a defenderte.

—Ya —bufó Amelia. No podía revelar que el hecho de cortejarla y de defenderla formaba parte de sus importantes obligaciones.

Porque Theodore Frier estaba probablemente relacionado con Dorothy Frier, alias Dorothy Smith. Su madrastra.

Amelia se llevó la hoja de papel hasta el pecho y la estrujó, en un vano intento de calmar su corazón exaltado. Dolly era amiga de un estafador. No, probablemente Lucas sospechaba algo más grave sobre ella, o si no se habría desplazado a Torquay para interrogar a Dolly. Y no habría mantenido su verdadero propósito en secreto. Era obvio que él no quería alarmar a Dolly, quizá porque pensaba que ella había ayudado a Theodore Frier, o bien a escapar de Estados Unidos, o bien interviniendo directamente en la estafa.

Amelia se estremeció de miedo. ¿Era posible que Lucas considerara a Dolly la cómplice de Theodore Frier? Dolly había llegado a Inglaterra con una fortuna, ¿no era eso una extraña coincidencia?

Tenía que ser sólo eso; una pura coincidencia.

Pero ¿y si no lo era?

Apenas podía respirar. A lo mejor el dueño legítimo de su dote era la empresa Jones Shipping, o incluso la Infantería de Marina de Estados Unidos. ¿Por qué si no habrían asignado a Lucas a investigar el caso? Además de ser un oficial condecorado por el Cuerpo de Marines, tenía conocimientos sobre navieras gracias a la compañía de su padre.

Por eso lo habían enviado para que apresara a Theodore Frier. Y para que recuperase el dinero, también.

Ahora entendía muchas de las cosas que Lucas había dicho: el interés que había demostrado por Canadá, las preguntas acerca de cuándo había llegado Dolly a Inglaterra y de dónde provenía, los comentarios sobre la herencia de Amelia...

«Qué casa más bonita. Todo tiene aspecto de ser carísimo. ¿Hace mucho tiempo que vives aquí?»

«Algunos hombres son capaces de hacer lo que sea por dinero.»

Que Dios la ayudara. ¿Y si Dolly había intervenido en el desfalco?

No, no era posible. ¿La Dolly dulce y tímida? ¡Imposible! Amelia leyó el informe otra vez con detenimiento; en él no se mencionaba a Dolly para nada. Sin embargo, en las notas del comandante Dolly parecía ser el foco de atención.

Amelia lanzó un bufido. Eso tenía una obvia explicación: Lucas, tan cabezota y arrogante como era, no podía soportar que Frier se le escurriera como un pez de entre las manos, así que se había aferrado a Dorothy Frier como la última posibilidad. Si llevaba persiguiendo a ese tipo desde el final de la guerra, seguramente, debía de sentirse enormemente frustrado. Así que había hallado varios puntos en común entre Dorothy Frier y Dorothy Smith y había asumido que Dolly era la cómplice de Theodore Frier.

Pues se equivocaba. Y eso mismo era lo que le pensaba soltarle en el instante en que se quedara a solas con él.

«Pero tú no sabes todo lo que él sabe. ¿Y si tiene pruebas irrefutables?», se dijo a sí misma.

Muy bien, le pediría a Lucas que se las mostrara. Estaba cansada de bailar al son de esa maldita pesadilla. Cuando lo viera en la cena, le pediría que le mostrara todas las evidencias que apuntaban a Dolly, de modo que pudiera refutar cada una de ellas. Entonces podría echar a ese bribón de su vida para siempre.

—¿Estás bien, querida? —Se preocupó la señora Harris—. Es evidente que estas noticias te han afectado considerablemente.

Amelia estuvo a punto de sincerarse con la señora Harris y

referirle todo lo que sabía. Seguramente podría confiar en la discreción de la viuda.

Pero ¿y si toda esa historia acababa por no ser más que un despropósito por parte de Lucas? Seguramente, a partir de entonces la señora Harris miraría a Dolly —y por conexión, a toda la familia— de un modo diferente. Además, alarmada ante las intenciones de Lucas, la institutriz insistiría en escribir a papá y a Dolly, por más que Amelia se opusiera. Y Amelia se sentiría fatal si Dolly perdía el hijo que llevaba en las entrañas por una historia que al final acababa por no ser cierta.

No, lo mejor que podía hacer era estar calladita hasta que hablara con Lucas. Luego ya decidiría qué acciones debía de emprender. Si la evidencia del comandante parecía significativa, probablemente tendría que desplazarse hasta Torquay para discutir la situación con su padre.

—Estoy bien —contestó a la señora Harris—. Sólo me siento decepcionada de que Lucas no me haya contado nada.

La institutriz la rodeó con un brazo.

—Hace sólo un par de días que os conocéis. No puedes esperar que él confíe en ti de la noche a la mañana. Estas cosas requieren su tiempo.

—Lo sé. —El gesto maternal de la señora Harris le provocó un nudo en la garganta. Apoyó la cabeza en el pecho de la viuda, y luego intentó recuperar la compostura.

Se le acababa el tiempo. Claramente, Lucas había mencionado la falta de tiempo por algún motivo. ¿Acaso el gobierno de Estados Unidos lo estaba presionando para que capturase a Theodore Frier lo antes posible? ¿O simplemente era que Lucas estaba interesado en acelerar su cortejo para poder llegar cuanto antes hasta Dolly? Probablemente se trataba del segundo motivo, conociendo a Lucas y su talante impaciente, a juzgar por cómo se había comportado en el *xebec*.

Amelia entornó los ojos. ¡Y cómo se había comportado ella! Ahora se avergonzaba de lo que había hecho. Había actuado de un modo tan desvergonzado como él, lanzándose sin contemplaciones a sus brazos, aún sabiendo que el interés que Lucas profesaba por ella era falso.

Y, sin embargo, no le había parecido falso. Cuando él le susurró: «no pares, por favor…» o «por favor, mi dulce Dalila…», le pareció muy —pero que muy— real.

Amelia se puso visiblemente rígida.

«No te engañes a ti misma, Amelia. Si hubiera sido real, él te habría contado lo de Dolly. Y no lo hizo. Y todavía no lo ha hecho.»

Pero esta noche lo haría.

A menos que viera a Lucas antes, cuando se personara con el fin de enfurecer a Pomeroy como parte de su odioso plan para seducirla. Si lo hacía, ¿se encararía con él? No, no tendría la posibilidad de hacerlo, con todas sus compañeras de clase cuchicheando y con la señora Harris observándolos. Además, sus evidencias las debía de tener en casa de los Kirkwood.

Aunque si Lucas aparecía por su casa, le costaría mucho mantener la boca cerrada y ocultar su enfado. ¿Dolly la cómplice de un estafador? ¡Ja!

Amelia miró a la señora Harris con una mueca de disgusto.

—Ahora entiendo perfectamente tu cinismo cuando te refieres a los hombres. A veces no son más que un estorbo.

La señora Harris se echó a reír.

—Y como prueba, sólo tienes que echar un vistazo a la puerta de tu casa.

—En uno de mis recortes se mencionaba a un pachá que fue envenenado por su esposa. Qué pena que yo no pueda hacer lo mismo con lord Pomposo.

De repente, Amelia sintió unas inmensas ganas de echarse a reír como una chiflada. Sólo con imaginar a su pobre papá, rodeado de una ladrona por esposa y de una asesina por hija…

—Si recuerdo bien esa noticia, fue el mismo pachá quien le consiguió el veneno a su esposa —matizó la señora Harris—, así que ¿qué sacó con eso?

Amelia sonrió maliciosamente.

—Ah, pero aunque el veneno sólo le provocara una indigestión aguda, supongo que hizo que ese energúmeno reconsiderara su comportamiento arrogante con ella, después de pasar unas cuantas horas en una… purga forzosa.

—Me apuesto lo que quieras a que después hizo que ejecutaran a su mujer —suspiró la señora Harris con amargura.

Amelia sólo la oyó a medias. Y si ella se atreviera a...

Se dirigió a la puerta y llamó a una criada. Cuando apareció la pobre muchacha, le ordenó:

—Dile al cocinero que prepare una bandeja con una buena selección de pasteles y de galletas, una tetera con el té bien cargado, y un frasco de brandy. Sé que papá tiene un poco guardado en algún sitio.

—¿Br... brandy? —acertó a decir la criada.

—No es para mí, es para lord Pomeroy. —La muchacha se puso en movimiento, y Amelia añadió—: Pero trae aquí la bandeja cuando esté lista. Quiero añadir algo a la presentación, antes de ofrecérsela al general. Y dile al cocinero que se apresure.

Amelia quería que Pomeroy se hubiera largado antes de que llegaran sus amigas.

Mientras la criada desaparecía con paso presuroso, Amelia se dirigió a la despensa que había en el piso superior.

La señora Harris salió tras ella, con cara preocupada.

—¿Se puede saber qué estás planeando, Amelia?

—Voy a darle un purgante a ese pesado.

La viuda lanzó un bufido.

—¿No estarás pensando en...?

—¿Por qué no? —Levantándose la falda, Amelia corrió escaleras arriba, con la señora Harris pisándole los talones—. De ese modo ese tipo se lo pensará dos veces antes de volver a aparcar su carroza delante de mi casa. Y por lo menos no nos molestará esta tarde, mientras tomamos el té.

—¿Estás segura de que funcionará? —preguntó la institutriz cuando llegaron a la siguiente puerta—. ¿No incitarás al marqués a actuar de un modo más drástico?

—Si quieres que te diga la verdad, ni me importa. —Amelia esgrimió una mueca de desaliento—. Por lo menos hoy me gustaría no tener a ese maldito florero plantado en nuestra calle. ¿Te imaginas lo que dirán mis amigas si llegan y ven, no a uno, sino a dos hombres blandiendo sus armas en las escaleras de mi casa? Simplemente me limito a invitar a lord Pomposo a que se marche. Así, si al comandante Winter se le ocurre pasar por aquí, no se sentará delante de la puerta para bruñir un cañón.

La señora Harris dudó unos instantes antes de dirigirse a su habitación.

—Entonces, yo tengo un purgante que hará que cualquier hombre tenga la necesidad de salir disparado en busca de un retrete después de ingerirlo.

Amelia se echó a reír.

—¡Vaya, vaya! Señora Harris, jamás habría pensado que fuerais tan perversa.

La señora Harris esbozó una sonrisa picarona.

—No tienes ni idea de lo perversa que puedo llegar a ser, querida. A veces, la tentación de hacer travesuras que siento es tan fuerte como la que puedas sentir tú.

—¡Perfecto! —exclamó Amelia con alegría—. Nosotras, las damas aventureras, siempre estaremos unidas.

Antes de que los susodichos caballeros aventureros —Lucas y lord Pomposo y… sí, el misterioso Theodore Frier— las pisotearan sin piedad.

Capítulo trece

Querido primo:
Lord Pomeroy se ha convertido en un verdadero estorbo, por lo que nos hemos visto obligadas a recurrir a medidas drásticas. Os mantendré informado de los resultados. Newgate aún está en el horizonte.

Vuestra osada amiga,
Charlotte

*L*ucas caminaba con paso garboso hacia la mansión de los To-vey, portando el arma de intimidación del día —su rifle Spring-field con bayoneta— y todo el material necesario para lim-piarla. Empezaba a sentirse cansado de las tediosas maniobras de batalla del general: avanzar en territorio enemigo y quedarse quieto, a la espera de que el adversario atacara.

Lo cual Lucas no podía hacer, si no quería romper la pro-mesa que le había hecho a Amelia. No obstante, no sabía hasta cuándo podría resistir. Cada vez que veía a ese maldito general, le hervía la sangre.

De repente, un carruaje bajó por la calle delante de él a una velocidad de vértigo. Era el de Pomeroy, y parecía que huía des-pavorido de la calle de Amelia, como si tuviera al diablo pisán-dole los talones. A Lucas lo asaltó una desagradable corazonada. ¿Qué motivo podía haber sido la causa de que el general huyera antes de que él llegara a su puesto de guardia?

Obtuvo la respuesta cuando abordó la calle de Amelia y se encontró con una escena de puro alboroto social. Los cocheros gritaban, los mozos de las cuadras se movían con celeridad, y los caballos daban patadas furiosas contra el suelo mientras varias carrozas flamantes, adornadas con blasones, se detenían delante de la casa de Amelia. Los lacayos uniformados ayudaban a las damas y a sus criadas a descender de los carruajes. A juzgar por la apariencia tan ostentosa de las carrozas y de las vestimentas de las jóvenes, debía de tratarse de las compañeras de clase de Amelia.

Mil rayos y mil centellas, lo había olvidado. Ese mediodía había una recepción en casa de Amelia.

Rápidamente comprendió por qué el general había huido tan rápido. Ver a tantas jovencitas de noble alcurnia juntas, todas ricas, todas nobles, y probablemente todas virginales, conseguiría hacer que cualquier hombre saliera despavorido.

Cualquier hombre excepto Lucas. Él había venido a verla, y ningún evento social lo detendría. Porque Amelia no había aceptado su invitación para cenar en casa de los Kirkwood esa noche. ¿Se estaba cuestionando el cortejo con él? ¿Lo estaba castigando por intentar amedrentar al desgraciado de Pomeroy? Fuera cual fuese la causa, pensaba averiguarla.

Pero no quería tener una audiencia de jovencitas como testigos de su conversación, así que esperaría hasta que sus amigas se hubieran acomodado en el interior, y después le pediría al mayordomo que la avisara para hablar un momento con ella en privado.

Cuando la calle quedó despejada, se acercó a la casa, subió las escaleras, y llamó a la puerta. Fue el mismo mayordomo quien le abrió, y la afabilidad de su semblante le mostró que reconocía a Lucas como el hombre que había ahuyentado a Pomeroy durante los días previos.

Lucas sonrió.

—Os agradecería mucho si le dijerais a lady Amelia que el comandante Winter ha venido a verla.

—Lo siento señor, pero lady Amelia está ocupada en estos momentos.

—Lo sé. Sólo quiero decirle una cosa. —Lucas oyó las risas provenientes del piso superior—. Por lo menos dígale que estoy aquí.

El mayordomo asintió y desapareció escaleras arriba. Lucas apoyó el rifle en la puerta y entró en el vestíbulo.

Amelia era el último cartucho que le quedaba por quemar. Ninguna de las otras pistas que había seguido hasta entonces para dar caza a los Frier había resultado fructuosa. Con el interés de mejorar las relaciones entre los dos países, el gobierno británico no había mostrado reparos en ofrecer toda la información que tenía acerca de los padres de Frier y de su emigración a Estados Unidos. Sin embargo, se había negado a ofrecer cualquier información sobre el conde de Tovey.

Todo lo que Lucas sabía era la fecha de la boda del conde. A pesar de que encajaba perfectamente con las fechas de los movimientos de Dorothy Frier, realmente eso sólo probaba que ella podía estar usando el sobrenombre de Dorothy Smith, lo cual era algo que ya sabía. Pero Lucas planeaba avanzar más en su investigación esa misma noche, durante la cena. Kirkwood le había prometido que lo ayudaría; y si los dos se dedicaban a hacerle preguntas a Amelia, la situación parecería menos sospechosa. Pero primero tenía que convencerla para que asistiera a la cena. ¿Por qué tardaba tanto ese maldito mayordomo?

Empezaba a impacientarse cuando el mayordomo regresó.

—Por aquí, señor. —Señaló hacia las escaleras.

¿Amelia pensaba recibirlo en el piso de arriba? Perfecto.

Siguió al mayordomo hasta el siguiente piso, atravesaron el largo pasillo y pasaron por delante de un enorme sarcófago. ¡Qué ideas más extravagantes que tenía Amelia! ¿A quién se le ocurriría decorar una casa con un ataúd de madera pintarrajeado?

El mayordomo se detuvo frente a una estancia, de la que llegaba una ruidosa cháchara jovial, y antes de que Lucas se diera cuenta de lo que el mayordomo pretendía hacer, éste abrió la puerta y anunció:

—El comandante Lucas Winter.

Mil rayos y mil centellas. Justo lo que no quería... verse obligado a hacer la petición delante de una comitiva que parecía con tantas ganas de divertirse como en una despedida de soltera. Pero ahora estaba entre la espada y la pared.

—¡Comandante Winter! —exclamó Amelia con una afable sonrisa, al tiempo que se daba la vuelta y dejaba de ayudar a las sirvientas que se disponían a servir el té.

Lucas se aventuró a entrar en la sala.

—Hopkins, encárguese del abrigo y del sombrero del comandante. El señor Winter se quedará con nosotras —proclamó Amelia.

—Oh, no, no quiero molestarlas —farfulló Lucas. ¿Se podía saber a qué diantre estaba jugando Amelia?

Por lo menos debía de haber una docena de mujeres en la sala, algunas de ellas sentadas cómodamente en un sofá de caoba con un par de esfinges doradas esculpidas en los reposabrazos, otras sentadas en unas butacas a conjunto con el sofá, y todas ellas mirándolo con una patente curiosidad.

—O, pero si no molestáis, comandante —intervino la señora Harris. Con una mirada cordial, hizo señas a Lucas para que ocupara la silla vacía que tenía a su lado—. Hemos hecho una votación. Las damas han pensado que necesitábamos la perspectiva de un hombre en el tema de debate que hoy nos ocupa.

Huy, huy, huuuuuy… Cuando una mujer solicitaba el punto de vista de un hombre, lo que realmente quería era que apoyara su propio punto de vista. Pero si actuaba con precaución, igual conseguiría que las amigas de Amelia le contaran algo acerca de lady Tovey. Y siempre podría encontrar un momento para hablar con Amelia a solas, cuando todas ellas se marcharan.

Lucas entregó el abrigo y el sombrero al mayordomo y se sentó en la butaca negra que la señora Harris había indicado.

—Estaré encantado de poder complacerlas, señoritas, si tengo conocimientos suficientes sobre el tema de vuestro debate.

Su respuesta provocó una retahíla de risas que la señora Harris silenció con una palabra. Entonces, la institutriz presentó a sus pupilas. La única dama en la que Lucas se fijó en particular fue en la señorita Sarah Linley, la mujer con la que Kirkwood pretendía casarse. Lucas comprendió el porqué: era incuestionablemente bella.

Si bien él prefería las morenas a las rubias; además, esa chica poseía ese aire frívolo y arrogante que tan bien encajaba con el modo de ser de Kirkwood pero que a él lo sacaba de sus casillas; por suerte, Amelia no solía hacer alarde de esas formas.

Pero parecía que hoy sí que estaba dispuesta a actuar igual que sus compañeras.

—Qué contentas que estamos de que hayáis aceptado intervenir en nuestra reunión, señor —dijo, con la espalda totalmente firme mientras ayudaba a las sirvientas—. Estábamos hablando de…

En ese momento, la puerta se abrió y apareció otra jovencita con el semblante acalorado, quien se dirigió directamente hacia Amelia.

—Siento mucho llegar tarde. —Ni siquiera reparó en la presencia de Lucas, cuando él se levantó en la otra punta de la sala—. He pasado a visitar a lady Byrne. Su esposo lo sabe todo de todo el mundo, así que pensé que podría darme información sobre ese comandante americano que la señora Harris dijo que tú…

—¡Señorita North! —la interrumpió Amelia al tiempo que con la cabeza hacía señas hacia Lucas—. Os presento al comandante Lucas Winter.

La señorita North se puso visiblemente rígida, luego se volvió lentamente para mirar a Lucas, que estaba allí de pie, esforzándose por sonreír.

—Comandante Winter —murmuró Amelia—, ésta es mi buena amiga, Louisa North. A veces ayuda a la señora Harris con nuestras clases.

—Cuando no se dedica a investigar a vuestros pretendientes —añadió él.

Las mujeres rieron con disimulo. Lucas no estaba preocupado. Sabía que la poca gente que sabía exactamente qué era lo que él estaba haciendo allí no se iba a ir de la lengua tan fácilmente.

A diferencia de la pobre señorita North. A pesar de que sus mejillas estaban sonrojadas, lo miró con la misma desfachatez que lo miraba Amelia.

—Perdonadme por mi falta de tacto, señor, pero normalmente no contamos con la presencia de ningún caballero en nuestras reuniones.

—No tenéis que disculparos. —Lucas no deseaba incomodar a ninguna de las amigas de Amelia. Le ofreció a Louisa la silla que él ocupaba—. Soy yo el intruso en esta reunión.

Mientras la señorita North se acomodaba, Lucas se desplazó hasta la chimenea. No habían encendido el fuego en esa apacible tarde de junio, así que se apoyó en la repisa, desde donde gozaba de una vista perfecta de toda la asamblea.

Especialmente de su astuta líder, lady Dalila; excepto que hoy Amelia no se parecía en nada a una Dalila, absolutamente en nada. Con su exuberante pelo apresado en un moño enjuto y su vestidito lleno de volantes, se asemejaba demasiado a las otras damas para su gusto. A Lucas le entraron unas enormes ganas de ir hacia ella, agarrarla entre sus brazos, y besar esa boquita tan seria sin parar hasta que consiguiera arrancarle una sonrisa.

Eso les daría a sus amigas un tema de conversación, seguro.

Como si ella le hubiera leído los pensamientos, Amelia le lanzó una mirada sombría y acto seguido se sentó remilgadamente en la punta de un sofá.

—De hecho, Louisa, nuestro querido comandante ha accedido a darnos su opinión honesta acerca del tema que hoy estamos debatiendo.

Su tono puso a Lucas en guardia. ¿Por qué se mostraba tan estirada hoy? ¿Era porque estaba nerviosa por la recepción? Fuera por el motivo que fuese, no le hacía ni la menor gracia; especialmente cuando Amelia le estaba lanzando unas sonrisas tan glaciales como una bocanada de aire proveniente del Polo Norte.

—Veréis, señor, todas las aquí presentes nos hemos graduado en la Escuela de Señoritas de la señora Harris. Una vez al mes nos reunimos para departir acerca de lo que consume nuestras energías la mayor parte del tiempo.

—¿A qué os referís?

—Hombres —proclamó una de las muchachas entre risitas.

Mil rayos y mil centellas.

—Y supongo que, por el mero hecho de ser hombre, eso me convierte en un experto en la materia —manifestó Lucas lentamente.

—Ah, pero no sólo hombres —añadió una mujer que se llamaba lady Venetia—, si no cierta clase de hombres.

—Bribones y cazafortunas, para ser exactos —matizó la señorita North.

—Así que… decidnos, comandante Winter, ¿os consideráis un experto en esa materia? —lo pinchó Amelia.

La sala quedó sumida en un absoluto silencio.

Lucas observó a la señorita North, que lo miraba con hostilidad, luego a la inescrutable lady Venetia, y finalmente a Amelia, cuyos ojos castaños despedían un brillo frío como el acero.

Todos sus instintos de batalla se activaron. Era capaz de reconocer una emboscada a primera vista. Y la última vez que se había sentido acorralado por los ingleses, casi no había salido con vida.

Esta vez sería diferente.

Cruzándose de brazos, obsequió a todas ellas con una sonrisa de oreja a oreja.

—Depende de lo que entendáis por ser un experto en la materia. He conocido a algunos cazafortunas así como a bastantes bribones, pero no creo que se me pueda catalogar en ninguno de esos dos grupos. —Achicó los ojos y miró directamente a Amelia—. Pero claro, no creo que tuvierais la desfachatez de insinuar eso, ¿no es así, señorita?

—¡Por supuesto que ésa no era su intención! —intervino la señora Harris. Cuando Amelia abrió la boca para protestar, la viuda se apresuró a decir—: ¿Un poco de té, comandante? Estábamos a punto de servir el té cuando anunciaron vuestra visita.

Amelia se sentó con porte beligerante, y él le lanzó una sonrisa insolente.

—Gracias, una buena taza de té siempre sienta bien.

La señora Harris hizo una señal a las criadas. Una de ellas tomó rápidamente una bandeja llena de platos que contenían pasteles y otras ricuras. Otra empujó el carrito con un juego de té hasta el lugar donde Amelia se hallaba sentada. Ella asió la tetera que destacaba por su forma tan original y empezó a servir té en las tazas.

—Pensaba que los americanos no tomaban té —comentó la señorita Linley con un tono presuntuoso que casaba perfectamente con su aspecto—. La madrastra de Amelia dijo que los americanos sólo beben sidra y cerveza.

—No dijo eso, Sarah Linley. —Amelia pasó los platitos y las tazas a las criadas, que empezaron a repartirlas—. Sólo dijo que era difícil encontrar buen té inglés allí.

—¿En Boston? —inquirió él—. ¡Qué extraño! —Aunque

seguramente resultara más difícil encontrar buen té en Rhine-beck, donde Dorothy Frier había estado trabajando como ama de llaves, antes de unirse a Theodore Frier tras huir de Balti-more. Ni siquiera el propietario de la casa donde ella servía sa-bía la verdadera razón por la que ella se escapó con el hombre que le presentó como el esposo que vivía separado de ella; el mismo hombre que más tarde presentó a las autoridades cana-dienses como su nuevo esposo, Theo Smith, quien, por lo visto, se convirtió en su difunto esposo, Obadiah Smith cuando llegó a Inglaterra.

Lucas observó a la insípida señorita Linley.

—¿Y qué más cuenta lady Tovey acerca de América?

—Oh, no mucho —intervino lady Venetia—. Es muy tí-mida, por lo que casi hay que arrancarle la información a la fuerza.

¿Dorothy Frier, tímida? ¿La mujer cuyas cartas a su esposo, que vivía alejado de ella, habían empujado a un joven trabaja-dor honrado a robar una fortuna de su patrono y a huir con ella? ¿La mujer que había viajado por todo el mundo, min-tiendo por su marido y gastando dinero robado? Lo más proba-ble era que Dorothy prefería estar callada por miedo a revelar datos.

—Dolly es una mujer gentil por naturaleza —declaró Ame-lia, mostrando un desmesurado interés en la tarea que la ocu-paba: servir el té—. Por eso a los hombres de avanzada edad les gusta tanto bailar con ella en las fiestas. Dolly deja que se des-ahoguen y le cuenten sus problemas, porque es demasiado dulce y buena como para interrumpirlos.

—Tienes toda la razón del mundo —la apoyó la señora Ha-rris—. ¿Cuántas damas permitirían que se organizara una co-mida en su casa, si ellas no pudieran estar presentes para super-visarlo todo? Pero es más, lady Tovey escribió interesándose por si necesitábamos algo más para la recepción.

Así que esa mujer era afable con los viejos y con las joven-citas… Pero eso no probaba nada. Claro, como pensaba que ella y Frier estaban a salvo, podía permitirse lucir su carita más afa-ble.

Una sirvienta le ofreció a Lucas una taza de té. Él rechazó la leche, pero aceptó el azúcar. Mientras tomaba sorbos de la bebida aromática, se dedicó a escuchar con avidez lo que esas jovencitas contaban sobre la mujer a la que sólo conocía por referencias. Ni tan sólo el anterior patrono de Dorothy Frier le había proporcionado suficientes detalles acerca de su carácter.

—Así es lady Tovey, verdaderamente un alma caritativa —decía la señorita North—. A pesar de ser tan tímida como para participar en un proyecto como el mío, ha ofrecido un donativo más que generoso.

«Es fácil ser generoso cuando el dinero es de otro.»

Como si comprendiera sus pensamientos, lo cual era imposible, Amelia miró fijamente a Lucas y luego le comentó a Louisa:

—Estoy segura de que además sabes apreciar la otra clase de esfuerzos que Dolly demuestra en tu proyecto.

—Claro que sí. —La señorita North parecía confundida—. Pero lo que más aprecio es la ayuda económica. La Sociedad de Damas de Londres necesita esos fondos.

—Lo sé —espetó Amelia en un tono incómodo—. Lo que quería decir es que el dinero no es lo único que le importa a...

—Creo que lo que la señorita North intenta decir —la interrumpió Lucas— es que el dinero es siempre importante para las mujeres.

No sólo para Dorothy Frier, sino también para su propia madre, por ejemplo. Aunque la madre de Lucas había destacado por su gentileza y sus finos modales, siempre demostró un ávido interés por el dinero.

Cuando Amelia le lanzó una mirada belicosa, él añadió:

—Si el dinero no fuera importante, señoritas, entonces no estarían hoy aquí reunidas, departiendo acerca de cómo evitar que sus fortunas caigan en manos de algún ganapán, ¿me equivoco?

Lucas tuvo la impresión de que la temperatura de la habitación había descendido súbitamente varios grados, pero no pensaba retractarse de lo que acababa de decir.

Las damas miraron a Amelia, obviamente esperando que las defendiera.

—Supongo, comandante —dijo ella con un tono marcadamente crispado— que no estáis insinuando que las mujeres no tenemos ningún derecho a defendernos de los bribones.

Lucas apuró el contenido de su taza de té.

—Sólo digo que si pensarais que el dinero es tan poco importante, ninguna de vosotras estaría hoy aquí.

—Así que en vuestra opinión, somos mercenarias —soltó la señorita North.

Sí, pero no estaba tan loco como para declararlo en voz alta.

—La verdad, no entiendo por qué os ofuscáis tanto con esa cuestión. Si vuestra fortuna puede haceros felices, a vosotras y a algún garzón, ¿por qué os negáis a casaros con él? Puedo entender que un hombre sea demasiado orgulloso como para aceptar el dinero de su esposa, pero ¿por qué una mujer ha de ser tan orgullosa como para negarse a compartir su dinero?

—Estoy de acuerdo con vos, comandante Winter —dijo la señorita Linley.

—¡Oh, Sarah, cállate! —espetó la señorita North—. No hablarías de ese modo si el hombre con el que te quieres casar no tuviera un título. —Luego miró a Lucas con evidentes muestras de desprecio—. Y supongo que a continuación nos sugeriréis que nos casemos con el primer bribón que seamos capaces de cazar.

La señora Harris depositó una mano sobre el brazo de la muchacha.

—Estoy segura de que el comandante no ha querido decir eso, querida. —La institutriz clavó sus ojos azules, que de repente habían adoptado un tono gélido, sobre Lucas—. Pero tenéis que comprender, señor, que para nosotras es difícil discernir los motivos que mueven a un hombre a desear casarse con una mujer, cuando ella dispone de una fortuna y él no tiene nada. Tal y como dijisteis una vez, algunos hombres harían cualquier cosa por dinero. Así que, ¿cómo podemos adivinar sus verdaderas intenciones cuando hay dinero por medio?

Las palabras de la institutriz dispararon su ira. Espectros de las disputas de sus padres emergieron de repente, para torturarlo; discusiones inacabables, enmarañando el amor y la fortuna de una forma tan angustiosa que ni siquiera su padre se veía capaz de separarlos. Ése fue el motivo por el que su padre se vio obligado a trabajar cada vez de forma más dura, más vertiginosa, con el único afán de colmar las ambiciones de su madre. En definitiva, fue ella la que arrastró a su padre a...

No, no deseaba pensar en eso ahora. No en esos precisos instantes, rodeado de unas réplicas jóvenes de su madre.

—Un hombre no asume que una mujer sólo está pendiente de su bolsillo, cuando ella le sonríe, así que, ¿por qué asumís que un caballero alberga intenciones indignas cuando os sonríe?

—¿Quizá porque, muy a menudo, ésa es la pura y dura realidad? —lanzó Amelia, con los ojos chispeantes.

Mil rayos y mil centellas, ahora ella se estaba refiriendo, obviamente, a él. Esa certeza sólo consiguió enfurecerlo todavía más, aún sabiendo que ella tenía una buena razón para desconfiar de él.

—No, no es posible que una hermosa dama como vos piense de ese modo. —Ignorando la creciente tensión entre las muchachas, depositó la taza sobre la repisa de la chimenea—. Creedme, lady Amelia, es posible que un hombre se sienta atraído hacia vos por vuestro físico o porque le guste vuestro aroma, o quizá por lo que decís o por vuestra forma de pensar, en lugar de ir a la zaga de vuestra fortuna.

Un silencio espectral se adueñó de la sala. Demasiado tarde, se dio cuenta de que sus palabras podían interpretarse como una declaración pública de lo que sentía por ella. Por lo menos, así era como ella se lo había tomado, a juzgar por el repentino rubor en sus mejillas.

Lady Venetia rompió el silencio con una carcajada.

—Enhorabuena, Amelia. Has encontrado al único hombre en todo el universo al que le importa lo que piensa y opina una mujer.

El comentario disolvió la tensión reinante. Las otras damas también se echaron a reír, y empezaron a cuchichear sobre los hombres y sus payasadas.

Por todos los demonios, prácticamente había admitido en público lo que sentía por ella, y en lugar de mostrarse adulada, Amelia parecía incluso más indignada que antes. ¿Qué mosca le había picado?

Fuera lo que fuese, debía de tratarse del mismo motivo que

la había empujado a rechazar la invitación a la cena en casa de los Kirkwood, y Lucas no pensaba aceptar esa negativa. Había llegado el momento de hablar con ella a solas.

Asió su taza vacía y miró a Amelia.

—Lady Amelia, ¿puedo tomar otra taza de vuestro exquisito té?

—Claro, comandante. —Ella levantó la tetera, pero cuando él se quedó allí plantado, sin moverse, con la taza en la mano, Amelia se levantó y se le acercó, mirándolo con desconfianza.

Lucas se llevó la taza hacia el pecho, con lo cual obligó a Amelia a inclinarse para servirle, entonces murmuró:

—Necesito hablar contigo en privado.

—Ahora no —respondió ella, al tiempo que llenaba la taza.

—Sí, ahora; sólo será un momento…

Ella se alejó sin dejar que Lucas terminara la frase.

Conteniendo su rabia, él separó la taza del plato y objetó:

—¿No me ofrecéis azúcar?

Amelia se sentó en su silla.

—Pensé que lo preferiríais amargo. —«Como tu corazón», parecían decir sus ojos destellantes. Hizo una seña a una criada, quien se apresuró a llevarle a Lucas el cuenco con el azúcar.

Genial. Si ella se negaba a hablar con él en privado, él haría todo lo posible para obligarla a hacerlo. Lentamente, repasó de arriba abajo ese cuerpo que había conocido tan bien unos días antes.

—Incluso a un soldado le puede gustar algo dulce de vez en cuando.

Dos de las jovencitas presentes rieron como ratitas, y Amelia se puso rígida, pero continuó sentada y se dio la vuelta para conversar con la mujer que tenía al lado.

Mientras la criada le ofrecía el cuenco con el azúcar, Lucas se fijó en el diseño del juego de té por primera vez. Clavó la vista en la tetera, y luego se echó a reír a carcajadas.

Cuando algunas damas lo miraron con cara de sorpresa, él declaró:

—Sólo a lady Amelia se le ocurriría comprar un juego de té con las asas en forma de cocodrilo.

Amelia irguió la barbilla con porte arrogante.

—Es de estilo egipcio, señor, como el resto de los objetos que decoran la sala.

—Supongo que no debería de sorprenderme —soltó él—, dada vuestra obsesión por todo aquello que es exótico: los camellos, los *xebecs*, las mamelucos…

—¿Qué es una mameluco? —preguntó lady Venetia.

Sin apartar la mirada de Amelia, Lucas respondió:

—Una espada. Lady Amelia me dijo que quería ver la mía en el baile.

Cuando algunas de las chicas empezaron a reírse como tontas, y otras empezaron a cuchichear, Lucas esgrimió una mueca de satisfacción. Parecía que algunas de esas damas habían comprendido su broma privada. Probablemente habían leído los cuentos del harén de Amelia, y a juzgar por lo colorada que se había puesto ella, el libro debía de mencionar algo acerca de «espadas».

Ahogando una carcajada, Lucas decidió suavizar sus facciones para parecer un chico inocente.

—Y yo estuve encantado de poder satisfacerla. Lady Amelia admiró mi espada, incluso se ofreció para sacarle brillo.

Lady Venetia se atragantó con el té.

—No sabía que las damas inglesas estuvieran interesadas en esa clase de cosas —prosiguió él impasiblemente—, pero supongo que cuando una dama quiere divertirse…

—¡Comandante Winter! —Amelia se levantó abruptamente—. ¿Puedo intercambiar unas palabras con vos en el pasillo?

—¿Ahora? —preguntó él con porte contrariado, incapaz de resistir la tentación.

Los labios de Amelia se tensaron hasta formar una línea fina.

—Por favor.

Lucas asintió con un golpe seco de cabeza. Depositó la taza y el plato en la repisa de la chimenea y la siguió hasta la puerta. Antes de abandonar la estancia, se volvió hacia el resto de las damas y les guiñó un ojo, tras lo cual todas se desternillaron. Acto seguido, salió y cerró la puerta.

Cuando Lucas la miró fijamente, ella parecía estar a punto de saltarle a la yugular.

—Eres el tipo más arrogante, más irritante…

—¿Por qué no has aceptado la invitación de lady Kirkwood para esta noche?

Amelia pestañeó desconcertada.

—¿Cómo que no? Pero si envié mi respuesta esta mañana, aceptando la invitación.

—Pues todavía no había llegado, cuando me marché hace menos de una hora.

Ella frunció el ceño e hizo llamar a Hopkins. Cuando el mayordomo se personó delante de la pareja, le preguntó qué había pasado con el mensaje que le había entregado para lady Kirkwood.

—Se lo di a John, señora, el nuevo lacayo.

—Esa nota no ha llegado a su destino —espetó Lucas.

—Le pido disculpas, señor, pero hoy necesitábamos a todos los lacayos aquí para preparar la recepción, así que sólo lo envié hace un par de horas. Pero por lo que se ve, se encontró con un imprevisto por el camino.

La excusa puso a Lucas en guardia.

—¿Ah, sí? ¿Qué pasó?

—Una anciana que se había torcido el tobillo, creo. John la ayudó a ir hasta el final de la calle. Pero el lacayo ya ha regresado, por si desean hablar con él.

—No, no será necesario —manifestó Lucas visiblemente tenso—. Había algo de extraño en todo ese incidente, pero tenía la sospecha de que no sacaría nada en claro.

Amelia aguardó a que el mayordomo se hubiera retirado antes de abrir la boca.

—¿Qué, satisfecho?

Intentando relajar la tensión, Lucas asintió. No estaba habituado a las formas de los ingleses ni a sus sirvientes… esas cosas probablemente sucedían cada día.

—Así que dime —prosiguió ella—, ¿es ése el motivo por el que has intentado abrumar a mis invitadas? ¿Porque no contesté a tu misiva con suficiente celeridad?

A Lucas no le hizo gracia el desdeñoso tono de Amelia. No le gustaba quedar como un idiota.

—Me olvidé por completo de que hoy tenías una comida con tus compañeras de escuela. Y te aseguro que no esperaba que me incluyerais. Si hubiera tenido un poco de sentido común, habría hecho como Pomeroy: salir corriendo tan rápido como pudiera.

—Pues ojalá lo hubieras hecho.

Amelia se dio la vuelta para regresar a la sala de música, pero Lucas la agarró por el brazo y la obligó a darse la vuelta.

—¿Qué pasa? ¿Por qué estás tan enfadada conmigo?

Ella clavó su afilada mirada en los ojos de Lucas.

—Ya hablaremos esta noche.

—No, hablaremos ahora.

—No con mis amigas esperando ahí dentro; probablemente estarán con la oreja pegada a la puerta.

Lucas miró hacia la puerta con una mueca de fastidio; acto seguido, sin soltarla del brazo, la arrastró por el pasillo hasta que la obligó a entrar en una sala que resultó ser un despacho, probablemente de su padre.

—Entonces hablaremos aquí.

Amelia se zafó de su garra y lo miró con tanta rabia como si fuera un casaca roja defendiendo un vagón de provisiones.

—Hablaremos de ello cuando a mí me dé la gana, ¿entendido?

—¿Es por lo de intentar intimidar a Pomeroy? Porque sólo tienes que decírmelo claro y...

—Si no recuerdo mal, ya te lo dejé claro. Pero no, no es por eso. Comprendo que en tu forma arrogante, particularmente molesta, sólo intentas protegerme.

—Entonces, es por lo que pasó en el *xebec*. Le has dado vueltas, y te arrepientes de que nosotros...

—Pero ¿es que no tienes ni una pizca de decoro? —Con una mirada furtiva hacia la puerta abierta, Amelia se acercó a él y bajó la voz.

—No pienso hablar sobre este tema aquí, cuando mis amigas o la señora Harris puede aparecen en cualquier momento. Ya tendremos la ocasión de hablar esta noche.

Dándole la espalda, Amelia se dirigió hacia el pasillo, pero él la adelantó con un par de zancadas. La rodeó por la cintura con sus enormes brazos y la arrastró hasta la pared, donde quedaba fuera de la vista de posibles ojos curiosos.

Amelia empezó a forcejear, pero él le susurró al oído:

—Mira, bonita, tú y yo no hemos terminado.

—Por ahora sí. —Se retorció para mirarlo a la cara, con unos ojos furibundos—. Y si piensas que me quedaré aquí impasible, mientras me atas de manos, con mis amigas a escasos metros de…

—¿Atarte de manos? —Lucas estalló—. Quizá debería recordarte que disfrutaste mucho la última vez que te até las manos.

Empujándola contra la pared, él la besó apasionadamente, exigiendo una respuesta y mostrándose exultante cuando, después de unos momentos de resistencia, ella cedió. Y cuando ella lo rodeó por el cuello con sus brazos y se pegó a él, Lucas deseó coronar su triunfo con un rugido.

En lugar de eso, la besó en la boca con una sed insaciable, con un fervor que lo alarmó. Porque de repente se dio cuenta de que ése era el motivo por el que había venido. No para asustar a Pomeroy, ni para averiguar información acerca de los Frier.

Había venido por eso. Por ella. Porque después de dos días sin ver su radiante sonrisa, sin escuchar sus comentarios mordaces, sin oler su embriagador aroma a madreselva y sin probar esa maravillosa boca lasciva, ansiaba estar con ella como un prisionero ansía la libertad. Sin ser consciente de dónde estaban, deslizó la mano por su cuerpo: sus pequeñas caderas tentadoras, su cintura que cabía perfectamente en sus manos, y sus pechos… Oh, Dios, sus pechos… que ahora acariciaba con los pulgares, deseando lamer los pezones y…

De repente, Amelia lo agarró por el pelo e intentó apartarlo para forzarlo a romper el beso, luego se separó de él. Mientras lo observaba con los labios amoratados y con la respiración entrecortada, una extraña mezcla de emociones emergió en su cara: deseo, rabia, y… cómo no, arrepentimiento.

Mas rápidamente una máscara cubrió sus bellas facciones.

—Espero que te lo hayas pasado bien, Lucas —dijo en un tono ominoso—. Porque éste es el último beso que recibirás de mi boca.

Antes de que él pudiera reaccionar, Amelia se escurrió de sus brazos y abandonó la estancia. Con el pene tan duro que parecía que le iba a estallar, Lucas salió al pasillo completamente rígido, justo a tiempo para ver cómo Amelia abría la puerta de la sala de música.

Ella se detuvo en el umbral de la puerta y exclamó:

—¡Siento mucho que tengáis que marcharos tan pronto, comandante! Transmitiré vuestras excusas a las otras damas.

Cuando Amelia cerró la puerta detrás de él, Lucas pensó en ir tras ella y ponerla en evidencia ante todas sus amigas como una gran mentirosa. Pero además de que primero tenía que calmarse para que desapareciera la visible erección antes de entrar en la sala, la idea de pasar el resto de la tarde sentado ahí dentro, con Amelia acribillándolo con la mirada y con las otras chicas cuchicheando acerca de él, no le parecía nada atractiva. Antes prefería verse las caras con diez casacas rojas armados que con una de esas malditas mujeres inglesas.

Lo más sensato era regresar a casa de los Kirkwood y prepararse para el debate de esa noche. Eso cuando consiguiera controlar su tremenda erección.

Se paseó por el pasillo hasta que creyó que estaba presentable, entonces descendió las escaleras de dos en dos. La aventura del día le había dejado una cosa clara: tenía que conseguir a esa mujer. No tenía ni idea de cómo lo haría; por un lado tenía que capturar a los Frier y llevarlos a Estados Unidos, y por otro, tenía que conquistar a Amelia.

No le importaba la amenaza de que ése había sido su último beso, esa mujer acabaría acostándose con él. Haría todo lo que fuera necesario para conseguirlo.

Capítulo catorce

Querida Charlotte:

Lord Pomeroy no es tan inofensivo como parece. He oído que durante la guerra adquirió unos hábitos execrables. A pesar de que no puedo confirmar el rumor, os aconsejo que os mantengáis alerta con ese sujeto, tanto vos como lady Amelia.

Vuestro preocupado primo,
Michael

«*D*eja de comportarte de un modo tan ridículo. No importa lo que te pongas esta noche», se recriminó Amelia a sí misma mientras se cambiaba de traje por tercera vez.

Después de todo, ya no necesitaba fingir que flirteaba con Lucas; pensaba ir directamente al grano, exigirle que le mostrara evidencias, y luego decidir cómo actuar. Y sin embargo…

Mientras la paciente criada le ayudaba a abrocharse el corsé, Amelia se miró al espejo con porte cansado. Deseaba que Lucas se abrasara, sufriera, agonizara por ella.

Y si algún traje podía ayudarla en su propósito era este vestido de fiesta rosa con unas finísimas puntillas de satén. Sólo con el corpiño, lograría excitar al pobre hasta el borde de la locura: dejaba al descubierto una generosa parte de su escote, demasiado generosa para una doncella. Se retorció hacia la izquierda y contuvo la respiración mientras la tela elástica se adaptaba a su figura como si se tratara de muselina mojada.

Ése era precisamente el motivo por el que prácticamente nunca se ponía esa prenda. Puesto que Amelia se había labrado una reputación de ser poco femenina, intentaba evitar indumentarias que pudieran despertar el más leve comentario acerca de su comportamiento y que pudieran derivar en unos rumores más serios acerca de su carácter.

Pero después de lo que había descubierto sobre el propósito de Lucas, y viendo su comportamiento esa tarde —como si realmente estuviera enamorado de ella— deseaba torturarlo.

El deseo que profesaba Lucas de querer casarse con ella podía no ser sincero, pero su deseo de seducirla era tan transparente como el agua. Amelia podía sentirlo cada vez que él la besaba con esa boca disoluta y hambrienta, o cuando con esas manos tan impacientes y despabiladas le acariciaba la cintura, las caderas... los pechos.

Él la deseaba. Y ella no pensaba entregarse a él. Así que, ¿por qué no demostrarle lo que se estaba perdiendo por culpa de sus maquinaciones perversas?

Haría que ardiera en deseos, igual que ella lo había hecho durante las últimas dos noches, acariciándose con sus propias manos esos puntos que una dama no debería tocar, deshaciéndose ante el suave tacto de su piel como una doncella jamás debería explorar. Y lo peor era la certeza de que no conseguiría nada. Apenas sabía cómo darse placer a sí misma, y se negaba a que él volviera a dárselo.

Lucas había echado a perder la confortable vida de doncella que había llevado hasta entonces. Maldito fuera ese hombre.

—Sí, me pondré éste. —Miró a su criada de soslayo—. Y aprieta más el corsé. Quiero que mis pechos estén tan elevados que prácticamente pueda comer sobre ellos.

La criada parecía turbada, pero hizo lo que su señora le ordenó: desabrochó el vestido para apretar más las vetas del corsé. Sólo cuando la parte superior de su pecho pareció exhibirse de una forma un tanto obscena, Amelia le indicó que ya era suficiente.

Mientras la criada se esmeraba en los últimos retoques, con las enormes perlas que atraían toda la atención hacia su escote y el sombrero estilo Cambridge de conjunto con sus plumas de avestruz, Amelia se preparó para su duelo a muerte con Lucas.

Oh, si pudiera hablar con la señora Harris para calmar los nervios... Pero hacía una hora que la viuda había salido para asistir a su cita. Cuando Amelia se cubrió con su pelerina y enfiló hacia las escaleras, ya era casi la hora de partir.

Hopkins la esperaba en el rellano de las escaleras, con el semblante consternado.

—Señora, tenemos un problema. Una de las ruedas del carruaje se ha quebrado, así que tendremos que cambiarla. El encargado del establo dice que probablemente tardará una hora o más. Quizá deberíamos enviar una nota a lord Kirkwood, solicitando que nos envíe…

—Oh, no. No te preocupes. Pide un coche de alquiler, y asunto arreglado.

—Pero señora…

—Me acompañará un lacayo. Estoy segura de que estaré perfectamente bien. —Especialmente ahora que se había librado del pesado de Pomeroy—. Prefiero no esperar.

Si se veía obligada a esperar un minuto más, con la enorme tensión que llevaba encima, imaginando las palabras que le diría a Lucas, probablemente explotaría.

—Muy bien, señora —asintió Hopkins con una mueca de desaprobación. Acto seguido hizo llamar a John, quien salió disparado en busca de un coche de alquiler.

Al cabo de unos minutos, John había regresado para escoltarla hasta la calle y ayudarla a subir en un enorme carruaje negro. Amelia ni siquiera tuvo tiempo para acomodarse en el asiento; el vehículo se puso en marcha tan bruscamente que le hizo perder el equilibrio y fue a aterrizar en algo decididamente demasiado muscular como para ser el asiento de un carruaje. Antes de que pudiera reaccionar, sus manos quedaron apresadas a su espalda por una tela de tacto sedoso que no le permitía separarlas.

Por un momento se sintió alarmada, hasta que pensó que sabía quién era el artífice de esa broma tan pesada.

—¡Para! ¡Lucas! Esta noche no estoy de humor para tus jueguecitos, y además…

—Vaya, vaya. Veo que he llegado a tiempo para salvaros —pronunció una voz grave que ella reconoció al instante—. Especialmente si os dirigís al americano por su nombre de pila.

Amelia se sintió presa del pánico.

—¿Lord Pomeroy? —Intentó apartarse de su regazo, pero

no lo consiguió—. ¡Haced el favor de soltarme ahora mismo!

Sin hacer caso de sus protestas y de sus intentos por levantarse, el general le ató las muñecas más firmemente y luego la empujó hacia el asiento que había a su lado con una fuerza sorprendente. La embestida la dejó sin aire a causa de lo extremamente apretado que llevaba el corsé, y mientras se debatía para no desmayarse, él le elevó los pies hasta su regazo para atarle las piernas.

Tan pronto como Amelia recuperó el aliento, empezó a chillar.

—¡John, ayúdame! ¡Ayuda!

—Perdéis el tiempo, mi dulce dama. —Lord Pomeroy apretó el pañuelo de seda alrededor de sus tobillos—. John ha estado a mi servicio desde mucho tiempo antes que respondiera al anuncio de vuestro padre. Además, las ventanas son muy gruesas... Nadie os oirá, con el ruido de los caballos. Esta carroza fue especialmente diseñada para fines militares, para proteger a dignatarios extranjeros. Es tan sólida como el peñón de Gibraltar.

El miedo hizo mella en Amelia. Así que ese tipo lo había planeado todo. Probablemente había destrozado la rueda de su carruaje, también. Que Dios la ayudara.

Amelia quiso propinarle una patada, pero su precioso traje de satén, que tan graciosamente se había ajustado a su cuerpo mientras se miraba en el espejo de su habitación, se enredaba ahora fastidiosamente entre las piernas, por lo que sólo consiguió hacer un torpe movimiento con los zapatos. Además, apenas podía respirar. ¡Qué pena que nadie la hubiera advertido de que debía vestirse para un secuestro!

El general confirmó que el pañuelo alrededor de sus tobillos estaba bien prieto con tanta calma como lo había hecho Lucas, pero el marqués no estaba simulando que la raptaba, y ésos eran nudos de verdad, bien firmes.

—Hablando de Gibraltar —comentó él en un tono chocantemente cordial—. ¿Sabéis que pasé una temporada allí? Con el amor que demostráis por todo lo exótico, estoy seguro de que os encantaría ese sitio. Bueno, lo visitaremos cuando estemos casados.

¡Ya le daría ella peñón de Gibraltar! ¿Cómo se atrevía a raptarla como si se tratara de un mero juego de placer?

—¡No os saldréis con la vuestra!

El general depositó los pies de Amelia en el suelo y luego levantó la cara para mirarla a los ojos.

—Ya lo he hecho.

Mientras el carruaje irrumpía en una avenida mejor iluminada, la luz de las farolas enmarcó las facciones de ese individuo, iluminando la absoluta determinación en su cara.

El pulso de Amelia latía desbocadamente. ¿De verdad creía que podía obligarla a casarse con él? Tenía que hacerle entender que eso era imposible antes de que abandonaran la capital, donde aún estaban rodeados de gente que podría ayudarla. Y antes de que fuera demasiado tarde para salvar su reputación.

—Señor, este secuestro no os hará ningún bien. Si me lleváis a Gretna Green a la fuerza y me plantáis delante de un cura, me negaré a casarme con vos.

—Bobadas. Sois una mujer inteligente. Dada la elección entre una vida respetable con un héroe de guerra que os adora, y un futuro minado por el escándalo…

—¡Exacto! ¿Qué hay del escándalo? —inquirió ella, prefiriendo no pensar en la declaración de que él la adoraba—. Vuestra actuación puede acabar con vuestra reputación intachable. Cuando la gente sepa que habéis secuestrado a una mujer en contra de su voluntad, os cerrará todas las puertas.

—¿El hombre que salvó Inglaterra de Boney? —se jactó él—. Además, cuando volváis a estar en contacto con la sociedad, ya estaremos respetablemente casados. Y mi actuación simplemente será una bella historia romántica que circulará entre las mesas de las salas de juego.

—¿Romántica, cuando os he dicho mil veces que no quiero casarme con vos?

Lord Pomeroy irguió su barbilla de bulldog.

—Si pensara que realmente ésa era vuestra voluntad, no estaría haciendo esto. Pero cuando nos conocimos os mostrasteis complacida con mis atenciones…

—¡Sólo porque creí que erais un hombre interesante con historias interesantes!

El general sacudió la cabeza con vehemencia.

—Vi cómo me mirabais… estabais animada, excitada… me

deseabais. He estado con bastantes mujeres, mi ángel. Sé perfectamente cuándo una mujer me quiere.

—Cuando os quiere estrangular, queréis decir.

Él ignoró su comentario.

—No dejéis que mis cabellos canos os confundan. Estoy tan ágil como un mozo. —Movió repetidas veces una de sus pobladas cejas en un intento de parecer gracioso, pero lo único que consiguió fue asemejarse más a un bulldog—. Sé cómo satisfacer a una mujer en el lecho.

Por Dios. Ahora ese tipo se creía un Casanova.

—No me cabe la menor duda de vuestra habilidad para ser un buen esposo —repuso ella, intentando buscar las palabras con tacto—. Pero a pesar de lo que podáis imaginar, me es imposible veros en ese papel, ni en la cama ni en ningún otro sitio.

Él la miró con estupor.

—Eso sólo lo decís porque esas arpías de la escuela de la señora Harris os han llenado la cabeza con falsas historias sobre mí. Si supierais hasta dónde pueda llegar esa mujer para separaros de mí, mi ángel, os horrorizaríais. Esta mañana, sin ir más lejos… —Se calló un momento y frunció el ceño—. Será mejor que no os lo cuente hasta que estéis lista para oír la verdad.

Oh, no. Ese tipo pensaba que la señora Harris era la responsable de su purga. ¿Qué debía hacer? ¿Contarle la verdad? Dadas las circunstancias, quizá no era lo más sensato.

—No tendríais tan mala impresión de mí —prosiguió él—, si esa mujer no os hubiera adoctrinado contra determinada clase de hombres.

—Os referís a cazafortunas —apostilló ella con sequedad.

—¡Yo no soy un cazafortunas! —bramó él, haciendo que Amelia se echara hacia atrás, compungida. Luego resopló con crispación—. Lo siento, pero considero que es importante dejar este punto claro. Por supuesto que vuestra dote será más que bienvenida, pero…

—Si mi padre os permite disponer de ella —espetó ella.

—Lo hará, cuando sepa el trato tan generoso con el que quiero serviros. Mi intención es trataros como os merecéis, mi ángel.

Si ese energúmeno la llamaba mi ángel otra vez, Amelia lo trataría como él se merecía y vomitaría por toda su carroza especialmente diseñada.

Lord Pomeroy le propinó unas palmaditas en la rodilla, y ella dio un respingo, con cara de asco. A juzgar por el semblante del general, no le gustó en absoluto la reacción de Amelia.

—Tarde o temprano reconoceréis la conveniencia de nuestra unión —declaró él en un tono gélido—. Porque nos casaremos. Y a vos no se os ocurrirá rechazar los votos de matrimonio cuando lleguemos a Escocia.

El miedo en su estómago se transformó en terror. A Amelia sólo se le ocurría una forma con la que podría forzarla a esposarse con él.

—¡No pienso casarme con vos! Y si planeáis obligarme a hacerlo despojándome de mi virtud…

—¡Pero qué tonterías decís! —Lord Pomeroy hinchió el pecho, con afán de ganar más protagonismo—. No soy como vuestro tosco amiguito americano, que se atreve a devanear con una mujer tras sólo dos días de conocerla.

—No, claro, vos esperáis un tiempo razonable antes de raptarla —matizó ella con un marcado sarcasmo—. Seguro que el comandante Winter no se atrevería jamás a hacer tal fechoría. Y no permitirá que os salgáis con la vuestra. —Al menos, eso era lo que Amelia esperaba—. Os dará alcance antes de que lleguemos a Escocia. Los Kirkwood me esperan para cenar. Cuando vean que no llego, él empezará a investigar…

—No, no lo hará. O por lo menos, no hasta que sea demasiado tarde. Me he asegurado de ello personalmente.

Las palabras ominosas le provocaron una sensación de pánico irrefrenable en la garganta. Como una loca, empezó a forcejear para librarse de las ataduras, pero todo fue en vano; los pañuelos que la apresaban estaban firmemente atados.

Al ver que se ponía tan nerviosa, lord Pomeroy adoptó un aire más solícito.

—Probablemente os apetecerá un refrigerio, puesto que no habéis tenido ocasión de cenar. He traído provisiones. ¿Os apetece un poco de pan con queso? ¿Un poco de vino, quizá?

Claro, así podría liberarse…

—La verdad es que sí que me apetece. Si me soltáis las manos...

—Lo siento, pero no puedo hacer eso —manifestó él con el tono indulgente de un padre hacia su hijo recalcitrante. Abrió un frasco que contenía vino—. Os tendré que alimentar yo.

El general llevó el frasco hasta los labios de Amelia, y ella dudó, recordando la purga. Como si adivinara sus pensamientos, él esbozó una sonrisa paciente y tomó un trago.

—¿Veis? Perfectamente seguro. Yo jamás os haría daño.

—Pues estas ataduras indican todo lo contrario. —Amelia tomó un trago de ese vino dulce y empalagoso.

—Si no os movierais tanto, mi ángel, vuestras ataduras no os harían daño. Las elegí cuidadosamente... una tela suave para la piel suave de una dama.

Lord Pomeroy le dio más vino, y ella lo bebió con ansia. No se había dado cuenta de lo sedienta que estaba hasta ese momento.

Él sonrió con cara de aprobación.

—Pensé que os gustaría el vino. Las damas preferís bebidas dulces.

«Incluso a un soldado le puede gustar algo dulce de vez en cuando.»

La desesperación se adueñó de ella. Cómo deseaba poder retirar las duras palabras que le había lanzado a Lucas esa misma tarde. Podía ser un bribón, pero hasta ese momento, no la había obligado a hacer nada que no quisiera. E incluso ella tenía parte de culpa de su maquiavélico plan de cortejarla. Si no lo hubiera animado a besarla la noche en que se conocieron, probablemente él no habría recurrido a la retorcida táctica de los besos para sonsacarle información.

—¿Queréis más vino? —le preguntó lord Pomeroy.

—No. —Notaba el peso de la bebida en el estómago. ¿Y por qué él estaba tan seguro de que Lucas no los perseguiría?

El marqués cerró el frasco y se dispuso a tomar otras provisiones.

—Entonces, ¿algo de comer, una rebanada de pan con mantequilla?

—¡Sólo quiero que me soltéis!

—Sé que es humillante, pero os aseguro que haré todo lo que esté en mis manos para que estéis cómoda durante el viaje.

—¡Cómoda! Si a estar atada de pies y manos como un cerdo le llamáis estar cómoda…

—Es sólo hasta que el láudano surta efecto —confesó él.

Amelia se quedó helada.

—¿Láudano? ¿Cuándo le había dado él…? ¡Oh, no! ¡No, por favor…!

—¿El vino contenía láudano? ¡Pero si vi cómo tomabais un trago!

—Es cierto, lo que pasa es que soy menos susceptible a los efectos del láudano que la mayoría de la gente.

El pánico no la dejaba respirar. ¿O acaso era el láudano, que le provocaba esa horrible sensación de asfixia? Jamás lo había probado. ¿Cómo funcionaba? ¿Era esa sensación de calor desconocida en su cuerpo? ¿O la pesadez que notaba en los párpados?

De repente le entraron unas incontenibles ganas de dormir.

—Me habéis… drogado…

—No. Sólo os he dado una dosis suficiente para sedaros. No temáis, mi ángel; conozco perfectamente los efectos del láudano. Me lo hicieron tomar para calmar el dolor, hace años, cuando me hirieron en la batalla. Desde entonces lo he consumido periódicamente.

Ella parpadeó.

—¿Os drogáis… con opio?

—Si preferís definirlo así.

De repente, ese individuo le pareció más interesante. No, ¿en qué estaba pensando? Esa maldita droga le estaba nublando la razón.

—No es que prefiera definirlo… así… —Amelia sacudió la cabeza en un vano intento de aclarar las ideas—. ¿Qué estaba diciendo?

—Nada, querida.

Él le acarició la mejilla. ¿O simplemente ella estaba recordando cuando Lucas…?

Amelia se echó hacia atrás, y casi se cayó del asiento.

—No quiero… no quiero…

Lord Pomeroy sonrió.

—Descansad, mi ángel. Os encontraréis mucho mejor después. —Su voz parecía provenir de un túnel. En medio de un mar de sombras, Amelia vio cómo él le levantaba los pies y los depositaba sobre su regazo, después empezó a desatar los nudos del pañuelo que le apresaban los tobillos—. Y ahora, veamos si puedo hacer que estéis más cómoda.

Y un sueño pesado se apoderó de ella.

Capítulo quince

Querido primo:

Ha sucedido algo terrible. Estamos intentando mantenerlo en secreto hasta que sepamos algo más, pero sé que puedo confiar en vuestra discreción. ¡Lord Pomeroy ha secuestrado a mi pobre pupila! Me siento como la institutriz más desgraciada que existe sobre la faz de la Tierra, por haber faltado a mis obligaciones de un modo tan inexcusable.

Vuestra desesperada amiga,
Charlotte

—Por el amor de Dios, Winter, cálmate.

Lucas se detuvo de su inquieto deambular por la sala para lanzarle a su primo una mirada exasperada.

—Llega tarde.

—Las mujeres suelen llegar tarde —explicó Kirkwood—. Incluso mi madre no ha bajado todavía.

—Ya, pero Amelia suele ser puntual.

—¿Cómo puedes estar tan seguro, si sólo hace una semana que la conoces? —lo increpó su primo—. Supongo que estás progresando en tu investigación.

—No tanto como desearía. —Lucas se sentó, pero rápidamente se volvió a poner de pie; se sentía demasiado agitado para estarse quieto.

—Bueno, sólo espero que después de esta noche no me necesites más. —Kirkwood levantó los pies y los depositó en el sofá de otomán—. Porque me voy a casar.

Lucas se volvió con celeridad para mirar a su primo.

—¿Qué? ¿Cuándo?

—Dentro de unos días, espero; eso depende del tiempo que tarde en escaparme con la señorita Linley a Gretna Green.

—¿Qué es Gretna Green? —inquirió Lucas.

—Es el lugar donde un cazafortunas depravado como yo lleva a una rica heredera menor de edad que no se puede casar en Inglaterra sin el consentimiento de su padre. La localidad está justo en la frontera con Escocia, donde no te puedes ni imaginar lo fácil que es tramitar una partida de casamiento. Ya he hecho los preparativos para escaparme con la señorita Linley mañana. —Miró a Lucas con el ceño fruncido—. Antes de que me quede sin blanca.

Lucas le lanzó una mirada llena de desdén.

—Al menos te gusta la señorita Linley, ¿no?

Kirkwood se encogió de hombros.

—Es un poco tontita, pero podré soportarlo si eso significa que ella va a sacarme de la ruina en la que estoy sumido. Además, está demasiado obsesionada con sus propios quehaceres como para meter la nariz en los míos, así que mi vida será sólo un poco diferente a la que llevo ahora, siempre y cuando le deje tener todas las frivolidades y joyas que ella desee. —Sonrió socarronamente—. Y no creo que el acto de consumar el matrimonio sea una tarea tan ardua, ¿no te parece?

Lucas no contestó. No podía imaginar casarse con la altiva señorita Linley, por más guapa que fuera. Probablemente sus preocupaciones se limitarían a acicalarse la cabellera.

A diferencia de Amelia, que sólo se preocuparía por hacerle perder el juicio.

Con un beso tras otro, lo mantendría excitado permanentemente. Con sólo imaginarla desnuda en su cama...

Un lacayo entró en la sala y le entregó a Lucas una hoja de papel doblada con su nombre escrito en ella.

—Disculpad, señor, pero acabamos de encontrar esta nota en el vestíbulo. Alguien debe de haberla echado por debajo de la puerta mientras los criados estaban ocupados en otras labores.

Lo cual no le sorprendió a Lucas en absoluto, al recordar cómo Kirkwood se había visto obligado a prescindir de la mitad del personal después de que su padre perdiera toda su fortuna jugando a las cartas.

Abrió la nota y la leyó detenidamente. Una rabia incontenible se apoderó de él.

—¡No puedo creerlo! La señora Harris me hace saber que lady Amelia tiene dolor de cabeza y que no podrá asistir a la cena. —Frunció el ceño y volvió a leer la nota. Había algo extraño en el mensaje—. No es posible, pero si la vi hace un par de horas y estaba la mar de bien. ¿Cómo puede ser que de repente se halle tan indispuesta como para no ser capaz ni de escribir la nota ella misma?

Kirkwood esgrimió una mueca de escepticismo, y se acomodó en el sofá.

—Ya sabes cómo son las mujeres.

—Pues no creo que lady Amelia sea capaz de hacer esta clase de tonterías. Y menos esta noche; de eso estoy seguro. Insistió en hablar conmigo en privado, cuando tuviéramos la oportunidad.

Kirkwood enarcó una ceja.

—Quizá haya cambiado de opinión.

—No, ella no… —Se calló de repente. El beso que él le había dado esa tarde había conseguido que Amelia se enfureciera. ¿Era posible que ella hubiera decidido no verlo por un maldito beso?

Mil rayos y mil centellas. No podía permitir que Amelia actuara de ese modo, ahora que estaba tan cerca del final. Se dirigió a la puerta con paso airado.

—Voy a hablar con ella.

Kirkwood se puso de pie apresuradamente.

—¡Ni lo sueñes!

Lucas salió al pasillo.

—Esta tarde hemos discutido y ella no me ha dado ni la oportunidad de disculparme, así que ahora haré que me escuche. —Pidió que le trajeran el sombrero—. Dile a tu madre que no me esperéis para cenar.

—¡Iré contigo! —espetó Kirkwood. Mientras el lacayo también le traía su sombrero, el joven vizconde le ordenó al criado—: Decidle a mi madre que el comandante Winter y yo hemos salido a buscar a lady Amelia.

—Muy bien, señor. ¿Desea el señor que haga que preparen el carruaje?

—No, iremos andando —anunció Lucas. A lo mejor ese paseo le ayudaría a despejarse y de paso a apaciguar el creciente sentimiento de angustia que se había instalado en su garganta.

Pero a pesar de que Lucas se dirigió a la mansión de los Tovey con paso frenético, no consiguió calmarse. La reacción de Amelia le parecía un despropósito, sin embargo, había algo que no encajaba. Y hacía años que había aprendido a no ignorar sus instintos.

Cuando avistó la casa, no vio ninguna luz encendida en el piso superior. Si de verdad Amelia tenía dolor de cabeza, se habría ido a dormir, pero la señora Harris debería de estar todavía despierta. Ni tan sólo eran las siete.

El mayordomo abrió la puerta con presteza cuando llamaron.

—¿Comandante Winter? ¿Lord Kirkwood? ¿Qué sucede? ¿Le ha pasado algo a mi señora? ¿Está herida?

Lucas intercambió una mirada con su primo.

—¿Lady Amelia no está en casa, con dolor de cabeza?

Hopkins parecía confuso.

—No. Yo mismo he visto cómo subía a un coche de alquiler hace casi una hora, para asistir a la cena con ustedes, caballeros, y con lady Kirkwood.

Lucas sintió una desagradable punzada en el estómago.

—Pues ella no ha llegado y, sin embargo, lo que sí que ha llegado ha sido esto. —Le mostró la nota al mayordomo.

El hombre la leyó, y luego palideció.

—Ésta no es la letra de la señora Harris. Además, la señora Harris se marchó hace dos horas; había quedado con una amiga... —Miró a Lucas con cara alarmada—. Le dije a la señora que no se marchara en un coche de alquiler, pero ella me contestó que no le pasaría nada, que iba con John...

—¿El lacayo que entregó la nota de lady Amelia esta mañana? —Finalmente, la nota de Amelia había llegado a casa de los Kirkwood, pero John se había tomado su tiempo para entregarla. Lucas tenía la terrible sospecha de saber el motivo.

—Sí, John se marchó con ella en el coche de alquiler.

—¿Por qué se subió lady Amelia a un coche de alquiler? —preguntó Kirkwood.

—La señora insistió, señor. Nuestro carruaje tenía una rueda maltrecha, por lo que le ofrecí enviar a alguien a avisarle, lord Kirkwood, para que nos enviara su carruaje, pero ella me dijo que no me preocupara.

La historia iba tomando cada vez un cariz más preocupante. Un lacayo lento, de repente la necesidad de alquilar un carruaje, notas falsas... Algo grave sucedía.

Lucas se esforzó por no perder la calma. Necesitaba reunir más información; si no, no podría ayudar a Amelia.

—Ese coche de alquiler... ¿Fuisteis vos quién salió a buscarlo?

—No, fue John.

Claro.

—¿Qué aspecto tenía el carruaje?

—No me fijé, señor. Pero seguramente podremos darle alcance si salimos a buscarlo.

—Probablemente a estas horas ya esté fuera de la ciudad. Pomeroy ha visto la oportunidad de secuestrar a lady Amelia y no la ha dejado escapar —bramó Lucas entre dientes.

Mientras el mayordomo abría los ojos desmedidamente, Kirkwood le lanzó a Lucas una mirada escéptica.

—¿Se puede saber cómo diantre has llegado a esa conclusión? ¿Cómo crees que Pomeroy podía estar al corriente de nuestra cena...?

—El lacayo. Esta mañana. Dijo que se detuvo para ayudar a una anciana de camino a la mansión de los Kirkwood, cuando iba a entregar la nota de Amelia. Había algo en esa historia que no me acababa de convencer. —Intentó ahogar el pánico que ascendía por su garganta—. Ahora sé lo que era: debería de haberme cruzado con ese criado, cuando vine hacia aquí, pero no fue así; por lo tanto, John mintió. Lo que verdaderamente hizo fue llevarle la nota a Pomeroy, para que éste la leyera. Ese criado probablemente llevaba días espiando a lady Amelia.

—Podría ser otra persona, y no Pomeroy. —Kirkwood se aventuró a sugerir.

Lucas sacudió la cabeza enérgicamente.

—Pomeroy se marchó precipitadamente cuando llegué aquí esta mañana. Y la operación se ha ejecutado magistralmente, como si se tratara de una maniobra militar. No sólo la ha secuestrado... también se encargó de dejar la nota para no levantar sospechas hasta que él estuviera fuera de nuestro alcance. Pero no ha tenido en cuenta un detalle sumamente importante: que mi vanidad me llevaría a venir a buscarla. —Su pánico se transformó en una ira desmedida—. Además, el muy pérfido ha elegido una noche en la que la señora Harris se iba a ausentar de la casa. Probablemente contrató los servicios de John hace bastantes semanas...

—Eso significa que John no protegerá a mi señora. —Hopkins se dejó caer sobre la silla situada al lado de la puerta y hundió la cara entre sus manos, completamente abatido—. Todo es por mi culpa. Debería de haber insistido para que la señora esperara hasta que arreglaran la rueda del carruaje.

—Eso tampoco habría servido de nada. —Lucas apretó los puños—. Pomeroy estaba decidido a hacerla suya. Cuando los alcance, le arrancaré la piel a tiras a ese desgraciado.

Se volvió hacia la puerta, pero su primo lo detuvo con una mano.

—Si estás en lo cierto, entonces seguramente piensa llevarla a Gretna Green.

—Si eso es lo que tiene que hacer para casarse con ella, entonces lo más probable es que tengas razón. —Lucas se deshizo de la garra de su primo—. Y a diferencia de ti, no le importa si ella quiere o no casarse con él.

—Incluso en Escocia, la mujer ha de dar su consentimiento, o la ceremonia no es válida.

Lucas lo miró con el ceño fruncido.

—Ambos sabemos que un hombre puede forzar a una mujer de mil maneras distintas para que ésta dé su consentimiento.

Kirkwood se puso pálido.

—Es verdad. Y, si lady Amelia no aparece antes del amanecer, tendrá que casarse con él para proteger su reputación. Es difícil ocultar esta clase de escándalos, y a los ojos de la sociedad, pasar la noche con un hombre significa lo mismo que acostarse con él.

El estómago de Lucas se revolvió ante el pensamiento de que Amelia tuviera que casarse a la fuerza con el desgraciado de Pomeroy. Clavó la vista en el mayordomo.

—¿Me podéis prestar una montura para salir en su búsqueda?

—Será mejor que uses mi carruaje. —Kirkwood lo guió hacia la puerta—. Podrás viajar más rápido y ahorrar fuerzas para cuando tengas que enfrentarte con Pomeroy.

—Pero tú necesitarás el carruaje, si tú y la señorita Linley...

—Ya alquilaré uno. —Kirkwood lanzó al mayordomo una mirada furtiva, entonces esperó hasta que estuvieron fuera de la puerta antes de añadir—: El blasón de la carroza del vizconde que te hará tan buen servicio sólo ayudaría al padre de la señorita Linley a seguir mi rastro, a menos que quieras que vaya contigo.

Los dos bajaron las escaleras precipitadamente.

—No es necesario. —Lucas empezó a andar con paso presuroso por la calle—. Alguien ha de quedarse para informar a la señora Harris y a los padres de Amelia sobre lo que ha sucedido.

No dijeron ni una sola palabra más mientras recorrían la calle a toda velocidad. Pero cuando se acercaban a la casa de los Kirkwood y se dirigían hacia las escaleras de la entrada, su primo no pudo resistirse y comentó:

—Me sorprende que quieras hacer esto. Para ti, el hecho de que Amelia esté en poder de Pomeroy no supone nada más que una ventaja, ya que obligará al matrimonio Tovey a regresar a Londres. Podrías aprovecharte de la crisis para interrogar a Dorothy Frier.

Lucas clavó los ojos en su primo mientras entraban en la casa.

—¿Qué clase de soldado sería si me quedara impasible viendo cómo el desgraciado de Pomeroy arruinaba la honra de una mujer inocente?

Kirkwood esbozó una mueca de recelo.

—Pero ella es inglesa. ¿Por qué te importa tanto lo que pueda pasarle?

—Porque en parte soy responsable de su desgracia. —Lucas pensaba que si no hubiera empujado a Pomeroy, si no lo hubiera retado...

—No me queda más remedio que creer en tus palabras, aunque sospecho que ésa no es la única razón por la que deseas rescatarla.

Ignorando el comentario de su primo, Lucas se dirigió a toda prisa hacia las escaleras que conducían al piso superior.

—Tendré que ir armado.

Tras ordenar que prepararan el carruaje, su primo salió disparado detrás de él, escaleras arriba.

—Ten cuidado, Lucas. No puedes matar a un héroe de guerra inglés a sangre fría.

—No te preocupes. No pienso darle a tu maldito país la satisfacción de colgarme. —Pero tampoco pensaba permitir que Pomeroy hiciera daño a Amelia.

Con Kirkwood siguiéndolo de cerca, Lucas entró en su habitación y agarró el estuche con la pistola, luego, tras meditar unos instantes, asió también la espada y el rifle.

—Si no los alcanzas antes de mañana…

—Los alcanzaré esta noche. He de hacerlo. —Lucas abrió el estuche de la pistola y se aseguró de que disponía de la munición adecuada.

—Pero ¿y si no lo consigues?

Lucas lo miró con el semblante desencajado.

—No permitiré que ese bellaco arruine la honra de lady Amelia.

—Eso significa que…

—Lo sé —lo atajó Lucas—, que alguien deberá casarse con ella. —Salió al pasillo y bajó las escaleras de dos en dos—. Si no estoy de vuelta mañana, dile a todo el mundo que ella y yo nos hemos fugado.

Su primo lo siguió en silencio. Cuando llegaron al vestíbulo, Kirkwood dijo:

—Espera, Winter. Necesitarás algo más. —Salió disparado hacia su estudio, y Lucas lo siguió. Kirkwood sacó unas hojas de papel de un cajón y empezó a escribir.

—Para escapar sin ser descubiertos, la mayoría de las parejas que quieren fugarse viajan de día y de noche sin pernoctar hasta llegar a Gretna Green, así que tú tendrás que hacer lo mismo. Puesto que nadie querrá dar información sobre un héroe de guerra como Pomeroy a un desconocido, que encima es americano, aquí tienes una carta que te ayudará a aplanar el camino.

Mientras firmaba la carta y la marcaba con su sello, le lanzó a Lucas una sonrisa socarrona.

—Lo tendrás más fácil si te haces pasar por un joven noble inglés, así que no dudes en usar mi nombre tantas veces como lo creas conveniente.

—Gracias. —Lucas tomó los papeles de Kirkwood y enfiló hacia la puerta.

—¿Necesitas dinero? —preguntó Kirkwood.

Lucas se detuvo en seco.

—Tengo suficiente. Gracias por la generosidad que habéis demostrado tu madre y tú al permitir que me aloje en vuestra casa. Desde que he llegado, apenas he gastado nada de mis honorarios. —Clavó la vista en los papeles que Kirkwood le había entregado—. Primo, no sé… no sé cómo podré agradecerte todo lo que…

—Trae a lady Amelia de vuelta. Con eso me consideraré pagado de sobra. —Y entonces añadió, con los ojos brillantes—: Además, cuánto más uses mi título, más me ayudarás a despistar al padre de la señorita Linley cuándo éste salga en mi busca mañana.

—Buena suerte.

—Ten cuidado.

Con esas palabras todavía resonando en sus oídos, Lucas salió corriendo hacia el carruaje. Mientras el vehículo se desplazaba a toda velocidad por las oscuras calles de Londres, no consiguió borrar de su cabeza la nefasta frase que su primo había pronunciado.

«Pasar la noche con un hombre significa lo mismo que acostarse con él.»

Si traía de vuelta a Amelia sin que ella se hubiera casado, la reputación de la pobre muchacha se vería hundida para siempre. Jamás lograría casarse, y la sociedad la consideraría una paria, aún cuando Pomeroy no la hubiera tocado. Los padres de sus antiguas compañeras de escuela les prohibirían a sus hijas hablar con ella, por temor a que el escándalo fuera contagioso, y toda su familia tendría que vivir con esa vergüenza.

Lucas sabía algo sobre el hecho de vivir con vergüenza, y estaba absolutamente convencido de que no deseaba esa carga ni a su peor enemigo. Quizá a Amelia, tan amante de la aventura, eso no le importaría en absoluto, pero lo que ella seguramente no soportaría sería hacer daño a su familia. Y no poder hacer nada para remediarlo. Por eso no podía permitir que ella cayera en desgracia, no cuando había sido él quien había empujado a Pomeroy a actuar de ese modo tan ignominioso.

«Aunque sospecho que ésa no es la única razón por la que deseas rescatarla.»

Lucas apretó los puños y los emplazó sobre las rodillas. No, ésa no era la única razón. No podía soportar la idea de imaginar a Amelia entre los brazos de otro hombre cuando ella sólo podía ser…

Suya. Suspiró apesadumbrado. Definitivamente, había perdido el juicio si pensaba que Amelia podía ser suya. Su amante, su esposa. Compartir con ella el mismo lecho, su vida, su futuro. Aunque ella accediera a convertirse en su esposa, cuando descubriera lo que él pretendía realmente, jamás lo perdonaría. Y eso, ¿en qué situación lo dejaba?

Sin ella.

Esa posibilidad le provocó un intenso dolor en el pecho. Con la vista clavada en la ventana, se esforzó por no pensar en ello. De momento tenía que concentrarse en rescatarla; más tarde ya consideraría las consecuencias de su actuación.

Lucas sólo rogaba a Dios que consiguiera dar con ellos antes de que fuera demasiado tarde. Porque si los alcanzaba cuando Amelia ya se hubiera casado con Pomeroy, no le quedaría más remedio que matar a ese hombre.

Capítulo dieciséis

Querida Charlotte:
Quedo a la espera de vuestras noticias con un enorme interés, pero tengo la certeza de que vos, mi querida amiga, jamás actuaríais con negligencia. Quiero que sepáis que, a pesar de las circunstancias, estoy como siempre a vuestra disposición para ayudaros en todo lo que pueda.

Vuestro fiel servidor,
Michael

Amelia se sentía como agua discurriendo por encima de una roca, fluida, cambiante, su estómago revuelto a causa del ajetreo, sus párpados tan pesados... tan insoportablemente pesados. ¿Era otro de sus extraños sueños? ¿Como el del camello que se transformaba en un cocodrilo y defendía una tetera? ¿O el sueño del *xebec* con Lucas al pie del timón y Dolly maniatada en el mástil?

No, esto parecía demasiado... mundano para ser un sueño. Notaba el olor a aceite rancio y a cebollas, mezclado con una fetidez a sebo quemado y a cuerpos no aseados.

Los hedores penetraron en su sueño. Todavía necesitó otro segundo para darse cuenta de que alguien la estaba subiendo en brazos por unas escaleras y para oír un tumulto de voces a su alrededor. Sentía la boca tan seca como una bala de algodón. Tragó saliva, entonces abrió la boca para pedir agua... Y la volvió a cerrar. Beber era peligroso. ¿Cómo había llegado a esa conclusión?

Una voz cercana murmuró:

—¿No puedes ir más rápido? No quiero que se despierte antes de que lleguemos a la habitación.

Amelia conocía esa voz. Y también reconoció la voz que contestó tan cerca de su cabeza que le provocó un intenso dolor en las sienes.

—Lo siento, señor, pero voy tan rápido como puedo. La señora debe de pesar más de lo que aparenta.

Si la cabeza de Amelia no estuviera todavía girando como un tiovivo, le habría cantado las cuarenta a John por ese agravio. ¿Y se podía saber por qué su lacayo la llevaba en brazos?

Porque ya no era su lacayo. Era el lacayo de lord Pomeroy. Ésa era la otra voz que reconoció.

—Malditos provincianos —refunfuñó lord Pomeroy detrás de ellos—. ¿Cómo se atreve ese maldito posadero… a negarse a alquilarnos un caballo hasta mañana por la mañana?

—El mozo de las cuadras me ha comentado que su amo no quiere correr riesgos de noche. Por eso la posada está tan abarrotada. Ese bandido, conocido como El Azote Escocés, ha sido visto muy cerca de aquí.

—Y supongo que crees que debería de haberte hecho caso cuando pasamos por delante de la otra posada hace un rato, ¿no? Deberíamos habernos parado allí.

Un tenso silencio fue la respuesta.

Mientras la densa niebla se disipaba en su cabeza hasta convertirse en una mera neblina, Amelia empezó a recordar. El marqués la había raptado. Quería llevarla a Gretna Green. ¡Tenía que escapar!

Pero todavía notaba todo el cuerpo muy pesado. Sí, él le había suministrado láudano. Y la había atado.

Pero no se sentía como si estuviera atada. Sin embargo, prefería no dar un salto e intentar echar a correr, no en la escalera. Además, no podría escabullirse de John, ni mucho menos de lord Pomeroy.

¿Cuánto tiempo había estado dormida? ¿Qué hora era? Con un enorme esfuerzo, consiguió entreabrir los ojos lo suficiente como para ver las velas encendidas puntuando el camino a través de la oscuridad de la escalera. Gracias a Dios que todavía era de noche. Se escaparía de sus captores, y regresaría a su casa en Londres antes de que la señora Harris diera la voz de alarma.

Llegaron al piso superior. A través de la fina línea que se

abría entre sus párpados, Amelia divisó al posadero, que los había precedido y los esperaba en la habitación, ordenando a los criados que lo dispusieran todo.

—Aquí tenéis, señor —dijo el hombre, mientras John la llevaba hasta el interior de la habitación—. Vuestra esposa estará muy cómoda aquí,

¡Esposa! Por un momento le entró el pánico, pensando que no sólo no recordaba nada del viaje por culpa de la droga sino que ni tan sólo recordaba la ceremonia, mas luego recapacitó. Lord Pomeroy no estaría tan nervioso por intentar ir más rápido si ya se hubiera casado con ella.

John la depositó en la cama, y luego se dio la vuelta. Amelia estiró los músculos. Ahora estaba segura: no tenía ni los pies ni las manos atadas. Y no llevaba la capa puesta, por lo que su traje tan escandalosamente ajustado quedaba totalmente expuesto.

Tuvo otro momento de pánico, al recordar las palabras de lord Pomeroy sobre intentar que se sintiera más cómoda en el carruaje. Mientras ella dormía, él la había desatado y le había quitado la capa. ¿Había hecho algo más? ¿La había tocado? ¿La había manoseado?

¿Desflorado?

No lo sabía. ¡Por todos los santos! Notaba el cuerpo de un modo extraño, completamente distinto. ¿Era por culpa de la droga? ¿O por algo más?

Se esforzó por no perder la calma. Ahora, lo único que importaba era escapar.

Mientras el marqués y John hablaban con el posadero y con los criados, Amelia estiró las piernas. Ya no las sentía tan pesadas, y el hecho de que no estuviera atada era otro punto a su favor. Lord Pomeroy la había sometido la primera vez por sorpresa, pero nunca más. No cuando se quedaran solos.

Sin embargo, necesitaba un arma. Con los ojos entornados contempló todo lo que tenía más cerca. Sólo vio una almohada; no, eso no le serviría de nada, a menos que ese maldito idiota no decidiera tumbarse y ella pudiera asfixiarlo sin piedad.

Giró la cabeza. Había una mesita de noche a escasos centímetros, y sobre ella, un cántaro de peltre. No era ideal, pero como arma le serviría.

—Os enviaré a vuestro lacayo de vuelta con la cena tan pronto como esté lista, señor —decía el posadero—, y un poco de caldo para vuestra pobre esposa enferma. Os aseguro que estará la mar de cómoda en nuestra...

—Muy bien, gracias. —Impacientemente, lord Pomeroy apremió al hombre y a los criados para que salieran de la habitación, incluyendo a John.

Amelia cerró aprisa los ojos, y notó cómo se le encogía el corazón cuando oyó que él echaba el cerrojo a la puerta. Sólo tenía que darle un golpe certero para disponer de tiempo suficiente para volver a abrir esa puerta.

—Y ahora, mi ángel —murmuró él—, ha llegado el momento del refresco. No queremos que te despiertes antes de la boda, ¿no?

El corazón de Amelia latía de forma desbocada cuando lo oyó rebuscar algo en su maldita bolsa de provisiones. Era ahora o nunca, antes de que John regresara. Cuando lord Pomeroy se inclinara sobre ella para hacer que bebiera la poción, le atizaría un buen golpe en la cabeza con el cántaro.

Oyó cómo se acercaba a la cama, pero cuando ella se preparaba para atacarlo, en la puerta sonaron unos golpes.

—¿Quién es? —inquirió Pomeroy.

—La cena, señor —una voz camuflada respondió desde el otro lado de la puerta.

¡No! Amelia quería gritar a viva voz. ¿Cómo podía ser que John regresara tan pronto?

Pero se acabó. Ya había tenido más que suficiente. Abrió los ojos al tiempo que lord Pomeroy se dirigía hacia la puerta. Tendría que hacerlo de todos modos; quizá no hallaría otra oportunidad. Las manos del lacayo estarían ocupadas, sosteniendo la bandeja de la cena, y lord Pomeroy estaría concentrado en abrir la puerta.

Entre el golpe que le atizaría a ese energúmeno y el chillido que pensaba soltar a continuación para alertar a la gente, posiblemente conseguiría su libertad. El marqués se vería en un grave apuro al intentar convencer al posadero de que ella estaba enferma, cuando la vieran de pie, blandiendo un cántaro y gritando como una posesa.

Cuando escuchó el ruido del cerrojo, Amelia aprovechó para levantarse de la cama sin que él la oyera y se le acercó sigilosamente por detrás. Cuando él abrió la puerta, asió el cántaro y se pegó a la pared que había al lado derecho del general para que John no pudiera verla cuando entrara.

—¡Vos! —bramó lord Pomeroy. Ella se quedó helada.

El marqués retrocedió, y entonces Amelia comprendió el porqué. Lucas estaba entrando, empuñando una espada que apuntaba directamente a la garganta de lord Pomeroy.

Su corazón dio un vuelco de alegría. ¡Lucas había venido a rescatarla! A pesar de los riesgos, a pesar de lo que probablemente eso significaría para su plan. Él había venido a salvarla. ¡Cómo ansiaba echársele al cuello y llenarlo de besos!

—¿Dónde está? —Lucas echó un vistazo detrás de lord Pomeroy, a la cama vacía.

—Demasiado tarde —proclamó el general, mientras Lucas lo obligaba a recular para poder cerrar la puerta sin quitarle el ojo de encima.

—¿Demasiado tarde? —susurró ella.

El marqués giró de golpe la cabeza, y se mostró sorprendido cuando la vio de pie, con el cántaro en la mano.

Al oír su voz, la dura expresión de Lucas se transformó en alivio, pero no apartó la vista de su adversario.

—¿Estás bien, Amelia?

—Sí. No… No lo sé. Me drogó con láudano, y me acabo de despertar. Podría haberme hecho cualquier cosa mientras dormía.

—¡Yo jamás os haría daño! —Lord Pomeroy hizo un movimiento como si quisiera ir hacia ella, pero Lucas lo obligó a retroceder con la espada. El marqués miró a Lucas con rencor—. Y jamás se me ocurriría abusar de una mujer mientras está dormida.

—Entonces, ¿por qué habéis dicho que es demasiado tarde? —preguntó ella.

—Es demasiado tarde para salvaguardar vuestra reputación —contestó él con un tono airado—. A eso me refería.

Amelia irguió la barbilla.

—No es demasiado tarde. —Desvió la vista hacia la ventana; todavía era de noche—. Sólo han pasado unas pocas horas. Si Lucas y yo nos marchamos ahora, todavía estaremos a tiempo de regresar a Londres antes de que nadie descubra lo de mi desaparición.

Un silencio espectral inundó la estancia. Lord Pomeroy tenía un aspecto claramente incómodo, y Lucas carraspeó antes de lanzar una grosería entre dientes.

—Lo siento, Amelia. —A pesar de que Lucas seguía con los ojos clavados en Pomeroy, de su tono de voz se desprendía un doloroso remordimiento—. Intenté daros alcance antes, pero no conozco bien estas rutas, y tuve que hacer varias paradas para preguntar por Pomeroy…

—¿Qué estás intentando decirme? ¡Vamos, habla! —lo apremió ella.

—Han pasado dos días desde que desapareciste.

—¡Dos días! —Ella lo miró confundida—. ¡No es posible! Tendría que haberme… —Pero ahora, mucho más lúcida, separó los sueños tan extraños que había tenido de lo que recordaba con algunas lagunas. La habían obligado a beber más de una vez, la habían sacado del carruaje varias veces, había entreabierto los ojos en el carruaje cuando todo estaba demasiado iluminado como para ser de noche…

—¿Lo veis? —dijo lord Pomeroy, con un tono apaciguador que lo único que consiguió fue enfurecerla más—. Quedaríais deshonrada si regresáramos sin casarnos. La única forma de salvar vuestra reputación es casándoos conmigo.

—¿Casarme con vos? —Ella avanzó hacia él, blandiendo el cántaro mientras el agua lo salpicaba todo a su paso—. ¿Casarme con vos? ¿Cuando habéis arruinado mi reputación? ¡Maldito…! —Encolerizada, le atizó en un brazo con el cántaro—. ¿Cómo os habéis atrevido a drogarme durante dos días? —Luego le atizó en el otro brazo—. ¡Quién sabe lo que habréis hecho conmigo mientras dormía!

El general levantó los brazos para cubrirse la cabeza.

—¡No os he tocado! ¡Os lo juro!

—Entonces, ¿dónde está mi capa? —espetó ella.

—Os la quité sólo para que pudierais dormir más cómodamente, mi ángel…

—¡No volváis a llamarme así! —Le asestó otro golpe en medio de sus brazos cruzados, mientras las lágrimas empezaban a empapar su rostro—. ¡Nunca he sido vuestro ángel! —Con la cara llena de lágrimas, volvió a asestarle otro golpe—. ¡Jamás seré vuestra esposa! —Las lágrimas seguían deslizándose por sus mejillas, y Amelia se las secó furiosamente con el dorso de la mano—. ¿Cómo habéis podido? ¡No teníais derecho!

—Ya basta, Amelia. —Lucas se le acercó por detrás para agarrarla por la cintura con su mano libre—. Ya está; ya te has desahogado.

Mientras la apartaba del marqués, ella le lanzó el cántaro a su captor.

—¡Jamás os perdonaré por esto! ¡Jamás!

Lucas apretó más el brazo alrededor de su cintura, atrayéndola hacia él, y relajó el brazo con el que empuñaba la espada al tiempo que empezaba a retroceder en dirección a la puerta.

—Tenemos que irnos.

—¡No! ¡Por favor! ¡Esperad! —imploró lord Pomeroy. Apartó las manos de su rostro para mostrar sus facciones enrojecidas y sus greñas revueltas—. Sé que ahora estáis enfadada, lady Amelia, pero si no os casáis conmigo, jamás podréis volver a pasear entre la gente con la cabeza erguida.

—¡No me importa! —gritó ella—. ¡Prefiero vivir el resto de mi vida como una solterona deshonrada que casarme con vos, señor!

—Lady Amelia no tendrá que sufrir ninguna deshonra —terció Lucas con firmeza—. Porque se casará conmigo.

Por un momento, Amelia sintió una fuerte opresión en el pecho.

¿Él se casaría con ella? ¿De veras? ¿Sólo para protegerla del escándalo? ¡Ese hombre era una joya!

Entonces la realidad le asestó un duro golpe de repente. ¿Y si no lo hacía para protegerla? ¿Y si pensaba que eso le ayudaría a realizar progresos en su investigación?

Amelia tragó saliva. No sabía el motivo; pero podía utilizar esa declaración para asegurarse de que lord Pomeroy no intentaría raptarla nunca más.

—Sí —asintió ella—. Me casaré con Lucas.

—¿Con un americano? —exclamó lord Pomeroy escandalizado—. ¡Pensad bien en lo que vais a hacer!

El marqués se dispuso a avanzar hacia ellos, pero Lucas lo detuvo con su espada.

—Si le ponéis un dedo encima a lady Amelia, os lo haré pagar muy caro. Pero de todos modos, no saldréis indemne de ésta. Pienso llevaros hasta los tribunales…

—No, no lo haréis —intervino Amelia rápidamente, aunque las fieras palabras de Lucas habían conseguido ponerle la piel de gallina. Quizá sí que él la quería, después de todo—. Ningún juez aceptará la palabra de un soldado americano contra un noble inglés acerca de lo que ha sucedido. Lord Pomeroy tiene al público de su lado. Y si finalmente consiguierais que lo juzgaran, perderíais el apoyo de vuestro gobierno. Y mi familia se vería sumida en la vergüenza. Así que olvidaos de esa posibilidad. Y ahora será mejor que nos vayamos.

—No os podéis marchar con él —protestó lord Pomeroy, lanzando a Amelia una mirada de indignación—. Ese tipo sólo quiere vuestra fortuna, ¿acaso no lo veis?

—Puede quedarse con mi fortuna, si eso es lo que quiere. —Amelia no se fijó en que Lucas se ponía tenso de repente—. Antes que casarme con vos, me casaría con cualquiera, con cualquiera, ¿me habéis oído?

Lord Pomeroy estaba visiblemente consternado.

—Dadme una oportunidad, sólo una, para demostraros que puedo haceros feliz. Sé que en el fondo me queréis.

—Entonces, ¿por qué os invité a tomar ese purgante el día que estabais con el carruaje aparcado delante de mi casa?

Amelia tenía que acabar de una vez por todas con la enajenación mental que demostraba ese individuo. Actuar con tacto y con evasivas no había servido de nada.

—Fui yo quien ordenó que os lo dieran, no la señora Harris. Estaba desesperada por librarme de vos.

Cuando el general la miró confundido, ella sintió pena por un momento, pero entonces recordó lo que ese desgraciado le acababa de hacer y notó cómo se reafirmaba en su determinación de abrirle los ojos a ese chiflado.

—No soy un ángel. ¿De verdad creísteis que elegiría a un

esposo tan viejo como mi padre en lugar de a un joven viril como el comandante? ¿Que desearía casarme con un hombre al que tendría que dedicar todos mis cuidados a lo largo de su inminente vejez? ¿Un hombre que ha de tomar opio para…?

—¡Ya basta! —De repente, lord Pomeroy aparentaba tener más de cincuenta años. Intentó mantenerse erguido con dignidad, aunque sus greñas enmarañadas y su abrigo arrugado le conferían un aspecto miserable—. Tenéis razón… No sois la mujer que pensaba. Creía que teníais discernimiento y un buen corazón, pero veo que estaba equivocado.

—Ella ha sido más buena de lo que os merecíais —murmuró Lucas entre dientes.

Por suerte, lord Pomeroy no lo oyó.

—Haced lo que os plazca, entonces, señora. Casaos con un bribón. No os detendré.

—No, tendréis que hacer algo más que eso. —Lucas blandió la espada—. Tendréis que mantener la boca bien cerrada sobre toda esta historia, ¿me habéis entendido? Lo único que sabéis es que lady Amelia y yo nos hemos fugado. Mi primo se ha encargado de difundir esa patraña por Londres, así que ayudadme. Si decís algo distinto…

—Lo comprendo, señor —lo cortó lord Pomeroy en ese tono pomposo que Amelia tanto odiaba—. No os contradeciré.

—Perfecto. —Pero Lucas no bajó la espada. En lugar de eso, soltó a Amelia—. Abre la puerta, querida. Y asegúrate de que el pasillo esté despejado.

Ella se apresuró a hacer lo que él le pedía, pero cuando abrió la puerta se encontró con una pistola que apuntaba directamente hacia su pecho. John había regresado.

El lacayo le hizo un gesto para que retrocediera.

—Tenemos un problema, Lucas —dijo Amelia lentamente.

—Soltad la espada y separaos de mi señor —le mandó John, luego apuntó directamente a Lucas por la espalda—. A menos que no deseéis terminar vuestros días aquí mismo.

—Baja la pistola, John —ordenó lord Pomeroy—. El comandante y lady Amelia ya se iban.

John parpadeó.

—Pero señor…

—¡Baja la pistola ahora mismo, John!

Cuando John hizo lo que el marqués le indicaba, Lucas enfundó la espada.

—Gracias, general. —Se precipitó hacia la puerta, agarrando a Amelia por el brazo para llevársela con él—. Una decisión muy inteligente.

Los labios de lord Pomeroy se retorcieron en una mueca de asco.

—Buena suerte, comandante. La necesitaréis, con una esposa tan fiera como ésa.

—Como si no lo supiera —murmuró Lucas mientras la pareja se apresuraba a salir al pasillo.

Ya en el pasillo, Amelia se zafó de su brazo y lo adelantó por las escaleras con porte airado.

—No os preocupéis, señor —espetó colérica—. No os obligaré a tener que soportar mi presencia ni un momento más de lo que sea necesario. Tan pronto como lleguemos a Londres...

—Cálmate, bonita. —Habían llegado al rellano del piso inferior, y él volvió a deslizar el brazo para rodearla por la cintura—. Sólo estaba bromeando.

—Pero yo no. Sé que sólo dijiste eso de casarte conmigo para...

—¡Señora! ¡Ya estáis bien! —exclamó una voz desde el umbral de la puerta. Era el posadero, que la miraba con cara de sorpresa.

—Vuestra posada ha sido el escenario de una cura milagrosa. —Mientras Lucas la empujaba hacia la puerta, ella añadió con evidente rabia—: Es increíble cómo puede mejorar la salud de uno cuando le sacan la soga del cuello.

Un carruaje apareció delante de la puerta. Amelia casi no tuvo tiempo de reconocer el blasón de la familia Kirkwood antes de que Lucas la ayudara a subir.

—A Gretna Green —le ordenó él al cochero, y luego entró detrás de ella.

Cuando el carruaje se puso en marcha, ella se dejó caer en el asiento con una rabia todavía visible. Todo lo que quería en ese momento era encontrar una posada sin Pomeroy a la vista, disfrutar de un buen ágape y de un baño caliente, y pasarse unos minutos sin pensar en el terrible futuro que tenía por delante.

Pero estaba claro que Lucas no le permitiría gozar de ese privilegio, todavía. Antes tendría que poner todas las cartas sobre la mesa y esperar a que él reaccionara con sentido común, cuando ella lo hiciera.

—No tiene sentido ir a Gretna Green, Lucas. A pesar de lo que le dijiste a Pomeroy, no pienso casarme contigo.

Lucas lanzó el sombrero en el asiento, y luego la miró con el ceño fruncido.

—¿Por qué no?

—Porque sé la verdadera razón por la que quieres casarte conmigo.

Su rostro viril se ensombreció.

—Si crees que tu fortuna me importa lo más mínimo…

—No. Es por Dolly. —Amelia suspiró lentamente—. Sé por qué estás en Inglaterra. Por eso quería hablar contigo en casa de los Kirkwood. Estás aquí para encontrar a Dorothy y a Theodore Frier.

Mientras Lucas la miraba boquiabierto, ella cruzó los brazos sobre el pecho.

—Y con honra o sin ella, me niego a dejar que te cases conmigo sólo para que puedas culminar tu investigación.

Capítulo diecisiete

Querido primo:

Tengo que avisar a los padres de Amelia. Todavía no tenemos noticias de los North. Y, para colmo, ha estallado ese escándalo sobre la señorita Linley y lord Kirkwood. Supongo que no debería de sorprenderme, pero pensaba que ese muchacho tenía más sentido común como para ser capaz de huir de un modo tan precipitado después de que su primo saliera en busca de lady Amelia. ¿En qué estaría pensando ese chico?

Vuestra profundamente consternada amiga,
Charlotte

Mientras Lucas mantenía la mirada fija en la boca amotinada de Amelia y en su pequeña barbilla altiva y en sus ojos destellantes, pensó que jamás volvería a revivir el indescriptible gozo y alivio que había sentido al encontrarla ilesa. De repente, la rabia se apoderó de él.

No se detuvo a pensar cómo había averiguado lo de los Frier, ni desde cuándo lo sabía. Estaba demasiado furioso para eso.

—Entonces, ¿crees que estoy aquí por Dolly?

Amelia debió de darse cuenta del tono amenazador de su voz, porque irguió la barbilla todavía más.

—¿Y no es así?

Lucas se inclinó hacia delante para retarla con una mirada extremamente dura.

—¿Piensas que he viajado dos días, sin repostar de noche, sin dormir, sin comer, imaginando que en cualquier momento podía encontrarte violada por ese desgraciado, por tu madrastra? ¿Porque pensaba que eso me ayudaría a avanzar en mi investigación?

Amelia pestañeó.

—Bueno… sí. —Su expresión se suavizó—. No me malinterpretes, Lucas. Te estoy sumamente agradecida por haber venido a rescatarme. Pero sé que en Londres sólo pretendías cortejarme para averiguar más cosas sobre mi madrastra. Así que no es necesario que continúes con esta farsa hasta el punto de casarte conmigo, por el amor de Dios.

Su declaración consiguió hacer que Lucas recapacitara. Si ella sabía que el cortejo no era real, entonces eso quería decir que hacía tiempo que sabía lo de su investigación. Lo cual significaba que ella, también, había estado fingiendo un interés hacia él.

—¿Qué es exactamente lo que crees saber acerca de los Frier? ¿Y desde cuándo lo sabes? —le preguntó él con una voz sepulcral. Estaba claro que no podían continuar hablando si él no confirmaba esos puntos.

Amelia suspiró.

—Desde el momento en que te conocí.

Lucas se quedó pensativo, entonces soltó una grosería en voz alta.

—Así que la noche del baile te metiste en mi habitación.

Claro, ahora lo entendía. Por eso se había comportado como una calientabraguetas, para desviar su atención y que no averiguara que había metido las narices en sus papeles. Y ahora, Dorothy y Theodore Frier debían de estar probablemente de camino a la India o a Jamaica.

—Vi tus notas sobre todas las Dorothy —continuó ella—, y reconocí el nombre que usaba Dolly antes de casarse con papá. Algunos de los detalles parecían casar perfectamente con ella, y parecía que la estabas investigando, por lo que decidí descubrir el motivo.

Lucas la miró fijamente.

—¿No se lo has dicho? ¿Ni tampoco a tu padre?

—No quería preocuparlos hasta que no tuviera más información.

Él lanzó un prolongado suspiro.

—Pero el día del secuestro, averigüé por... un amigo de la señora Harris por qué buscabas a Dolly. O, más bien, a una mujer como ella.

—¿Ah, sí? ¿Y qué te contó ese amigo?

—Que la Infantería de Marina americana te había encargado capturar a un estafador llamado Theodore Frier. Y ya que estás buscando a una mujer que se llama Dorothy Frier, supongo que piensas que están relacionados.

—Están casados. —Lo mejor era contarle la verdad... o la mayor parte de ella. Definitivamente no deseaba que ella supiera ciertos detalles—. Theodore Frier había sido un honrado trabajador de una naviera durante cinco años cuando empezó a robar fondos de la empresa. Para hacerlo, falseó varios documentos, y nadie en el banco ni en la compañía cuestionó su autoridad. Hasta que un día Frier desapareció.

Lucas desvió la vista hacia la ventana y contempló el desolador paisaje del norte de Inglaterra, escasamente iluminado por la tenue luz del alba que empezaba a despuntar por el horizonte.

Procuró continuar con un tono sosegado.

—Más tarde descubrí que Theodore Frier había recibido varias cartas de una tal Dorothy Frier unos meses antes. La última llegó justo el día en que él desapareció. Por lo que parece, esa carta lo agitó de tal manera que cogió el dinero y se fugó a Rhinebeck. Desde allí, él y Dorothy huyeron a Canadá. Ella lo presentó a todo el mundo como su esposo, Theodore Smith.

—Pero ves, ahí es donde estás confundido. Mi Dolly es la viuda de Obadiah Smith.

Lucas volvió a mirarla a los ojos.

—Eso es lo que tú dices.

—Dolly no es Dorothy Frier, te lo aseguro. Ella jamás llevaría la clase de vida que tú describes, y nunca aceptaría involucrarse en una estafa...

—¿No? Ha estado en Canadá; tú misma lo admitiste, a pesar de que intentaste encubrirlo. La fecha de su llegada a Inglaterra también coincide, tiene el aspecto de Dorothy, y llegó aquí con una fortuna.

—¿Cómo sabías lo de la fort...? —Amelia se quedó callada

unos instantes—. No lo sabías, ¿verdad? No hasta que yo lo admití.

—Estaba prácticamente seguro —respondió él.

Ella irguió la barbilla.

—Dolly recibió esa fortuna de su esposo, que era un mercader.

—En Boston, ¿verdad? Pues me apuesto lo que quieras a que si le preguntas verás cómo no sabe nada de Boston. ¿Y no te parece un poco extraño que su esposo la llevara a los mismos sitios a los que Theodore llevó a su esposa? Una mujer que encaja con la descripción de Dorothy Frier…

—¡No me importa lo que digas! ¡No es Dolly! Mi madrastra es la criatura más tímida que existe sobre la faz de la Tierra. Que tenga el mismo nombre que la esposa del delincuente al que persigues es sólo una desafortunada coincidencia.

—Entonces convénceme —espetó él—. Dime la verdad acerca de ella. —De repente, Lucas creyó comprenderlo todo—. Desde el principio me has estado contando mentiras para despistarme, ¿no es cierto?

—¡No! Bueno… al principio algunas. Únicamente para ver cómo reaccionabas. De ese modo podría averiguar si ella era la mujer que andabas buscando.

—Para que pudieras ir corriendo a Devon y avisarla, ayudarla a escapar.

—Sólo si tenía la certeza de que te equivocabas. Por eso quería hablar contigo en casa de los Kirkwood, para aclarar de una vez por todas que ella no es la persona que buscas.

Por eso Amelia se había mostrado tan enojada durante la recepción con sus amigas, porque finalmente había comprendido que él era su enemigo.

Y él que pensaba que era por lo que habían hecho en el *xebec*. Contrariado, lanzó un bufido. ¡Menudo imbécil estaba hecho! Realmente, lady Dalila hacía justicia a su nombre, usando su pequeño y dulce cuerpo para enredarlo de ese modo mientras ella intentaba descubrir la verdad. Eso significaba que los besos y las caricias que Amelia le había dado eran falsos.

¿O quizá se equivocaba? Amelia no era exactamente una mentirosa demasiado avezada. No había podido mantener su papel de coqueta bobalicona por más de un día. Y ahora que caía en la cuenta, cuando empezaron a acariciarse en el *xebec*, ella no mencionó a Dolly ni una sola vez.

¿Qué podía deducir Lucas de todo ello?

—Así que tus flirteos, la forma en que aceptaste mis atenciones… era sólo un pretexto para sonsacarme información. ¿Es eso lo que intentas decirme?

—Tú hiciste lo mismo. —La voz de Amelia se transformó en un susurro grave cuando él clavó los ojos en la ventana—. No hice nada que no hicieras tú.

—Ah, pero mis besos eran sinceros, bonita; cada uno de ellos.

—Mentiroso. —Le lanzó una mirada fiera, y el dolor que Lucas vio en esos ojos le hicieron comprender todo lo que necesitaba saber—. Todos tus malditos besos han sido fingidos.

—Estoy aquí, ¿no es así? —declaró él lentamente—. Y en contra de las ideas descabelladas que se te hayan podido meter en la cabeza, no es por Dolly. Créeme, si quisiera beneficiar mi investigación, me habría quedado en Londres hasta que ella y tu padre hubieran aparecido, y finalmente podría haberle echado el guante. Pero en lugar de eso, salí en tu busca. ¿Y sabes por qué?

El labio inferior de Amelia empezó a temblar.

—¿Por qué?

Lucas soltó un bufido.

—Porque no podía soportar la idea de que Pomeroy te violara. No cuando, encima, él te secuestró por mi culpa.

—¿Tu culpa? —Ella esgrimió una mueca de desconcierto—. ¿Por qué piensas eso?

—Si no me hubiera sentado en las escaleras de tu casa para provocarlo cada día, quizá él no habría adoptado una actuación tan drástica.

Una triste sonrisa se dibujó en los bonitos labios de Amelia.

—Más bien creo que fue mi purgante lo que provocó el incidente.

—¿Qué era todo eso del purgante?

Cuando ella se lo explicó con evidentes muestras de estar avergonzada, él estalló en una fuerte risotada.

—¡Así que ése fue el motivo por el que salió corriendo de tu casa antes de la recepción! Entonces, lo acepto, bonita: la culpa es tuya.

—¡Se lo merecía!

—Sí, pero recuérdame que jamás te haga enfurecer. Entre la forma en que agitas un cántaro como si se tratara de una cachiporra y el modo en que solucionas tus problemas con purgantes, no quiero ser tu enemigo.

Su comentario hizo que Amelia recordara que él podía ser el enemigo de su familia.

—Así que… ¿realmente viniste a buscarme porque estabas preocupado por lo que me pudiera pasar? —le preguntó con la vista clavada en sus manos.

—No. —Cuando ella levantó la cara de repente y lo miró a los ojos, él añadió fieramente—: Vine porque estaba terriblemente preocupado por ti. Y eso no tiene nada que ver con Dolly o Theo Frier. —La miró fijamente—. Y te aseguro que ese par tampoco tiene nada que ver con el motivo por el que te llevo a Gretna Green. Casarse con una mujer para prosperar en una investigación va más allá de lo que se espera que un hombre haga por deber, incluso para mí.

—Entonces, estás actuando de este modo porque te sientes culpable y piensas que deberías salvar mi honra.

Lucas sacudió la cabeza.

—Lo hago porque estoy enamorado de ti.

Amelia contuvo la respiración y abrió mucho los ojos.

—Lo he estado desde el día en que te vi en casa de los Kirkwood. Intenté convencerme de que los besos y las caricias eran sólo una táctica para obtener el objetivo que perseguía, pero cuando nos quedamos solos en el *xebec*, te aseguro que mi investigación no fue lo que copaba mi mente, créeme. Y ese día de la recepción con tus amigas, cuando me amenazaste con que jamás volverías a besarme otra vez, sentí unas inmensas ganas de arrastrarte de vuelta hasta el estudio, tumbarte en el suelo, y hacerte el amor sin parar hasta que admitieras que tú también estabas enamorada de mí.

Lucas se inclinó hacia delante para tomarle las manos.

—Que Dios me ayude si me equivoco, Amelia, pero estoy

seguro de que tú también me quieres. Lo nuestro no ha sido únicamente un cúmulo de mentiras, ¿no es cierto?

—No —suspiró ella.

—Y si un hombre como yo se acuesta con una dama inglesa de noble alcurnia sin casarse con ella, provocará un escándalo terrible. Por todos los demonios, si incluso son capaces de colgarme. —Le lanzó una sonrisa burlona—. Así que... no me queda otra opción, ¿no?

—Como de costumbre —apuntó ella con un tono airado—, no te enteras de las normas por las que se rige la sociedad inglesa. Ahora que he quedado deshonrada, a nadie le importará si te acuestas con una dama inglesa de noble alcurnia. Todos pensarán que estaré más que encantada de convertirme en tu amante.

—No quiero una amante. —Cuando ella intentó retirar las manos, él las retuvo con más fuerza—. Cásate conmigo, Amelia.

—¿Y qué pasará cuando intentes llevar a mi madrastra de vuelta a América?

—Pensé que habías dicho que era inocente.

—¡Y lo es!

Lucas se encogió de hombros.

—Entonces no veo dónde está el problema. Me la presentarás, aclararemos toda esta cuestión, y cerraremos el tema. —Soltó las manos de Amelia sólo para obligarla a que se sentara en su regazo. Cuando ella lo miró con ojos sorprendidos, Lucas volvió a repetir—: Cásate conmigo, Amelia.

—No tienes que...

Él la atajó con un beso, un largo beso ardiente, con la finalidad de desmoronar todas sus objeciones. Sólo cuando la sintió temblando entre sus brazos, apartó los labios para murmurar:

—Cásate conmigo, bonita.

Cuando Amelia lo miró indecisa durante un momento que pareció interminable, él se dio cuenta, con el corazón en un puño, de lo importante que era su respuesta. En parte porque continuaba sintiéndose responsable del secuestro. Obviamente, el general estaba enamorado de ella.

Si no se hubiera sentido amenazado por Lucas, por la necesidad de salvarla de Lucas, Pomeroy probablemente se habría limitado a seguir insistiendo tanto como hubiera sido necesario hasta convencerla.

Pero el sentimiento de culpa no era lo único que había motivado la proposición de Lucas. La verdad era que ninguna mujer había conseguido nunca atraerlo de un modo tan irrefrenable como lo había hecho ella en esos escasos días. Jamás se había sentido tan cómodo charlando con una mujer, al lado de una mujer. Y sólo Dios sabía que no mentía cuando decía que la deseaba.

En el momento en que Amelia se diera cuenta de que él tenía razón acerca de su madrastra, en el momento en que ella descubriera toda la verdad acerca del desfalco, inevitablemente habría problemas, pero ya lidiaría con esa cuestión más tarde. Ahora sólo deseaba convencerla para que se convirtiera en su esposa.

—Dame una buena razón por la que debería casarme contigo —dijo ella finalmente.

Por el amor de Dios, Lucas ya le había dado un puñado de razones. Y si ella esperaba una declaración de amor, se quedaría esperando hasta el día del juicio final. No pensaba entregarle la llave para controlarlo.

Pero él sabía qué más podía ofrecerle para convencerla.

—Porque puedo darte más aventuras que ningún otro hombre que llegues a conocer, bonita.

Lucas supo que la había convencido cuando vio el brillo de excitación que apareció súbitamente en sus ojos.

—¿Cómo sabes que todavía anhelo aventuras? —preguntó ella conteniendo el aliento—. Después de la última, podría haber decidido que no quiero más.

Él se echó a reír.

—¿Tú? ¿Renegar de las aventuras? Jamás. Te desvives por una buena aventura como un pirata de Berbería se desvive por un botín.

Ella enarcó una ceja.

—Crees que me conoces muy bien, ¿no es así?

Lucas deslizó la mano por el cuello de Amelia y le acarició la nuca con el pulgar al tiempo que se inclinaba para rozarle los labios con su boca, jugando con ellos, pero sin llegar a besarlos.

Cuando él notó el pulso acelerado de ella y pudo sentir la respiración entrecortada que emergía de su boca, murmuró:

—Sé cómo excitarte, y eso es suficiente. —Continuó jugueteando con sus labios—. Así que, ¿qué decides, bonita? ¿Aceptar la oportunidad de casarte conmigo y descubrir un mundo de aventuras? ¿O ser una cobarde y vivir una vida aburrida, como una pobre solterona recluida en Torquay?

—Hay otra alternativa, ¿lo sabías? —Amelia respiró sobre los labios de Lucas—. Podría convertirme en la amante de un explorador y…

Lucas borró de un plumazo esa absurdidad con un beso tan fiero como los celos que ella le había provocado deliberadamente. Le dejó claro que la tercera alternativa no existía. Pero por si ella no lo había entendido, apartó los labios de ella para bramar:

—Nos casaremos. Te has quedado sin alternativas.

Amelia le propinó una sonrisa de autosatisfacción que haría que incluso la mismísima Dalila se avergonzara.

—De acuerdo. Pero primero quiero un baño caliente y comer y dormir una noche entera.

—Lo tendrás después de la boda.

Ella lo miró con recelo.

—Si piensas que aguantaré otro día sin…

—Otra hora, más o menos. ¿Por qué crees que Pomeroy estaba tan furioso? Sólo le faltaba un par de horas para llegar a Gretna Green.

Amelia lo miró boquiabierta.

—Y no le daré la oportunidad a que cambie de opinión y que venga a por ti, así que primero nos casaremos. Ya tendremos tiempo suficiente para desayunar y bañarnos y acostarnos luego.

La expresión de Amelia se suavizó cuando se inclinó para acariciar la mejilla de Lucas, con los ojos anegados de lágrimas.

—Gracias por venir a rescatarme. Sea por el motivo que sea.

—Ha sido un placer, bonita. —Lucas apretó los labios sobre su mano para besarla.

Pero cuando acto seguido él le besó la muñeca y el brazo, y continuó ascendiendo por su cuello, ella se levantó de su regazo riendo y se acomodó en el asiento de enfrente.

—No hasta que estemos casados, señor. Y, definitivamente, no hasta que me haya bañado y haya comido. Y pueda quitarme este maldito corsé.

Lucas clavó la vista en su generoso escote. Por primera vez se fijó en su provocativo vestido.

—¿Es eso lo que llevabas cuando Pomeroy te secuestró?

Aunque pareciera extraño, Amelia se ruborizó.

—Llevaba una capa por encima cuando entré en el carruaje, pero sí, me dirigía a casa de los Kirkwood con este atuendo, ¿por qué?

—Porque si hubieras aparecido en la cena vestida así, bonita, no habría podido mantener una conversación contigo sin intentar forzarte.

—Lo sé. —Amelia esbozó una sonrisa seductora—. Precisamente por eso lo llevaba, quería ponerte caliente, muy caliente.

A Lucas no le sorprendió su confesión.

—Mil rayos y mil centellas, Dalila, acabarás conmigo.

Amelia le lanzó una sonrisa seductora, se echó el pelo suelto hacia atrás y le mostró un mejor plano de su generoso escote. Y él se puso caliente. Y continuó en ese estado durante el resto del trayecto, hasta que llegaron a Gretna Green.

Capítulo dieciocho

Querida Charlotte:

Dudo que la erupción de fugas dañe la reputación de la escuela. No creo que nadie proteste por la boda de Kirkwood; es un muchacho de buena cuna. Pero la otra pareja sí que puede dar que hablar, eso si el comandante logra alcanzar a lady Amelia antes de que el marqués se case con ella.

Vuestro preocupado primo,
Michael

Se casaron en una capilla situada al lado de una posada en Gretna Green. La ceremonia fue oficiada por uno de los famosos herreros de la localidad que ejercían de curas, conocidos como los curas del yunque. Amelia intentó no pensar en su ultrajoso aspecto, embutida en ese traje de fiesta arrugado y en un corsé tan ajustado que sus pechos prácticamente se salían por el escote. Tuvo que pedir prestadas unas cuantas pinzas para recogerse el pelo, ya que había perdido las suyas durante las horas que pasó dormida y drogada. Pero al cura no pareció importarle su aspecto —sin duda, había visto a infinidad de novias con un aspecto parecido a causa del largo trayecto para llegar hasta allí— y celebró la boda como si se tratara de un acontecimiento de lo más normal y corriente.

Lo cual era cierto, lamentablemente. Con su desmedida sed de aventura, a Amelia le pareció que todo el proceso estaba más organizado de lo que esperaba. Primero, tuvieron que declarar su intención de casarse —Amelia se estremeció al pensar en el modo en que lord Pomeroy habría intentado conseguirlo—.

Luego pronunciaron sus votos. Ella dudó después de que el cura dijera: «¿Aceptas a este hombre como esposo, para vivir juntos en sagrado matrimonio? ¿Lo obedecerás, lo servirás, lo amarás, lo honrarás, y permanecerás junto a él en la enfermedad y la salud, y renunciando a todos los demás, le serás fiel hasta que la muerte os separe?».

¿Estaba loca al casarse con un hombre al que apenas conocía?

Entonces Lucas dijo: «¿Cariño?», en ese tono ronco y sensual que le erizaba todo el vello del cuerpo, y Amelia no dudó ni un momento más.

—Sí —repuso ella con firmeza.

No hubo largos sermones ni tomaron la Comunión; nada que se asemejara al usual servicio nupcial de la iglesia anglicana. Lo cierto era que apenas se parecía a una boda de verdad.

Hasta que el cura pidió que sacaran el anillo, y Lucas colocó uno de sus anillos en la mano izquierda de Amelia. El aro era demasiado grande para el dedo anular de Amelia, así que lo emplazó en el dedo corazón. El peso del anillo actuó como un potente recordatorio de su nuevo estado.

Nunca más se cuestionaría cómo sería su futuro, preguntándose qué país visitaría primero y si llegaría allí en un barco de pasajeros y mercancías, o en un navío rápido, o incluso en un camello. Su futuro dependía ahora inevitablemente en el hombre que estaba de pie a su lado, y apenas sabía nada de él, que Dios la ayudara.

Pero Lucas había salido a salvarla cuando nadie lo habría esperado, cuando el hecho de rescatarla afectaba directamente a sus planes. Así que seguramente debía de sentir algo por ella. No amor, puesto que él no había mencionado esa posibilidad, pero ¿un poco de afecto, quizá?

Y, ciertamente, un montón de... deseo. Eso era mucho más de lo que algunas mujeres obtenían de sus esposos. Por supuesto, ninguna de ellas tenía que preocuparse por si su esposo albergaba la intención de meter a su madrastra entre rejas. Pero Lucas había estado de lo más acertado cuando previamente había dicho: si Dorothy era Dolly Frier y había participado en el desfalco, se merecía ser apresada. Si no lo era, entonces Amelia no tenía nada que temer.

Además, con Dolly o sin Dolly, no podía pensar en ningún otro hombre con el que quisiera casarse. Ese pensamiento le ayudó a soportar el resto de la ceremonia con más serenidad.

Después de la boda, el cura del yunque se mostró de un magnífico humor, y los presentó a varias personas en la posada más cercana mientras ella y Lucas saboreaban un opíparo desayuno. Por lo visto, aunque las ceremonias de parejas que se habían fugado eran bastante comunes, las bodas entre un soldado americano y la hija de un conde no eran nada frecuentes.

El aire festivo que profesaban los huéspedes era contagioso, así que a pesar de que Amelia se sentía exhausta, se dedicó a contar varias historias sobre Londres. Incluso les habló de Venetia, su amiga escocesa, y para su sorpresa, le contestaron que habían oído hablar de lord Duncannon y de su misterioso atormentador, El Azote Escocés. Qué pena que no pudiera contarles nada sobre por qué ese bribón odiaba a ese lord.

Después del desayuno, Lucas alquiló una habitación en esa misma posada para pasar la noche.

—Partiremos hacia Londres mañana —le dijo a Amelia—. Ambos necesitamos descansar.

¿Descansar? ¡Ja! Los dos sabían que él no estaba pensando precisamente en descansar.

Sin embargo, cuando subieron a la habitación, Lucas observó sus movimientos cansados y le aconsejó que se fuera a dormir. Amelia insistió en antes escribir a Dolly y a papá para explicarles lo que había pasado, pero cuando terminó la carta, no le quedaba energía ni para tomar un baño. Intentó mantenerse firme de pie mientras Lucas empezaba a desvestirla. Amelia apenas podía mantener los ojos abiertos mientras él la despojaba de todo menos de la blusa y las enaguas.

—Quizá será mejor que duerma un poco —balbució ella, al tiempo que él la ayudaba a meterse en la cama y la tapaba con la eficiencia impersonal de un criado. Amelia se quedó dormida antes de que él apoyara la cabeza en la almohada.

Unas horas más tarde, Amelia se despertó con el resplandor del sol de última hora de la tarde que se colaba a través de la ventana. Había dormido tan profundamente que necesitó un momento para recordar dónde estaba. Pero el abrigo masculino colgado en una silla cercana y las botas alineadas con sus zapatitos de fiesta al lado de la puerta fueron suficientes para recordarle que ya no era lady Amelia. Ahora era la señora de Lucas Winter.

Pero ¿dónde estaba Lucas? Se volvió hacia la chimenea y vio a su nuevo esposo medio tumbado dentro de una enorme bañera de metal que antes no estaba emplazada allí. Tenía los ojos cerrados, y respiraba con calma, pero el agua todavía desprendía vapor, por lo que no debía de hacer mucho rato que se había quedado dormido.

Perfecto. Ahora tendría la oportunidad de averiguar si lord Pomeroy le había hecho algo mientras estaba bajo los efectos de las drogas.

Lo dudaba. Quizá la había acariciado, pero su corsé permanecía intacto, todavía terriblemente apretado, cuando Lucas se lo quitó. Pomeroy tendría que habérselo aflojado para poder manosear sus pechos, y luego le habría costado un enorme esfuerzo volver a dejarlo todo intacto.

Amelia tragó saliva. Pero el problema no era si el marqués le había manoseado los pechos. Sus enaguas tan finas le habrían permitido meter... lo que él hubiera querido dentro.

Drogada o no, ¿no recordaría si él le hubiera hecho eso? ¿No se sentiría diferente, dolorida o con un ligero escozor o algo parecido?

Sólo había una forma de estar segura. Se levantó la blusa con cuidado como si no quisiera despertar a Lucas y examinó sus enaguas con sumo detalle.

Entonces suspiró aliviada y relajó los hombros. No había ni rastro de sangre. No era posible que ese hombre la hubiera desvirgado sin que se hubieran manchado sus enaguas, así que todavía era casta. No le habría hecho la menor gracia acostarse con su nuevo esposo sin ser virgen, aunque no fuera por su culpa. Esa clase de cosas parecía molestar a los hombres.

Entonces, escuchó un extraño sonido; una clase de chapoteo rítmico. ¿Se había despertado Lucas? Amelia se sentó en la cama y lo observó. No, todavía seguía con los ojos entornados. Pero su respiración parecía haber cambiado, y ese sonido...

Se deslizó de la cama y se acercó a él con sigilo hasta que pudo ver que era su brazo el que se movía. Rítmicamente. Produciendo el chapoteo rítmico que ella estaba oyendo.

¡Pero si no estaba dormido! ¡Vaya bribón! En lugar de eso, estaba... acariciándose... en sus partes más íntimas.

A pesar de que el rubor se apoderó de sus mejillas, Amelia se acercó más a él. No tenía ganas de perderse el espectáculo.

Lamentablemente, no podía ver lo que pasaba bajo la superficie del agua cubierta por la espuma del jabón. Pero se dedicó a observar la parte del cuerpo que sobresalía del agua: unos hombros fornidos, capaces de satisfacer a la fémina más exigente... unos brazos musculosos, uno de ellos deliciosamente flexionado con cada golpe... y un pecho divinamente esculpido, cubierto con unos pequeños rizos de vello negro.

Pero a Amelia le molestó no poder ver el resto de ese maravilloso cuerpo, así que pensó que tendría que poner remedio a la situación.

—¿Disfrutando del baño, esposo? —bromeó ella.

Lucas se sobresaltó tan violentamente como un lacayo al que hubieran pillado dormido.

—¡Por el amor de Dios, Amelia! —Para sorpresa de ella, Lucas incluso se sonrojó cuando desvió rápidamente la vista hacia abajo para confirmar si su «espada» estaba adecuadamente oculta—. No vuelvas a acercarte tan sigilosamente a un hombre.

—Estabas decidido a iniciar la noche de bodas sin mí, ¿no?

—¿Qué haces despierta? —refunfuñó él—. Suponía que dormirías durante un buen rato. Si no, no habría decidido tomar un baño. Pensé que sería mejor usar el agua antes de que se enfriara.

Ella estalló en una sonora carcajada.

—Sí, ya veo que estabas haciendo un buen uso del agua de la bañera.

Finalmente él se dio cuenta de lo que ella había visto. Carraspeó inquieto.

—Sólo quería... calmar mi sed. Para facilitarte las cosas más tarde.

—Pues no te preocupes; no pienso interrumpirte —contestó ella con un tono divertido—. Pero incorpórate un poco. Quiero verte.

Él parpadeó.

—¿Que quieres qué?

—Ver cómo meneas tu «espada». ¿Por qué no? Ahora estamos casados.

Lucas desvió la mirada hacia un lado y se pasó los dedos por el pelo mojado.

—Es cierto. Tiene razón —farfulló para sí mismo, como si estuviera pensando en algún plan—. Quizá no sea una mala idea.

—¿Puedes repetirlo, Lucas? Es que no te he oído.

Él depositó nuevamente la mirada sobre ella. Mientras la contemplaba con la ropa interior, sus ojos se ensombrecieron hasta adoptar un aire felino. Entonces sus labios se curvaron en una mueca sensual que consiguió que Amelia se estremeciera.

—De acuerdo, puedes mirar. —Se incorporó un poco más, y depositó los brazos a ambos lados de la bañera—. Pero mi espada necesitará que la animes un poco, después del susto que le has dado.

—¿Qué clase de animación? —Amelia respiró.

Mirándola con unos ojos más ardientes que el fuego que chisporroteaba en la chimenea detrás de él, Lucas le ordenó con una voz gutural:

—Desabróchate la blusa.

—Ah, esa clase de animación. —De repente a Amelia le pareció que le costaba mucho respirar. Eso sí que era una aventura. Ella hizo lo que él le mandaba; se desabrochó la blusa con calma, saboreando el momento.

Cuando se la hubo desabrochado del todo, él le pidió en un tono ronco:

—Quítatela.

Amelia no necesitó que la alentara con ninguna palabra más. Sintiéndose terriblemente viciosa, se quitó la blusa para dejar sus pechos al descubierto. Pero la mirada hambrienta de Lucas sólo consiguió que ella quisiera más de él.

—Dijiste que podría mirarte —le recordó.

Lucas se levantó abruptamente del agua, y ella contuvo la respiración. La próxima vez que viera a Venetia, podría responder a la pregunta de su amiga sobre si el comandante tenía una espada digna de venerar. Oh, sí, definitivamente sí.

Su miembro sobresalía altivamente entre la maraña de pelo negro, tan gloriosamente erecto como una espada alzada en medio de una batalla. Amelia se lo quedó mirando con una curiosidad insaciable, maravillándose de lo larga y gorda que era, y de cómo se alargaba y se volvía más gruesa y más intimidadora bajo su ávida mirada. Y cuando él la agarró y la empezó a manipular con tanta facilidad como si estuviera bruñendo su verdadera espada, ella añadió el adjetivo «robusta» a sus cualidades.

—Muy bien, Dalila —musitó él, con la respiración cada vez más acelerada—. Tu turno. Las enaguas. Quítate… las enaguas.

Lanzándole lo que esperaba que fuera una sonrisa provocativa, Amelia empezó a desabrocharse las enaguas con una pasmosa calma.

—Más rápido, bonita —la apremió él, con el tono de un mandato por parte de un oficial.

—Muy bien, mi comandante. Lo que mandéis, mi comandante. Ahora mismo, mi comandante. —Las dejó caer al suelo.

El repentino silencio de Lucas habría podido alarmarla a no ser porque coincidió con unos movimientos más rápidos y agitados de su mano sobre su «espada».

—Mmmm… —murmuró él con la voz ronca, devorándola con la mirada, admirándola—. Tú sí que eres una exquisita pieza de orfebrería.

De repente, Amelia sintió una gran vergüenza, y soltó una risotada nerviosa.

—Si te atreves a decir eso después de que hace varios días que no me baño y tengo el pelo tan enmarañado que ni siquiera yo lo reconozco, entonces estoy segura de que serás un esposo perfecto.

Su mano dejó de moverse.

—Un esposo realmente desconsiderado, por querer acelerar los advenimientos. Deberías venir y bañarte, ahora que el agua está todavía caliente.

—Hay espacio para los dos, ¿no? ¿Por qué no nos bañamos juntos?

Una expresión de alarma atravesó fugazmente la cara de Lucas antes de asentir con la cabeza.

—Lo que consideres más cómodo para ti…

Se quedó unos momentos quieto, y luego se sentó de nuevo en la bañera. Lucas estaba actuando de un modo bastante extraño para tratarse de un hombre en su noche de bodas. Pero claro, ella no tenía ni idea de cómo actuaban los hombres en esas circunstancias. Quizá estaban tan nerviosos como las mujeres.

Amelia entró en la bañera, de cara a él.

—Date la vuelta y siéntate entre mis piernas —le pidió Lucas.

Ella obedeció. El agua todavía estaba agradablemente cálida, y con los dos dentro de la bañera, el nivel subió casi hasta alcanzar el borde. Amelia lanzó un suspiro de placer y sumergió la cabeza; el movimiento hizo que el agua se derramara por los bordes. Volvió a emerger y se apoyó en el pecho velloso de él.

El pene erecto se clavaba en la espalda de Amelia, pero Lucas se limitó a tomar la pastilla de jabón y empezó a lavarle el pelo, masajeando lentamente el cuero cabelludo con las yemas de los dedos. Cuando soltó el jabón, ella asió la pastilla y empezó a enjabonarse los hombros y las axilas.

Después de lavarle el pelo, él volvió a asir la pastilla de jabón.

—Deja que siga —murmuró con la boca pegada a su cuello.

Ella accedió. Y fue maravilloso, simplemente maravilloso.

Lucas empezó por sus pechos, enjabonándolos a conciencia. Con los largos dedos hizo maravillas con sus pezones, que rápidamente se pusieron duros como una piedra. Le besó el pelo, la oreja, el hombro. Pronto sus manos estuvieron por todas partes, enjabonándole la espalda y luego la barriga. Empezó a pasarle la pastilla de jabón por las piernas mientras que con su boca abierta le recorría el cuello, besándola, chupándola… calentándole la sangre hasta que Amelia la sintió más caliente que el agua de la bañera.

Ella le acarició las pantorrillas con ambas manos, subió hasta las rodillas, los muslos… Lucas lanzó un suspiro profundo cuando Amelia empezó a acariciar la parte interior de sus muslos.

—Tócame, por favor, Dalila —murmuró, besándola con fiereza en el cuello.

Los dedos llenos de jabón de Lucas se deslizaron entre las piernas de Amelia para acariciarla, primero con ternura, después con irreverencia. Ella le respondió acariciando sus muslos, encantada al sentir cómo su pene se ponía aún más duro en contacto con su espalda. A modo de represalia, Lucas le introdujo un dedo dentro, acariciándola con tanta efusión que Amelia empezó a jadear.

Entonces él se detuvo abruptamente. Plantó ambas manos en los bordes de la bañera, se levantó y salió fuera.

—Ven, vamos a la cama; estaremos más cómodos.

Ella rio mientras se enjuagaba para quitarse el jabón.

—Pues a mí ya me parecía bien.

Lucas no se atrevió a mirarla mientras se secaba con la toalla.

—Para ti será más cómodo en la cama.

—¿De veras? ¿Has encontrado una solución milagrosa para eliminar el dolor durante el proceso de desfloración?

Cuando Lucas le lanzó una mirada incómoda, ella se dio cuenta de que había algo más, en su extraño comportamiento. Y estaba bastante segura de que sabía el motivo.

Amelia sintió su garganta seca y tensa.

—Piensas que Pomeroy me ha desvirgado, ¿no? Eso es lo que te preocupa.

—No… sí… bueno, no sabemos realmente lo que te hizo, ¿no? —Apartando rápidamente la mirada de ella, Lucas se envolvió la cintura con la toalla—. Pudo haberte hecho cualquier cosa mientras dormías.

Ella negó efusivamente con la cabeza.

—Lo recordaría.

Él se apoyó en la bañera.

—Por el amor de Dios, Amelia, si ni siquiera recordabas que habías estado ausente dos días.

—¡No fue culpa mía! —protestó ella.

Él se volvió rápidamente y la miró con cara de estupefacción.

—Por supuesto que no fue tu culpa. Nada de esto ha sido por tu culpa. ¡No tiene nada con ver con eso!

Con el corazón compungido, ella se puso de pie y salió de la bañera, entonces asió una toalla con la que se tapó todo el cuerpo.

—Tiene mucho que ver, si realmente estás defraudado porque a lo mejor no soy casta…

—¡Defraudado! —Lucas la miró boquiabierto, y luego soltó

un bufido—. Por Dios, pero que imbécil que soy. Ése no es el motivo de... —Se acercó a ella y la rodeó con sus brazos—. No me preocupa si eres casta o no. —La besó en la sien, en la ceja, en el pelo—. Lo único es que no quiero hacerte daño.

Amelia se sintió invadida por una sensación de alivio.

—Pero eso es inevitable, si soy casta. Y si no lo soy...

—Si no lo eres, no quiero agravarlo más. —Le apresó la cabeza entre sus manos y la miró de un modo tan tierno que Amelia sintió una fuerte punzada de dolor en el pecho—. Ése hombre podría... haberte dejado magullada por dentro, y yo podría agravarlo si... —Sus facciones mostraron un puro remordimiento—. No puedo soportar la idea de que te drogara, de pensar que quizá te hizo daño. Tendría que haberlo evitado. Jamás deberías de haber pasado por una experiencia tan atroz.

—No me hizo daño, Lucas. —Ella estampó un beso sobre sus labios—. Creo que lo sabría, si lo hubiera hecho. —Se deshizo de su abrazo y se inclinó para recoger las enaguas—. No hay sangre, ¿lo ves?

—Algunas mujeres no sangran cuando son desfloradas.

—¿Cómo lo sabes? ¿Te dedicas a desflorar vírgenes a menudo?

—¡No! —Lucas reaccionó airadamente ante el insulto—. Lo he leído en un libro.

—¿Un libro? —Amelia se sintió mejor por un momento. Mucho mejor. Incluso le entraron ganas de reír. Tiró la toalla que cubría su cuerpo al suelo y se le acercó, esgrimiendo una sonrisa burlona—. ¿Lees libros para averiguar cosas sobre las mujeres? Qué curioso.

Lucas se la comía con los ojos, y la toalla que él se había anudado alrededor de la cintura no pudo ocultar el bulto emergente.

—Era... una revista médica...

—¡Ya! Excusas —siguió bromeando ella mientras se plantaba delante de él. Entonces agarró la toalla que cubría las partes íntimas de Lucas y la tiró al suelo.

—Pues yo creo que se trataba de alguna de esas ridículas colecciones de cuentos que algún inglés decidió reunir para excitar a...

Lucas la obligó a callar besándola con fiereza en la boca mientras que con sus brazos la rodeaba por la cintura y la atraía hacia él con una fuerza desmedida. Amelia lo rodeó por el cuello con sus manos y se entregó a él con un delicioso abandono, mientras él se ensañaba con su boca. Parecía que había pasado mucho tiempo desde la última vez que se habían besado, no sólo unas pocas horas, y esta vez ella deseaba obtener todo lo que fuera posible.

Lucas le dio a entender que ésa era también su intención, cuando la embistió con la lengua hasta lo más profundo de su boca. Procuraría ser lo más paciente que pudiera con ella, aunque eso lo matara de impaciencia. Todavía se sentía inseguro sobre las libertades que debía tomar, sobre hasta qué punto podía presionarla, pero viendo la respuesta tan entusiasta ante su beso, quizá no tendría que ir con tanto cuidado como temía.

La besó en los labios, en los párpados, en el pelo... esa sedosa mata de pelo que él encontraba tan deliciosa.

—Llévame a la cama. —Amelia respiró contra su mejilla—. Por favor, he esperado mucho tiempo para descubrir qué es lo que se siente al acostarse con un hombre.

—Haré lo que mi dama desee —proclamó él al tiempo que la levantaba entre sus brazos y la llevaba hasta la cama.

La dejó sobre el lecho, luego se quedó unos momentos inmóvil sólo para deleitarse con la visión de ese cuerpo divino. Contempló la sonrisa de gatita en sus labios, ese cuello de cisne con la piel tan delicada que él sólo soñaba con devorar, sus pechos dulcemente erectos que le habían hecho perder el sentido en el *xebec*.

Saltó sobre la cama, y le apartó las piernas para arrodillarse entre ellas mientras contemplaba su tersa barriga y la piel fina de sus muslos. Y lo que había en medio de ellos, abierto, esperando. Esperándolo a él.

Por un instante el terror se apoderó de él. Qué responsabilidad más terrible... hacerlo justo después de lo que Pomeroy le hubiera podido hacer, y además, intentando allanar a Amelia el paso de virgen a esposa. Si no actuaba con delicadeza...

—¿Lucas? —lo apremió ella con una voz gutural que hizo que sus piernas temblaran como un flan.

Y el deseo fue más fuerte que el terror. Lucas se deslizó hasta los pies de la cama, inclinó la cabeza hasta donde estaban los atrayentes rizos castaños de su pubis, todavía húmedos por el baño, que ocultaban ese segundo par de labios abultados que tantas ganas tenía de probar.

—¿Qué estás haciendo? —gritó ella, intentando juntar las piernas.

Lucas le sonrió.

—Ofreciéndote una aventura, bonita. —Entonces hundió la boca en su cálido pubis.

Amelia olía a jabón y a almizcle, una esencia capaz de volver loco a cualquier hombre. Lucas tuvo que hacer un enorme esfuerzo por no hundir su pene dentro de ella sin compasión.

Pero no podía hacerlo. No lo haría. Después de lo que Amelia había tenido que soportar, se merecía un trato mejor.

Y se lo dio. La lamió delicadamente, usando los dientes y los labios para excitarla, maravillándose de cómo ella se retorcía y jadeaba, cómo encorvaba la espalda con cada arremetida de su lengua. El aroma que emanaba de ella lo excitó hasta un punto doloroso, pero se contuvo y continuó.

Sólo cuando Lucas sintió los espasmos de su clímax en la boca, la oyó gritar su nombre, sólo entonces se puso de rodillas y sacó ventaja de su claro estado de enajenación para hundir su pesado miembro lentamente dentro de ella.

Amelia abrió los ojos como un par de naranjas.

—Oh… estás tan…

De repente, Lucas topó con la barrera de su inocencia y se detuvo.

—¿Qué pasa? —murmuró ella.

—Por lo que se ve, querida, tenías razón. Todavía eres virgen. —Una agradable sensación de alivio lo embriagó. Pomeroy no le había hecho daño.

Y era casta. Sabía que eso no debería de importarle; no era que Amelia hubiera hecho nada malo como para incitar a que ese desgraciado la colmara con sus atenciones, pero Lucas tuvo que admitir que sí que le importaba un poco. No pudo evitar una gratificante sensación posesiva cuando se dio cuenta de que él era el primer hombre para ella, el único.

—Pero no serás virgen por mucho tiempo. —Sin darle tiempo para pensar o preocuparse, Lucas se abrió paso dentro de ella.

Amelia lanzó un grito de dolor, y él se sobresaltó, deseando que no tuviera que ser de ese modo, deseando que la sensación de estar dentro de ella no fuera tan malditamente placentera.

Se retiró un poco, y el gemido de Amelia quedó ahogado en un sofoco.

—Dime si te hago mucho daño y pararé —musitó él con la voz completamente ronca, rezando para que fuera capaz de detenerse.

—Ni lo sueñes. —Lo agarró por los hombros con el fin de evitar que Lucas se separara de ella—. Duele, sí, pero quiero averiguar el resto. Hasta el más mínimo detalle.

Lucas escudriñó sus ojos y vio que era sincera.

—Dios mío, gracias.

Pero cuando continuó retirándose, ella frunció el ceño.

—Te he dicho que no pares —le recriminó, casi petulantemente.

—Pero es que es así cómo funciona, bonita. Fuera y dentro. Como el movimiento de la mano, ¿recuerdas?

—Ah, ya entiendo. Qué boba que soy.

Lucas volvió a introducir su pene dentro de ella, y gimió de placer.

—Una boba encantadora, tentadora. Por Dios, se está tan bien… dentro de ti…

—¿Ah, sí? —inquirió ella, con una sonrisa de placer a lo Dalila—. Cuéntame lo que sientes. Ese libro del harén no aportaba demasiados detalles.

Sin poderse contener, él lanzó una abrupta risotada.

—Claro, muy propio de ti… aprender el arte de hacer el amor de un… libro. —Lucas apoyó una mano en la cama para separar el torso de ella y con la otra acarició su pecho, deseando haber tenido tiempo para lamerlo antes, también.

Una mirada inquieta apareció en la cara de Amelia, que ahora estaba visiblemente sofocada.

—Lucas, el libro… bueno… no iba más allá de cierto límite. No… no sé realmente qué es lo que tengo que hacer… qué debería hacer.

Inclinándose para besar su cuello, su garganta, su mejilla, Lucas incrementó sus embestidas.

—Haz lo que te apetezca, bonita. Lo que te produzca más placer. Lo que te excite.

—Ah. ¿Cómo... cómo esto? —Amelia se movió rítmicamente debajo de él.

—Por Dios, sí —repuso él con una voz gutural; su pene se estaba poniendo más duro por momentos—. Continúa moviéndote... así...

—Y quizá... —Con esa deliciosa boquita, ella le chupó y jugueteó con su pezón, y Lucas jadeó—. ¿Sí? —preguntó, con una sonrisa tan sensual que él casi se derritió de gusto.

—Sí, mi querida Dalila... Oh, sí...

Después de eso, ninguno de los dos fue capaz de articular ni una palabra más. Lucas estaba luchando con todas sus fuerzas para retrasar su orgasmo, para esperar a que ella pudiera alcanzarlo con él. Pero cada minuto que pasaba le resultaba más difícil aguantar, mientras ella le frotaba los hombros, jugueteaba con sus pezones, arqueaba la pelvis contra él hasta que él se sintió como si estuviera penetrándola hasta lo más profundo de su ser. Con cada embestida, él intentaba agujerear la parte de ella que era inglesa y rica y noble, la parte que tanto anhelaba conquistar... la parte que temía que jamás podría poseer, por mucho que se esforzara...

—Ahora me perteneces, Dalila —exclamó, con la determinación de conseguirlo. La embistió sin parar, sintiendo cómo se acercaba el momento del orgasmo—. Eres mi esposa... para siempre...

—Mi esposo —gritó ella, mirándolo a los ojos con toda la fiereza de una tigresa reclamando a su macho—. Para siempre.

Sintiéndose muy cerca del límite, Lucas desplazó la mano hasta su pubis y acarició su pequeño punto de placer empapado, hasta que el cuerpo de Amelia se puso tan extremamente rígido y le clavó los dedos en los hombros con una fuerza tan intensa como si también ella estuviera a punto de alcanzar el orgasmo.

Sólo entonces él se corrió dentro de ella. Y en ese breve y glorioso momento, mientras se corría dentro de ella, Lucas creyó que Amelia podría ser suya para siempre. Que los dos podrían conseguir que su matrimonio perdurara. Que la terrible soledad de los tres últimos años podría haber finalmente llegado a su fin.

Se desplomó sobre ella, sintiendo cómo el corazón lo amenazaba con salírsele del pecho por el enorme poder de su satisfacción. El poder de su inmensa alegría.

Después de un rato, él se apartó a un lado y se quedó tumbado mirando al techo, saboreando los pensamientos de su perfecto futuro como esposo y mujer, dejándose seducir por la esperanza.

Ambos necesitaron un poco de tiempo para recuperar el aliento, un poco de tiempo para calmar sus pulsos acelerados, mientras el sol se ocultaba detrás de las cortinas de la habitación, y el sonido de los huéspedes que bajaban en tropel para cenar se filtraba por el resquicio de la puerta.

Amelia se abrazó a él.

—Sí que era importante, ¿verdad?

La voz insegura de Amelia lo hizo titubear.

—¿El qué?

—Que fuera virgen. Vi tu cara. Era importante.

Lucas se volvió hacia ella y la envolvió con sus brazos.

—Lo que a un hombre le importa no es tanto que su esposa sea casta como que sea él quien le enseñe todo sobre el placer. No te mentiré. Todo hombre anhela eso. Pero yo lo habría obtenido igualmente. —Se esforzó por sonreír—. Porque una mujer que no puede recordar su desfloración es, bajo toda intención y propósito, tan casta como una monja.

Amelia esgrimió una mueca de incredulidad.

—¿Y vos, señor? ¿Erais casto?

Él parpadeó. No era una pregunta que esperase.

—Lo siento, querida, pero no.

—Eso no es justo —señaló ella.

—Es cierto, pero así funcionan las cosas en este mundo. Y el mundo es bastante injusto.

—De eso ya me he dado cuenta —se lamentó Amelia.

A Lucas le costó mucho no echarse a reír. Su esposa estaba tan adorable cuando se enojaba.

—Si te sirve de consuelo, ha sido la primera vez que he compartido el lecho con alguien que realmente me importa, alguien de quien estoy profundamente enamorado.

Con la cara iluminada, Amelia se volvió para mirarlo a los ojos.

—¿De verdad?

—De verdad.

Ella se abrazó más a él.

—Me alegro. Y me alegro de que hayas sido tú quien se haya llevado mi virginidad y no Pomeroy. Porque existe otra razón por la que un hombre quiere que su esposa sea casta en la noche de bodas… para estar seguro de que su primer vástago es de su propia sangre.

Él se quedó helado. Mil rayos y mil centellas. Tenía tantas ganas de hacer el amor con Amelia que se había olvidado por completo de los hijos. Pero claro, el matrimonio, y el lecho marital, conducían inevitablemente a tener hijos.

Por un momento, se deleitó con una dulce visión de él y Amelia rodeados de un par de niñitas correteando y riendo por el jardín y un par de niños robustos haciendo navegar unos barcos en miniatura en el estanque. Sus hijos verían su carrera diplomática como una aventura, de la misma forma que lo vería su madre.

Excepto que él no empezaría esa carrera hasta que capturase a Frier y devolviera el dinero que ese hombre había robado a la Infantería de Marina. Un dinero que le estaba proporcionando a la familia de Amelia una vida cómoda y placentera.

Su visión ideal se desvaneció. Amelia jamás lo perdonaría si arruinaba a su familia mientras ponía las cosas en orden. La había convencido para casarse con él a pesar de sus temores, pero ella estaba completamente segura de que Dolly Smith no era Dorothy Frier. Cuando se enterase de toda la historia y supiera que su madrastra era Dorothy Frier, no le daría su apoyo.

Pero eso no debía importarle. Estaban casados, y aunque ella lo odiara, él era responsable de ella, responsable de sus hijos.

Así que simplemente se limitaría a respetar la ley, dejar las cosas claras, ahora que ella había entrelazado su vida con la de él. Era su esposa, y tenía que apoyarlo aunque no estuviera de acuerdo. Tendría que acatar las normas que él dictara.

¡Ja! Amelia jamás se resignaría a acatar las órdenes que le dictaran. Esa mujer le había demostrado tener una enorme determinación.

Lucas soltó un bufido.

—¿Mmmm? —preguntó Amelia medio dormida.

—Nada, querida, duérmete —murmuró él.

—Mmmm.

Mientras ella se dormía plácidamente, él se quedó contemplando su melena húmeda, que al secarse se rizaba ligeramente sobre sus hombros. Cuando su pene empezó a ponerse duro otra vez, Lucas echó la cabeza hacia atrás, contra la almohada.

Por Dios, Amelia lo tendría siempre subyugado como si de un perrito faldero se tratara. Le parecía peligrosa la atracción que sentía por ella. Había empezado a notar la necesidad de estar con su esposa a todas horas, y no sólo en la cama. Eso no podía continuar así. Ningún hombre podía ser el dueño y señor de su casa cuando su esposa ejercía un poder tan fuerte sobre él. Su padre había sido un claro ejemplo.

Se quedó mirando el techo fijamente. De acuerdo. Aprendería a contener las ganas que sentía de estar con ella. Disfrutaría de lo que Amelia pudiera ofrecerle —oh, sí, seguro que lo haría—, pero iría con mucho cuidado. Porque si se rendía ante ella, si demostraba cualquier punto de flaqueza, Amelia lo haría bailar al son de su música tan cruelmente que ya jamás lograría liberarse de ese yugo.

Y eso era algo a lo que definitivamente no podía arriesgarse.

Capítulo diecinueve

Querido primo:

Lord y lady Tovey están sumamente preocupados, y yo me siento un poco mejor. Me sentí tentada de remitirles la información que me habíais enviado acerca del comandante hace unos días, pero hasta que no sepamos con qué hombre ha terminado Amelia, no creo que deba traicionar vuestra confianza.

Vuestra ansiosa prima,
Charlotte

Alguna criada impertinente la estaba molestando, retirándole el pelo de la cara y, por consiguiente, obligándola a despertarse. Agarró la mano, mas se quedó paralizada cuando se dio cuenta de que era grande y velluda y obviamente masculina.

Abrió los ojos y vio a Lucas inclinado sobre ella, completamente vestido.

—Ya es hora de partir, querida —murmuró en una voz ronca.

Amelia no acababa de situarse... ¿Por qué estaba él allí, dónde estaban, y qué hacía ella desnuda entre las sábanas?

Era la primera vez que dormía desnuda, y también la primera vez que lo hacía en compañía de un hombre. En cualquier otro momento, la situación le habría parecido irresistiblemente excitante, pero la ventana detrás de Lucas mostraba que todavía era de noche, y ella se sentía absolutamente exhausta después de la noche tan animosa que había pasado.

Cerró los ojos y hundió la cabeza en la almohada.

—Déjame dormir.

—Levántate, Amelia —le ordenó él con un tono firme.

—Todavía no —murmuró ella.

—Ya dormirás en el carruaje.

Amelia suspiró. El comandante Winter, madrugador intrépido, no la dejaría quedarse en la cama a menos que ella adoptara medidas más drásticas. Abrió los ojos, se apoyó en un codo para que la sábana se deslizara provocativamente y dejara entrever uno de sus pechos.

—¿Y por qué no te metes tú en la cama?

Lucas se quedó quieto. Sus ojos tan oscuros como los del diablo la devoraron con tal pasión que consiguieron que Amelia se estremeciera. Le recordaron que ahora él conocía perfectamente cada línea y cavidad y curva de su cuerpo… que él la había besado y acariciado por todas partes durante su larga noche llena de aventuras.

—También podemos hacerlo en el carruaje, Dalila. Ahora vístete. La posada está llena, y nunca conseguiremos que nos preparen el carruaje si no nos marchamos temprano.

Lucas le lanzó una prenda de lino que resultó ser su blusa. Amelia recordaba vagamente que él se había dedicado a lavar su ropa interior en la bañera durante la noche y que había tendido las prendas en un lugar cerca de la chimenea para que se secaran. La blusa olía a limpio, y la calidez que desprendía gracias al fuego era tan agradable…

—No, de ningún modo —soltó él cuando vio que ella se pegaba la blusa a la mejilla y volvía a acomodarse en la cama, como una niña pequeña que se aferra a su mantita—. Necesitamos llegar a Londres lo antes posible.

—¿Por qué? —balbució ella.

—No quiero que Pomeroy tenga tiempo de difundir ningún rumor engorroso. No me fío de él.

—No abrirá la boca. Se sentirá demasiado violento.

—Tampoco pensabas que pudiera llegar a raptarte, ¿no? —Cuando Amelia lo miró con cara malhumorada, Lucas añadió—. Además, tus padres deben de estar tremendamente preocupados por ti.

Ella suspiró. Ése sí que era un argumento convincente. Se sentó, se frotó los ojos para desperezarse, y luego echó un vistazo a la habitación. Todo estaba en un orden perfecto, la bañera y las toallas mojadas habían desaparecido, su vestido sucio estaba doblado sobre una silla, y su ropa interior y sus medias se estaban secando, colgadas del respaldo de dos sillas de madera emplazadas frente a la chimenea. Claramente, le costaría un poco habituarse a la vida con un soldado.

—¿Quieres un poco de té? —preguntó Lucas.

—Mmmm…, sí, gracias.

Lo observó mientras él le servía una humeante taza de té con una tetera que había en una mesita cerca de la ventana, luego dispuso el resto del refrigerio en una bandeja.

—¿Es esto el desayuno? —inquirió ella, incrédula. Bueno, vivir con un soldado tendría sus compensaciones, después de todo.

—Tu desayuno. —Lucas depositó la bandeja sobre su falda. Había tostadas con mantequilla, un huevo duro, dos trozos de beicon…—. Yo ya he desayunado.

Ella lo miró fascinada.

—Por todos los santos, pero ¿a qué hora te has levantado?

—Hace un par de horas.

—¡Pero si todavía es de noche! ¿Estás loco?

—Estos últimos días no he dormido demasiado —contestó él, con una mirada evasiva.

—Eso es obvio. —Ella tomó un sorbo de té—. Sólo espero que no te dediques a despertarme cada día antes de que amanezca.

—Dependerá de las circunstancias —dijo él con evidentes muestras de tensión—. Pero ya puedes ir haciéndote a la idea de que durante nuestro viaje de regreso a Londres, lo haremos.

Mientras ella empezaba a desayunar, Lucas se dirigió hacia un armario, sacó un traje de muselina y un abrigo de lana de su interior, y regresó a su lado.

—Puedes ponerte esto.

Su porte tan serio y sus continuas órdenes estaban empezando a molestarla.

—¿De veras, puedo? —cacareó ella sarcásticamente.

Lucas malinterpretó su comentario.

—Es tu talla. Le prometí a la esposa del posadero que le pagaría bien si encontraba un vestido de tu talla, y me dijo que así lo haría. Pero no he podido conseguir zapatos que te vayan bien, así que tendrás que usar los zapatitos de fiesta que llevabas.

—¿De dónde has sacado el dinero para sufragar tantos gastos: la boda, la habitación en la posada, la ropa?

Lucas se sintió insultado por la pregunta.

—Recibo un estipendio, como cualquier soldado americano.

Oh, no, ahora ella había herido su orgullo, y como que sabía que el orgullo de un hombre era una cuestión más que delicada, intentó disculparse.

—Lo siento, no pretendía…

—Puedo permitirme mantener a mi esposa, si eso es lo que te preocupa.

—No me cabe la menor duda. —Amelia hizo una pausa, eligiendo sus palabras meticulosamente—. Pero la noche en que nos conocimos, dijiste que habías perdido todo el dinero de la familia. Así que no me culpes por haber pensado que tus fondos son más bien… ¿limitados?

Un músculo se tensó en la mandíbula de Lucas.

—Sólo quería decir que no poseo una fortuna. Pero me las apaño más que bien.

Mientras untaba una tostada con mantequilla, Amelia intentó hablar con el tono más natural que pudo para abordar ese tema tan peliagudo.

—Siempre podemos recurrir a mi fortuna…

—No. —La rabia hizo mella en las facciones de su esposo—. No vamos a tocar tu fortuna.

—¿Por qué no?

Lucas le clavó una mirada incisiva y oscura.

—Hasta que no esté seguro de cómo consiguió el dinero tu madrastra, no vamos a tocar tu dote. De momento, todo lo que sé es que cada centavo de esa fortuna pertenece a la Infantería de Marina.

—Sólo si Dolly es culpable —protestó ella, depositando la tostada intacta sobre el plato.

—Si no lo es, y el dinero es un legado legítimo de su anterior esposo, entonces ya hablaremos.

Amelia apartó la bandeja a un lado, abandonó la cama y se puso la blusa.

—¿Qué quieres decir con eso de que ya hablaremos?

—Cuando todo este lío de los Frier haya terminado, mi gobierno me ofrecerá un puesto de trabajo con una excelente remuneración, te aseguro que ganaré más que suficiente para mantener a mi familia. No necesitaré tu dinero.

A Amelia le pareció que estaban hablando de una cuestión muy delicada, pero consideró que era mejor discutirlo en ese momento, inmediatamente, mientras los dos todavía podían ser racionales, en lugar de más tarde, cuando no pudieran hacerlo a causa de alguna crisis aguda.

Se puso las enaguas.

—Lo necesites o no, el dinero es tuyo, así que me parece ridículo que no quieras usarlo. —Cuando Lucas frunció el ceño, ella añadió con altivez—: No dudo que puedas ofrecer a tu esposa y a tu familia una vida confortable, pero ¿qué daño puede hacerte usar mi dinero para pagar algunos caprichos?

—Te aseguro que podrás hacer eso con mi dinero, Amelia, así que no se hable más.

Lucas asió una mochila que debía de haber traído consigo y sacó un cuchillo, que luego guardó dentro de su abrigo.

Con unos movimientos rápidos y airados, Amelia recogió sus pertenencias.

—¿Cómo que no se hable más?

Lucas se detuvo y la miró con irritación.

—Porque lo digo yo. Soy tu esposo, y en nuestra casa mando yo. ¿O no os enseñan esas cosas a las damas inglesas?

—Oh, nos lo enseñan la mar de bien —le contestó ella en un arrebato—. ¿Por qué crees que no me había casado hasta ahora?

Su comentario pareció surtir efecto. Lucas se pasó los dedos por el cabello y murmuró una grosería.

—Lo único que digo es que será mejor que aprendas a vivir como si no dispusieras de los fondos ilimitados a los que estás acostumbrada a tener siempre a tu disposición.

—¡Fondos ilimitados! —Sulfurada, Amelia se dirigió hacia él y le propinó unos violentos golpecitos en el pecho con el dedo—. Tendrías que saber, Lucas Winter, que hasta que Dolly no apareció en nuestras vidas, mi padre y yo prácticamente no disponíamos de fondos ni para poder comer. Me crié en una casa en el campo; para mantenernos, mi padre escribía artículos para revistas de caballeros. Cuando yo tenía doce años, mi abuelo murió, y papá heredó sus tierras, pero no heredó dinero, simplemente porque no lo había. Y mientras papá se pasaba el día leyendo libros sobre cómo mejorar las cosechas y luchando para que las tierras nos dieran de comer, yo me encargaba de las labores de la casa de un modo tan frugal como una niña de doce años es capaz.

Volvió a darle más golpecitos acusadores en el pecho.

—Así que sé perfectamente bien cuánto vale un penique. Lo sé todo sobre calentar ladrillos en la chimenea para mantener los pies calientes porque uno no puede permitirse tener la lumbre encendida durante toda la noche. Sé mil maneras distintas de cocinar los peces que pescaba en nuestro estanque, y también puedo decirte exactamente cómo improvisar velas con juncos cuando incluso las velas de sebo resultan demasiado caras. Y además…

Lucas le agarró el dedo acusador.

—Ya basta —dijo con brusquedad mientras rodeaba el dedo con su mano—. Ya te he entendido.

Pero ella no había acabado.

—¿Crees que no me sentí feliz cuando Dolly apareció con su dinero y su naturaleza gentil y generosa e hizo que mi vida fuera más fácil? ¿Cuando me dio la oportunidad de dejar atrás una vida de trabajos penosos y de miseria para poder soñar con un verdadero futuro en Londres? ¿Cuando en lugar de leer acerca de las aventuras que otros habían tenido, yo podría ir a museos y a exposiciones y hablar con un general como lord Pomeroy en persona? Sí, lo confieso. Estuve encantada.

Con una furia desmedida, Amelia apartó el dedo que Lucas había apresado.

—Pero podría volver a vivir con unos escasos peniques en un segundo, si fuera necesario. Me creas o no, sé cómo sobrevivir muy bien con muy poco. Y si piensas que te dejaré que me dictes cómo y cuándo he de gastar el dinero que caiga en mis manos gracias a nuestro matrimonio…

—Cálmate, querida. —Él estrechó la cabeza de Amelia entre sus manos y le propinó un beso fugaz en los labios—. Cálmate, te lo pido por favor. Desconocía los problemas económicos de tu familia. Pensaba que…

—Que era una niña tonta y frívola que sólo se preocupa por las joyas y los trajes bonitos y que gastará todo tu dinero hasta que te veas obligado a endeudarte.

Amelia lo empujó; el intento de Lucas por calmar su alterado temperamento con un beso no había conseguido aplacarla.

Lucas frunció el ceño.

—Yo no he dicho eso.

—Oh, sí, sí que lo has hecho. En la recepción en mi casa. Dijiste que el dinero era la única cosa que nos importa a las mujeres.

—Maldita sea, Amelia, ese día estaba furioso contigo porque creía que habías rechazado la invitación para cenar conmigo. No pensaba lo que decía.

Dándole la espalda repentinamente, Lucas se afanó por recoger las pocas cosas que quedaban esparcidas por la habitación y empezó a guardarlas en la mochila.

—Pues parecía que lo decías con mucho convencimiento.

—Mira, ahora no tenemos tiempo para esta clase de discusiones —soltó él con un tono crispado—. Vístete, y ya hablaremos en el carruaje todo lo que te dé la gana.

Amelia quería discutir la cuestión en ese preciso instante, pero sabía que él tenía razón.

—Vale. —Después de fulminarlo con la mirada, empezó a buscar su corsé hasta que lo encontró, acto seguido se lo puso—. Átame los lazos, por favor.

Lucas la miró sin acercarse.

—No hace falta que te pongas el corsé. Tenemos un viaje muy largo por delante. Estarás más cómoda sin él.

—Estaré más cómoda con el corsé puesto —contraatacó ella. Entonces comprendió por qué Lucas no quería que se lo pusiera—. Pero tú no estás pensando en si estaré cómoda o no, ¿me equivoco?

Él apagó la vela que había sobre la mesa de un soplo.

—No sé a qué te refieres.

—No quieres que me ponga el corsé porque no deseas que nada se interponga en tus lascivas diversiones. Pero si piensas que voy a dejar que me toques después de las cosas que me has dicho…

—¡Por Dios, mujer! —Lucas se volvió sulfurado, con los ojos brillantes como el hielo bajo la luz de la chimenea—. Por eso no me había casado hasta ahora. Porque no quería tener a una fémina sermoneándome todo el día con su lengua viperina. Mira, ya tuve suficiente con oír a mi madre decir una sarta de tonterías parecidas, cuando era pequeño. ¡Y te aseguro que no necesito volverlas a oír en boca de mi esposa!

Las duras palabras se quedaron pendidas en el aire entre ellos, y en ese instante, todo cobró sentido. Amelia debería de haberse dado cuenta antes, especialmente después de lo que lady Kirkwood le contó sobre la familia de Lucas.

Ahora lo comprendía todo. Por qué él se mostraba tan susceptible con el tema del dinero. Por qué se había mostrado tan desabrido no sólo con los ingleses sino también con las damas de la alta sociedad. Por qué jamás mencionaba a su madre, si bien le había hablado de su padre.

—Tu madre provenía de una familia adinerada, ¿no es cierto? —dijo ella suavemente—. Gozaba de una buena posición social, hasta que se casó con tu padre.

A juzgar por la repentina palidez de la cara de Lucas, había averiguado el motivo de la agitación de su esposo.

—Ahora no me apetece hablar de mi madre —bramó él—. Tenemos que ponernos en camino.

—Pero Lucas, si te niegas a hablarme de tu familia…

—¡Ahora no, Amelia! —Recogió el estuche de la pistola—. Mira, haz lo que quieras con ese maldito corsé, me da igual. Mientras tú acabas de vestirte y de recoger tus cosas, bajaré a hablar con el postillón que conducirá el carruaje. —Señaló hacia la mochila—. Pon tu ropa ahí, con la mía. Si no estás en la puerta principal dentro de quince minutos, te juro que subiré a buscarte y te sacaré a rastras, sin importarme si estás vestida o no, ¿entendido?

En cuestión de segundos, la rabia volvió a apoderarse de ella.

—Sí, mi comandante. Lo que mandéis, mi comandante —soltó Amelia, irguiendo la barbilla con altanería.

—Perfecto —espetó él—. Quince minutos, Amelia.

Y acto seguido, salió de la habitación.

Tan pronto como la puerta se cerró tras él, Amelia estampó el corsé contra la puerta. Lucas ya había decidido por ella sobre lo que tenía que hacer con el maldito corsé, ¿no? Porque ella no podía abrochárselo sola. Incluso no sabía si se las apañaría para ponerse el vestido sin ayuda...

¡Maldito pedazo de arrogante! Con porte airado, se dirigió hacia donde estaba su ropa sucia cuidadosamente doblada, la agarró con rabia y la embutió de mala manera en la mochila. Si él pensaba que podía darle órdenes como a uno de sus soldados, iba listo. ¡No pensaba soportar ese trato!

Rodeó la cama con paso airado, asió las enaguas y se las puso. Debería de haberse figurado que él actuaría como un tirano cuando estuvieran casados. Ese hombre había sido una bestia desde el primer día que lo conoció en casa de lord Kirkwood.

Intentó ponerse el vestido, entonces se quedó sorprendida. El traje tenía la abertura por delante, así que no le costó nada abrochárselo. Además, aunque le apretaba en la cintura y el escote le ensalzaba excesivamente los pechos, le quedaba francamente bien. Papá nunca le había comprado nada que no fuera o demasiado enorme o bastante pequeño para ella, pero en tan sólo unas pocas horas y en una posada perdida en una pequeña población escocesa, Lucas había conseguido comprarle un traje a su medida.

Se tumbó en la cama, con los ojos anegados de lágrimas. ¡Vaya tirano y bestia! Un tirano que había limpiado su sangre de virgen la noche previa con tanta ternura como si ella fuera un bebé. Una bestia que le tenía preparado el desayuno cuando ella había abierto los ojos, que le había comprado ropa nueva para que no tuviera que ponerse un traje sucio. Que había cabalgado como un rayo hacia el norte de Inglaterra para salvarla de un hombre con el que seguramente nadie dudaría que se casaba encantada.

Por Dios, su esposo era un complejo rompecabezas.

Se secó las lágrimas de los ojos, se levantó y relajó los hombros. De acuerdo, Lucas era brusco y mostraba el temperamento y una forma de actuar dictatorial que podría acabar con la paciencia de un santo. Pero a veces, debajo de esa capa beligerante, ella entreveía a un hombre muy atormentado, un hombre que tenía buenas intenciones pero que a menudo actuaba con tosquedad. Un hombre que le gustaba… cuando no la sacaba de sus casillas con su terquedad.

Estaba claro, o aprendía a vivir con él o lo mataba de un tiro. Y dado el número de armas que él solía llevar encima, difícilmente se saldría con la suya si se decantaba por la segunda alternativa.

Amelia achicó los ojos. Existía una tercera opción, una que ninguno de los dos había considerado. Una que francamente no le hacía nada de gracia. Pero puesto que su orgullo lo había llevado a casarse con ella, posiblemente él preferiría esa opción. Si Dolly demostraba ser una delincuente, por lo menos esa alternativa haría las cosas más llevaderas para todos.

Sólo tenía que ver cómo reaccionaba él cuando se lo propusiera, porque eso demostraría si su matrimonio podría funcionar o no. Y si Lucas aceptaba la tercera opción, a ella no le quedaría más remedio que acatarla. Aún cuando le partiera el corazón.

Capítulo veinte

Querida Charlotte:
Procurad no preocuparos tanto por vuestra pupila o acabaréis cayendo enferma. Me da la impresión de que Lady Amelia es una muchacha con un gran sentido común. No permitirá que ningún hombre abuse de ella.

Vuestro fiel servidor,
Michael

*D*espués de cómo había perdido la paciencia en la posada, Lucas estaba preparado para soportar una retahíla de recriminaciones, una descarga de rabia o, como mínimo, malas caras por parte de su nueva esposa en el carruaje.

Pero Amelia permanecía sentada en silencio delante de él, envuelta en el abrigo de lana que él le había comprado, con la vista perdida en la ventana mientras en el cielo gris despuntaban las primeras luces del alba. Con las piernas y los pies encogidos, tenía un aspecto tan increíblemente joven que Lucas sintió una fuerte punzada de dolor en la garganta.

Todavía no había cumplido los veintiún años, y había sido raptada, drogada, y arrastrada por la mitad del territorio inglés en tan sólo unos pocos días. Y por si todo eso fuera poco, se había tenido que casar con un hombre al que apenas conocía sólo para salvaguardar su honor. La habían despojado de su inocencia, y le habían pisoteado su orgullo. Sin embargo, aún era capaz de permanecer sentada pensativamente, como una niña pequeña ocupando el asiento de la ventana, a la espera de que llegara su papá.

O a la espera de que su esposo se convirtiera en algo distinto a lo que él era: un americano salvaje. Un bruto despiadado. Un hombre que perdía la paciencia sólo porque su esposa le ofrecía su fortuna.

Un idiota, que debería disculparse por ser tan idiota. Y que no tenía ni la menor idea de cómo hacerlo sin propiciar que ella pensara que podía vencerlo cada vez que se pelearan.

—Qué bello, ¿no te parece? —Amelia lo sorprendió con ese comentario inesperado.

Un nudo se adueñó de la garganta de Lucas.

—Sí, muy bello.

Dolorosamente bello. Incluso bajo la apagada luz de ese día gris, la cara de su esposa mostraba el brillo luminoso de un ángel de alabastro. Lucas tuvo que contenerse para no abrazarla y rogarle que lo perdonara.

Pero eso era una locura. Si actuaba así, lo único que le faltaría sería abrir su pecho y mostrarle a Amelia dónde tenía que apuntar para que le clavara la saeta en el corazón.

No obstante, no soportaba la idea de que ella lo viera como un ogro. Tenía que demostrarle que podía ser sensato, razonable. No un burdo idiota.

—Amelia, en cuanto a lo del dinero…

—Lo sé. No quieres mi fortuna.

—No es que no la quiera. Es que no es tuya.

Ella le dedicó una mirada tranquila, sosegada.

—Eso es lo que tú dices. En cambio yo creo que te equivocas.

—El tiempo lo dirá —declaró él evasivamente—. Hasta el momento no me has dicho nada que demuestre que estoy equivocado.

—Tendrás la verdad cuando hables con Dolly. —Se arrebujó más con el abrigo—. Y cuando veas lo terriblemente equivocado que estás acerca de ella, decidiremos qué hacer con mi fortuna.

—Quizá lo más sensato sería guardarlo para nuestros hijos.

Una expresión enigmática se dibujó en la cara de Amelia.

—¿De verdad quieres tener hijos?

Lucas se puso tenso.

—Teniendo en cuenta que mi pasatiempo favorito me lleva irremediablemente hasta ellos, no tengo alternativa, ¿no?

—Eso no es lo que te he preguntado —dijo ella suavemente.

No. Lo que Amelia le había preguntado era si estaba preparado para todas las responsabilidades del matrimonio. Con un suspiro, él desvió la vista hacia la ventana.

—Siempre pensé que el matrimonio debería incluir niños, sí.

Amelia se quedó en silencio durante un largo momento.

—Esta mañana se me ha ocurrido, Lucas, que... bueno... no tenemos por qué vivir como un matrimonio tradicional, si no queremos.

Él se quedó paralizado, mientras su corazón latía con más fuerza.

—¿Qué quieres decir?

—Podríamos llevar vidas separadas. Las parejas lo hacen en alguna ocasión. Podrías dejarme aquí en Inglaterra mientras tú haces lo que te dé la gana. No es que hayas elegido esta situación. Sólo intentabas hacer lo correcto, y te lo agradezco. Pero no tienes que ir tan lejos como para... bueno... vivir conmigo y mantenerme. Podrías continuar con tu vida de soltero sin preocuparte por tu esposa o por tus hijos.

Un lastre doloroso le oprimió el pecho. Acababan de casarse, y ella ya pensaba en concluir la relación. Y en la típica forma de proceder de la sociedad inglesa, se le había ocurrido una solución diplomática que no ofendería a ninguna de sus amigas de buena cuna.

Sólo a él.

Lucas procuró responder con un tono tan pausado como el de ella.

—¿Y qué harías tú?

—No lo sé. Como mujer casada, dispondría de una mayor libertad. Podría viajar. O simplemente vivir en Londres.

—Entiendo. —Lucas mantuvo la vista fija en las llanuras desoladas que reflejaban la repentina tristeza que sentía. Lo que ella proponía tenía sentido. Seguramente simplificaría su situación. De ese modo, si tenía que apresar a Dorothy Frier para capturar a Theodore Frier, no estaría preocupado por los sentimientos de Amelia respecto a esa cuestión.

Sin embargo, el mero pensamiento de separarse de ella le provocó un intenso dolor de estómago. Maldita fuera.

—Supongo que eso es lo que prefieres. Libertad para vivir como te plazca, para saborear tantas aventuras como…

—No. —Cuando Lucas la miró fijamente, ella irguió la barbilla—. Pero en cambio creo que es lo que tú quieres. No pareces estar muy a gusto en tu nuevo papel de esposo.

En otras palabras, él se había comportado como un ogro, y ella pretendía asegurarse de que él no continuaría por esa vía.

—Cambiaré. Me niego a darte mi nombre para acto seguido abandonarte. Eres mi esposa, tema zanjado.

De nuevo estaba hablando como un arrogante execrable, pero no le importaba. La idea de que ella lo abandonara le había provocado un dolor terrible, y había reaccionado como cualquier hombre que se hubiera sentido acorralado: atrincherándose.

—Lucas, sólo digo…

—Me niego a que vivamos separados, ¡maldita sea!

—Y yo me niego a soportar a un esposo que me desprecia por obligarlo a casarse conmigo, cuando eso es algo que él no eligió.

Ahora Lucas podía ver las lágrimas que manaban de sus ojos, y esa visión le provocó un nudo en la garganta.

—No te desprecio, querida. Y estoy seguro de que ya sabes que nadie puede obligarme a hacer algo en contra de mi voluntad. No con un tipo tan testarudo como yo.

Amelia intentó contener las lágrimas, como si pensara que dejarlas caer sería un insulto para su orgullo. Lucas intentó imaginar a su madre conteniendo las lágrimas, pero no pudo.

Esforzándose por sonreír, él buscó algo que decir para reconfortarla.

—Un hombre no puede vivir solo toda su vida, ¿sabes? Tal y como tú me dijiste la primera noche que nos conocimos, se me está pasando la edad de continuar con el papel de soltero interesante.

—Ya, prácticamente estás con un pie dentro de la tumba.

—Afortunadamente, tengo una pequeña joya como tú que se ocupará de mí cuando envejezca —prosiguió él, en un claro intento de parecer gracioso.

—Si no te mato primero —espetó ella. Pero sus ojos se habían secado, y su tono ahora era más bien enojado.

Lucas lanzó un suspiro de alivio. Amelia no iba a abandonarlo. Y él no se había visto forzado a suplicar —o a comportarse de un modo desabrido— para conseguirlo. Gracias a Dios.

—De todos modos —continuó ella—, si queremos vivir como un matrimonio de verdad, necesito saber algunas cosas.

—Me levanto temprano, me gustan los huevos fritos, prefiero el beicon al jamón dulce, y…

—No esa clase de cosas. Me refiero a cosas importantes.

—¿Cómo qué?

—Háblame de tus padres.

Lucas irguió la espalda. Debería de haber imaginado que ella no daría el brazo a torcer tan fácilmente.

—¿Es necesario?

Amelia se acomodó en el asiento y le lanzó una sonrisa fugaz.

—Yo te he hablado de los míos.

—Me has contado algo sobre tu padre, pero no has dicho nada acerca de tu madre.

Ella se encogió de hombros.

—Eso es porque no llegué a conocerla, ni a ella ni a nadie de su familia. Era huérfana, hija de un terrateniente, cuando papá la conoció. Murió poco después de que se casaran, mientras daba a luz. Dolly es lo más cercano a una madre que jamás he tenido.

No era de extrañar que Amelia defendiera a esa mujer con dientes y uñas.

—Pero no estábamos hablando de mí. Háblame de tu madre.

Lucas lanzó un suspiro y apoyó la cabeza en el respaldo del asiento.

—No hay mucho que contar. Se crió en el seno de una buena familia en Virginia, con mucho dinero y con unos padres muy estrictos. Mi padre era un apuesto marinero que luchó para conseguir la independencia de América. Ella se escapó con él porque quería huir de su vida tan estricta. Pero más tarde se dio cuenta de que prefería una vida estricta con unos padres ricos que una vida libre con un marido pobre.

Amelia le lanzó una mirada solemne.

—Y tú piensas que soy como ella.

—Lo pensé al principio —admitió él—, cuando pestañeabas

coquetamente y me llamabas «soldado imponentemente robusto» a cada momento. Lo cual, por cierto, resultó ser una manera muy efectiva de distraer mi atención. Serías una espía perfecta.

—¿De verdad? —Su cara se iluminó como si él le hubiera dicho que pensaba hacerla reina. Entonces la luz de sus ojos se apagó—. Sólo lo dices porque no quieres que hablemos de tus padres.

En ese momento, Lucas deseaba tanto no herir más su orgullo, que habría dicho cualquier cosa, aunque fuera mentira, para lograrlo.

—Lo digo porque es verdad.

Ella suspiró.

—Pero enseguida te diste cuenta de que mi actuación de niña pánfila no era nada más que eso: una máscara, ¿recuerdas?

—Bueno, no me di cuenta enseguida. Y eso que soy un hombre que se dedica a investigar, así que no es tan fácil que me engañen.

—Ni a mí tampoco. —Amelia lo observó con una resuelta determinación—. Dime la verdad, Lucas. ¿Todavía crees que soy como tu madre?

—No exactamente. —Él sonrió levemente—. Me cuesta imaginar a mi madre atizando a un marqués con un cántaro. Pero… —Se quedó callado un momento, como si estuviera sopesando si ser sincero era lo más apropiado en esos instantes.

—¿Pero?

Lucas dudó, aunque sabía que ella no lo dejaría en paz hasta que le dijera algo.

—Una vez mi madre estuvo instalada en una casa que resultó ser la mitad de espaciosa que en la que se había criado, y se vio obligada a ocuparse de su hijo sin ninguna ayuda, mientras mi padre se pasaba la mayor parte del tiempo montando sus negocios, la aventura de su matrimonio perdió interés.

—Claro. A mí tampoco me gustaría ocuparme de mis hijos sola. Si te he entendido bien, ella lo dejó todo por tu padre, y luego él nunca estaba a su lado.

—Porque mi padre se estaba dejando la piel trabajando sólo para tenerla contenta —espetó Lucas—. Desde el primer día de su matrimonio, ella empezó a exigir más dinero, más vestidos, una casa más grande en un barrio más fino, una vajilla más bonita… toda esa clase de cosas que una mujer banal desea.

—Espero que no estés insinuando que yo soy una mujer banal.

Lucas estuvo a punto de contestar algo indebido, pero hizo una pausa y observó el rictus enojado de la boquita de su esposa, su barbilla erguida, su cuello desnudo. Sí, Amelia se había dejado seducir por todo ese mobiliario de estilo egipcio, pero jamás la había oído hablar de ninguna cosa que anhelara comprar. Sus joyas no le habían parecido ostentosas, sus vestidos eran más vistosos que caros, sus enaguas y sus medias eran de algodón. A pesar de que no hacía mucho que la conocía, ella se había pasado todo el tiempo en reuniones benéficas o preparando una recepción para sus amigas, no comprando.

—No —admitió él—. No lo creo.

Su respuesta pareció apaciguarla, aunque Amelia se arrebujó más en el abrigo.

—¿Lo ves, Lucas? No cuesta tanto ser razonable, ¿eh?

Sin embargo, ella todavía estaba sentada lejos de él, como un mapache acorralado listo para morderle la mano. De repente, Lucas no pudo soportar verla enojada con él ni un minuto más. De acuerdo, probablemente no era el hombre más fácil con el que vivir, pero se habían casado por algo más que por razones prácticas. Quizá había llegado el momento de recordárselo.

Lucas se levantó de su asiento y se sentó al lado de Amelia. Luego le apresó la cara entre sus manos.

—Puedo ser un hombre muy razonable, bonita, si tengo un buen incentivo.

Mientras ella lo miraba turbada, él la besó. Después deslizó los dedos por su pelo, y le quitó las pinzas que lo sostenían recogido con tanto fervor como si con ello le fuera la vida.

Cuando puso una mano dentro del abrigo para acariciarle los pechos, se sorprendió al encontrar menos capas de tela que de costumbre. Echó la cabeza hacia atrás y la miró, divertido.

—Al final no te has puesto el corsé.

—No podía ponérmelo sola —repuso Amelia con un repentino malhumor—. Lo sabes perfectamente.

—Lo siento, querida —se disculpó Lucas, con una voz lenta y sensual.

—No, no lo sientes. Si por ti fuera, viajaría desnuda.

—Pues ahora que lo dices… —Con los ojos brillantes, abrió el abrigo y se dispuso a desabotonarle el vestido.

Pero esta vez ella le apartó las manos de un manotazo.

—Ah, no, ni hablar. Pronto nos detendremos para cambiar de caballos, y no tengo ganas de estar tumbada desnuda debajo de ti cuando llegue ese momento.

—De acuerdo. Podemos hacerlo vestidos.

—No —terció ella, deteniendo la mano de Lucas, que raudamente se disponía a desabrocharse los pantalones.

—¿Ya has tenido suficiente de mi conducta varonil? —bramó él.

—Todavía no has acabado de contarme lo de tus padres.

Con un gruñido, volvió a apoyar la espalda en el asiento.

—¿Qué más quieres saber, por el amor de Dios?

—No sé cómo ni por qué murieron.

Eso era lo último que deseaba explicarle. Sin embargo, Amelia estaba en todo su derecho de saberlo, por el hecho de ser su esposa.

Cuando Lucas continuó mostrándose indeciso, ella se adelantó.

—Lady Kirkwood dijo que fue una tragedia, pero no nos ofreció más detalles…

—Mi padre se ahorcó. —Tan pronto como esa terrible realidad se le escapó de los labios, Lucas se arrepintió de no haberse podido contener—. Echó una cuerda por encima de una viga de madera en uno de los almacenes de su compañía Baltimore Maritime y saltó de la silla en la que se había encaramado.

Amelia contuvo la respiración.

—¡Cielo santo! Cuánto lo siento, Lucas. No tenía ni idea… Lady Kirkwood no dijo absolutamente nada de la que se pudiera deducir esa atrocidad.

—Claro que no —se lamentó él tensamente—. Es el vergonzoso secreto de la familia. Excepto que no fue un secreto… Uno de los empleados de la compañía lo encontró a la mañana siguiente, cuando fue a trabajar. —Una enorme amargura se adueñó de su garganta—. La noticia apareció en los periódicos de Baltimore, que se dedicaron a dar toda clase de detalles del suceso.

Aunque él la observaba, parecía no verla.

—No es que yo los leyera, no. No estaba allí. Y cuando me enteré, mi madre también se estaba muriendo, así que sólo supe lo poco que ella fue capaz de contarme en sus últimas horas.

Le dolía la garganta al recordar su ansioso retorno a Baltimore. Cómo había entrado precipitadamente en la casa y se había dado de bruces con unos desconocidos que eran los nuevos propietarios, quienes habían adquirido la vivienda antes de que su padre se suicidara. Con grandes muestras de amabilidad, le indicaron cómo llegar hasta el hospital en el que se hallaba confinada su madre, plagado de los acreedores de su padre, a los que él conocía por primera vez. Rodeada de tantos buitres, su madre casi no se atrevía a hablar.

—¿De qué murió ella? —preguntó Amelia suavemente.

—De vergüenza —suspiró él—. Tras la muerte de mi padre, mi madre se fue a vivir a una casa de alquiler y... allí languideció. Al no recibir noticias mías, ninguna respuesta a sus cartas urgentes en las que me imploraba que regresara, pensó que estaba muerto, también, y creo que fue entonces cuando decidió que no valía la pena seguir viviendo. Ni me tenía a mí ni a mi padre para que continuáramos ocupándonos de ella, así que optó por morirse. Cuando se enteró de que estaba vivo, ya era demasiado tarde.

—Pero lady Kirkwood dijo que ella murió hace tres años. ¿No había acabado la guerra, por entonces? ¿Cómo es que tú no...?

—¿No estaba allí? Buena pregunta.

Lucas volvió a suspirar. Tarde o temprano, Amelia tendría que saber lo de Dartmoor. Pero ¿sería capaz de contárselo sin revelar toda la verdad acerca de la muerte de su padre?

Tenía que intentarlo. Porque pensaba que era mejor no contarle toda la verdad hasta que se aclarase el lío de su madrastra.

Volvió a desviar la vista hacia la ventana, intentando pensar por dónde empezar.

Entonces, mientras continuaba con la mirada perdida en los campos cubiertos de brezo, sumido en sus pensamientos, se fijó en lo que estaba viendo. Había algo extraño... Las nubes se habían disipado, y ahora podía ver el sol, que aparecía... por el lado incorrecto.

—¿Qué pasa, Lucas? —preguntó Amelia.

Con el corazón latiendo aceleradamente, él contestó:

—Nos dirigimos al oeste, hacia el interior de Escocia. No puede ser.

—Quizá el postillón no te entendió bien...

Lucas no creyó que ése fuera el motivo. Sacando la cabeza por la ventana, gritó:

—¡Eh, mozo! ¡Se supone que tenemos que ir a Carlisle!

—Ah, sí, señor —respondió el muchacho—. Éste camino es más corto.

—No puede ser...

La carroza dio una repentina sacudida, que lanzó a Lucas al otro extremo del carruaje. Cuando consiguió recuperar el equilibrio y volvió a sacar la cabeza por la ventana, no pudo hacer oír su voz a causa del estruendo de los cascos de los caballos, que ahora corrían a gran velocidad.

La situación pintaba mal, muy mal. Consciente de que no disponía de mucho tiempo, sacó el estuche de la pistola que había guardado debajo del asiento y empezó a cargar el arma.

—¿Qué vas a hacer? —preguntó ella, conteniendo la respiración.

—Subir ahí arriba y conseguir que ese maldito mozo me haga caso.

—¿Estás loco? ¡Podrías matarte!

—Pero si sólo será una pequeña aventura. —Se incorporó al tiempo que se guardaba la pistola cargada en la cintura.

—No me parece divertido —masculló ella, asustada.

Lucas se inclinó hacia su esposa y le dio un beso atropellado en los labios.

—No me pasará nada. No es la primera vez que hago algo parecido. —Le entregó el cuchillo enfundado—. Escóndelo en algún sitio bajo tu ropa, por si acaso.

Intentó llegar a la puerta justo en el momento en que el carruaje aminoraba la marcha. Apenas tuvieron tiempo de prepararse para resistir otra súbita sacudida, antes de que el vehículo se detuviera en seco.

Lucas se alarmó ante los gritos cercanos y los sonidos de varios hombres que los rodeaban. Amelia se inclinó hacia la otra ventana, pero él la obligó a echarse hacia atrás.

—No dejes que te vean hasta que no sepamos quiénes son —la reprendió él.

La puerta del carruaje se abrió bruscamente.

—¡Vamos, fuera! —ordenó una voz en un tono marcadamente escocés—. Y si queréis seguir vivitos y coleando, no se os ocurra hacer ningún movimiento raro, ¿entendido?

Lucas salió lentamente con la intención de ganar tiempo para sospesar la situación. Tres hombres enmascarados con una tela abigarrada no le quitaban el ojo de encima: uno montado en un caballo y armado con una pistola, y los otros dos de pie, apuntándolo con un par de trabucos. El postillón traidor sostenía las riendas de los caballos.

—La señora también —ordenó el tipo montado a caballo, con una voz más educada que el primero.

Lucas deseó pegarles un tiro allí mismo. Pero su pistola sólo contenía una bala; estaría muerto antes de que pudiera volverla a cargar, y eso dejaría a Amelia a la entera disposición de esos bandidos. Luchando por mantener la calma por la seguridad de su esposa, se dio la vuelta y la ayudó a salir.

Por suerte, Amelia había tenido tiempo de esconder el cuchillo debajo de su ropa. Pero en cambio no había podido recogerse el pelo, por lo que su melena caía en una bella cascada sobre sus hombros como una bonita capa de terciopelo, lustrosa y ondulada y llena de vitalidad. Parecía como si acabara de hacer el amor, y al ver que esos tres desgraciados la contemplaban con ese aspecto, a Lucas le entraron ganas de matarlos.

«Tranquilo, chico, tranquilo. No es el momento de mostrar tu temperamento», se dijo.

El hombre que estaba más cerca de ellos comentó:

—¡Vaya dama! ¡Guapa donde las haya!

—No estamos aquí para eso, Robbie —lo amonestó el jefe de la banda—. Así que será mejor que te fijes sólo en lo que sea necesario.

Con el corazón latiendo desbocadamente, Lucas deslizó el brazo por la cintura de Amelia y la atrajo hacia sí.

—Os daré todo el dinero que llevamos si no nos hacéis daño y nos dejáis marchar.

Robbie le colocó el trabuco delante de la cara.

—Suelta a la dama y mantén el pico cerrado.

Apretando los dientes, Lucas hizo lo que le mandaban.

El escocés a lomos del caballo señaló a Amelia.

—Vos sois la amiga de Venetia Campbell, ¿no es así?

—¿Cómo lo…? —Amelia lanzó una mirada acusadora al postillón—. Oíste lo que conté en la posada.

El muchacho se encogió de hombros.

—Todo el mundo se enteró.

Amelia desvió la mirada hasta el líder.

—Y supongo que vos sois el bandido conocido como El Azote Escocés.

—Así es. —El tipo sonrió—. Y vos, señora, vais a ser mi huésped por un tiempo.

Lucas se quedó helado.

—Un momento, maldito escocés, no puedes llevarte… —Se calló cuando Robbie le clavó el trabuco en el pecho.

—En estos territorios mando yo —repuso el bribón—. Y por si se os ocurre haceros el gallito y perseguirnos cuando nos marchemos… —Hizo una señal a Robbie—. Asegúrate de que no lleva ninguna arma encima. Ah, y revisa el carruaje, también.

Lucas gruñó cuando el escocés no sólo encontró la pistola, sino también la espada y el rifle debajo del asiento del carruaje. Sólo rezaba para que no cachearan a Amelia.

Robbie miró a su jefe con el ceño fruncido.

—Este tipo iba armado hasta los dientes.

El Azote no parecía demasiado contento.

—¿Por qué vais tan armado?

—Soy un comandante del Cuerpo de Marines de Estados Unidos.

—Por todos los demonios, Jamie. —El hombre amonestó al postillón—. No me dijiste que el esposo de la dama era un oficial yanqui. ¿Y qué vamos a hacer con él ahora? Si lo dejamos aquí, no descansará hasta que recupere a la chica. No es uno de esos señoritos ingleses que se cruzarían de brazos y esperarían a que las autoridades hicieran el trabajo.

—Yo digo que lo matemos —intervino Robbie, apuntando directamente con el trabuco a la cara de Lucas—. No vale tanto como los problemas que nos causará…

—Nada de matar. —El Azote farfulló una blasfemia—. Tendremos que llevarlo con nosotros, también. —Se volvió hacia el postillón—. Lleva la carroza hasta la posada French Horn en Carlisle. Más tarde iré yo para darte instrucciones.

—Un momento —gritó Amelia—. ¿Qué pensáis hacer con nosotros?

El Azote le lanzó una mirada glacial.

—Ya podéis empezar a rezar para que lady Venetia sea tan buena amiga como decís. Porque su padre será quien pagará vuestro rescate.

Capítulo veintiuno

Querido primo:

Todavía no tenemos noticias de Amelia y de su nuevo esposo, quienquiera que sea. Lord Tovey presiona a lady Kirkwood a diario, solicitándole información, pero esa dama no está demostrando ser de gran ayuda. Parece más preocupada porque el carruaje de su hijo retorne intacto, que por si el comandante Winter ha sido capaz de detener a lord Pomeroy. ¿Ninguna de vuestras fuentes de información sabe nada sobre el desafortunado incidente?

Vuestra ansiosa amiga,
Charlotte

Amelia no podía creer que por el mero hecho de haber mencionado el nombre de Venetia en la posada, en esos precisos instantes ella y Lucas fueran los prisioneros de una banda de desalmados. Por su culpa, Lucas se veía ahora obligado a caminar colina arriba, mientras un escocés lo apuntaba por la espalda con un trabuco, y ella seguía la misma senda a lomos de un caballo delante del mismísimo y famosísimo bandido, conocido como El Azote Escocés.

La próxima vez que deseara una aventura, se aseguraría de especificar de qué clase. Eso de que la secuestraran empezaba a parecerle tedioso.

—Es absurdo apresar a alguien por dinero y pedirle a sus amigos que paguen el rescate. —Amelia le echó en cara a su captor—. ¿Qué os pasó con lord Duncannon que pueda ser tan grave como para secuestrar a gente en su nombre?

—¡Callad! No quiero oír ni una palabra más.

Amelia se quedó muda, indignada, deseando que ella y Lucas lograran escapar más tarde. Por lo menos todavía tenía el cuchillo. Lo había ocultado en la primera parte del cuerpo que se le había ocurrido: dentro del corpiño.

Llegaron a la cima de la colina, y ella avistó un castillo en ruinas en el pequeño valle que se extendía a sus pies.

—¿Nos dirigimos allí? ¿A esas ruinas?

—Qué va. Los muchachos dicen que ese lugar está encantado, así que no se acercarían ni que les pagaran. Mucha podredumbre, creo, pero no puedo convencerlos con eso. —Hizo una pausa—. Y puesto que insistís en charlar, decidme algo que me resulte útil: ¿Es lady Venetia tan bella como aseguran los diarios en Londres?

Un secuestrador escocés que leía la prensa de Londres. Qué extraño.

—¿Por qué queréis saberlo?

—Por nada.

Pero Amelia podía notar su irritación. Quizá debería animarlo a revelarle algún detalle que la ayudara a desenmascararlo si lograban escapar.

—Venetia es la mujer más guapa que conozco. Los hombres tropiezan los unos con los otros, en su intento por casarse con ella.

Él se puso tenso.

—Entonces, ¿por qué continua soltera?

—Supongo que todavía no ha encontrado al hombre que le gusta.

—O a un hombre que le guste a su padre —apuntó él con sequedad.

—¿Conocéis a su padre personalmente?

El Azote lanzó un bufido.

—Bueno, ya basta de cháchara. Será mejor que os preparéis para una larga estancia en Escocia, en lugar de intentar sacarme información.

Ella suspiró. Era obvio que necesitaba pulir sus dotes de espía.

Mientras bajaban por la empinada ladera de la colina, Amelia divisó una hilera de hayas y de abetos en los confines del castillo, flanqueada por unos campos de avena. Los atravesaron y después penetraron en un pequeño bosque, abriéndose paso entre los árboles hasta que llegaron al centro. Se detuvieron cerca de una fogata extinguida donde, por lo visto, los bandidos habían pasado la noche.

Después de desmontar, su captor la ayudó a bajar del cuadrúpedo, y luego hizo un gesto hacia Lucas.

—Atad al yanqui por los tobillos y luego atadlo a un árbol. —Montó nuevamente en el caballo—. Voy a darle instrucciones a Jamie y a organizarlo todo para disponer de un lugar más permanente para nuestros huéspedes.

—¿Y la mujer? —preguntó Robbie—. ¿La atamos también?

—Ella no irá a ningún lado sin él, no, una fina dama inglesa como ella se estará quietecita. Podéis atarle las manos, si así os quedáis más tranquilos; pero se las atáis por delante, ¿me habéis entendido, muchachos? —Miró a sus hombres fijamente—. Ni se os ocurra tocarla. Para mí será mucho más valiosa si no le hacemos daño.

Con el corazón en un puño, Amelia observó cómo el líder se perdía de vista, dejando a sus secuaces con la misión de vigilarla a ella y a Lucas mientras se preparaban para desplumar a un par de pollos orondos.

El muchacho más joven la apuntaba con un trabuco mientras Robbie obligó a Lucas a sentarse, luego ató las manos de Lucas juntas alrededor del árbol y sus piernas por delante.

Robbie se levantó y la miró a los ojos.

—Ahora te toca a ti.

Ella le presentó las manos con porte airado, jurando que cuando toda esa pesadilla se hubiera acabado, le pediría a Lucas que le enseñara cómo manejar un arma. No pensaba permitir que ningún otro bribón volviera a maniatarla.

—Siéntate —ladró Robbie cuando hubo acabado.

Ella obedeció, y él se dirigió hacia el otro extremo de la fogata apagada y depositó su trabuco en el suelo. Apartó las hojas caídas de los árboles, desenterró una botella de un agujero que había en el suelo, y luego se sentó y empezó a beber. Su amigo se le acercó y también se sentó, dejó a un lado el trabuco para agarrar la botella y también echó un trago.

Lucas gritó:

—Malditos desgraciados, ¿dónde está vuestra hospitalidad? ¿No pensáis ofrecerme un trago?

—Esto es buen whisky escocés —repuso Robbie—. No pienso malgastarlo ofreciéndoselo a un yanqui.

—Anda, Robbie —repuso el otro tipo—. Se comportará mejor si está un poco colocado. Y seguro que un yanqui no puede soportar demasiados tragos de nuestro whisky.

Robbie rio con crueldad.

—Es verdad. Bueno, dale un trago. —Mientras su amigo se ponía de pie, dijo—: No, espera… ese tipo sólo quiere que te alejes de las armas para poder atacarte. Envía a la chica.

Con los latidos del corazón retumbando en sus oídos, Amelia esperó. Era mejor que la tomaran por una chica apocada. Ahora tendría ocasión de entregarle el cuchillo a Lucas.

Robbie la miró con desprecio.

—Vamos, mujer, ¿no me has oído? Ven y coge la botella. Aunque seas una dama tan fina, puedes hacerlo, ¿no?

Con porte ofendido, ella se levantó y fue a recoger la jarra con sus manos atadas. Mientras se dirigía hacia Lucas, con la boca de la botella ejerció presión sobre sus pechos y se echó el abrigo hacia atrás, luego intentó empujar hacia arriba el cuchillo enfundado que guardaba en su seno. Cuando se inclinó delante de Lucas para ofrecerle la botella, el cuchillo emergió nítidamente de su escondite.

—Qué sitio tan interesante para ocultar un arma —murmuró Lucas.

Con las manos atadas, Amelia no podía sujetar la botella y manipular el cuchillo a la vez, así que susurró:

—¡Cógelo!

Lucas lo agarró con los dientes delicadamente y la miró con los ojos brillantes de deseo. Ella le habría atizado con la botella. ¿Cómo se le ocurría pensar en eso en unos momentos tan peligrosos? Tan pronto como se libró del cuchillo, Amelia se llevó la botella más cerca del pecho para poder ocultar el arma enfundada debajo de los dedos.

—Échamelo en las manos —susurró Lucas.

—¡Eh! —vociferó Robbie—. ¿Es que piensas darle todo el contenido de la botella o qué?

—Tiene sed, eso es todo —gritó ella por encima del hombro.

Su pulso latía furiosamente cuando soltó el cuchillo. Mientras Lucas se retorcía para intentar coger el arma con sus manos atadas, ella se colocó el abrigo otra vez en su sitio.

—¡Vamos, ya basta! —terció Robbie.

—Lo tengo —susurró Lucas—. Ahora distráelos.

Ella se puso erguida, se dio la vuelta, y caminó hacia los hombres. Continuó caminando hasta que estuvo lo suficientemente lejos como para que los bandidos se vieran forzados a apartar la vista de Lucas para mirarla, entonces se llevó la botella a los labios.

—Caballeros, espero que no me negaréis mi deseo de probar vuestro delicioso whisky.

Robbie se echó a reír.

—Claro que no. Pero si eres capaz de beber sin atragantarte, te juro que me como el sombrero.

—De acuerdo. —Cómo le gustaban los retos. Tomó un sorbo, y acto seguido escupió el brebaje y se puso a toser. Por Dios, ¿cómo podía ser que a los hombres les gustara esa porquería?

Mientras Robbie se reía a gusto, Amelia tuvo una idea: asegurándose de que ambos hombres la miraban, derramó accidentalmente el whisky sobre su pecho.

—¡Mecachis, pero qué tía más patosa! —espetó Robbie mientras se incorporaba de un salto y le quitaba la jarra.

Ella echó una mirada furtiva a Lucas. Había logrado desatarse las manos, y ahora estaba cortando las cuerdas alrededor de sus tobillos.

Amelia pestañeó coquetonamente a Robbie.

—Ay, estoy empapada. —Empezó a soltarse los lazos de su abrigo con las manos atadas y se encogió como si tuviera frío—. Este whisky pegajoso destrozará mi piel delicada.

Robbie fijó la vista en el traje de Amelia, que estaba empapado y se pegaba a sus pechos, y de repente agrandó los ojos como un par de naranjas. En ese momento, Amelia bendijo al inventor de los corpiños ceñidos.

Su compinche lo increpó:

—Recuerda lo que nos dijo el *laird*…

—Sólo estoy mirando. No pasará nada porque mire, ¿no?

¿El *laird*? *Laird* significaba «lord» en escocés, es decir, señor... ¿El Azote Escocés era un noble con tierras?

—Pues entonces déjame mirar a mí, también. —El jovencito se levantó y se dirigió hacia Amelia.

—Si uno de los dos fuera tan amable de secarme el whisky —insinuó ella con una voz quejumbrosa—, os estaría tan agradecida que...

—Lo haré yo —se ofreció Robbie, sacando un pañuelo.

En esos momentos, a espaldas de los dos bandidos, Lucas empezó a avanzar sigilosamente hacia el más joven, con el cuchillo alzado. Amelia lo vio y contuvo la respiración.

Entonces todo sucedió con una gran celeridad. Si fue por culpa de la mirada asustada de Amelia, o debido a una reacción instintiva del joven escocés, la cuestión es que el bandido se dio la vuelta en el momento en que Lucas pretendía asestarle una puñalada mortal, pero sólo consiguió herirle en el hombro.

Mientras el muchacho lanzaba un alarido de dolor y Robbie giraba la cara rápidamente, Amelia le quitó la botella que tenía entre las manos y le atizó con ella un golpe tan fuerte en la cabeza que el recipiente se rompió en mil pedazos. Mas aunque el bandido cayó sobre sus rodillas, todavía intentó alcanzar su pistola.

Lucas gritó:

—¡Corre, maldita sea, corre!

Ella se precipitó hacia Lucas. Su esposo estaba forcejeando con el otro escocés por controlar el cuchillo. Entonces Lucas pinchó al muchacho en el hombro herido y se deshizo de él, a continuación la agarró por el brazo y los dos huyeron corriendo.

Presa del terror, Amelia corrió al lado de Lucas, aunque sus zapatitos de fiesta le proporcionaban una escasa protección a sus pies. Detrás de ellos sonó un disparo, pero ellos siguieron corriendo, apartando a manotazos las ramas de los árboles, trotando por encima del boscaje. A lo lejos Amelia vio la luz del sol. Ya casi estaban en las lindes del bosque.

Entre ellos y el castillo en ruinas sólo había un campo de avena, pero Lucas no perdió velocidad ni incluso cuando la arrastró por el campo. Aunque los tallos de avena eran altos, no les proporcionaban cobijo, y Amelia corrió con todas sus fuerzas; sabía que sus captores pronto llegarían al campo que ahora estaba a punto de dejar atrás.

Justo cuando ella y Lucas alcanzaron el castillo, Amelia escuchó un ruido a su derecha y vio a El Azote galopando colina abajo como un poseso. Probablemente había oído el disparo, pero por suerte no los había visto. Todavía.

El desespero se apoderó de Amelia cuando ella y Lucas penetraron en el castillo en ruinas. Alrededor de ellos, unos muros altísimos, semiderruidos, se elevaban hacia el cielo. No había techo, y mientras inspeccionaban el espacio, se dieron cuenta de que el lugar no era más que una pila de escombros al aire libre.

—¿Todavía tienes el cuchillo? —le preguntó, mostrándole las manos atadas.

—Sí. —Lucas cortó la soga—. No pensaba que fuera un arma tan efectiva contra trabucos y pistolas.

Ella echó una mirada furtiva a través del borde del muro y lanzó un grito apagado cuando vio a El Azote cabalgando en círculos alrededor de sus secuaces, que ya habían logrado salir del bosque. El hombre al que Lucas había herido se agarraba el brazo lesionado, pero eso no parecía frenar demasiado su marcha.

—Tenemos que hacer algo —susurró ella—. Si nos vuelven a coger, ese Robbie te matará, seguro.

Lucas echó un vistazo por el borde del muro, también, y dio un brinco hacia atrás con el semblante preocupado.

—Corre y busca ayuda. Puedo retenerlos para que tú tengas tiempo de…

—¡No pienso dejarte aquí! ¡Te matarán, Lucas!

—Si no te atrapan, podrás regresar a por mí, con soldados.

—Ya, y cuando lleguemos aquí tú estarás más que muerto, y esos asesinos habrán desaparecido. —Amelia se apartó de la pared para recorrer el interior en ruinas, procurando que los escoceses no la vieran—. Debe de existir algún sitio donde podamos ocultarnos.

—¡Maldita sea, Amelia! —Lucas fue detrás de ella, la agarró por el brazo y la obligó a darse la vuelta y a mirarlo a la cara—. ¡Tienes que marcharte! No tenemos tiempo para juegos.

—Si alguien se queda, entonces ésa seré yo. Soy yo la persona que les interesa viva.

—Tú no te quedas. —Forzándola para que se diera la vuelta, la empujó hacia el agujero en la pared que conducía a los campos.

En lugar de hacerle caso, ella se dirigió a una chimenea que todavía se erigía en pie.

—Quizá podríamos escondernos dentro de esta chimenea.

—No cabrás. —Lucas avanzó hacia ella—. Y yo menos.

Amelia se arrodilló para mirar la chimenea por dentro, y al hacerlo emplazó la mano en el dintel de piedra. Un ruido seco la sobresaltó, como si algo se quebrara. Quizá sí que estuviera el castillo encantado.

Entonces se dio cuenta de que uno de los bloques laterales del dintel se había movido. Se lo quedó mirando boquiabierta durante un momento, y después lo empujó un poco más. El enorme bloque se movió hacia ella. En la parte del suelo estaba obstruido por un montón de escombros, pero cuando Amelia echó un vistazo alrededor del borde, descubrió que ocultaba un agujero de unos dos metros de largo por un metro de ancho.

—¡Un escondrijo para curas! —Amelia empezó a apartar los escombros hacia un lado.

—¿Qué es un escondrijo para curas? —preguntó Lucas al tiempo que se arrodillaba y también empezaba a apartar los escombros con las manos.

Ella se levantó, y esta vez fue capaz de empujar el bloque lo suficiente como para colarse dentro.

—Un escondrijo para curas, mi querido esposo —dijo Amelia triunfalmente— es donde nos esconderemos.

Capítulo veintidós

Querida Charlotte:

Perdonadme por haber tardado tanto en contestaros, pero no he conseguido averiguar nada sobre lo que les ha sucedido a los implicados en el percance. He hablado con los amigos de lord Kirkwood y con el cónsul americano, pero nadie sabe nada. Es de lo más irritante.

Vuestro desconcertado primo,
Michael

*L*ucas echó un vistazo al claustrofóbico escondrijo y sacudió la cabeza con tesón.

—Yo no me meto ahí dentro, de ningún modo.

Amelia había conseguido retirar el bloque de piedra. Se volvió y lo miró fijamente.

—Ya lo creo que entrarás. Es la única posibilidad que tenemos de escapar vivos de ésta.

—Muy bien. Tú ocúltate ahí, y yo los entretendré para que piensen que te has ido. No voy a correr el riesgo de que los dos nos quedemos atrapados dentro de...

—Es imposible. En la parte interior hay un tirador de hierro para cerrar la abertura, y un pequeño pestillo que con tan sólo apretarlo la abre.

—Haz lo que te digo, Amelia. Escóndete ahí dentro; mientras tanto, yo los distraeré.

Lucas tenía el semblante desencajado, y su respiración era entrecortada. Si Amelia no cerraba esas fauces del infierno, su esposa pronto sería testigo de cómo él enloquecía angustiado, intentando desesperadamente respirar.

Lucas apoyó el hombro en el bloque, pero cuando ella se dio cuenta de su intención de cerrar la entrada, lo agarró por el abrigo.

—Ni lo sueñes, Lucas Winter.

—Aparta el brazo —le ordenó él.

Amelia sacudió la cabeza enérgicamente.

—Tendrás que rompérmelo. Porque no pienso esconderme ahí dentro mientras ellos te matan sin que yo lo oiga.

¡Maldita fuera su esposa y su puñetera terquedad!

—No puedo —masculló él con los dientes prietos—. Prefiero estar aquí fuera con la oportunidad de luchar que encerrado ahí dentro.

—Entonces les plantaremos cara los dos juntos, porque no pienso entrar sola.

Ahora Lucas podía oír los sonidos de sus perseguidores sobre los escombros que circundaban el lugar. Si no actuaba con rapidez, pronto descubrirían a su esposa. Y sin poder olvidar la imagen de cómo ese miserable llamado Robbie había hablado sobre ella y cómo la había devorado con la mirada…

Lucas cerró los ojos y se metió en la boca del infierno. No vio —aunque sí escuchó— cómo ella arrastraba el bloque para sellar la entrada. Estaba sudando, y su corazón había empezado a latir desbocadamente. Mantener los ojos cerrados no le ayudaba en absoluto. Ahí dentro no podía haber suficiente aire para respirar. Los dos morirían asfixiados en ese asqueroso nicho, del mismo modo que él casi se había ahogado en ese maldito túnel…

—¡Chist! —respiró ella pegada a su oreja.

Sólo entonces se dio cuenta de que debía de haber hecho algún ruido —un suspiro, un gemido, algo—. Y eso no era aceptable.

Con un extraordinario acto de voluntad, intentó zafarse del terror que sentía. No podía desmoronarse en esos momentos. Si los descubrían, tendría que salir y luchar, para darle a Amelia la oportunidad de correr. Y no podría hacerlo si yacía en el suelo hecho un ovillo y temblando, poseído por el miedo.

Contuvo la respiración al escuchar las voces cercanas.

—¡Por todos los demonios! ¡No pueden haberse esfumado!

Cuando Lucas reconoció la voz del líder de la banda, abrió

los ojos de par en par. Y lo que vio fue una absoluta oscuridad. El pánico volvió a apoderarse de él, y notó cómo empezaba a faltarle el aire en los pulmones.

Entonces Amelia se arrimó más a él, y él percibió el miedo de su esposa a que los descubrieran. Por el bien de ella, no podía perder el control.

—Ya te dije que este sitio estaba encantado —balbució Robbie desde el exterior de la celda—. Los fantasmas se los han merendado.

—No se los ha comido ningún maldito fantasma —espetó el jefe—. Tienen que estar en algún sitio. —Hizo una pausa—. ¡Sean! —gritó, consiguiendo que Amelia y Lucas se sobresaltaran—. ¿Están en los campos?

Apenas alcanzaron a oír la voz que contestó:

—No los veo. Quizá se han tumbado en el suelo, para ocultarse.

—¡Dispersaos! ¡Barreremos los campos alrededor del castillo!

Las voces cesaron, pero eso fue todavía peor, porque ahora Lucas podía oír el ruido de las botas sobre los escombros, como si se tratara del ruido de los cuerpos que se arrastraban por el suelo justo encima del túnel... Los cuerpos de sus hombres, con los que debería haber estado, a los que debería haber salvado. Se sintió nuevamente agitado a causa del horror, y su respiración era cada vez más fuerte... «Maldita sea, hombre, no puedes dejarte vencer por el miedo. No cuando la vida de Amelia está en juego. Piensa en algo más. Cualquier cosa...»

Se esforzó por escuchar los ruidos más allá de la celda, intentando seguir los pasos de los bandidos. Si él y Amelia se quedaban allí hasta el anochecer, probablemente podrían escapar. Tres hombres no podrían vigilar toda el área por la noche, y quizá ni tan sólo intentarían... si no encontraban su escondite pronto, posiblemente se largarían.

Pero la idea de pasar varias horas en esa celda abandonada de la mano de Dios hizo que su terror retornara, su corazón se acelerara, su garganta se bloqueara. Mil rayos y mil centellas, ¿cómo lo conseguiría? Ni siquiera sabía cuánto tiempo les quedaba a él y a Amelia antes de que se acabara el aire.

Pero el aire no parecía enrarecido. Obligándose a concentrarse en algo más para no pensar en ese diminuto espacio claustrofóbico, gradualmente se dio cuenta de que percibía una corriente de aire proveniente de algún sitio.

Abruptamente, soltó a Amelia para moverse a lo largo del perímetro de la celda, pasando las manos sistemáticamente por todos los sitios, desde arriba hasta abajo. Cuando encontró un orificio de ventilación con una placa de hierro perforada y clavada en la piedra, se apoyó en la pared con alivio. Por lo menos no morirían asfixiados

Pero ese descubrimiento aún empeoraba más la situación, ya que Lucas empezó a pensar que podrían quedarse ahí encerrados durante semanas, sin comida ni agua. Necesitaba comprobar el mecanismo, asegurarse de que la puerta volvería a abrirse.

No, todavía no.

—No tardarán en regresar —susurró Lucas, mientras sentía el enorme peso de la oscuridad sobre todo su ser.

—¡Chist! Cariño, podrían oírte —murmuró Amelia.

Sólo entonces Lucas se dio cuenta de que había hablado en voz alta.

—O hablo o me pongo a gritar —carraspeó él—. Tú eliges.

Maldición, deseó no haber sido tan franco. Se sintió mortificado ante la idea de que ella conociera la tremenda magnitud de su debilidad.

—Tengo otra idea mejor —susurró ella. Se pegó más a él, entonces apresó la cara de su esposo entre sus manos y empezó a acariciarlo... a besarlo.

Amelia estaba intentando echar un cable para que él, un hombre a punto de ahogarse, lo tomara, y Lucas deseaba agarrarse a ese cable desesperadamente, perderse dentro de esa calidez. Pero la única cosa que lo aterraba más que esa oscuridad infernal era la violenta necesidad que sentía por ella. Si aceptaba ahora, jamás sería capaz de resistirse a esa mujer.

—No. —Lucas respiró encima de los labios de su esposa—. Estoy bien, de verdad. Ya se me pasará. Y tenemos que estar alerta por si...

—¿Por si nos encuentran? Estás temblando como un flan, y

tu piel está sudorosa. No aguantarás cinco minutos más a menos que me permitas que intente alejar tu mente de la oscuridad.

—Me las apañaré —repuso él, nervioso.

Ella puso la mano entre sus piernas, donde su polla traidora se excitó ante el tacto. Estirándose para presionar su boca contra la oreja de Lucas, Amelia añadió:

—Y yo también me las apañaré. No tienes que hacer nada. Sólo déjame venerarla.

¿Venerarla? ¿De qué diantre estaba hablando?

Entonces sintió sus manos en los botones de los pantalones, y lo comprendió. O pensó que lo comprendía. Pero como de costumbre, no conocía en absoluto a su esposa, ya que después de bajarle los pantalones y los calzoncillos, no lo tocó con la mano, tal y como esperaba. No, se arrodilló delante de él y empezó a besarle el miembro.

Que Dios se apiadara de él. Lucas no le había enseñado a hacer eso. Así que, o bien Amelia había sido bastante descocada con otro hombre antes de acostarse con él, o era otra de las habilidades que había aprendido de esos malditos cuentos del harén.

Lucas apostó por la segunda posibilidad, ya que ella estaba besando su polla en lugar de ponérsela dentro de la boca. Ésa era probablemente su idea de venerar el miembro de un hombre, pero lo cierto era que lo estaba volviendo loco.

—Cómetela —susurró él, luego se regañó a sí mismo por hablar en voz alta. Hacía un rato que no oía ruido de botas, pero eso no significaba que esos bandidos no estuvieran merodeando cerca.

Por suerte no tuvo que decir nada más. La boca de Amelia se cerró alrededor de su pene, cálida y sedosa y húmeda, y Lucas pensó que se iba a morir de placer. Adelantó sus manos en la oscuridad para agarrar su cabeza y acercarla más hacia él.

La boca de Amelia alrededor de su miembro le provocaba una sensación terriblemente agradable como para poder resistirse. Su lengua… Oh, por Dios, su lengua lo lamía, lo acariciaba, lo hacía estremecer y agarrarse a su melena con furia. Su boca se movía a lo largo de su pene con una incertidumbre tan dulce que le hizo sentir una intensa punzada de dolor en el pecho. El hecho de saber que ella lo hacía por... por él... para calmarlo... era más excitante que incluso su lengua sedosa y caliente jugueteando con su polla mientras la succionaba y la succionaba y...

Lucas se echó hacia atrás para liberarse de su boca, se arrodilló y la agarró por los hombros para sostenerla entre sus brazos.

—¿Lucas? —ella respiró encima de su boca.

Al diablo con el orgullo.

—Necesito estar dentro de ti. Pero no sé si seré capaz de resistir demasiado...

—Pues entonces no te resistas —respondió ella, lanzando sus brazos alrededor del cuello de Lucas.

Él la empujó contra la pared y le levantó la falda. Le elevó las piernas para que se aferrara con ellas a su cintura, encontró el punto más dulce y húmedo de ella y metió la polla a través del orificio de las enaguas para empalarla.

Amelia sofocó el feroz gemido de Lucas con sus labios, besándolo como nunca antes lo había hecho, fieramente, descaradamente. Lucas se hundió en su boca con aroma a whisky, y permitió que el gusto y el tacto de ella ahuyentara el terror que todavía sentía en lo más profundo de sus entrañas.

La penetró, y el terror disminuyó. Volvió a penetrarla hasta el fondo, y el terror disminuyó más. Con cada embestida, conseguía controlar más su miedo, y cada dulce beso que ella le daba lo ayudaba más, hasta que empezaron a moverse en un ritmo perfecto, como si estuvieran conspirando para vencer las pesadillas que lo atormentaban.

Y cuando Lucas se corrió dentro de ella y hundió sus gemidos en la erótica calidez de su boca, la increíble sensación de bienestar que se apoderó de él eliminó el resto de su miedo.

Se quedaron jadeando, besándose, acariciándose. En la intimidad que les confería la oscuridad completa, Lucas descubrió que los lóbulos de las orejas de Amelia eran increíblemente sensibles, que un simple roce involuntario con el índice sobre la parte interna de su muñeca podía acelerarle a su esposa el pulso de una forma salvaje, que a ella parecían gustarle las cosquillas que su barba sin afeitar le provocaba en la delicada piel del cuello.

Amelia le acarició el pelo detrás de la oreja y luego susurró:

—Hace rato que no oigo nada, ¿y tú?

—No. —Lucas se calló para escuchar, concentrándose en sus habilidades como soldado: la perturbación de los ritmos naturales como el viento y el canto de los pájaros y la vibración del suelo—. No están cerca. Pero no se habrán ido demasiado lejos.

—Entonces supongo que será mejor que no salgamos todavía —murmuró ella.

—No hasta que caiga la noche.

Amelia se quedó en silencio durante un largo momento, respirando encima de la mejilla de Lucas.

—¿Y cómo sabremos cuándo es de noche?

—Lo sabré. Los sonidos cambian. Y la temperatura de esta brisa que se filtra a través de la hendidura descenderá.

—Oh, cómo me alegro de que uno de nosotros se fije en esa clase de detalles.

—Te sorprenderías de lo mucho que uno puede aprender cuando se queda atrapado bajo tierra… —Calló de golpe cuando se dio cuenta de lo que acababa de revelar.

—Cuéntame —murmuró ella—. Por favor. Si piensas que no… bueno…

—¿Qué no me trastornará de nuevo?

Lucas hizo una pausa, luego se dio cuenta de que ya no sentía tanto pánico. Todavía no le gustaba ese espacio cerrado y esa oscuridad, pero la brisa ayudaba, y tener a su esposa entre sus brazos hacía la situación casi sostenible.

Casi.

Lucas deslizó los pies hasta sentarse en el suelo, y la invitó a sentarse también, luego apoyó la espalda en la pared e hizo que Amelia se acomodara entre sus piernas. Cuando ella estuvo medio tumbada, con la mejilla apoyada en la mejilla de Lucas, él procuró infundirse valor para relatar su historia.

—Mi barco fue apresado por los ingleses hacia el final de la guerra. Me hicieron prisionero y me enviaron a la prisión de Dartmoor.

—¿En Devon? No está demasiado lejos de donde yo vivía. Es un lugar horrible.

—Lo sé. Por eso no estaba en Baltimore cuando mi padre se

ahorcó. Mis padres ni siquiera se enteraron de que había caído prisionero. No recibieron ninguna de mis cartas. Mi padre se fue a la tumba creyendo que yo estaba muerto.

—Por eso se mató.

Lucas dudó unos instantes antes de responder con una mentira.

—Sí. —El viejo rencor volvió a despertarse dentro de él—. Entonces mi madre supo por uno de los primeros prisioneros que soltaron que yo podía estar en Dartmoor, así que, desesperada, escribió a Kirkwood. Fue él quién siguió mi pista, y luego convenció a los británicos para que me soltaran. —Apretó los dientes—. El tratado fue firmado en Ghent en el mes de marzo, sin embargo a mí no me soltaron hasta mayo. Algunos prisioneros estuvieron retenidos hasta julio.

—Lo cual significa que tú estabas allí en abril.

—Sí. —Él se estremeció.

—Oh, Lucas —murmuró Amelia, con la voz dolorosamente suave—. Estabas allí durante la masacre.

Capítulo veintitrés

Querido primo:

Lady Kirkwood finalmente ha admitido a los Tovey algo impensable: el comandante Winter estuvo prisionero en Dartmoor durante nuestra última guerra. Dados los horribles sucesos que tuvieron lugar en ese lugar, lord Tovey tiene ahora todavía más interés por averiguar si su hija se ha casado con un individuo vengativo.

Vuestra preocupada prima,
Charlotte

*A*melia no tuvo que escuchar la respuesta de Lucas; lo sabía. Con un terrible sentimiento de pena en el estómago, lo sabía.

Sin embargo, cuando él dijo: «Sí, estaba allí durante la masacre», no pudo evitar que las lágrimas empezaran a rodar por sus mejillas.

Porque finalmente comprendió por qué odiaba tanto a los ingleses. Y por qué sería tan difícil para él aceptarla a ella y a los suyos.

Procuró mantener alejada la tristeza de su voz.

—¿Viste… viste lo que pasó?

—Lo oí, y puedo asegurarte que prácticamente fue tan terrible como presenciarlo. —La abrazó tan fuerte que Amelia casi no podía respirar—. Cuando empezó la refriega, yo estaba haciendo guardia en el túnel que estábamos cavando para escapar. Los otros prisioneros sellaron precipitadamente la entrada con la losa para ocultarlo, sin darse cuenta de que yo aún estaba ahí dentro. —Su voz se tornó más amarga, fría—. Los casacas rojas estaban encima de mí, matando a siete de mis compañeros americanos y mutilando a otros sesenta, algunos de ellos murieron más tarde. Todo lo que pude hacer fue escuchar los alaridos.

—¡Cielo santo! —Ella lo besó en la mejilla—. La prensa no dijo nada sobre la existencia de túneles.

—Los periódicos británicos mantuvieron un grave mutismo sobre la mitad de las cosas que sucedieron en Dartmoor. Sobre cuántos de los míos murieron a causa del frío y de la humedad; las epidemias de la viruela; los prisioneros muertos de hambre, buscando comida en las pilas de menudencias... —Suspiró abruptamente—. No es una historia para una dama.

—No me importa. Quiero oírla. —Aunque cada palabra le partiera el corazón—. En los periódicos dijeron que los prisioneros estaban intentando escapar saltando la valla cuando los soldados abrieron fuego.

—Y si eso hubiera sido cierto, ¿qué habría importado? Por el amor de Dios, la guerra había acabado, y el tratado estaba ratificado. Sólo un maldito asunto administrativo nos mantenía todavía en Dartmoor, ¡pero Shortland, el gobernador de la prisión, decidió asesinarnos! Ese desgraciado inglés prepotente...

Lucas se detuvo, respirando con dificultad. Entonces su voz se volvió más inexorable.

—Ese canalla alegó en la investigación posterior que estábamos planeando causar estragos en los alrededores, pero eso era una burrada. Sólo se sentía frustrado por nuestra férrea oposición.

—Ese hombre confesó en los periódicos que preferiría tener que supervisar a dos mil prisioneros franceses antes que a doscientos americanos.

—Nosotros lo odiábamos, y él nos odiaba. —Su cuerpo se estremeció de rabia detrás de ella—. No importa lo que alegara Shortland, fue él quien ordenó a los soldados que dispararan. Algunos casacas rojas descargaron sus mosquetes por encima de las cabezas de la multitud, pero el resto de ellos actuaron como animales, derribando a los prisioneros como perros. Uno de los muertos, un hombre de mi propio barco...

Se le quebró la voz. Cuando volvió a hablar, su tono era tan duro y frío como los muros del escondrijo para curas.

—Me contaron que había implorado que no lo mataran,

pero los casacas rojas le contestaron: «Aquí no nos apiadamos de nadie», y le metieron una bala en la cabeza.

Amelia podía notar una terrible aflicción en la garganta por él.

—Y cuando eso sucedía, ¿tú estabas atrapado en el túnel?

—Durante dos días.

Un escalofrío la recorrió de la cabeza a los pies.

—¿Cómo es posible que sucediera una cosa así?

Cuando él se encogió de hombros, Amelia sintió la fricción contra su pecho.

—La noche de la masacre hubo un tremendo caos. Los guardias necesitaron toda la mañana siguiente para poner orden al desaguisado: medio día para limpiar la sangre de los hombres a los que habían asesinado y mutilado en tan sólo tres minutos. Y cuando dejaron salir a los miles de prisioneros de sus cuartos, necesitaron horas para llevar a cabo un recuento preciso.

—Y aún así, se olvidaron de ti.

—Hasta que uno de mis compañeros, desquiciado por lo de la masacre, decidió volver a cavar en el túnel. Me encontró aturdido, sediento, medio muerto de hambre, y muy próximo a la muerte.

—Oh, cariño. —Amelia lo rodeó por el cuello con sus brazos—. ¡Qué experiencia tan atroz!

El cuerpo de Lucas se sacudió a causa de un escalofrío.

—Intenté mover la losa, pero normalmente se necesitaban dos hombres para moverla desde arriba. Yo solo no podía moverla desde abajo. Pronto me vi obligado a apagar la linterna, por miedo a que consumiera parte del aire respirable. Me pasé dos días a oscuras, preguntándome si iba a morir asfixiado, o si los ingleses vendrían a por mí para coserme a balas como con los hombres que había oído gritar…

Cuando Lucas se detuvo fatigado, ella apoyó su cabeza contra la de él y lloró. Lloró por él y por las crueldades que había sufrido, por los soldados asesinados en la masacre, por su padre que murió creyendo que estaba muerto, e incluso por su pobre madre.

Lloró porque sabía que él no podía hacerlo, porque incluso ahora, después de confesarse en esa celda oscura, estaba sentado rígidamente, sin rastro de humedad en las mejillas ni sollozos provenientes de su garganta. Estaba sentado como un soldado y sufría en la oscuridad, como sufrían todos los soldados defendiendo su país.

—Chist, cariño, eso sucedió hace mucho tiempo —murmuró él. Le rozó la mejilla con los labios—. Vamos, deja de llorar.

Que él tuviera que consolarla a ella en tal situación hizo que Amelia sintiera todavía más ganas de llorar. Pero el dolor patente en el tono de su esposo le dio a entender que sus lágrimas lo incomodaban, y eso no era precisamente lo que quería.

Mientras luchaba por contener sus emociones turbulentas, él le acarició el pelo.

—Todo va bien, ahora todo va bien. —Procuró calmarla él.

—No, no es verdad —sollozó ella—. No puedes meterte bajo cubierta en un barco, no te queda familia, y odias a los ingleses. ¿Cómo puedes decir que todo va bien?

Él la abrazó con ternura.

—No me importa si no puedo volver a bajar a las cabinas de un barco, ahora tú eres mi familia, y no odio a todos los ingleses. Sólo a los que visten casacas rojas. —Frotando cariñosamente la nariz en su mejilla, añadió en un murmullo—: Jamás podría odiarte.

—Eso espero —susurró Amelia. Pero todavía había mucha amargura y rabia en él. Lo había notado en su voz, lo había sentido en sus músculos tensos, mientras le relataba la historia. Tendrían que pasar muchos años antes de que él pudiera pasar página a esa atrocidad.

¿Sería su esposo capaz de vivir satisfecho, con una mujer inglesa? Si no podía…

No, prefería no pensar en eso. Él había dicho que quería un matrimonio real, y ella le había tomado la palabra. De algún modo, conseguiría que él borrara ese horroroso pasado de su mente. De algún modo, conseguiría que la amara.

Las lágrimas le quemaban los ojos. Amor. Oh, qué sueño tan elusivo. ¿Podría amarla algún día? ¿Podría hacerlo?

Porque ahora ella se daba cuenta de que lo amaba. Ese sentimiento había ido creciendo dentro de ella durante días, pero ahora lo sabía. Lo amaba tanto que le dolía el pecho sólo de pensar en ello. Y le partiría el corazón si él no era capaz de amarla.

Combatiendo contra sus lágrimas, apoyó la cabeza en el hombro de Lucas. Mientras tanto, ella intentaría obtener lo máximo de él. ¿Qué más podía hacer?

—Escucha, cariño —murmuró Lucas—. Deberíamos intentar dormir mientras podamos. Cuando consigamos salir de este maldito agujero, todavía nos quedará una larga noche por delante.

—No sé si seré capaz de relajarme como para poder dormir.

—Inténtalo. —Lucas abrió más las piernas para que ella se acomodara, luego hizo que apoyara la cabeza en su pecho—. Pero primero, dime… ¿Qué es exactamente un escondrijo para curas?

—Cuando el parlamento escocés decretó que ser católico era un crimen, y los protestantes fanáticos barrieron las tierras en busca de papistas para encerrarlos en la cárcel, las familias devotas católicas ocultaron a los curas en unas habitaciones especialmente diseñadas como ésta. Aunque te cueste creerlo, también existen escondrijos para curas en Inglaterra, que datan de la época isabelina.

—Te creo. A los ingleses os encanta forzar a vuestros enemigos a ocultarse en la oscuridad. —Pero el rencor en su voz había desaparecido, y su cuerpo ya no estaba tenso.

Con un suspiro, ella se acomodó entre sus brazos, dejándose acunar por su apaciguadora calidez, su opresión reconfortante. Y mientras el silencio reinante se extendía, finalmente logró quedarse dormida.

Lucas no tuvo tanta suerte. Al hablar del túnel se le habían despertado algunas de sus pesadillas más ponzoñosas; sabía que jamás conseguiría sentirse a gusto en una habitación cerrada y completamente a oscuras.

Peor todavía, al hablar de la masacre había revivido algunos dolorosos momentos de los días posteriores. La investigación formal llevada a cabo por el gobierno británico había absuelto a Shortland de cualquier responsabilidad. Los soldados ingleses implicados también fueron absueltos, porque nadie había visto quién había disparado y quién no. Se consideró que la historia había sucedido a causa de un trágico malentendido, y que los dos bandos tenían parte de culpa.

¡Mentira! ¿Hombres desarmados responsables por ser asesinados a sangre fría? Ni en el calor de la batalla, ni siguiera por intereses bélicos. A sangre fría. ¿Y para qué? Para nada.

El caso todavía clamaba justicia.

Amelia se movió entre sus brazos, murmurando algo, y Lucas alejó los sombríos recuerdos de su mente. Ahora había otras cosas más importantes que lo inquietaban. Tenía que pensar en la mejor estrategia para escapar. ¿Debían regresar por el camino por el que habían venido o atajar a través de los campos hasta salir a la carretera más abajo? ¿Qué pensarían los escoceses que ellos iban a hacer?

Esos pensamientos lo absorbían, lo acunaban. Después de un rato, el cansancio de varios días y noches sin dormir se apoderó de él, y tuvo un sueño irregular.

El sueño empezaba como siempre. Únicamente vestido con los harapos de la prisión, se hallaba atrapado en el túnel, escuchando los alaridos, ahogándose por la falta de aire, buscando desesperadamente a tientas su cuchillo, rodeado siempre de la más absoluta oscuridad…

Se despertó jadeando y temblando, pero esta vez Amelia estaba a su lado, acariciándolo con ternura, murmurando palabras tranquilizadoras en su oreja, besándolo en las mejillas, en la mandíbula, en la garganta. Ella lo calmó como un mozo de cuadras calma a un semental inquieto, y gracias a su tierna ayuda, finalmente se relajó. Esta vez, cuando se quedó dormido, cayó sumido en un sueño profundo y sin pesadillas.

Despertó sobre el frío suelo de piedra. Amelia no estaba a su lado.

Se desperezó de golpe, sintiendo un repentino ataque de pánico, hasta que vio —no escuchó, sino que vio— su silueta borrosa en el marco de la puerta abierta, con la luna brillando sobre su cabeza.

—¿Qué estás haciendo? —susurró él mientras se arrodillaba para volverla a arrastrar hasta el interior del escondrijo.

—Ya ha anochecido. Y tenías razón: si escuchas atentamente, puedes saber cuándo se pone el sol.

Lucas la miró boquiabierto. ¿Había dormido todo el día en ese zulo infernal? Sorprendente.

Se puso de pie y se movió hacia la losa abierta e inspeccionó las ruinas que se abrían ante sus ojos con enorme cautela. Entonces se deslizó hasta el exterior. Cuando ella empezó a avanzar hacia él, Lucas sacudió la cabeza.

—Quédate ahí. Si oyes algo alarmante, cierra la losa y espera hasta que puedas escapar tú sola más tarde.

Lucas empezó a escudriñar las ruinas con paso sigiloso. Cuando llegó al borde del muro, se detuvo para echar un vistazo en dirección al bosque. No vio signo alguno de fuego, aunque no por eso se tranquilizó. Los bandidos podían haber huido por temor a que Lucas y Amelia regresaran con soldados… o podían haberse ocultado en algún sitio fuera de las ruinas.

Tenía que correr el riesgo. Quizá él y Amelia no dispondrían de otra oportunidad.

Después de examinar el cielo nocturno para orientarse y determinar qué dirección debían tomar, regresó al escondrijo para curas, sorprendido de que fuera capaz de entrar en la celda sin sentir que le faltaba el aire.

—Nos vamos. Pero primero tengo que darte unas cuantas instrucciones.

—No sé por qué pero no me sorprende —dijo ella, con una sonrisa suave.

—No he visto ni rastro de los escoceses, pero eso no significa que se hayan ido. Así que cuando abandonemos este escondite, no diremos ni una sola palabra hasta que lleguemos a la carretera. Los sonidos son muchos más audibles por la noche, y ya hemos pasado suficientes apuros atravesando los campos sin ser vistos.

—De acuerdo.

Lucas se quitó el abrigo y se lo puso a Amelia.

—Dame la mano firmemente, y no te sueltes a menos que yo lo ordene. Si te digo que corras, corre y no mires atrás, ¿comprendido?

—Sí, mi comandante. A sus órdenes, mi comandante.

—Hablo en serio. —Asió la cara de su esposa entre sus manos—. No te detengas a discutir conmigo ni intentes ayudarme. Puedo apañarme solo. Pero pase lo que pase, no descansaré hasta que sepa que estás a salvo.

Amelia suspiró, y Lucas le propinó un dulce beso en los labios; después la sacó del escondrijo.

Moviéndose en silencio a través de los campos en dirección a la colina, alcanzaron la carretera sin ningún incidente y emprendieron la larga caminata hacia Gretna Green. La luna iluminaba la senda que pisaban; la carretera estaba desierta. No era extraño que los escoceses hubieran elegido atacar esa ruta.

Caminaron prácticamente una milla en silencio antes de que Lucas considerara que podían hablar sin peligro.

—¿Estás bien? —le preguntó suavemente.

—Sobreviviré —refunfuñó ella.

Entonces Lucas se fijó en que Amelia cojeaba.

—¿Te pasa algo en el pie? —preguntó alarmado.

—Nada que un decente par de zapatos no pueda arreglar. Éstos están a puntos de romperse. Me parece que los zapatitos de baile no han sido diseñados para trotar por media Escocia.

Maldiciéndose a sí mismo por no haber pensado en esa cuestión antes, Lucas se detuvo y le dijo que se sacara los zapatos. Se desabrochó una de sus botas, usó su cuchillo para cortar la amplia lengüeta por la mitad, y colocó un trozo de piel dentro de cada zapato, a modo de plantilla. Quizá con esa capa extra, podrían aguantar un poco más antes de romperse del todo.

Cuando Amelia se puso los zapatos otra vez y dio unos pasos, él le preguntó:

—¿Mejor?

—Mucho mejor, gracias. —Emprendieron la marcha carretera abajo y ella se agarró a su brazo—. ¿Sabes? Resultas un tipo de lo más útil, cuando hay que escapar de bandidos y de secuestradores. Y puesto que parece que atraigo la aventura allá donde voy, creo que necesitaré un compañero como tú.

Lucas lanzó un suspiro.

—Espero que estés bromeando, porque unas cuantas aventuras más como éstas y no llegaré a viejo. —Le lanzó una mirada socarrona—. No puedo creer que aún te queden ganas de bromear, después de todo lo que has pasado.

—Bueno, o río o me pongo a gritar, parafraseando a cierto comandante.

Lucas apresó la mano de Amelia entre la suya.

—Has tenido una sobredosis de aventuras, ¿no?

—¿Cómo? ¡De ningún modo! Nadie puede tener nunca una sobredosis de aventuras.

Él sacudió la cabeza.

—Te juro, cariño, que jamás había conocido a una mujer como tú, ni inglesa ni de ninguna otra nacionalidad.

—Espero que lo digáis como un cumplido, comandante.

—Claro que sí. Hiciste un buen trabajo con esos escoceses, cuando me pasaste el cuchillo y los distrajiste, y todo lo demás. Desearía tener más soldados como tú bajo mi mando.

Ella lo miró con la cara iluminada.

—¿Así que no me parezco a tu madre, después de todo?

—Cariño, si mi madre hubiera caído prisionera de una banda de escoceses, se habría muerto al instante del susto. O les habría pedido que incrementaran el rescate para que ella pudiera conseguir una parte del dinero. —Le acarició la mano—. Te lo aseguro, no te asemejas en nada a mi madre.

Caminaron un rato más en silencio. Entonces ella le estrujó el brazo cariñosamente.

—¿No la echas de menos?

Lucas se quedó pensativo durante unos momentos.

—A veces, supongo. Mi madre tenía la costumbre de cantar canciones sentimentales mientras cocinaba. Como cocinera era pésima, pero cantaba muy bien… —Suspiró—. Parecía un ruiseñor. Incluso una cena de puré de maíz acompañado por una salsa mantecosa era más que aceptable para un niño como yo si podía oír a mi madre cantar.

—Mi papá tararea canciones —apuntó Amelia—. El problema es que no es capaz de seguir una melodía, así que su tarareo parece más el maúllo de los gatos cuando se aparean.

—Mi padre silbaba…

Durante el resto del trayecto hasta el pueblo, continuaron charlando sobre sus familias. Ante la sorpresa de Lucas, hablar sobre sus padres le ayudó a reducir la terrible pena que había llevado dentro durante tres largos años. Y le fue más fácil morderse la lengua cuando Amelia le habló de Dolly.

Cuando llegaron al pequeño pueblo dormido de Gretna Green, la mayoría de las luces estaban apagadas. A pesar de la hora, Lucas regresó a la misma posada de la que habían partido para encararse con el posadero por su postillón.

El posadero juró y perjuró que no tenía nada que ver con el asalto, que hacía sólo una semana que había contratado a Jamie como postillón. Lucas estaba a punto de machacarle la cabeza contra la pared para sonsacarle algo de verdad, cuando una voz familiar detrás de él vociferó:

—¿Qué diablos pasa aquí? Mi esposa y yo estamos intentando… ¿Winter? ¿Eres tú?

Lucas se dio la vuelta y vio a su primo, bajando por las escaleras de la posada, y se lo quedó mirando boquiabierto… hasta que recordó que Kirkwood le había confesado su intención de fugarse con la señorita Linley. Por lo visto, lo había conseguido.

Kirkwood dejó de mirar a Lucas para clavar la vista en Amelia, con una palmaria cara de susto.

—Por el amor de Dios, ¿qué os ha pasado? —Entonces echó un vistazo hacia el patio vacío de la posada, detrás de ellos, y su susto se transformó en malhumor—. ¿Qué diantre has hecho con mi maldito carruaje?

Capítulo veinticuatro

Querido primo:

¡Al fin tengo noticias! Lord Tovey ha recibido una carta confirmándole que su hija y el comandante Winter están de camino a Londres, ahora casados. Cómo me gustaría presenciar ese encuentro tan emotivo, pero me veo obligada a regresar a la escuela a causa de algunos asuntos pendientes. No obstante, tan pronto como pueda regresar a Londres, iré a verlos. Me muero de ganas por saber si mi querida Amelia está disfrutando de su vida de casada.

Vuestra amiga ahora más aliviada,
Charlotte

$\mathcal{N}$o tardaron en descubrir que el maldito carruaje de lord Kirkwood estaba en Carlisle, en la posada donde El Azote Escocés había ordenado que lo dejaran. Todavía contenía las pertenencias de Lucas y de Amelia, pero su espada de mameluco estaba clavada en la pared del fondo del carruaje, aguijoneando una nota que dictaba:

Decidle a lord Duncannon que no siempre podrá escapar de El Azote Escocés. No descansaré hasta que recupere lo que me debe, y cuando lo haga, ese señor se arrepentirá del día que me negó lo que con todo derecho era mío.

El joven Jamie había desaparecido; por lo visto, El Azote había avisado al muchacho para que se marchara corriendo una vez hubiera dejado el carruaje con la nota. Así que Lucas y lord Kirkwood se pasaron todo el día departiendo con las autoridades de ambos lados de la frontera antes de que las dos parejas pudieran partir para Londres en el carruaje de Kirkwood.

Aunque el hecho de compartir el carruaje les pareció a Amelia y a Lucas una bendición del cielo al principio, pronto se convirtió en una tribulación. El constante parloteo de Sarah sumió a Lucas en un silencio amenazador. Amelia intentó desviar el tema sobre cuántas variedades de joyas pensaba comprar Sarah, pero todos sus esfuerzos fueron inútiles.

Incluso lord Kirkwood empezó a mostrar signos de cansancio después del primer día, y Amelia no sabía si sentir pena por él o regañarlo. Después de todo, él debería de saber a qué se exponía cuando se casó con Sarah *la Pánfila* por su fortuna. Aunque Amelia comprendía las circunstancias, pensaba que todo era culpa de Kirkwood, por haber elegido una mujer tan frívola.

Pero si los días de Amelia en el carruaje se convirtieron en una tortura, las noches en las posadas que hallaban por el camino fueron gloriosas. En el camino de regreso a casa, viajaron como personas civilizadas, a un ritmo tranquilo, pernoctando cada noche en una posada. Así que cada día, después de cenar con lord Kirkwood y Sarah, ella y Lucas se retiraban a su habitación —y a la cama— lo antes posible. Como si se tratara de un acuerdo tácito, no hablaban ni de Dolly ni de los Frier; lo cierto era que hablaban muy poco.

Hablaban con sus cuerpos, oh, sí; sus cuerpos sí que tenían ganas de expresarse. Amelia jamás habría soñado que un hombre pudiera dar tanto placer a una mujer de formas tan diversas, o que una mujer descubriera tantos secretos en la piel de un hombre. Aunque a veces Lucas le hacía el amor con un afán casi desesperado, ella prefería no darle importancia. Sabía que su esposo estaba preocupado por la situación con su madrastra, mas pronto descubriría que Dolly era inocente. Entonces la nube sobre sus cabezas se disiparía.

Sin embargo, en su última noche en la carretera, les fue imposible seguir evitando el tema. Mientras ella y Lucas yacían medio tumbados en la cama, con sus cuerpos desnudos entrelazados, él puso esa expresión abstraída a la que tanto había recurrido últimamente. Ella lo besó en el pecho, y entonces Lucas le propinó una sonrisa. Pero Amelia podía notar la tensión dentro de él mientras su esposo tomaba su mano izquierda y empezaba a juguetear con su anillo.

—Te compraré un verdadero anillo de desposados en la ciudad —anunció él.

—Pues yo prefiero éste.

—Era de mi padre. Mi madre se lo dio en los primeros años de su matrimonio, y él lo llevó toda su vida.

Amelia asimiló la confesión, pensando en la devoción que su padre profesaba por Dolly.

—¿Lucas?

—¿Mmm? —Él le acarició el pelo—. Por Dios, cómo me gusta tu pelo, su peso sedoso, su olor, todo. Tienes el pelo más bonito que jamás haya visto.

Le pareció una declaración tan extrañamente íntima, proviniendo de su taciturno esposo, que Amelia casi bajó la guardia. Pero decidió incidir en el tema.

—Sé que tienes ganas de que se acabe toda esta historia de los Frier. Pero prométeme que lo hablarás con Dolly en privado, cuando mi padre no esté presente. No quiero que él... no creo que él...

—¿... acepte que su esposa es una delincuente? —aseveró entre dientes.

—No, no creo que él deba salir lastimado por culpa de tus infundadas acusaciones —contraatacó ella.

Lucas lanzó un bufido de cansancio.

—Lo mantendré en privado si puedo. Pero sólo si me prometes que no hablarás con ella sobre este tema hasta que pueda confrontarla. No quiero que la prevengas; quiero ver su cara cuando oiga el nombre de Theodore Frier por primera vez. Me lo debes, Amelia.

Y era cierto, especialmente después de que él hubiera dejado a un lado sus propios planes con tanta galantería para casarse con ella.

—De acuerdo; eso sí, mientras lo mantengas en privado.

Más tarde esa noche, Lucas tuvo uno de sus sueños recurrentes. Cuando la despertó con sus gritos, ella lo calmó tan bien como pudo, pero reparó en el hecho de que su esposo no había tenido ninguna pesadilla desde ese día que habían estado encerrados en el escondrijo para curas. ¿El comentario sobre Dolly había vuelto a disparar sus miedos? Y si así era, ¿por qué?

Mientras se acercaban a Londres al día siguiente, el nerviosismo en Amelia fue creciendo gradualmente. Lucas estaba tan solemne como un cura, lord Kirkwood parecía agitado, e incluso Sarah mantenía la boca cerrada. Entre los padres furiosos de Sarah y los recelosos padres de Amelia, los cuatro sabían que no gozarían de una bienvenida llena de alegría, como la mayoría de las parejas esperaría.

Era casi hora de cenar cuando los Kirkwood dejaron a Amelia y a Lucas delante de la puerta de la mansión de los Tovey, ansiosos por acabar cuanto antes con su propia ceremonia de bienvenida. Mientras Amelia se disponía a asir el enorme picaporte, Lucas le agarró la mano. Sus ojos sombríos desprendieron una repentina llama cálida.

—Pase lo que pase, recuerda que ahora estamos casados. Eres mi esposa, y eso ha de contar para algo.

Ella irguió la barbilla con arrogancia.

—Espero que cuente para más que algo, tanto para mí como para ti.

Lucas soltó un estentóreo bufido, luego la atrajo hacia sí para besarla con tan apasionado abandono que la desarmó por completo. Amelia se olvidó de que estaban de pie en la entrada de su casa, con probablemente la mitad de los vecinos espiándolos desde detrás de las cortinas. Se olvidó de que su padre y su madrastra estaban dentro aguardando su llegada con impaciencia. Se olvidó de que no había tenido exactamente la intención de casarse con ese hombre testarudo y arrogante.

Cuando Lucas la besó con la dulzura más ardiente de un amante, ella recordó sólo que lo amaba. Así que le devolvió el beso, depositando todo su corazón en ello y rezando para que un día él también la amara.

Amelia no era la única que depositaba todo su corazón en el empeño. Ahora que se acercaba el momento de la verdad, Lucas quería recordarle una vez más que ahora le pertenecía, antes de que el infierno venidero los consumiera en sus llamas. Porque si él tenía razón acerca de que Dolly era Dorothy Frier, entonces los sentimientos de Amelia por él se verían tristemente puestos a prueba. Y cuando eso sucediera, deseaba tenerla íntegramente en su campo.

Así que a Lucas no pareció importarle cuando el mayordomo abrió la puerta y los halló fundidos en un apasionado abrazo. Ya era hora de que todo el mundo, incluido el mayordomo, supiera que Amelia era suya.

Mientras Lucas la soltó lentamente, Hopkins tartamudeó:

—Oh… Pe… perdón, mi señora… Oí… oí voces y…

—No pasa nada, Hopkins. —Con una sonrisa tensa, Amelia tomó la mano de Lucas—. Y no me llames mi señora, ya que he tomado el nombre de mi esposo. ¿Puedes comunicarles a papá y a Dolly que hemos llegado?

No fue necesario. En el segundo en que Amelia y Lucas atravesaron el umbral, dos personas salieron precipitadamente del comedor y abrazaron a Amelia con arrebato. Mientras los tres se abrazaban y reían y lloraban, Lucas se mantuvo alejado, observándolos. Así que ese caballero desvaído era el padre de Amelia. Lo cual significaba que la diminuta y delicada figura femenina debía de ser la madrastra de Amelia.

El padre de Amelia tenía más aspecto de profesor que de lord, con sus anteojos y las puntas de los dedos manchadas de tinta. A diferencia de Pomeroy e incluso de Kirkwood, lord Tovey no parecía demasiado preocupado por la apariencia: su fino pelo castaño apuntaba hacia todas las direcciones posibles, y su chaqueta, corbata y pantalones estaban tan arrugados como los de Lucas tras varios días de viaje.

Pero Lucas pudo distinguir el parecido familiar en sus ojos y en su pelo ondulado, ambos del mismo color marrón chocolate que él había encontrado tan atractivo en Amelia.

Y luego estaba lady Tovey. Durante esos meses de búsqueda, se había imaginado a una seductora exultante, con una melena cobriza, y no a una diminuta mujer con aspecto de hada madrina, con la cara pecosa y con el pelo casi naranja.

Lo exasperó ver a su presa en carne y hueso —si realmente era su presa—. Dolly no actuaba como una fémina perversa. De hecho, fue ella quien primero rompió el abrazo familiar para incluirlo a él también en el reencuentro.

—¿Y éste es tu joven esposo, corazón? —preguntó ella, mostrando claramente el afecto que sentía por Amelia en cada una de sus dulces palabras.

—¡Sí! —exclamó Amelia, ruborizándose al darse cuenta de que lo había dejado abandonado. Se soltó de su padre y se colocó al lado de Lucas, luego deslizó la mano por el pliegue del codo de su esposo—. Papá, Dolly, os presento a mi esposo, el comandante Lucas…

—Ya sabemos quién es. —Lord Tovey observó a Lucas con una mirada recelosa—. Es el hombre que me ha robado a mi hija.

Lucas achicó los ojos ante el ataque inesperado.

—Lord Pomeroy os robó a vuestra hija, señor. Yo sólo la recuperé. Y si no queríais que os la robaran, no deberías de haberla dejado sola en Londres para que fuera víctima de tipos desalmados como ese maldito cazafortunas.

Lord Tovey parecía ofendido.

—Hice lo que mi hija me pidió.

—Una petición que deberíais haberle denegado, con Pomeroy merodeando cerca de ella.

Amelia apretó el brazo de Lucas cariñosamente, y luego intervino:

—Perdona las palabras de mi esposo, papá. Como soldado, tiende a mostrarse demasiado protector conmigo.

—Y os estamos muy agradecidos por ello, comandante. —Lady Tovey dio un paso hacia delante para agarrar a su marido por el brazo—. No habría soportado ver a nuestra dulce Amelia casada con ese hombre tan horrible.

Cuando Dolly le lanzó a Lucas una mirada nerviosa, él comprendió al instante por qué Amelia defendía a esa mujer con tanta fiereza. Parecía como una pequeña niña desamparada, y no la embaucadora fémina hecha y derecha de treinta y dos años como se había imaginado que sería Dorothy Frier.

—Sí, papá —agregó Amelia—. Recuerda que de no ser por Lucas, ahora estaría deshonrada o casada con lord Pomeroy.

—Créeme, hija, ése es el único motivo que me contiene para no comportarme de un modo descortés. Eso, y el excelente informe que la señora Harris me ha dado del comandante.

—¿Y dónde está la señora Harris? —preguntó Amelia alegremente, intentando suavizar las duras palabras de su padre.

—La necesitaban en la escuela —explicó lady Tovey—. Pero me pidió que os transmitiera a ti y al comandante Winter su deseo de que mañana paséis a visitarla.

—No pueden hacer eso —dictaminó lord Tovey—. Tenemos que consultar al abogado acerca de las condiciones del matrimonio. De hecho, tu esposo y yo deberíamos ir un momento a mi estudio para…

—Aún no, George —protestó lady Tovey—. Ahora mismo íbamos a sentarnos a cenar. La pobre Amelia y su marido probablemente no han comido, todavía, aunque es posible que antes prefieran subir a cambiarse de ropa. —Le sonrió a Lucas—. Lady Kirkwood hizo que trajeran vuestras pertenencias aquí cuando supo que estabais de vuelta, así que encontraréis todo vuestro equipaje en el piso superior, en la habitación que hay al lado de la de Amelia, por si deseáis asearos y poneros más cómodo.

—Dudo que él pueda esperar tanto —aclaró Amelia—. Por lo menos yo no puedo. Estamos hambrientos.

—¿Habéis hecho que mi hija pase hambre? —refunfuñó lord Tovey, mirando a Lucas con cara de pocos amigos.

—Vuestra hija come cuando le apetece —espetó Lucas.

—Entonces, ¿por qué está hambrienta?

—Ya basta, papá —intervino Amelia con una risa forzada—. Te lo aseguro, si continúas así, mi esposo querrá marcharse a América en menos de una semana.

El alegato silenció a su padre, serenó a su madrastra, y le provocó a Lucas retortijones en la barriga. Cuando él se fuera a América con su madrastra apresada, ¿vendría también su esposa? ¿O ella se quedaría en Inglaterra y lo despediría con una retahíla de insultos?

De momento, Amelia estaba cotorreando mientras se dirigían al comedor. Lucas se había fijado en que su esposa tendía a parlotear sin parar cuando estaba nerviosa, y esa noche no era ninguna excepción. Después de entrar en la estancia y ocupar sus asientos, ella empezó a relatar con un rico detallismo cómo él la había salvado de lord Pomeroy.

Narró los acontecimientos de un modo suficientemente divertido como para arrancarle una sonrisa a su sobrio padre. Mientras servían la sopa, relató las excusas que dio Pomeroy para raptarla. Durante el segundo plato, consistente en pescado, pasó por alto la parte cuando fue drogada y saltó hasta el momento en el que Lucas apareció en la posada para rescatarla, y eso pareció suavizar considerablemente el resentimiento de su padre hacia su esposo.

Y Lucas, claro, actuó de un modo parecido ensalzando a su esposa cuando describió la tunda de golpes que le dio a Pomeroy con el cántaro, lo cual hizo reír a su padre y sonreír a su madrastra. Por lo visto, los dos conocían de sobra la vertiente amazónica de Amelia.

Pero cuando Amelia empezó a describir su boda, lady Tovey arrancó a llorar desconsoladamente.

—¡Dolly! —exclamó Amelia—. ¿Qué te sucede?

—¡Cómo me hubiera gustado asistir a tu boda! —balbució la mujer entre sollozos—. ¡Seguro que eras una novia preciosa!

—Y no os equivocáis —intervino Lucas precipitadamente, amedrentado ante los gemidos de esa diminuta hada madrina.

—Tampoco hay para tanto —apostilló Amelia, riendo—. No llevaba el pelo recogido, y mi traje estaba hecho un asco. Parecía una de esas pobres damas que llegaron a Inglaterra huyendo de la Revolución francesa.

—Para mí no —repuso Lucas—. Estabas guapísima. Siempre estás guapa. —Tan pronto como soltó esas palabras lisonjeras, se arrepintió de haberlas pronunciado. Hacían que pareciera un romántico bobalicón.

Pero por lo menos lady Tovey había dejado de llorar, y la cara de malas pulgas de lord Tovey se había suavizado. Y la embaucadora sonrisa que Amelia le lanzó a Lucas hizo que tuviera ganas de saltar al otro lado de la mesa y besarla con arrojo.

Mil rayos y mil centellas. La situación lo estaba matando. Todo lo que quería en esos momentos era coger a su mujer y marcharse de Inglaterra, olvidarse de Dorothy y de Theodore Frier, olvidarse de su misión, olvidarse de hacer justicia.

Pero no podía. Y si permitía que las sonrisas de su esposa lo tentaran hasta el punto de ignorar la tarea por la que había venido a Inglaterra, eso quería decir que estaba acabado.

Había llegado la hora de iniciar su investigación. Le había prometido a Amelia que no comentaría nada que pudiera alarmar a lord Tovey, pero eso no significaba que no pudiera preguntarle a lady Tovey algunas preguntas maliciosas.

—Tengo entendido que sois de Boston, lady Tovey —empezó con un tono distendido, escudriñando la cara de Dolly.

Ella lo miró fijamente, súbitamente recelosa.

—Yo… bueno… mi difunto esposo era de Boston. —Asió la copa de vino con la mano temblorosa—. Vivimos allí mientras estuvimos casados. —Tomó un sorbo de vino como si intentara calmarse, luego le propinó a Lucas una sonrisa—. ¿Habéis estado en Boston, comandante?

—No, señora. Lo más cerca que he estado de Massachusetts es cuando visité Rhinebeck, en Nueva York.

Cuando Dolly se puso pálida, él sintió una punzada en el estómago. No fue el único que se dio cuenta de la reacción de Dolly, ya que Amelia pareció igual de sorprendida.

—¿Y qué hacíais en Rhinebeck? —se aventuró a preguntar lady Tovey.

Lucas dudó, preguntándose hasta qué punto se atrevería a seguir adelante con esa conversación delicada sin romper la promesa que le había hecho a Amelia.

—Estuve allí por una misión que me asignaron en la Infantería de Marina.

—¿Qué clase de misión? —susurró la mujer, con los ojos descomunalmente abiertos.

Lucas tomó un largo sorbo de vino, más agitado de lo que esperaba. Una cosa era atrapar a una desvergonzada que había convencido a su amante para que robara una fortuna de la Infantería de Marina, y otra bastante distinta era torturar a una diminuta hada madrina indefensa.

—¿Una misión, decís? —intervino lord Tovey—. ¿Es la misma misión que mencionó la señora Harris? ¿La investigación de la huida de un estafador?

Mientras Lucas lo miraba boquiabierto, lady Tovey susurró:

—¿De qué estás hablando, querido? La señora Harris no dijo nada acerca de ningún estafador.

Lord Tovey le lanzó a su esposa una mirada indulgente.

—Lo sé, mi amor. Me lo dijo esta mañana, antes de marcharse. Me explicó la verdadera misión que había traído al comandante Winter hasta Inglaterra. Tú estabas tan ocupada preparándolo todo para la llegada de Amelia que por eso no te lo conté.

—¿Y cómo lo sabía, la señora Harris? —Lucas le lanzó a su esposa una mirada acusadora.

—¿No te acuerdas, Lucas? —dijo Amelia visiblemente incómoda—. El primo de la señora Harris obtuvo esa información a partir de un conocido en la Infantería de Marina.

De acuerdo. Se había olvidado de eso. Y, por supuesto, la buena viuda Harris se había encargado de difundir la información. Era obvio que lord Tovey no tenía ni idea de la relevancia de esos datos, lo cual significaba que desconocía por completo las actividades de su esposa. Pero a juzgar por los rasgos alterados de Dolly, ella estaba empezando a averiguar el motivo por el que Lucas estaba allí. Por lo visto, incluso las hadas madrinas podían tener secretos oscuros.

—¿Y bien, comandante Winter? —Lord Tovey se sirvió un trozo de *roastbeef*—. ¿Es la misma investigación? ¿El caso del desfalco de una compañía naviera?

Lucas escrutó la cara de Dolly.

—Sí. —Mientras ella lo miraba con una creciente confusión en sus ojos, él añadió deliberadamente—. Estoy persiguiendo a un hombre llamado Theodore Frier, y a su compañera.

—¿Compañera? —inquirió lord Tovey, sin darse cuenta de la agitación de Dolly—. Entonces, ¿son dos los fugitivos?

Lady Tovey se levantó abruptamente.

—Si me disculpáis un momento…

Mientras se precipitaba hacia la puerta, lord Tovey se sirvió otro trozo de *roastbeef*.

—Perdonad a mi esposa, comandante Winter —explicó el hombre—, pero en su estado, el olor de la comida a veces le provoca nauseas.

Estaba claro que ella se había alterado. Lucas también se levantó.

—Pues yo también necesito… ejem… ir al baño. Si me disculpáis…

No era una excusa muy brillante, pero no le importaba. No pensaba dejar que Dorothy Frier se escapara ahora, si eso era lo que pensaba hacer.

Pero Lucas se quedó sorprendido cuando encontró a lady Tovey deambulando por el pasillo. A pesar de que ella dio un respingo cuando lo vio, colocó un dedo delante de sus labios y señaló hacia una puerta al otro lado del pasillo. Él la siguió hasta allí, con el corazón latiendo desbocadamente.

Dolly entró en la estancia después de él y cerró la puerta, entonces se dio la vuelta y lo miró fijamente, con unos ojos llenos de rabia.

—Sé lo que queréis, comandante Winter. Si es que realmente sois comandante.

Su impertinencia lo exasperó.

—Pues claro que soy comandante. ¿Por qué mentiría con una cosa así?

—Porque habéis mentido sobre muchas otras cosas —terció ella acaloradamente—. Sé que esa historia sobre el desfalco es falsa. Estáis aquí por el dinero. —Frotándose las manos nerviosamente, se dirigió hacia la chimenea—. Bueno, puedo daros una parte. Tengo joyas valoradas en cinco mil dólares, como mínimo. —Se volvió hacia él, con lágrimas en los ojos—. Estoy segura de que podré conseguir el resto, si me dais un poco de tiempo.

Lucas la miró boquiabierto, sorprendido de que todo hubiera sido tan fácil, a pesar de que ella negaba el desfalco, pero eso debía de ser un mero intento de preservar su orgullo.

—Así que admitís que sois Dorothy Frier.

—Por supuesto que lo admito. No soy tan ingenua; ya sé lo que pasa. Os habéis casado con mi hijastra para conseguir su fortuna, puesto que probablemente pensasteis que no recuperaríais vuestro dinero de ningún otro modo. —Sus ojos estaban anegados de lágrimas—. Tendríais que haber venido a hablar conmigo primero. Os habría dado cualquier cosa con tal de que no hubierais dicho nada sobre mi pasado. Todavía pienso hacerlo, pero sólo si me juráis que os marcharéis a América y dejaréis a mi pobre Amelia fuera de todo este sucio asunto. Es fácil ver que ella ya está medio enamorada de vos, así que debéis iros lo antes posible, mientras ella todavía sea capaz de recuperarse del desengaño amoroso.

—No me casé con Amelia por dinero, ¡maldita sea! —refunfuñó él.

Ella irguió la barbilla con altivez, a pesar de que le temblaba violentamente.

—Fingir que realmente estáis enamorado de Amelia no os servirá para obtener más dinero. Ya es suficientemente terrible que ella no sepa que se ha casado con un chantajista desalmado, pero…

—Amelia lo sabe todo: por qué estoy aquí, quién sois vos, y lo que habéis hecho.

—¡Hecho! —Dorothy lo miró con estupefacción—. ¡No he hecho nada!

—Entonces, ¿por qué me estáis ofreciendo dinero, por qué ocultáis vuestro pasado…?

La puerta de la estancia se abrió de par en par para revelar a Amelia de pie, junto a su padre.

—Lo siento, Dolly —dijo ella suavemente—. Intenté… intenté que se quedara en el comedor, pero la súbita reacción de Lucas despertó sus sospechas.

—¿Se puede saber qué diablos pasa aquí? —espetó lord Tovey—. ¡Comandante Winter! ¡Exijo una explicación por vuestro comportamiento!

Durante un momento, padre e hija se quedaron inmóviles en la puerta. Lucas deseaba contárselo todo a ese hombre, pero le había prometido a Amelia que no lo haría. Y Dorothy estaba claramente abatida.

Entonces Dolly levantó la vista y la fijó en su hijastra. Sus ojos eran ahora suplicantes.

—¿Qué es exactamente lo que tu esposo te ha contado acerca de mí, corazón?

—¿Sobre Dorothy Frier, quieres decir? —matizó Amelia en un susurro.

Dorothy pestañeó.

—Sí, sobre mí.

Cuando la cara de Amelia mostró su decepción, Dorothy se volvió y miró a Lucas fijamente.

—¿Qué mentiras le habéis contado? ¿Qué es lo que ella cree que he hecho?

—Ella jamás ha creído que hayáis hecho nada malo —espetó Lucas cuando vio cómo se desvanecía la poca esperanza que le quedaba a Amelia—. Vos sois la que le habéis roto el corazón. Yo sabía que erais Dorothy Frier desde el principio, pero ella continuó insistiendo que no podíais ser la esposa de Theodore Frier.

—¡Esposa! —La cara de Dorothy mostraba incredulidad—. No era la esposa de Theo.

—Compañera, amante...

—¡No era nada de eso, desalmado! —Lady Tovey había perdido la paciencia—. ¡Era la hermana de Theodore Frier!

¿Hermana? Por un momento, el mundo de Lucas empezó a resquebrajarse.

Entonces se recordó a sí mismo que esa mujer había demostrado ser una avezada mentirosa.

—¡Ja! No lo erais, mejor dicho, no lo sois. Nadie en Baltimore mencionó que él tuviera una hermana, y vuestro patrono en Rhinebeck os describió como la esposa que vivía separada de Theo.

—Eso es porque cuando me presenté para el trabajo de ama de llaves, los Webb expresaron que querían a una mujer casada. Así que les mostré una foto de Theo y yo y les dije que vivíamos separados. Esa parte era cierta... hacía muchos años que no veía a Theo. Entonces un día él apareció por Rhinebeck para decirme que había dejado el juego y que había obtenido un trabajo en Baltimore. ¡No podía confesarles a los Webb que les había mentido!

—Y todavía esperáis que ahora creamos que decís la verdad.

—Sé que lo hace —dijo lord Tovey en una voz rasposa—. Ella era virgen cuando nos casamos.

—¡George! —exclamó Dorothy al tiempo que se sonrojaba—. No deberías contar esa clase de intimidades...

—Si el motivo es evitar que este bribón te acuse de quién sabe qué, le contaré todo lo que sea necesario. —Lord Tovey miró a Lucas con irreverencia—. Juro por mi honor que mi esposa era casta cuando nos casamos. Me contó que Obadiah

Smith era demasiado viejo para consumar el matrimonio, y yo la creí. —Se dirigió hacia su esposa—. Del mismo modo que ahora la creo cuando dice que ese Theodore Frier es su hermano.

—Ya veremos qué dice Theo cuando hable con él. —Lucas fulminó a Dorothy con una mirada sombría—. ¿Dónde está?

Temblando, ella deslizó la mano hasta apoyarse en el brazo de su esposo.

—Está en Lisieux, en Francia. Pero me temo que no podréis hablar con él.

—¿Por qué no?

—Porque está muerto.

Capítulo veinticinco

Querida Charlotte:

He sabido que las dos parejas de recién casados han regresado a la ciudad. Según los rumores, el nuevo suegro de lord Kirkwood ha aceptado a regañadientes los términos del contrato que el vizconde le ha exigido. En cuanto al comandante Winter, nadie ha comentado nada acerca de la reacción que ha tenido su nuevo suegro.

Vuestro curioso primo,
Michael

¿*M*uerto?

Amelia miró a su madrastra boquiabierta, tan asombrada como Lucas. Y herida, también, además de confundida. ¿Era Dolly culpable de algo? ¿Eran ciertos sus alegatos?

Lucas la observaba con cara de incredulidad.

—Frier está muerto —repitió.

—De neumonía. —Las palabras se escaparon de la boca de Dolly—. Cayó a un río una noche de invierno que estaba borracho. Pilló una neumonía y jamás se recuperó.

Lucas la miró con el ceño fruncido.

—Ya, qué conveniente, ¿no?

Dolly lo miró fijamente, con calma.

—Es la verdad, penséis lo que penséis.

—Lo perseguí por media Francia, y nunca conocí a nadie que testificara que Frier había muerto. El último sitio donde estuvisteis fue Rouen…

—No, fue Lisieux. Abandonamos Rouen cuando aún nos quedaban días a cuenta del pago de la casita de alquiler que ocupábamos. Él siempre hacía lo mismo, cambiaba de lugar constantemente para evadir a los que le perseguían.

—Es decir, a mí y a la Infantería de Marina de Estados Unidos.

—¡No! Huía de esos desalmados jugadores de Baltimore. Los que se enfadaron tanto cuando él ganó una gran suma de dinero en una partida de cartas que lo acusaron de hacer trampas. —Miró a Lucas con cara de resentimiento—. Las personas para las que vos trabajáis.

Mientras lord Tovey rodeaba a Dolly con su brazo protector, Amelia lanzó un bufido. Dolly era la clase de persona que creería cualquier cuento inventado si se lo contaba alguien a quien ella apreciaba.

—Dolly —intervino Amelia antes de que Lucas descargara su furia sobre la pobre mujer—. Te aseguro que Lucas trabaja para la Marina de Estados Unidos. Tiene cartas de recomendación, en las que lo presentan como un delegado naval. Y sé que los Kirkwood pueden corroborar su historia.

Lucas miró a Amelia con un patente malhumor.

—Ella sabe que digo la verdad. Sólo intenta encubrir la pista hasta Frier. —Cuando desvió la vista hacia Dolly, de nuevo se comportó como el comandante Winter: un militar en una misión de investigación—. Si creyerais que Theo había ganado el dinero honestamente, no habríais permitido que fuera por ahí diciendo que erais su esposa. No habríais cambiado de nombre, ni habríais huido a Canadá…

—Theo me dijo que los jugadores lo perseguirían hasta los confines de la Tierra para recuperar su dinero. Y la verdad es que…

Se quedó un momento contemplando sus manos.

—Eso —espetó Lucas—. Por una vez, contadnos algo que sea verdad.

Dolly empezó a llorar, y a pesar de que Amelia comprendía el porqué, también sabía que Lucas interpretaría su comportamiento como la clase de táctica a la que su madre habría recurrido para salirse con la suya.

—Dejadla en paz —bramó lord Tovey, acurrucando a Dolly entre sus brazos—. Ella os ha contado lo que sabe.

—No me ha contado ni la mitad de lo que sabe —contraatacó Lucas—. Y, de momento, lo único que ha hecho ha sido contarme una sarta de mentiras.

—Lucas, por favor… —intentó apaciguarlo Amelia.

—Tú también crees que la engañaron, ¿verdad? —dijo Lucas con un tono alterado—. Llora, y toda la lógica se desvanece. Pero piensa, Amelia, si Frier realmente está muerto, y tu madrastra realmente creyó que había ganado esa fortuna en una partida de cartas entonces, ¿por qué mintió acerca de dónde obtuvo los fondos? ¿Por qué inventó a su difunto esposo Obadiah Smith? ¿Por qué os mintió a ti, a tu padre…?

—¡Porque tenía miedo de que Theo realmente hubiera hecho trampas! —estalló Dolly, con las lágrimas rodando por sus mejillas—. No podía… no podía contarle a George… —Levantó la cara y miró a su esposo—. Sabía que te sentirías fatal si te confesaba que mi fortuna podía provenir de un asunto turbio. Y tampoco estaba segura de si eso era cierto.

—¡Claro que no es cierto! ¡Maldita sea! —gritó Lucas.

—¡No lo sabía! —exclamó Dolly—. Quería confiar en Theo. Yo estaba sumida en la desesperación. La esposa del señor Webb había caído enferma, y él había empezado a beber más de la cuenta y… y a propasarse conmigo. Cuando intenté marcharme, él se negó a darme ninguna carta de recomendación si abandonaba su casa, y yo no tenía ningún sitio adónde ir. El pueblo era pequeño… me amenazó con que se aseguraría de que jamás consiguiera trabajo de nuevo. —Se estremeció violentamente—. Le escribí a Theo para preguntarle si podía irme a vivir con él, y me respondió que sí. Pero el señor Webb me amenazó con denunciarme por robar en su casa si me marchaba, así que escribí otra vez a Theo para notificarle que no podía ir…

—Y él robó una fortuna. —Lucas la miró con los ojos encendidos—. Para vos. En lugar de simplemente iros a buscar y sacaros de esa casa. ¿Es eso lo que me estáis diciendo?

Ella suspiró.

—No. Si es cierto que él robó ese dinero, entonces lo hizo por él. Estoy segura de que se autoconvenció de que lo estaba haciendo por mí, pero lo más probable es que aprovechó la oportunidad para enriquecerse. Ése fue el motivo de nuestro previo alejamiento. Cuando nuestros padres murieron, mi hermano empezó a llevar una mala vida, así que yo busqué trabajo como ama de llaves y no tuve ninguna relación con él, hasta que él me aseguró que se había reformado y que quería que viviéramos juntos de nuevo, como una familia. Cuando consiguió ese trabajo, lo creí. Pero a Theo le gustaban las cosas caras...

—Como a vos —refunfuñó Lucas.

El corazón de Amelia se encogió mientras observaba a su marido. Para Lucas, Dolly era simplemente otro ejemplo de su madre.

—Le suplicasteis a Frier que fuera a rescataros, ¿no es cierto? Le suplicasteis que os diera una vida mejor, y él obedeció —expuso Lucas con amargura.

—Ya basta, comandante Winter —lo atajó el padre de Amelia, tensando el brazo alrededor de la cintura de Dolly—. Mi esposa no es ninguna bruja codiciosa. La mayor parte de su dinero lo destinó a mis tierras y a la dote de Amelia. Os devolveré tanto como pueda; eso si podéis demostrar vuestras acusaciones. Mis tierras sólo puedo legarlas a mis herederos, no puedo venderlas, pero si subasto algunas cosas...

—George, no permitiré que vendas todo aquello que aprecias... —empezó a decir Dolly.

—Chist, mi amor, tranquila. —Lord Tovey la besó en la frente—. Lo único que me importa sois tú y el niño. Y Amelia, por supuesto, aunque espero que su nuevo esposo todavía tenga intención de continuar con ella. —Le lanzó a Lucas una mirada hostil—. Puesto que se casó como parte de su investigación...

—Me casé con ella para salvar su honra —espetó Lucas, ostensiblemente incómodo ante la visión de los padres de Amelia tan afectados—. Además, el dinero no es lo que importa. Quiero... queremos justicia. Theodore Frier, juzgado, declarado culpable, y ejecutado por sus delitos.

Mientras Dolly se sobresaltaba ante la palabra ejecutado, Amelia se quedó perpleja por el ardor que se desprendía de la voz de Lucas. ¿Por qué todavía mostraba esa inamovible determinación de capturar a Frier?

Lord Tovey sentenció:

—Mi esposa os ha dicho que... está muerto.

—Perdonad que sea tan escéptico, señor. Vuestra esposa

nos ha contado tantas mentiras que sólo una prueba fidedigna de la muerte de ese individuo podrá convencerme. Y dudo que la tenga.

Todos los ojos se clavaron en Dolly, que estaba temblando.

—Tengo... tengo un certificado de defunción.

—Vuestro esposo... Oh, disculpadme, vuestro hermano —rectificó Lucas en un tono sarcástico—, es un estafador, señora. Falsificar un certificado de defunción no le costaría demasiado esfuerzo.

—Si no me creéis, entonces id a visitar su tumba en Lisieux —propuso Dolly.

—Cualquiera puede erigir una lápida —se jactó Lucas.

—Un hombre de la localidad se encargó de preparar su cuerpo. Se llama Lebeau. Estoy segura de que si vais allí y habláis con él...

—Ya. Y cuando no lo encuentre, me diréis que quizás se haya ido a vivir a otro pueblo. O que ha muerto. Tenéis una respuesta para todo, ¿no es así, Dorothy?

—¡Os prohíbo que llaméis así a mi esposa! —intervino lord Tovey—. Ahora es lady Tovey, así que os exijo que os dirijáis a ella con el debido respeto.

Amelia lanzó un bufido mientras pensaba: «Oh, papá. Ésa es la última cosa que deberías decirle a mi arrogante esposo, si quieres salvar a Dolly».

La mirada de Lucas, tan fría como un témpano, podría haber acobardado incluso a un duque.

—Intentaré recordar ese consejo cuando la arreste y la lleve de vuelta a América para que pueda repetir toda esa sarta de mentiras delante de mi gobierno en persona.

—Lucas no... —empezó Amelia.

—¡Pero si ella no ha hecho nada malo! —protestó su padre.

—Excepto mentir sobre el paradero de Frier. Y si tengo que llevármela bajo custodia para forzar a su hermano a salir del escondite, os aseguro que lo haré.

—¡Maldito seáis! No vais a llevar a mi esposa a ningún lado. Está esperando un hijo, y ella es una persona frágil. No arriesgaré perder a otra esposa mientras da a luz. ¡Especialmente cuando os ha contado todo lo que sabe!

Echando chispas por los ojos, Lucas se cruzó de brazos.

—¿Podéis probarlo?

Lord Tovey no contestó, porque no podía. Ni tampoco podía hacerlo Amelia. Y, sin embargo, estaba absolutamente convencida de que Dolly únicamente era culpable de haber confiado a ciegas en su hermano, de la misma forma que confiaba a ciegas en todo aquél por el que sentía afecto.

—Sé razonable, Lucas —terció Amelia.

Su esposo desvió la vista y la miró fijamente, con unos ojos tan gélidamente distantes que a ella se le heló la sangre.

—No voy a permitir que Frier se escape de la justicia a causa de la palabra de su hermana.

¿Por qué estaba comportándose de un modo tan visceral con ese asunto? ¿Porque Frier era inglés?

—Por lo menos investiga la historia de Dolly antes de decantarte por una opción tan drástica como es llevarla a América. Vete a Francia, a ver si… la tumba de su hermano está allí.

—Y cuando regrese me encontraré que todos habéis desaparecido, ¿no? Tú estarás en algún lugar donde no pueda encontrarte, mientras que ella se habrá largado a avisar a su hermano, sea dónde sea que se esconde.

—¿Cómo puedes pensar que yo actuaría de una forma tan vil? —El corazón de Amelia se partió cuando vio que la observaba con tanta desconfianza, después de todo lo que habían pasado juntos.

—¿Y si yo viajara a Francia con vos, comandante Winter? —Se ofreció lord Tovey—. Dolly y Amelia podrían quedarse aquí mientras vos y yo buscamos pruebas de las declaraciones de mi esposa. Seré vuestro garante por Dolly.

Luego, añadió en el mismo tono sarcástico que Lucas había usado:

—De ese modo, si mi esposa embarazada se escapa, podréis llevarme a mí a América. ¿Qué os parece? ¿Satisfaría esta propuesta vuestras ansias de justicia?

Lucas se puso rígido.

—Pero eso no obstaculizaría la posibilidad de que ella escribiera a su hermano para alertarlo. Por lo que tengo entendido, se esconde en un condado cercano…

—No permitiré que os llevéis a mi esposa. Antes nos veremos las caras en los tribunales.

—No intentéis intimidarme, señor —clamó Lucas en un tono implacable—. Ir a los tribunales significaría que todo este suceso aparecería irremediablemente en los periódicos, y vos jamás os arriesgaríais a montar un escándalo.

—No me importa el escándalo. Lo que no quiero es arriesgarme a perder a mi esposa o a mi hijo por culpa de vuestra justicia pendenciera. —Miró a Lucas con ojos desafiantes—. Y antes de que prosigamos con esta cuestión, espero que nos demostréis vuestras acusaciones sobre el hermano de mi esposa.

—Sí, comandante Winter —intervino Dolly, con voz desesperada—. Según vos, Theo robó el dinero, pero mi esposo dijo durante la cena que lo sustrajo de la compañía Jones Shipping, por lo que es imposible que mi hermano robara ese dinero.

Lucas profirió una maldición entre dientes.

—¿Por qué no? —preguntó Amelia, de repente atemorizada ante la sospecha de que sabía la respuesta.

—Porque la compañía en la que Theo trabajaba no se llamaba Jones Shipping —explicó Dolly—, si no Baltimore Maritime.

Capítulo veintiséis

Querido primo:

Espero que Amelia se haya adaptado bien a su nueva vida de casada. Me parece que el comandante puede ser un hombre difícil. Pero si existe alguna mujer capaz de hacer frente a su temperamento, ésa es Amelia.

Vuestra devota amiga,
Charlotte

*M*il rayos y mil centellas. Lucas había estado a punto de culminar el trabajo sin que Amelia averiguara toda la verdad. Mas debería de haber adivinado que la madrastra de su esposa sería su perdición.

Lucas suspiró despacio. Quizá Amelia no se acordaba del nombre de la compañía de su padre. ¿Alguna vez lo había citado?

Cuando desvió la vista para mirarla y la vio paralizada, acusándolo con los ojos, su estómago se removió. Se acordaba.

—Me mentiste —susurró Amelia, fulminándolo con la mirada.

—No. No te lo conté todo, que es distinto —se defendió él.

Ella avanzó hacia su esposo, con los ojos echando chispas.

—Pues es un detalle bastante importante como para haberlo omitido, ¿no te parece? Que tu padre se ahorcara no sólo porque pensó que estabas muerto sino porque el desfalco de Frier destruyó su compañía. —Sus ojos se abrieron desmedidamente—. Por eso la fortuna de tu familia desapareció hace unos cuantos años, ¿no es así?

Él asintió lentamente.

—No te lo podía contar. Formaba parte de mi investigación…

—¡Mentira! —Sus bellas mejillas enrojecieron de rabia—. No podías decírmelo porque entonces tendrías que admitir que no es cuestión de cumplir con tu deber o de capturar a un fugitivo. Se trata de una venganza en nombre de tu padre.

—¡Se trata de justicia! ¡Maldita sea! —Su temperamento estalló—. Y ése es exactamente el motivo por el que no te lo conté. Sabía que pensarías que no estaba siendo justo, que estaba interesado en apresar a esas personas por motivos personales.

—¿Y no es así? En la carta de la Infantería de Marina se mencionaba la empresa Jones Shipping, por lo que… ¿Cómo…?

—Jones Shipping estuvo implicada —la cortó Lucas—. Del mismo modo que la Marina y la compañía de mi padre. —Lanzó un sonoro bufido—. Jones Shipping firmó un contrato con la Marina para suministrarles varios barcos y reflotar otros. Eso incluía miles de cañones, por lo que Jones Shipping firmó otro contrato con Baltimore Maritime, para que esta última suministrara los cañones.

—Un enorme pedido que Theodore Frier supervisó, supongo —susurró ella.

—Un enorme pedido del que Theodore Frier sustrajo todos los fondos metódicamente.

—Y acusaron a tu padre —agregó ella, con su típica mirada perdida.

—Sí —resopló Lucas—. Frier falsificó la firma de mi padre una semana tras otra, sustrayendo dinero de la cuenta de Jones Shipping, y luego ingresó los fondos robados en un banco en otro país.

—Theo siempre despuntó en contabilidad —lo interrumpió Dolly.

Furioso, Lucas la fulminó con la mirada.

—Por eso lo contrató mi padre. Y porque a mi madre le causó una excelente impresión, con sus orígenes ingleses y sus finos modales. —Ignoró el claro remordimiento en la cara de Dolly mientras el resentimiento acumulado se adueñaba de todo su ser—. Así que jamás se suministró el pedido de cañones, ni tampoco se pagaron los honorarios a los trabajadores; en cambio, las facturas por los materiales se amontonaban sin que nadie lo supiera ni nadie las sufragara.

Lucas miró a Dolly fijamente.

—Entonces vuestro hermano desapareció, dejando tras él una montaña de obligaciones financieras y la firma de mi padre en los documentos bancarios. Así que la Infantería de Marina y la compañía Jones Shipping se echaron encima de mi padre, creyendo que él y Frier lo habían planeado todo juntos. Tuvo que subastar todo lo que quería, y cuando hubo hecho todo lo posible para enmendar el disparate, se… se…

—Se ahorcó —terminó Amelia suavemente.

La cara de su esposo estaba ahora pálida.

—Sí. Después del escándalo, mi madre lo despreció por haberse dejado estafar, y mi padre pensaba que yo estaba muerto. No le quedaba ninguna ilusión en la vida. Ninguna.

Lord Tovey parecía consternado.

—Habríais heredado la compañía de vuestro padre de no haber sido por el hermano de mi esposa. Así que no es a la Infantería de Marina americana a quien debemos ese dinero, ni siquiera a la naviera Jones Shipping, si no a vos.

—¡No me importa el dinero! —bramó Lucas—. No quiero ni un solo maldito centavo.

—No, lo único que quieres es a Theodore Frier.

—Exactamente. Eso es lo que quiero. Quiero ver a Frier colgado igual que mi padre. Quiero que se haga justicia, y después de lo que le hizo a mi familia, me merezco esa justicia.

—Por supuesto —asintió Amelia—. Incluso te mereces vengarte. Pero contra él, no contra Dolly. No puedes ahorcar a un hombre muerto, Lucas.

—Sólo tengo la palabra de tu madrastra de que ese individuo está muerto. —Lucas no quería que Frier estuviera muerto. No podía soportar que ese desgraciado hubiera escapado de la humillación de comparecer ante un tribunal, el tormento de ser ahorcado públicamente. ¡Maldición! ¡No era justo!

Amelia señaló hacia su madrastra.

—Vamos, Lucas, no puedes creer que ella sea capaz de maquinar un plan para encubrir a su hermano…

—Ha demostrado que es más que capaz de mentir para protegerlo, ¿no? —Le enfurecía ver que su esposa continuaba defendiendo a su madrastra—. Y si tengo que llevarla a Estados Unidos para demostrar que miente, lo haré.

—Quieres atormentarla porque no puedes atormentarlo a él. De lo único que ella es culpable es de haber sido tan ilusa como para confiar en su pérfido hermano.

—Y tú eres tan ilusa como para confiar en ella, Amelia —ladró Lucas, aún sabiendo que las palabras de su esposa contenían cierta parte de verdad—. Incluso tú deberías admitir que no eres la persona más avezada a la hora de juzgar a alguien. Pensabas que Pomeroy era inofensivo.

Ella lo miró abatida.

—Tienes razón… He demostrado no ser muy ávida juzgando a las personas. —Su voz disminuyó hasta convertirse en un doloroso susurro—. Después de todo, fui tan ilusa como para confiar en ti. Pero nunca más. Nunca más.

Cuando se dio la vuelta y enfiló hacia la puerta, él la miró con estupefacción. ¿Nunca más? ¿Qué diantre quería decir con eso? ¿Qué pensaba hacer?

Lucas la siguió, pero antes de abandonar la estancia se detuvo delante de su suegro.

—Continuaremos con esta cuestión mañana por la mañana. Entonces tendré listas mis pruebas, y espero ver ese certificado de defunción que vuestra esposa asegura tener. —Cuando lord Tovey asintió con la cabeza, Lucas añadió—: Si vuestra esposa se esfuma esta noche, señor, o intenta contactar con su hermano, os haré responsable a vos, ¿queda claro?

—Los dos estaremos aquí mañana por la mañana, os lo aseguro —convino el conde con una visible rigidez.

Entonces Lucas salió detrás de su esposa.

La encontró subiendo las escaleras airadamente, y trotó tras ella para alcanzarla.

—¿Adónde vas?

—A mi habitación.

—Nuestra habitación, querrás decir.

—Quiero decir mi habitación. Haré que un criado me lleve las cosas a mi antiguo cuarto.

—De ningún modo. —Tuvo que apretar el paso para continuar a su lado; Amelia estaba subiendo las escaleras de un modo tan precipitado como si la persiguiera una manada de lobos hambrientos—. Lo que ha sucedido no cambia nada entre nosotros dos.

—Lo cambia todo. No pienso compartir el lecho contigo hasta que entres en razón.

—Hasta que esté de acuerdo contigo, quieres decir. —La siguió a lo largo del inacabable pasillo hasta una puerta situada al final—. Hasta que acceda a darle unas palmaditas a tu madrastra en el hombro y le diga: «Gracias por la información, señora, y perdón por haber interrumpido su vida placentera».

—Si pensara que meramente estás cumpliendo con tu deber, Lucas, no me entrometería. —Cuando él esgrimió una mueca de incredulidad, ella le propinó una mirada asesina—. Pero no lo haces meramente por cumplir con tu deber, y ambos lo sabemos.

Amelia entró en la habitación y se dio la vuelta para cerrarle la puerta a su esposo en las narices, pero él deslizó un pie en el resquicio para evitarlo. Lleno de rabia, penetró en el cuarto a la fuerza, luego se dio la vuelta y cerró la puerta tras él.

—Márchate, por favor —susurró Amelia.

—No hasta que aclaremos esto. Cuando nos casamos, accediste a que si tu madrastra demostraba ser Dorothy Frier, me dejarías que la confrontara del modo que considerara más conveniente.

—Yo no dije eso. Dije que si había intervenido en el desfalco, entonces se merecía ser apresada. Pero no lo hizo. Por lo que no puedes hacerlo.

—La cuestión es que viajó con Frier y se gastó parte del dinero; ella es la única persona que puede llevarme hasta ese individuo.

—¡Está muerto! ¡Y lo sabes! —Las manos de Amelia se cerraron en unos puños de impotencia—. En el fondo lo sabes.

Mientras él la miraba fijamente, luchando por ignorar el molesto temor de que ella tuviera razón, Amelia suavizó la voz.

—Pero si admites que está muerto, entonces no podrás aplicar la justicia que tanto anhelas. Y permitirás que tu deseo de venganza te ciegue y no te deje ver la verdad.

—Y tú has dejado que las alegaciones falsas de una mujer con carita de santa te ciegue y no te deje ver los hechos —tronó él.

—¿Qué hechos? ¿Tienes alguna prueba de que Frier está vivo?

Lucas apretó la mandíbula. No, no tenía ninguna prueba. De hecho, las evidencias apoyaban la historia de Dorothy, porque no había hallado rastro de ese individuo después de Rouen. Pero sólo porque Frier debió de darse cuenta de que alguien lo seguía y decidió separarse de su hermana para confundir a sus perseguidores.

A menos que Dorothy no estuviera mintiendo.

—Tal y como creía, no tienes pruebas —proclamó ella suavemente.

—Maldita sea. No puedo simplemente cerrar la investigación basándome en la palabra de una fémina que ha admitido haber mentido…

—Exactamente, lo ha admitido. Lo único que no admitirá es lo que tú esperas oír. Incluso su propio esposo la cree…

—Porque o bien la cree o bien acepta que su esposa podría estar encubriendo a un delincuente, y él no va a aceptar esa posibilidad.

—Y, sin embargo, no tienes ningún reparo en declarar que tu propia esposa es una ingenua. Y lo que es peor, que te engañará tan pronto como le des la espalda.

—No se trata de nosotros, Amelia —masculló Lucas, apretando los dientes.

—¿Ah, no? —Ella se colocó delante de él—. Me casé contigo cuando mis instintos me decían que estaba loca, ¿y sabes por qué?

—¿Porque no querías vivir como una solterona deshonrada en Torquay? —la provocó él.

—Si ése hubiera sido el motivo, me habría casado con Pomeroy, quien no albergaba ninguna intención de destruir a mi familia. —Amelia lo miró con altivez—. Me casé contigo porque confiaba en ti. Porque eras honrado y justo, y sabía que harías lo debido con Dolly.

Su labio inferior temblaba sin parar.

—Pero eso fue antes de que me diera cuenta de que el odio

que consume tu corazón es tan poderoso que puede anular tus impulsos más racionales.

—¡Racionales! ¿Crees que es racional confiar en la palabra de una embustera?

—Nadie te pide que hagas eso. Yo no te pido que lo hagas. Lo único que te pido es que le des una oportunidad a su historia. Ve a Francia. Indaga para descubrir la verdad por otras vías. Entonces, si no quedas convencido, y todavía quieres llevar a mi familia hasta los tribunales…

—Acatarás mi decisión —la interrumpió él sarcásticamente.

—Sí, puesto que entonces sabré que no estás únicamente intentando golpearnos porque no puedes golpear a Theodore Frier.

Lucas contuvo la respiración, molesto al ver que su esposa podía interpretar con tanto acierto sus pensamientos. La verdad era que ya estaba rumiando la propuesta de lord Tovey, aunque sólo fuera para satisfacer su convicción de que las alegaciones de Dorothy eran falsas.

Pero ver suplicar a su esposa únicamente consiguió irritarlo más. Había jurado que no permitiría que ella lo manipulara como a un monigote, y eso era precisamente lo que ella estaba intentando hacer ahora.

—¿Y si no voy a Francia? ¿Por cuánto tiempo piensas castigarme negándote a acostarte conmigo?

Amelia le lanzó una mirada llena de desilusión.

—Si te niegas a confirmar la historia de Dolly, entonces no me negaré a acostarme contigo; me negaré a todo lo que tenga que ver contigo. Puedes hacer lo que quieras, pero yo viviré con mi padre y con Dolly, ayudándolos a salir del escándalo que tú habrás originado para desahogarte de que ese hombre esté criando malvas.

Las palabras lo golpearon con la fuerza de las olas que baten el casco de un barco. Su esposa lo estaba amenazando con abandonarlo. Después de todo lo que habían pasado juntos, aún era capaz de…

—¡Ni lo sueñes! —El pánico que apresaba su pecho era peor que el que había sentido en el escondrijo para curas—. Desahoga tu frustración si lo necesitas, pero eres mi esposa, y no permitiré que me obligues a actuar como tú quieras por medio de amenazas absurdas.

—No es ninguna amenaza absurda. No podría vivir con un hombre si no soy capaz de confiar en él.

Lucas luchó por ocultar el terror que le había provocado la declaración de Amelia.

—Si no recuerdo mal, bonita —dijo, luchando por mantener un tono impasible—, en los votos de nuestro matrimonio no se incluía la palabra «confianza». Pero, en cambio, recuerdo que el cura dijo algo sobre obediencia de la esposa al esposo.

—¿Y es eso lo que quieres? ¿Una esposa que te obedezca ciegamente, como los soldados que tienes bajo tu mando? ¿Que jamás exprese su opinión, que nunca te exija nada?

Lo que Lucas quería era que Amelia no lo abandonara. Pero estaría acabado si lo admitía.

—No importa lo que quiero, porque no lo obtendré, ¿no es cierto? Tú no podrías ser una esposa obediente ni aunque te fuera la vida en ello.

—Y tú no deseas una obediencia ciega por parte de tu esposa, digas lo que digas.

De repente, Lucas vio la oportunidad de conseguir lo que verdaderamente quería… sin manchar su orgullo, y con su esposa donde quería tenerla.

—¿Por qué no lo averiguamos, querida? Si eres mi esposa obediente por una noche, iré a Francia. Pero tendrás que hacer exactamente lo que te ordene. Porque si te niegas, si muestras tu típica insolencia, entonces haré lo que me plazca con tu madrastra. Y no quiero oír nunca más esa tontería de vivir separados, ¿de acuerdo?

¡Qué magnífica estrategia! Su esposa no había conseguido ni hacerse pasar por una pánfila pusilánime más de dos días, cuando se conocieron; jamás conseguiría mostrarse sumisa, con una obediencia a ciegas, durante toda una noche. Así que cuando ella fracasara, él habría obtenido lo que quería, también.

Y puesto que, de todos modos, él habría aceptado magnánimamente ir a Francia al día siguiente, no parecería como si hubiera accedido a sus peticiones, sino que lo hacía en un acto de generosidad. Y una vez hubiera determinado en Francia que estaba en lo cierto acerca de Theo Frier, Amelia no se opondría cuando recurriera a su madrastra para hacer salir a ese hombre de su escondite.

Era un plan brillante... si su esposa aceptaba el reto.

Por un momento, Lucas temió que Amelia fuera a decir que no. Ella achicó los ojos para escudriñar su cara. Entonces le propinó una sospechosa sonrisa brillante.

—Como queráis, mi querido esposo. ¿Cuándo empezamos?

Capítulo veintisiete

Querida Charlotte:
Tenéis buenos motivos para preocuparos por lady Amelia y su esposo. Un oficial de la Infantería de Marina de Estados Unidos no puede tolerar una esposa insolente, y de todas vuestras pupilas, lady Amelia parece la más dispuesta a actuar con osadía y descaro.

Vuestro primo igualmente osado,
Michael

—*P*odemos empezar ahora mismo —proclamó Lucas.

Amelia asintió con la cabeza.

De algo le había servido pasar las últimas noches calentando el lecho de su esposo. Sabía lo que le gustaba, y había empezado a aprender lo que esperaba de ella. Y una esposa obediente no era lo que Lucas anhelaba, por más que él intentara autoconvencerse de ello.

Había llegado el momento de demostrárselo. Aunque intentara razonar con él, su esposo se resistiría ante el reto de perder su autoridad. Amelia no quería iniciar una disputa cada vez que surgiera un problema en el que no lograran ponerse de acuerdo. Ni tampoco deseaba contemplar impasiblemente cómo él destruía su futuro como pareja —así como a su familia— porque no podía pasar página a su pasado. Si actuar como una esposa obediente era todo lo que hacía falta para que él se marchara a Francia, lo haría. Porque cuando Lucas estuviera delante de la tumba, cuando hubiera hablado con los aldeanos en Lisieux, ¿cómo podría ignorar los hechos?

Así que sería obediente esa noche, aunque eso la matara. Y

a juzgar por el brillo en la mirada maliciosa de su esposo, estaba claro que él no se lo pondría nada fácil.

Lucas se dirigió resueltamente hacia la butaca favorita de Amelia y se acomodó en ella, a continuación señaló hacia el equipaje que habían traído de casa de lord Kirkwood.

—Puedes empezar por deshacer las maletas y colocar toda la ropa en su sitio. —Mientras ella asentía y se dirigía a las maletas, él agregó—: Ah, y quiero toda mi ropa perfectamente doblada y ordenada. Nada de tu típico desaliño, ¿entendido?

Amelia apretó los dientes.

Durante las siguientes dos horas, Lucas se dedicó a ladrar sin parar, dándole órdenes como un general suele hacer con los soldados rasos, hasta que ella empezó a cuestionarse si era una insensata por haberse casado con un militar. Después de deshacer las maletas tuvo que realizar otras labores tediosas. Lucas le ordenó que le quitara el abrigo, el chaleco, la corbata y las botas; ella lo hizo con la misma eficiencia acérrima que él siempre mostraba.

Después Lucas le mandó limpiarle y abrillantarle las botas, y Amelia tuvo que morderse la lengua. Él la estaba tratando como a una criada, cuando ambos sabían que las esposas de los oficiales no hacían esa clase de tareas de tan baja categoría. Su esposo estaba intentando someterla según su voluntad, igual que un oficial somete a un soldado.

Muy bien, le dejaría continuar con ese jueguecito absurdo. Muy pronto aprendería que la fuerza de voluntad de una mujer no tiene límites.

Cuando acabó con las botas y éstas quedaron brillantes como los chorros del oro, Lucas no parecía tan ufano como al principio. Sin duda, había supuesto que ella no aguantaría tanto con el dichoso juego de ser obediente.

La miró fijamente durante un largo rato, y finalmente señaló hacia la puerta.

—Por culpa de tu madrastra no he podido terminar mi cena. Baja a la cocina y dispón una bandeja con comida para saciar mi apetito, luego tráemela.

—Sí, esposo —repuso ella en la misma voz sumisa que había usado durante toda la noche.

Esta vez su tono hizo que Lucas enarcara una ceja.

—Y no añadas ningún purgante.

—Por supuesto que no —contestó Amelia mientras enfilaba hacia la puerta, aunque la idea le pareció ciertamente sugestiva.

Bajó por las escaleras de servicio para evitar toparse con sus padres, pero cuando estuvo en la cocina se dedicó a deambular con el fin de matar el tiempo. Después de todo, él no le había ordenado que se diera prisa.

De hecho, había una serie de cosas en las que él no había sido nada específico. Quizá había llegado el momento de llevar el juego de la obediencia hasta el extremo.

Cuando regresó a la habitación bastante rato después con una bandeja con pan integral, salchichas y manzanas al horno, su esposo, ahora con semblante exasperado, se había acomodado en la cama. Estaba sentado, con la espalda apoyada en el cabecero, las piernas estiradas, los pies todavía con calcetines cruzados a la altura de los tobillos, y la camisa desabrochada.

—Te has tomado tu tiempo, ¿eh? —gruñó Lucas.

—El personal de la cocina ya se había retirado —respondió ella, como si esa excusa lo explicara todo.

A pesar del obvio enojo de su esposo, ella no se acercó a él con la bandeja después de cerrar la puerta a su espalda. En lugar de eso, se quedó inmóvil.

—¿Y bien? ¿A qué estás esperando? —la apremió él.

Amelia ocultó una sonrisa.

—Tus órdenes. No sé dónde quieres que deposite la bandeja.

Con una mueca de irritación, él dio unos golpecitos en la mesita que tenía a su lado. Amelia lo miró con cara sumisa y avanzó hacia el lugar que Lucas le había indicado, luego se inclinó para depositar la bandeja, asegurándose de ofrecerle una buena panorámica de su escote. Se sintió satisfecha cuando oyó la respiración exaltada de su esposo. Y su satisfacción sólo se incrementó cuando él la obligó a sentarse en su regazo. Amelia se sentó erguida, mirándolo con los ojos inexpresivos de un soldado mientras él se dedicaba a estudiarla. Luego Lucas desvió la vista hasta la bandeja, y su exasperación se acrecentó.

—Sabes que no me gustan las salchichas ni el pan integral.

—Dijiste comida. No especificaste qué querías.

—¿Acaso una esposa obediente no traería lo que le gusta a su esposo?

—Tú exiges obediencia a ciegas. Puesto que no has especificado qué comida tenía que traerte, he tomado lo que había más a mano. —Ella sonrió con dulzura—. Te he traído manzanas, que sé que te gustan.

—Tienes razón. Así que… ¿por qué no me das de comer?

La ronca voz de su esposo le provocó un escalofrío de deseo. Maldito fuera. Si enfocaba el juego por la vía sensual, ella no lograría su objetivo.

Aunque pensándolo bien, igual podría usar esa vía para sacar ventaja.

—De acuerdo —murmuró, meneando el trasero mientras se inclinaba para asir un tenedor.

—No, con tus dedos —le ordenó él.

Sin duda, Lucas estaba esperando que ella protestara porque las manzanas al horno no eran precisamente la comida más apropiada para asir con las manos, o por el hecho de que él pretendía comer en su adorable cama.

Pero Amelia no pensaba darle esa satisfacción. Esforzándose por sonreír, tomó un trozo de manzana, la mojó en el jarabe caramelizado que había en el plato, y lo llevó hasta la boca de Lucas, goteando.

Con el jarabe deslizándose por su barbilla, él comió el trozo de manzana, luego señaló hacia su mandíbula.

—Límpiame.

—Voy a buscar una servilleta. —Amelia mostró la intención de incorporarse de su regazo.

—No, con tu boca —matizó él, arrastrando la voz.

¿Su boca? ¡Qué perverso! Si ella le lamía la barbilla, ya sabía lo que sucedería a continuación.

Tenía que hallar un modo de frustrar el intento.

—Como deseéis, esposo —murmuró. Acto seguido se inclinó e intentó quitarle el jugo de la mandíbula rascándolo con los dientes.

—¡Ay! —Lucas dio un respingo. Luego la miró con el ceño fruncido—. ¿Se puede saber qué diantre estás haciendo?

—Me dijiste que te limpiara con la boca.

—Sabes perfectamente bien a qué parte de la boca me refería.

Ella irguió la barbilla con altivez.

—Jamás me atrevería a asumir que…

Lucas la atajó con un beso y ella estuvo a punto de sucumbir, seducida por el gusto y el tacto y el aroma de su esposo. Pero se contuvo y se obligó a quedarse rígida mientras la boca de Lucas jugueteaba con la suya e intentaba abrirse paso con su lengua dentro de esos labios sellados.

—Bésame —bramó él.

Y Amelia lo besó, pero sólo con la boca. Mantuvo el cuerpo tan rígido como una piedra, y las manos plegadas sobre las rodillas.

Al principio él no pareció cerciorarse de su actitud. Intentó lamer sus labios con el mismo ardor de siempre e introducir la lengua hasta el fondo de esa boca tan sensual, mientras que sus manos empezaban a acariciar esas caderas, esa barriga, esos pechos que conocía tan bien. Pero cuando Amelia continuó en actitud rígida, sentada y sin mover ni un dedo, Lucas se retiró hacia atrás para mirarla fijamente.

—Te he dicho que me beses.

—Eso es lo que hago.

—Pero no me estás tocando.

—Estaría encantada de tocarte si me indicaras qué debo tocar. Y cómo. Y cuándo.

—Así que ésas tenemos, ¿eh? Si no te doy órdenes precisas, no actúas.

—Me limito a ser una obediente…

—¡Bobadas! —Él la miró fijamente durante un largo momento—. De acuerdo, no te preocupes; a partir de ahora te daré las órdenes con el más mínimo detalle, porque sé que tarde o temprano te rebelarás. No podrás contenerte.

Amelia se limitó a mirarlo, sintiéndose más determinada que nunca a continuar su campaña de resistencia pasiva.

—Levántate y quítate la ropa —mandó Lucas—. Ah, y por si acaso pretendes malinterpretar la palabra «ropa», te quiero desnuda, ¿entendido?

—Entendido —aclaró ella al tiempo que se incorporaba.

Amelia empezó a desnudarse lentamente, pero pasados unos segundos su esposo anticipó esa táctica burlona y murmuró:

—Rápido, bonita. Sólo tienes un minuto.

¿Para desabrocharse todos los lazos y los botones? Maldito fuera; estaba claro que intentaba acabar con su paciencia. Amelia necesitó cada segundo del tiempo que su esposo le había concedido, así que sólo cuando hubo acabado y se quedó de pie viendo cómo Lucas se recreaba contemplándola, se dio cuenta de lo incómodo que era estar completamente desnuda delante de un hombre vestido. La última vez que había estado desnuda delante de él, él también estaba desnudo. Ahora la sensación era absolutamente diferente.

Ahora se sentía como cuando estuvieron en el *xebec*, cuando ella jugaba a ser su cautiva. Pero entonces todo había sido un juego, con unas consecuencias menores que las de esta vez. Porque ahora no era un juego. Era una guerra. Y todavía no estaba claro quién iba a ganar.

Lucas se tomó su tiempo para contemplarla, depositando una mirada lasciva sobre sus bonitos pechos, su barriga temblorosa, los rizos cada vez más húmedos entre sus muslos.

Ella tuvo que clavarse los dedos en las palmas de las manos para evitar taparse. Cuando al final él levantó los ojos y los fijó en su cara, Amelia pudo leer en ellos una determinación de conquistarla, de vencerla, que reflejaba sus propias intenciones.

—¿Recuerdas nuestra noche de bodas, cuando querías ver cómo me masturbaba? —preguntó él.

Ella asintió, incómoda.

Lucas sonrió con todo el encanto pícaro de un seductor nato.

—Pues ahora te toca a ti. Quiero ver cómo te das placer a ti misma.

Que Dios la ayudara. Cuando comprendió lo que él quería decir, sintió un creciente azoramiento en las mejillas.

Pero ella no podía… nunca había… bueno, sí que lo había hecho, pero no de ese modo. Se había tocado en la intimidad que le confería su propia cama, bajo las sábanas, furtivamente. Pero en cambio, lo que él le pedía era… totalmente bochornoso.

Y él lo sabía, también, ese maldito bribón, ya que su sonrisa se agrandó.

—Ahora, esposa. Pon la mano entre tus piernas y acaríciate tus partes más íntimas, para que yo pueda recrear la vista.

Amelia buscó frenéticamente un modo de malinterpretar la petición, pero estaba demasiado azorada para pensar con cordura. Sintiendo un enorme sofoco de la cabeza a los pies, hizo lo que él le ordenaba.

Su pubis ya estaba húmedo y excitado, pero ahora parecía estallar contra sus dedos, tan violentamente que estaba segura de que Lucas se daría cuenta. Pero no había manera de saberlo, porque no podía soportar la idea de mirarlo a los ojos mientras él la contemplaba.

Lucas se dio cuenta enseguida de lo que le pasaba.

—Mírame, bonita —dijo, en esa cadencia lenta y sensual que siempre conseguía erizarle la piel.

Amelia levantó la vista y se dio cuenta de que Lucas no estaba mirando su mano ocupada sino su cara sonrojada.

—Con la otra mano, acaríciate los pechos —le ordenó.

Cuando ella obedeció, él no bajó la vista; continuó escudriñando su cara.

Entonces Amelia comprendió lo que él pretendía. Era su reacción lo que le interesaba, Lucas sólo deseaba incomodarla, turbarla. Aunque quizá también quería ver cómo se dejaba arrastrar por el placer y cedía el control de aquello que él ansiaba ganar para sí.

¡Ja! Ahora sabía cómo combatirlo.

Amelia hizo lo que él le había ordenado con exactitud, acariciándose los pétalos de piel con avidez, frotando la pequeña perla rígida y atormentada con el dedo. Pero se concentró en mantener la cabeza fría, aunque para ello necesitó toda su voluntad. Se obligó a acariciar su cuerpo de una forma mecánica, como si se estuviera acicalando o se estuviera lavando los dientes.

No le resultó fácil, con la mirada de él escrutando su cara, buscando signos de debilidad, indicios de que estaba perdiendo el control. Pero el hecho de contemplar la mirada ardorosa de su esposo la ayudó a calmarse y a distanciarse de la presión que sus dedos ejercían en sus partes más íntimas.

Al cabo de un rato, la mirada de Lucas fue variando de matiz: continuaba mirándola fijamente, pero ahora sus ojos no sólo desprendían deseo sino también rabia.

—¡Ven aquí, maldita sea!

—Como queráis, esposo.

Amelia se acercó a la cama, procurando ocultar la sonrisa de triunfo. Lucas podía ordenarle un sinfín de cosas, pero no podía ordenarle que sintiera placer, y finalmente parecía que él empezaba a darse cuenta.

—Desvísteme —le ordenó.

—Como queráis, esposo —repitió ella con una cadencia monótona.

—Y deja de decir eso —refunfuñó él.

—Muy bien.

Ella se dispuso a desnudarlo, pero resultó más difícil de lo que esperaba. No tanto por el inconveniente de tener que quitarle los pantalones a un hombre sentado —y con el miembro excitado— sino porque ahora podía olerlo y sentir su respiración acelerada y cálida en las mejillas.

Después de quitarle los pantalones, él inició un nuevo tormento. Empezó a besarla y a tocarla. Mientras Amelia se dedicaba a desabrocharle los calzoncillos, Lucas la besó en la mejilla, en la frente, en la oreja. Le soltó el pelo que todavía llevaba recogido en un moño, y empezó a acariciarlo, a manosearlo… a frotarlo contra los pechos de Amelia, sin mostrar ni un ápice de piedad.

Y cuando consiguió ponerle los pezones erectos, deseosos de una caricia más firme, empezó a tocarlos… pero con un tacto tan extremamente sedoso que sólo logró excitarla, mas no satisfacerla, hasta que ella estuvo al límite de emplazarlos ante su boca e implorarle que los lamiera.

Claro, eso era exactamente lo que él quería.

Pérfido. Malvado. No, no permitiría que Lucas ganara. De ninguna manera.

Amelia le quitó los calzoncillos, luchando por no pensar en sus caricias. Pero no era tan fácil ignorar su tremenda erección, que apareció ante sus ojos impúdicamente, reclamando toda su atención.

Lucas la sorprendió contemplando su pene, y le ordenó con una voz grave:

—Tócame.

Ella levantó la vista y lo miró a la cara, y la intensidad salvaje de esos ojos oscuros casi la hicieron sucumbir de su objetivo.

Pero su voluntad era más fuerte. Manteniendo la mirada con una pasmosa templanza, deliberadamente procedió a tocarle... el tobillo.

Lucas lanzó una grosería en voz alta.

—Sabes perfectamente que quiero que me toques... —Se contuvo—. Bueno, no importa, tengo una idea mejor. Siéntate en mi falda, de cara a mí.

Ella pestañeó, sin comprender exactamente lo que su esposo quería que hiciera, pero él la obligó a ponerse de rodillas a su lado, entonces la agarró por la cintura y le hizo pasar una de las piernas por encima para que se quedara sentada a horcajadas sobre él, con los muslos justo sobre su erección.

—Ponte mi polla dentro, justo ahí dónde estaban tus dedos —carraspeó él, sin dejar cabida a ninguna posible mala interpretación.

Así que eso era lo que quería. Qué interesante y diferente... e inquietante. Por supuesto. Ese maldito bribón sabía exactamente cómo tentarla para que bajara la guardia.

¿Sería capaz de hacer lo que él le exigía sin sucumbir?

Podía. Tenía que hacerlo. Esa noche ella luchaba por el futuro de los dos como pareja.

Amelia asintió con un golpe seco de cabeza, con lo que logró incrementar la exasperación en el semblante de Lucas aunque no pareció causar ningún efecto en su enorme erección. Intentó introducir el pene dentro de ella, lo cual le costó bastante a causa de que su esposo estaba sentado con la espalda apoyada en el cabecero de la cama. Pero cuando consiguió meterse la polla completamente dentro y se acomodó firmemente sobre él, Lucas cerró los ojos con aspecto de puro éxtasis.

—Así, bonita, muy bien. —Con los dedos jugueteó con su pubis mojado—. Por Dios, se está tan bien dentro de ti.

Y a Amelia también le gustaba la sensación, le gustaba tanto que la necesidad de moverse contra él le pareció casi irresistible.

Pero consiguió contenerse. Se quedó sentada inmóvil, procurando no rozarlo en ningún otro punto que en el que estaban unidos.

Después de un momento, su esposo abrió los ojos súbitamente.

—Muévete, maldita sea.

—Muy bien. —Ella emplazó las manos sobre sus muslos y empezó a realizar círculos con la cadera.

La mirada fulminante que Lucas le lanzó habría conseguido encender fuego incluso en un glaciar.

—Arriba y abajo, Amelia.

Luchando por no echarse a reír, ella movió las manos arriba y abajo, sobre sus muslos.

—Amelia… —la avisó él.

—¿No es lo que quieres? —inquirió ella inocentemente.

—Sabes perfectamente que no. Quiero que me hagas el amor.

—Entonces tendrás que ser más específico en tus peticiones —cacareó ella. Se estaba divirtiendo de lo lindo—. ¿Cómo tengo que hacerte el amor, exactamente? ¿Qué parte debo mover primero? ¿Dónde? ¿Con qué frecuencia? ¿Cuándo…?

—Maldita seas.

Lucas estrechó la cabeza de Amelia entre sus manos y la besó con una desesperación tan acuciante que la sensación resonó profundamente en sus entrañas. Sin embargo, ella continuó rígida, sin tocarlo, sin moverse.

Él apartó la boca de la de su esposa con indignación.

—Una esposa obediente sabría lo que quiero de ella.

—Ah, ¿sería capaz de leerte los pensamientos? ¡Qué interesante! No sabía que ese talento viniera con la obediencia. —Amelia le lanzó una sonrisa socarrona—. Y tú sabes perfectamente bien que una esposa bobalicona, que obedece a ciegas, no estaría sentada sobre tu regazo a menos que se lo pidieras. Se sentiría demasiado avergonzada. Y demasiado nerviosa, intentando no defraudarte. De hecho, si yo fuera una verdadera esposa obediente…

Amelia empezó a levantarse, separándose de su polla, y Lucas la agarró para que no siguiera.

—Ya basta —refunfuñó él pegado a su oreja—. Ya es suficiente. Eres una maldita fémina insolente y traviesa. Dame lo que quiero, Amelia.

—¿Una esposa obediente? —susurró ella, mientras su esposo empezaba a lamerle el cuello con una suavidad aterciopelada que le disparó el pulso.

Lucas dudó un instante, y luego soltó un bufido.

—No. Tú. Sólo tú. Tú eres lo único que quiero.

Ella contuvo la respiración, sin poder creer que había vencido.

—¿Y mañana? ¿Qué pasará mañana?

Las manos de Lucas se deslizaron para acariciar sus pechos, para frotar los pezones erectos de nuevo, y su boca cálida y tierna empezó a lamerle el lóbulo de la oreja.

—Iré a Francia, ¿de acuerdo? Pero ahora sólo quiero recuperar a mi Dalila. —Impulsó las caderas hacia ella, y con las manos acarició enfebrecidamente sus pechos—. Por favor, bonita… quiero a mi Dalila esta noche… porque a partir de mañana estaré bastantes días sin verla, sin tocarla…

Eso fue todo lo que tuvo que decir para conseguir que Amelia se moviera, lo abrazara efusivamente y le cubriera la cara de besos. Empezó a moverse rítmicamente contra él, deslizándose arriba y abajo, golpeándole con fervor.

Era la primera vez que hacían el amor en esa postura, pero a Amelia le pareció de lo más natural. La sensación que le provocaba era totalmente embriagadora; le encantaba sentirlo dentro de ella y al mismo tiempo tener el control, ser capaz de ejercer presión contra él exactamente allí donde quería para sentir el pene duro dentro de ella.

—Sí… —carraspeó Lucas mientras Amelia cabalgaba sobre él—. Sí, Dalila, sí… más rápido, bonita… más rápido, más rápido…

Ella obedeció. Puesto que había ganado, podía permitirse ser generosa. Y él respondió a su reacción con todo el fervor que Amelia podía desear: jugueteando con sus pezones, lamiéndole la boca y provocándole un placer tan extraordinario que pensó que iba a morirse de gusto.

Mientras subía y bajaba sobre su polla con un ritmo cada vez más rápido, la tensión que se había ido gestando dentro de su ser empezó a incrementarse. Apartó los labios de los de él.

—¿Es esto lo que quieres? —preguntó, sintiéndose muy próxima a alcanzar el orgasmo—. ¿Es esto lo que mi imponentemente robusto soldado y esposo quiere?

—Sabes que sí —respondió Lucas, con una voz gutural. Le lamió el lóbulo de la oreja, luego buscó su lengua—. Te quiero a ti, preciosa... sólo a ti...

Amelia se aferró a su pelo. Le dolían las piernas a causa de la fuerza de sus movimientos.

—Pero sólo... si hago lo que quieres.

—Haz lo que te dé la gana —contestó él, entornando los ojos—. Haz lo que quieras... pero... no... pero no me dejes.

Ella sintió un nudo en la garganta.

—No te dejaré —le prometió.

—Si lo intentas, te seguiré... hasta los confines de la Tierra.

Las fieras palabras le provocaron a Amelia un delicioso escalofrío. Eso era lo más cercano a una declaración de amor que Lucas jamás le había dicho, y se sintió presa de una inmensa satisfacción.

—No tendrás que hacerlo. No te dejaré nunca, amor mío. —Lo besó tiernamente en los labios, en los párpados cerrados.

Cuando Lucas escuchó la palabra «amor», abrió los ojos súbitamente para escudriñar la cara de su esposa.

—No descansarás... hasta... que me veas derrumbado y sangrando... postrado a tus pies... ¿verdad?

Sólo Lucas podía interpretar la palabra «amor» como una derrota. Aunque ella apretó el pubis con más premura, sintiendo cómo la invadía la necesidad de estallar de placer, lo miró con ojos bravíos.

—No descansaré... hasta... que me ames... como yo te amo.

La expresión de alegría que emergió sobre los rasgos sombríos de su esposo fue tan poderosa que ni siquiera su mirada taciturna pudo disimularla.

—Que Dios se apiade de mí —gruñó él—, porque estoy completamente seguro de que... no pararás hasta que lo consigas.

Entonces los dos se perdieron entre sus cuerpos entrelazados, moviéndose frenéticamente, buscando colmar sus necesidades y su mutuo deseo y... lo que ella tanto anhelaba... amor.

Mientras Lucas derramaba su semilla dentro de ella y repetía en voz alta el nombre de su esposa con todo el fervor de un devoto, con la desesperación de un místico, ella se aferró a él con fuerza para que el amor que sentía por su esposo los envolviera a los dos, esperando que fuera suficiente, jurándose que conseguiría que fuera suficiente.

Un rato después de que ella se desplomara sobre él, después de que sus corazones consiguieron retomar un ritmo más sosegado, mientras ella permanecía tumbada y relajada sobre el fornido cuerpo de su esposo, se repitió el voto a sí misma. Lo amaba. Y encontraría el modo de conseguir que él la amara.

Amelia se desperezó y se acomodó entre los brazos de Lucas, hundió la cabeza en su pecho y le hizo cosquillas en los labios con su melena.

Fue sólo más tarde, en el momento en que su respiración adoptó completamente el ritmo normal y estuvo segura de que él dormía, cuando logró reunir todo su coraje para declarar de nuevo, en un susurro furtivo: «Te quiero, Lucas». Acto seguido, sucumbió al dulce cansancio que le obligaba a cerrar los párpados.

Cuando se despertó, el sol penetraba a través de las delicadas cortinas, y Lucas no estaba. Se incorporó con una sensación de pánico, maldiciendo su tendencia a dormir como un lirón. ¡No era posible que su esposo se hubiera marchado sin despedirse de ella! Pero tras un examen minucioso a la habitación, confirmó que no había ni rastro de la mochila de Lucas, ni de sus botas ni de algunas otras prendas de ropa de su esposo. Un temor intenso se apoderó de ella, agarró un batín, se lo echó por encima de los hombros, y luego bajó precipitadamente las escaleras.

Encontró a Dolly sentada en la salita donde solían desayunar, con la vista perdida en la ventana.

—¿Dónde está Lucas? —preguntó Amelia.

Cuando Dolly se volvió para mirarla, Amelia constató que tenía los ojos enrojecidos.

—Se ha ido a Francia con tu padre. ¿No lo sabías?

—Sí, pero... —Se desplomó en una silla. Esperaba que Lucas le hubiera dicho algo antes de partir, algo que le diera esperanzas para poder creer en el futuro de los dos como pareja.

—George ha sugerido que tú y yo regresemos a Torquay y

los esperemos allí. La temporada de fiestas está tocando a su fin, de todos modos, y si te quedas, tendrás que hacer frente a los chismes sobre tu escapada. —Clavó la vista en sus manos—. De este modo, podemos anunciar que tú y Lucas estáis de luna de miel. Nadie tiene que saber que te hallas en Torquay. Además, si George necesita organizar las cosas para vender la casa de la ciudad cuando regrese... —No pudo continuar; empezó a lloriquear.

—Oh, Dolly —se lamentó Amelia, esforzándose por apartar de su mente sus propios problemas. Con gran celeridad se sentó al lado de su madrastra y la rodeó con su brazo—. Todo saldrá bien, ya lo verás. Lucas jamás le pedirá dinero a papá, te lo aseguro. Y en Francia hallará la prueba de que tu hermano está muerto, y con eso se acabará toda esta pesadilla.

—Me crees, cuando expongo lo de Theo, ¿no es cierto? —dijo Dolly en un susurro quejumbroso.

—Por supuesto, querida. Por supuesto que sí.

Las lágrimas rodaron por las mejillas de su madrastra de nuevo.

—No te culparía si no me creyeras, ¿sabes? He visto las pruebas de tu esposo y los artículos de la prensa y... —Lanzó un suspiro de desesperación—. Theo era tan malo como tu marido alegó... un rufián, un bribón, un ladrón.

—Pero tú no lo sabías —repuso Amelia suavemente.

—Sí que lo sabía —protestó Amelia—. En el fondo, supongo que lo sabía. Pero no quería aceptarlo.

Cuando empezó a sollozar sin poderse controlar, Amelia la abrazó con fuerza y murmuró palabras cariñosas, con el fin de calmarla, preguntándose qué habría hecho ella en el lugar de Dolly. Probablemente habría descalabrado a Theo Frier con un cántaro. Y a ese tipo desgraciado en Rhinebeck, también.

Pero ésa no era la forma de actuar de Dolly. Su madrastra siempre prefería pensar que la gente era buena, y cuando eso no era posible, se batía en retirada. O, en el caso de las personas que amaba, evitaba la verdad. Dolly se había pasado la vida apartándose de determinadas situaciones, y Theo Frier se había aprovechado de ello.

Al cabo, cuando Dolly logró calmarse, se apartó de su hijastra.

—Escúchame, corazón; no permitas que esta historia se entrometa entre tu esposo y tú.

—No te preocupes. Yo…

—Hablo en serio. —Una suave sonrisa coronó sus labios—. No permitiré que lo pierdas por mí. Cualquier persona con ojos en la cara puede ver que el comandante te adora.

Amelia notó cómo se le encogía el corazón en el pecho. Si eso era cierto, su esposo tenía una forma muy extraña de demostrarlo, marchándose a Francia precipitadamente sin tan sólo darle un beso de despedida.

—¿De verdad lo crees?

Dolly asintió.

—Claro. Tu padre no lo ve, pero eso es porque está enojado. —Su cara anegada de lágrimas se iluminó con una pequeña sonrisa—. Se ha pasado la mitad de la noche jurando que apaleará al comandante.

Amelia soltó una risotada con una nota de amargura.

—No me sorprende en absoluto. También yo me paso la mitad de los días jurando que apalearé al comandante.

—¿Y la otra mitad…?

Ella sintió un nudo en la garganta.

—La otra mitad la paso deseando abrazarlo con todas mis fuerzas, para que él no dude de mi amor.

Dolly la miró con dulzura.

—Estoy segura de que lo sabe, corazón. Y estoy segura de que él también te quiere.

Amelia deseó que su madrastra tuviera razón. Porque, si su esposo no la amaba, no sabía cómo sobreviviría.

Capítulo veintiocho

Querido primo:

El esposo y el padre de Amelia han partido hacia Francia en una misión que ni ella ni su madrastra desean desvelar. Ello ha sumido a mi querida pupila en una gran melancolía, lo cual me indica que la pobre Amelia está enamorada del comandante. Sólo deseo por su bien que sea correspondida. Tal y como yo misma constaté en mi matrimonio, amar a un hombre que no te ama sólo conlleva decepción.

Vuestra ansiosa prima,
Charlotte

«*T*e quiero, Lucas.»

Lucas había esperado que esas palabras acabaran perdiendo el embrujo que ejercían sobre él. Pero había transcurrido una semana desde que había atravesado el canal de la Mancha y había recorrido el mismo paisaje francés de hacía escasamente un mes, y las palabras seguían consumiéndolo. Brillaban con luz propia cada amanecer, lo acompañaban a cada paso que daba durante el día, y por la noche se colaban en sus sueños con el ímpetu de un torbellino.

Emergían en su ayuda en medio de cada tumultuosa pesadilla.

Al principio intentó convencerse de que Amelia sólo las había dicho para manipularlo. Pero después de varios días reviviendo cada momento pasado con su esposa, acabó por no dar crédito a esa posibilidad. Si es que realmente alguna vez había llegado a creerlo.

Amelia no era como su madre. De haberlo sido, le habría soltado que lo amaba la primera vez que pensó que podría ganar algo, como la primera vez que se vio deshonrada. En cambio, había pronunciado las palabras cuando le imploró que se apiadara de su madrastra.

Amelia no las habría dicho después de haber conseguido lo que quería. No las habría pregonado mientras hacían el amor. Ni tampoco se las habría susurrado cuando pensaba que él estaba dormido.

Así que Lucas tenía que aceptar la verdad: ella lo amaba. Su esposa, su hechizadora Dalila, lo amaba. Y en lugar de regresar corriendo a Inglaterra para jurarle amor sin fin, para mostrarle su devoción sin límites, se hallaba plantado delante de una tumba en Lisieux, con su tosco suegro.

Durante el largo viaje, Lucas y lord Tovey se habían dedicado a departir acerca de la carrera militar de Lucas, de sus expectativas de convertirse en cónsul, incluso de cuando estuvo prisionero en Dartmoor. Lucas había escuchado los progresos en las plantaciones de manzanos de lord Tovey, cuántas ovejas habían tenido cría la pasada primavera, y qué labriegos habían sobresalido por su buen trabajo en las tierras del conde. De lo único que no habían hablado era sobre el tema que más los preocupaba: sus esposas. Era como si temieran que, por el mero hecho de hablar de ello, la situación pudiera tornarse real.

Pero ahora estaban contemplando una lápida que ninguno de los dos podía ignorar. La inscripción decía:

> Aquí yace Theodore Frier
> Amado hermano y amigo
> Dios quiera que encuentre la paz
> Que le fue negada en vida

Lucas la leyó con el corazón en un puño. Amelia tenía razón cuando señaló que él sólo buscaba venganza. Porque ahora que veía las palabras grabadas en la losa, su decepción era tan desmesurada que se dio cuenta de con qué ansia había deseado que Dorothy mintiera.

—Parece auténtica —comentó lord Tovey a su lado.

—Sí. —Mas ambos sabían que eso no significaba nada.

—¿Qué pensáis hacer ahora? Podríamos buscar a ese tal Lebeau, el hombre que preparó la mortaja y el entierro. Puede que el encargado del registro de la parroquia desconozca su paradero, pero alguien debe de saberlo.

La nota de desesperación en la voz de lord Tovey le puso a Lucas la piel de gallina. Ese hombre estaba aterrado ante la idea de perder a su esposa, y Lucas sabía exactamente lo que sentía.

—También podríamos hablar con el boticario de la localidad —continuó lord Tovey—. Esos individuos en la posada dijeron que estará de vuelta al anochecer. Es probable que sepa algo más sobre las muertes anotadas en el registro de la parroquia.

Lucas suspiró. Si el boticario no sabía nada sobre el muerto, seguramente habría otro modo de dar con Lebeau. ¿Y para qué? ¿Para que Lucas pudiera demostrar que Frier estaba vivo? ¿Para asegurarse de que el destino le había privado del gusto de llevar a cabo su venganza? Al final, todo lo que seguramente averiguaría era lo que a esas alturas ya sabía: nada irrebatible; un montón de detalles, pero ninguna prueba real.

Al ver que Lucas no contestaba, su suegro lo apremió.

—Decidme qué tengo que hacer, comandante. Asignadme una tarea, o me volveré loco pensando en lo que podéis hacerle a mi Dolly.

Lucas se puso tenso, consternado ante esas muestras de desesperación. Las comprendía perfectamente. Había algunas cosas por las que merecía la pena aplacar el orgullo e implorar… redención, piedad… la propia esposa.

Lucas escrutó la cara abatida que había llegado a conocer tan bien durante los últimos días, las sienes canosas y los atormentados ojos castaños que tanto le recordaban a los de Amelia.

—¿Creéis que Frier está muerto, ¿no es así?

La repentina esperanza en los ojos de lord Tovey tuvo un efecto tan mortífero que Lucas tuvo que desviar la vista hacia otro lado.

—Sí, pero lo que yo crea no es importante. Lo que cuenta es lo que vos creéis. Y las pruebas que vuestro gobierno esté dispuesto a aceptar.

Lucas se quedó en silencio durante un largo momento, luego finalmente admitió lo que no se había atrevido a admitir hasta entonces.

—Aceptarán lo que yo les diga, a condición de que recuperen el dinero. Si hago un calco de la lápida, informo sobre lo que he descubierto aquí, y les proporciono el certificado de defunción, probablemente aceptarán mi palabra. Para ellos, lo único que importa es el dinero.

—¿Estáis seguro? —carraspeó lord Tovey.

—Sí. Al que más le interesaba ver a Frier juzgado y colgado era a mí. Si proclamo que está muerto, lo aceptarán porque saben las ganas que tenía de capturarlo.

—Ah —replicó lord Tovey, asignando a esa breve palabra una rica carga de sentido. Obviamente, había comprendido después de una semana lo que Amelia había reconocido esa noche en Londres, que Lucas se movía por unos motivos propios, no sólo por el desfalco. Lucas buscaba justicia, para su padre y para él. Y finalmente se daba cuenta de que no iba a conseguirlo, por lo menos no con Frier.

Durante el viaje, Lucas había tenido tiempo de sobra para contrastar sus pruebas con los alegatos de lady Tovey. Determinados detalles que hasta entonces había ignorado emergían ahora vivamente en su memoria. Como por ejemplo, el comportamiento evasivo del antiguo patrono de Dorothy cuando Lucas le preguntó por qué se había marchado ella. O la lista de buenos informes que esa mujer había dejado a su paso, por cada sitio donde habían vivido ella y su hermano.

Lucas estaba tan decidido a verla como a una pérfida manipuladora, que había hecho que sus pruebas encajaran con sus deseos. Porque encajaba con el odio que sentía.

Porque esa búsqueda le había proporcionado un motivo por el que vivir, cuando su vida entera había sido un largo camino sembrado de dolor.

Pero finalmente veía la posibilidad de disponer de algo que no le provocara dolor: una esposa que encajaba con su forma de ser, que quería darle hijos y compartir su vida con él... que lo amaba.

Lucas sintió un escalofrío cuando volvió a mirar al padre de su esposa.

—Así que, ¿juráis por vuestro honor, por todo aquello que más queréis, que creéis que vuestra esposa dice la verdad?

Lord Tovey lo miró fijamente, con ojos cansados.

—Sería un loco si no la creyera. Me he pasado dos años conociéndola, averiguando qué es lo que le provoca llanto y qué es lo que la hace reír. Dos años de desayunos y cenas juntos, dos años memorizando cada peca de su bella cara… dos años aprendiendo cuándo miente y cuándo dice la verdad.

Lucas enarcó una ceja.

—No sabíais que tenía un hermano.

—No, pero sabía que tenía un pasado.

Lucas parpadeó. Aparentemente él no era el único que se había dedicado a ocultar información relevante.

—A pesar de lo que podáis pensar —continuó lord Tovey—, mi esposa no es particularmente adepta a los engaños. Después de una semana de casados ya sabía que lo del matrimonio con Obadiah Smith era claramente una invención, ya que ninguna mujer que hubiera estado casada podría haberse mostrado constantemente sorprendida ante las intimidades de un matrimonio como lo estaba mi apocada esposa. Después de un mes, me di cuenta de que había un oscuro secreto que la martirizaba. Pero jamás la presioné, porque sabía que ella me lo explicaría cuando ya no tuviera miedo a perderme si me lo contaba. —Su voz tembló—. Cuando finalmente aceptara que la amaba tanto que no permitiría que nada nos separara.

Lucas sintió un incómodo nudo en la garganta.

—Sois tan romántico como Amelia. Que, por cierto, jamás dudó de vuestra esposa. Siempre defendió que Dolly era inocente, sin importar lo que yo pensara o dijera.

—Eso es porque Amelia ansiaba desesperadamente una madre, y Dolly le ofreció esa posibilidad. Y porque mi hija es incapaz de imaginar que nadie que ella ame pueda traicionarla en nada más que en alguna tontería superficial. Cuando entrega su confianza, lo hace de todo corazón, y cuesta mucho destrozar esa confianza, una vez la ha depositado en alguien.

«No podría vivir con un hombre si no soy capaz de confiar en él.»

¿Podría confiar en él, ahora? ¿Sería capaz de confiar en él en el futuro?

Amelia le había dicho que si él iba a Francia y confirmaba la historia de Dorothy, acataría su decisión sobre qué había que hacer a continuación. Pero Lucas no era tan ingenuo. Si él arrastraba el nombre de su familia por el fango en un vano intento de ajusticiar a un hombre que tal vez estaba muerto, ella jamás lo perdonaría.

Eso haría trizas la confianza que había depositado en él, del mismo modo que lo había conseguido con sus evasivas. La perdería. Y de repente se dio cuenta de que no estaba dispuesto a sobrellevar ese enorme sacrificio.

—Bueno —dijo finalmente, volviéndose hacia la entrada del cementerio—. Creo que hemos terminado aquí. Me parece que ha llegado la hora de volver a casa.

Habían transcurrido dos semanas desde que el padre y el esposo de Amelia habían partido hacia Francia, y ella estaba hasta la coronilla de su reclusión. Torquay no era una localidad muy viva, que se dijera, pero en su estado actual, el aislamiento todavía se hacía más insoportable. Con pocas cosas con las que ocupar su tiempo, disponía de demasiadas horas para preocuparse por Lucas. Lo único positivo fue que ella y Dolly tuvieron la oportunidad de pasar mucho rato juntas. Entonces, Amelia se dio cuenta de lo difícil que le debía de haber resultado a Dolly engañarlos a todos, porque ahora que finalmente podía hablar sin temor, no podía parar de hablar. Le contó a Amelia todo lo referente a sus padres, a su infancia en Nueva Inglaterra, a su horrible experiencia como ama de llaves en Rhinebeck. Parecía tan aliviada que incluso mostraba un estado de ánimo extrañamente solazado, a pesar de la preocupación sobre el futuro amenazador que pendía sobre sus cabezas. Era obvio que los secretos sobre su pasado la habían martirizado durante mucho tiempo, y se quitó un enorme peso de encima cuando pudo sincerarse. Así que quizá Lucas había hecho algo bueno, después de todo. Siempre y cuando no se llevara a Dolly apresada a América. Después de lo que consideró un tiempo conveniente para simular que estaba de luna de miel, Amelia reanudó su correspondencia con Venetia. Desesperada por saber noticias de su entorno, escribió a su amiga cada día, alegando que ella y Lucas habían decidido pasar unos días en el campo antes de regresar a Londres.

Por la señora Harris, que sabía lo del viaje de Lucas a Francia, se enteró de que lord Pomeroy había vuelto a la ciudad y prácticamente no había dicho nada sobre ella o Lucas. Pero alguien se había ido de la lengua acerca de su perfidia, y mientras unos rechazaban el rumor, otros le empezaban a dar la espalda en las fiestas. Lo más importante era que los padres se mostraban más cautos con sus hijas cuando el marqués estaba cerca, lo cual le provocó a Amelia un enorme consuelo.

Sin embargo, seguía sin recibir noticias de Venetia. Le pareció extraño, dado que en la primera carta que le había enviado le explicaba con pelos y señales el encuentro de ella y Lucas con El Azote Escocés. Por supuesto, la prensa londinense ya se había encargado de difundir la noticia, añadiendo la descripción de Kirkwood sobre el tema y alabando al comandante Winter y a su esposa por su huida triunfal. Pero Amelia anhelaba saber lo que Venetia tenía que contarle en privado acerca de El Azote Escocés.

Así que cuando finalmente recibió una carta de su amiga un día, a primera hora de la mañana, Amelia la abrió con impaciencia. Sin embargo, lo único que el texto consiguió fue añadir más preguntas:

> Y ahora, querida amiga, hablando sobre tu increíble experiencia por tierras escocesas, confieso que no tenía ni idea cuando leí los periódicos de que yo tuviera algo que ver con tu secuestro. ¡Qué terrible! Pero no sé lo que quiere decir. Todavía no sé por qué ese tipo que se hace llamar El Azote Escocés odia tanto a mi padre, y papá dice que él tampoco lo sabe. Lamentablemente, sufre otro de sus dolores crónicos, por eso he tardado tanto en contestarte. Y en su estado actual, no quiero presionarlo sobre la cuestión. Aunque puedes estar segura de que cuando se recupere, será lo primero que haga.

La carta continuaba pidiéndole detalles sobre su vida de casada. Amelia no supo si echarse a reír o a llorar, cuando leyó el párrafo. Ni tampoco qué contestar. Pero mientras consideraba lo que tenía que hacer, un criado entró precipitadamente en la salita de estar.

—¡Señora! ¡El señor ha regresado! ¡Ha vuelto!

Con el corazón desbocado, Amelia corrió hacia el vestíbulo,

donde llegó al mismo tiempo que Dolly, quien se echó al cuello de su esposo llorando de alegría. Lucas, en cambio, no estaba presente.

—¿Papá? ¿Dónde está mi esposo? —preguntó Amelia desconcertada.

Su padre estaba tan ocupado abrazando a su esposa que ni siquiera miró a su hija.

—Llegará esta noche. Dijo que primero tenía que solucionar un asunto.

El corazón de Amelia se encogió con temor.

—¿Algo sobre Dolly?

Su padre desvió la vista hacia su hija.

—No, cariño, no. Por lo que veo, he llegado antes que la carta que envié desde Francia. Pero todo ha salido bien. —Clavó los ojos en Dolly con una enorme ternura—. El comandante Winter ha decidido cerrar el tema. Preparará un informe completo sobre la muerte de tu hermano para su gobierno. Conseguiremos reunir el resto del dinero robado para devolverlo, y con ello concluiremos esta pesadilla.

Amelia se sintió invadida por una ola de alivio, tan profunda que sus rodillas empezaron a temblar como un flan.

—Así pues, ¿dónde está?

—Ha ido a la prisión de Dartmoor. Dijo que quería verla ahora que está vacía.

—¿Y has permitido que fuera? —gritó Amelia—. ¿Estás loco? ¡Por el amor de Dios! Eso le hará revivir nuevamente todos esos momentos angustiosos.

Sin perder ni un instante, ordenó al lacayo que le trajera la capa y el sombrero.

Su padre la observó con evidentes muestras de alarma.

—Espera un momento, jovencita. No le pasará nada a tu esposo. Hay cosas que un hombre ha de hacer solo.

—Es posible —espetó ella mientras el lacayo la ayudaba a ponerse la capa—. Pero ésta no es una de ellas.

—Amelia… —empezó a decir su padre.

—Déjala que vaya, George —intervino Dolly—. Dartmoor está a escasas horas de aquí, y si con ello Amelia puede aliviar su ansiedad, entonces será mejor que vaya. —Apoyó la cabeza en el pecho de su esposo—. Ha sido una larga espera para nosotras dos, ¿lo sabías?

El padre de Amelia relajó las facciones. Nunca podía resistirse ante las peticiones de Dolly.

—Lo que tú digas, mi amor. —Miró detenidamente a su hija—. Atracamos en el puerto de Plymouth, pero él todavía estaba intentando encontrar a alguien que aceptara llevarlo treinta millas hasta Princetown cuando me fui. Así que si te marchas ahora mismo en mi carruaje, llegarás allí poco después de él. Llévate a un lacayo contigo.

—¡Gracias, papá! —Amelia le propinó un beso a su padre en la mejilla.

Poco después partía hacia Princetown. A pesar de que la prisión de Dartmoor se hallaba en Devon, jamás había estado allí. Y dos horas más tarde, mientras el carruaje enfilaba una empinada cuesta, comprendió el porqué. Porque nadie con un poco de sentido común osaría venir a un sitio que rezumaba desolación por todos los costados.

Aunque se hallaba en medio de una de las zonas más agrestes de Inglaterra, los campos rocosos, los arbustos infranqueables y los lodazales de esos páramos inhóspitos eran legendarios. Había oído que normalmente la zona estaba cubierta por una espesa niebla, pero hoy el día estaba despejado, por lo que pudo avistar los distantes muros de granito de la prisión de Dartmoor. Fea y remota, la penitenciaría estaba flanqueada por Princetown a un lado, un pueblo cuya única función era servir a la prisión. El carruaje atravesó la localidad, y Amelia vio escasos signos de vida. Ahora que todos los prisioneros se habían marchado, la ciudad parecía languidecer.

Mientras el carruaje seguía avanzando hacia la prisión, sintió una aguda punzada de dolor en el pecho al imaginar a Lucas encerrado en ese lugar tan cruel, azotado continuamente por el frío y la humedad, con nada más que una desagradable vista hasta donde el ojo llegaba a alcanzar. Imaginando a su esposo allí, obligado a obedecer las órdenes de unos hombres tan arrogantes como él, a soportar las humillaciones mezquinas infligidas a los prisioneros de guerra, su corazón todavía se encogió más. Aún cuando su esposo hubiera aceptado olvidar sus ganas de venganza antes, el mero hecho de contemplar ese lugar volvería a despertar en él la rabia incontenible. ¿Cómo no iba a hacerlo?

A Amelia no le costó encontrar a Lucas, ya que cuando el carruaje subía el último tramo de la carretera hacia la penitenciaría, lo divisó plantado delante del arco de piedra de la entrada. Debía de haber llegado caminando desde el pueblo, porque no vio ningún carruaje cerca.

Si él oyó el ruido del carruaje que se aproximaba, no lo demostró, ya que siguió sin alterar su porte militar. Tenía los brazos cruzados detrás de la espalda, y los pies ligeramente abiertos, mientras contemplaba impávido las puertas de madera cerradas.

Llevaba su uniforme, no el que había lucido en el baile sino otro diferente, sin el fajín rojo. Era obvio que le venía un poco grande, y con una preocupación muy propia de una esposa, Amelia se preguntó si habría comido bien durante el viaje. O si habría dormido bien, ya que en el trayecto hasta Francia seguramente se habría visto obligado a dormir en los camarotes situados bajo la cubierta del barco.

Tenía un aspecto tan perdido que ella pensó que lo mejor era prevenirlo antes de acercarse, así que lo llamó por su nombre.

Lucas dudó un instante, entonces se dio la vuelta. Su cara reflejaba su enorme sorpresa.

—¡Amelia! ¿Qué haces aquí?

Ella se esforzó por sonreír, a pesar de que al ver la mala cara de su esposo le entraron ganas de llorar.

—Pensé que no era la clase de lugar más adecuado para que vinieras solo.

Amelia se sintió aliviada cuando vio que él le retornaba su sonrisa con otra, si bien su cara continuaba sin mostrar alegría.

—Tenías miedo de que enloqueciera de nuevo en estos páramos, ¿no?

—Más bien tenía miedo de que hubieras olvidado que tenías una esposa —le contestó ella con un tono animado, a pesar del nudo que le oprimía la garganta.

Lucas elevó los brazos, y ella se abrazó a él con impaciencia, incapaz de oponer resistencia incluso cuando él la estrujó con tanta fuerza que apenas podía respirar.

—Te he echado de menos —murmuró Lucas a través de su melena—. Te he echado de menos cada momento que he estado lejos de ti.

—Ya veo lo mucho que me has echado de menos —bromeó ella, tragándose las lágrimas—. En lugar de venir directamente a casa, has preferido venir a esta horrorosa y vieja prisión.

Lucas lanzó una estentórea risotada. Luego se echó hacia atrás pero no la soltó, sólo para contemplar las puertas de la prisión con un brazo alrededor de la cintura de Amelia.

—He venido a despedirme —aclaró.

—¿De qué?

—De todo. De la guerra, de mis padres. —Soltó un suspiro—. De mi venganza. Tenías razón, ¿lo sabías? Mi obsesión con apresar a Frier no era porque buscara justicia, sino más bien venganza. Pero no sólo contra él. —Clavó los dedos en la cintura de Amelia—. Contra los ingleses, por esta… atrocidad. Por retener a hombres apresados más tiempo del que era debido, por mantenerlos alejados de sus familias. Hombres asesinados a sangre fría.

—Hombres encerrados en túneles bajo tierra, asfixiándose por la falta de aire —agregó ella.

Lucas asintió.

—Para mí, Dartmoor marcó el principio de mis problemas. Estaba convencido de que, de no haber sido por esta prisión, habría sido capaz de regresar a casa y ayudar a mi familia. Frier no habría podido realizar el desfalco o, si lo hubiera hecho, lo habría cazado antes de que tuviera tiempo de gastarse el dinero, mientras ese tipo todavía pudiera exonerar a mi padre.

Una expresión pensativa se adueñó de sus facciones.

—Pero la verdad es que seguramente habría estado en algún otro lugar después de que la guerra terminara. Los marines regresaron a Argelia en 1815. Y otros sucesos me habrían mantenido alejado de casa, especialmente porque jamás demostré demasiadas ganas de estar cerca de mis padres, con sus constantes trifulcas. Dartmoor no marcó el inicio de mis problemas; sólo fue otra tragedia de la guerra.

Se estremeció con un repentino escalofrío.

—Ésa es la parte más difícil de aceptar. Que no hay nadie a quien culpar, nadie a quien castigar.

—¿Ni tan sólo a Theodore Frier? —preguntó ella con un tono dubitativo.

Lucas esgrimió una parca sonrisa.

—Ni siquiera a él. Además, ya lo sabes; está muerto.

Amelia se estrechó más a su pecho, sintiéndose tan profundamente aliviada que sus rodillas empezaron a temblar.

—Él está muerto, y este lugar también. —Lucas contempló el candado oxidado de la puerta con porte ausente—. Esperaba encontrarlo igual que cuando estuve aquí… casacas rojas desfilando y prisioneros con camisas amarillas demasiado grandes para su talla. —Señaló hacia las malas hierbas que crecían entre las hendiduras de las paredes de la prisión abandonada—. El tiempo lo erosiona todo, ¿no es así?

—No todo —murmuró ella, luego reunió fuerzas para lo que iba a decir—: El amor no.

Lucas suspiró.

—No, el amor no. —Dándose la vuelta hacia ella, apresó sus mejillas entre sus manos—. Por eso he venido hoy aquí, para asegurarme de que podía dejar todo esto atrás, para ver si podía ser el hombre que necesitas.

—¿Y qué has decidido? —preguntó ella en un susurro doloroso.

—No me queda otra alternativa. Te amo, Amelia. —La abrasó con los ojos, con una mirada tierna y torturada a la vez—. No puedo soportar vivir ni un solo día sin ti. Así que si para estar contigo tengo que olvidar mi pasado, te aseguro que lo intentaré.

El corazón de Amelia dio un vuelco de alegría.

—No te pido que olvides tu pasado, mi amor. Sólo te pido que no permitas que arruine tu presente. —Deslizó los brazos alrededor del cuello de su esposo—. O nuestro futuro.

—No lo permitiré —prometió él, luego la besó con todo el amor que ella podía desear.

La tos nerviosa del cochero de su padre le recordó que no estaban solos, y ella se apartó ruborizada.

—Será mejor que vayamos a algún lugar más privado.

—¿Cómo por ejemplo el consulado de Marruecos? —le preguntó él.

Amelia lo miró perpleja.

—Entre la correspondencia que tenía acumulada cuando regresamos de Escocia había una carta en la que mi gobierno me ofrecía la posición de cónsul americano. La leí la misma mañana que partí hacia Francia con tu padre.

—Quieres decir… ¿La mañana que te marchaste sin despedirte de mí? —le recriminó ella con cara airada.

Lucas esgrimió una mueca burlona.

—Tenía miedo de despertarte, miedo de que al verte en toda tu gloriosa desnudez cambiara mi decisión de partir. —La mueca burlona desapareció—. Debería de haberme dado cuenta de que mi firme propósito se resquebrajó en el momento en que te sorprendí merodeando fuera de mi habitación, cuando intentaste seducirme batiendo tus pestañas y llamándome «soldado imponentemente robusto».

Amelia deslizó las manos sobre sus hombros.

—Es que eres un soldado imponentemente robusto. Mi soldado imponentemente robusto.

—Pues pronto seré tu cónsul imponentemente robusto. —Un brillo malicioso apareció en sus ojos—. Si a la fastidiosa esposa que me ha tocado, la que se enoja cuando tomo decisiones sin consultarla, le parece bien. Por eso todavía no he contestado a la carta.

Con porte solemne, él escrutó la cara de su esposa.

—Sé que te encantan las aventuras, querida. Pero después de todo lo que hemos pasado desde que nos hemos conocido, la vida en un país exótico puede haber perdido todo su encanto para ti. Las condiciones pueden ser bastante parcas, y puesto que tu dote ayudará a resarcir el dinero que Frier robó, tu aportación económica será más bien modesta. No podremos permitirnos…

—Lucas… —empezó ella con un tono amenazador.

—Iba a decir que el único juego de té con cocodrilos que compraremos será el que encuentres en algún bazar barato en Tánger.

¡Tánger! La palabra sola conjuró imágenes deliciosas de mosaicos y huríes y expediciones peligrosas por el desierto.

—¿Podré montar en un camello?

Lucas sonrió.

—Si quieres... Rayos y centellas, cariño. Si aceptas vivir conmigo en Marruecos, te aseguro que no descansaré hasta que pruebes carne de camello.

—Gracias, pero creo que tendré suficiente con montar sobre uno de esos bichos. De acuerdo, te doy mi consentimiento para que aceptes el puesto. Pero sólo con una condición.

—¿Ah, sí? ¿Cuál? —preguntó él al tiempo que enarcaba una ceja.

—Que no esperes que me comporte como una esposa obediente.

Con una carcajada, Lucas la tomó por el brazo y la condujo hacia el carruaje.

—No creo que pudiera vivir contigo si lo fueras. La última vez casi acabas conmigo.

—¿De veras? —Amelia dejó volar la imaginación para figurarse su próximo encuentro sensual—. En ese caso...

—Oh, no. De ningún modo —refunfuñó él mientras la ayudaba a subir a la carroza—. Te aseguro que tenías razón en eso, también, bonita. No quiero una esposa obediente.

Acto seguido Lucas se sentó a su lado, dentro del carruaje, y la rodeó con sus brazos.

—Lo único que quiero es una mujer que me quiera.

—¡Uf! ¡Gracias a Dios! Porque eso, mi querido esposo, ya lo tienes.

Epílogo

Querido primo:

La semana pasada recibí un precioso regalo de parte de mi querida Amelia Winter: ¡una tetera en forma de camello! También me comunicó que está esperando su segundo hijo. Dice que el comandante Winter está encantado… y que no intenta restringir demasiado sus movimientos. Aunque conociendo a nuestra Amelia, estoy segura de que, haga lo que haga el comandante, ella siempre se saldrá con la suya.

Vuestra amiga,
Charlotte

*E*l sol se ocultaba por poniente en Tánger cuando un ruido en el vestíbulo del edificio que ocupaba el Consulado americano hizo que Lucas se diera la vuelta y fijara la vista en las puertas de estilo francés de su nuevo estudio. Unos segundos más tarde, su esposa e Isabel, su hija con los ojos de color castaño, irrumpían en la estancia, seguidas de cerca por la joven niñera marroquí que la pareja había contratado, tras enterarse de que Amelia estaba de nuevo embarazada, para que se ocupara de su hija.

—Vaya, vaya. ¿Se puede saber de dónde vienes, jovencita? —Lucas intentó poner un semblante serio, aunque su pequeña y traviesa hija se puso a reír con tanta energía que todos los ricitos castaños que coronaban su cabecita empezaron a moverse graciosamente—. No me digas que te has vuelto a meter en algún lío.

—Lío no, papi. ¡Aventura! —exclamó Isabel.

Lucas no sabía si reír o protestar. Su pequeño ángel aún no había cumplido los tres años, y ya balbuceaba la palabra «aventura». Miró a su esposa, que sonreía triunfalmente, y esgrimió una mueca burlona.

—Me pregunto quién es la responsable de que nuestra hija ya sepa pronunciar esa palabra… Sólo imagina por unos momentos, si nuestra hija ya muestra tantas ganas de aventura a su edad, nuestro hijo probablemente saldrá de tu útero blandiendo una pistola.

—Pero si todavía no sabemos si será niño —indicó Amelia, con los ojos brillantes mientras se acariciaba suavemente la barriga—. Dolly dijo que notó las patadas del pequeño Thomas al quinto mes, en cambio, en su segundo embarazo, con Georgina, las notó más tarde. Ya estoy en el quinto mes y todavía no he notado nada, por lo que puede que el bebé que espere sea otra niña.

—Que Dios se apiade de nosotros, si así es —bromeó él—. Si casi no puedo con las dos mujeres que ya tengo en casa. —Miró a su hija y sonrió—. ¿Y bien, princesa? ¿Qué crees que pasará si mamá te da una hermanita pequeña?

—¡Más aventura, papi! —gritó ella, arrebolada de alegría.

Lucas lanzó una carcajada.

—Probablemente. —Hundió las manos en los bolsillos de los pantalones y la miró con cara de gran curiosidad—. ¿Y qué clase de aventura habéis tenido tu mamá y tú esta tarde, mientras papá asistía a una audiencia con el sultán? ¿Habéis ido a pescar peces en la bahía? ¿Habéis escrito mensajes a los piratas? ¿Habéis abatido a un bandolero?

Isabel rio, y el dulce sonido de su risa infantil le provocó a Lucas un indescriptible regocijo en el pecho.

—Papá es tonto —dijo, levantando los brazos.

Él la observó con una mirada guasona.

—Así que soy tonto, ¿eh? Ya te enseñaré a ti, pequeñaja…

Entonces simuló que quería comerle la oreja y ella rio todavía más fuerte.

—Hemos revisado todas las habitaciones y hemos hecho una lista de lo que necesitaremos —explicó su esposa—. Este lugar es maravilloso. ¿Sabe tu gobierno lo valiosa que es esta propiedad?

—Si no lo sabe, ya me encargaré yo de comunicárselo —contestó Lucas mientras continuaba haciéndole cosquillas a Isabel—. Así que te gusta, ¿no?

—¿Que si me gusta? ¡Es magnífica! —exclamó Amelia con los ojos radiantes—. Hay suficientes habitaciones como para que tengamos tantos hijos como queramos, y además estamos en pleno corazón de la ciudad. Hay patios y fuentes y…

—Y esto. —Lucas señaló hacia las puertas de estilo francés—. Ven a verlo.

Cogió a Isabel entre sus brazos y llevó a Amelia hasta la terraza del cuarto piso, luego señaló hacia el horizonte.

—Cuando está despejado, como ahora, se puede ver Gibraltar desde aquí.

—Qué bello… —susurró Amelia, fascinada ante la vista que se extendía delante de sus ojos: el puerto bullicioso, las sombras azuladas del estrecho de Gibraltar. ¡Pero si incluso se alcanzaba a ver la vieja ciudad!

Mientras los tres contemplaban la maravillosa panorámica, Lucas se sintió invadido por una paz extraordinaria. Jamás habría imaginado esa vida de ensueño, con una esposa adorable, una hija vivaracha, y la ilusión de esperar la llegada de otro hijo. Atrás había quedado Dartmoor, y lo mismo sucedía con sus pesadillas. No había tenido ningún sueño desapacible desde que abandonó Francia tres años atrás. Incluso ahora podía tolerar, cuando era necesario, adentrarse en los camarotes de un barco.

Aunque tampoco era que la idea lo sedujera. Se sentía muy a gusto con su puesto de cónsul; le encantaban los períodos de tranquilidad marcados por momentos de sorpresas inesperadas. Y su estipendio había demostrado ser más que suficiente para cubrir sus necesidades. Se podía decir que llevaban una vida más que confortable. No habían tocado el dinero que su suegro insistió en enviarles cada mes en un intento de resarcir lo que el hermano de su esposa había robado. Y Amelia incluso pudo permitirse disponer no sólo de una vajilla exótica, sino también de alfombras bereberes exóticas, visitas exóticas al palacio del sultán, y un exótico paseo a camello.

Y ahora esto. Después de tres años de vivir en casas más bien modestas, se quedaron sin habla cuando el sultán se obstinó en legar al Consulado americano ese magnífico palacio. Acababan de mudarse ese mismo día, y Amelia ya se había puesto manos a la obra para convertirlo en un verdadero hogar.

Isabel empezó a zarandearse nerviosamente entre los brazos de su padre; ya había perdido el interés por la vista espectacular.

—¡Abajo, papi!

Amelia rio y llevó a la pequeña hasta el interior de la estancia. Luego se la entregó a la niñera y le dio instrucciones para que le preparara la cena y luego la acostara.

Cuando Amelia regresó, Lucas la rodeó tiernamente por la cintura, y la pareja volvió a admirar la vista. Después de un rato, ella se echó a reír.

—Debería escribirle a lord Pomeroy y decirle que ahora puedo ver Gibraltar cuando quiero.

Pomeroy... Hacía mucho tiempo que Lucas no pensaba en ese bribón.

—¿Qué sabes del general? ¿Tienes alguna noticia sobre él?

—Finalmente encontró una esposa... ¿Puedes creerlo? Una condesa italiana con una formidable fortuna. Estoy seguro de que serán muy felices, siempre y cuando a ella no le moleste bruñir su pipa de opio de vez en cuando.

El comentario era mordaz, y Lucas desvió la vista para mirarla. Ella lo observaba con los ojos brillantes. Iba ataviada con una de sus chilabas de color azul intenso, esas prendas que siempre lograban excitar y acelerar el pulso de su esposo. A juzgar por su sonrisa vivaz, su seductora esposa sabía perfectamente el efecto que la chilaba ejercía sobre él, también.

—Y hablando de bruñir —murmuró él mientras la llevaba otra vez hasta el interior de la estancia—, hemos estado tan ocupados con los preparativos de la mudanza durante estos últimos días que mi espada ha empezado a oxidarse. Creo que requiere un poco de atención.

—¿De veras? —Amelia le lanzó una mirada burlona—. Ahora mismo voy a buscar un paño.

—No necesitas ningún paño —replicó él mientras la abrazaba con entusiasmo—. Creo que con tu mano será más que suficiente.

—¿Para una espada tan exquisita como la tuya? No lo creo. Necesito un paño para bruñirla y...

Lucas la cortó con un beso tan ardiente como el sol del desierto. Cuando Amelia se separó de él un poco después, ella sonreía como sólo lady Dalila podría sonreír.

—De acuerdo. Supongo que podremos apañarnos con mi mano. —Adoptó un cariz seductor—. O mi boca. O unas cuantas cosas ideales para venerar un arma tan sublime como la tuya.

—Me parece que tienes ganas de un poco de aventura, ¿eh? —murmuró él mientras su sublime arma reaccionaba instantáneamente.

—Siempre. —Ella lo llevó hacia su nueva alcoba—. Cuando se trata del hombre al que se ama, una mujer siempre tiene sed de aventura.

Nota de la autora

En la fase de documentación de este libro, comprendí lo significativa que fue la guerra de 1812 entre Estados Unidos y Gran Bretaña para que la primera se sintiera una nación, y no sólo como una colonia británica que se había rebelado. Cuando leí de primera mano los relatos de cómo los marineros americanos que fueron apresados por los británicos se negaron a combatir contra sus paisanos, me sentí presa de un terrible desconsuelo. Esos hombres prefirieron ser prisioneros de guerra antes que servir a la Marina británica contra su voluntad. Muchos de ellos terminaron en la prisión de Dartmoor, donde tuvieron que soportar las vejaciones de los ingleses sin sucumbir de sus tenaces intentos por escapar. La libertad siempre ha sido un factor determinante para el ser humano, ¿no es cierto?

La masacre de la prisión de Dartmoor es un hecho histórico. El único cambio que he agregado a mi novela ha sido el de ubicar a una persona atrapada en un túnel durante el escalofriante suceso. Pero el resto del relato sobre Dartmoor, incluido el hecho de que la masacre tuvo lugar bastante tiempo después de que la guerra hubiera acabado, es cierto. Hasta el día de hoy, nadie se ha puesto de acuerdo sobre quién fue el culpable. Fue precisamente la absoluta falta de sentido de esa tragedia lo que me partió el corazón y me llevó a incluirla en la novela.

Y a pesar de que las milicias americanas huyeron ante los británicos en la batalla de Bladensburgo, el Cuerpo de Marines luchó hasta que sus oficiales se vieron obligados a retirarse. Muchos de ellos murieron o fueron apresados. Además, fue la marcha hasta Derna lo que proporcionó las líneas del himno de la Infantería de Marina americana: «Desde los muros de Moctezuma hasta las costas de Trípoli». Y sí, ¡es cierto que comieron carne de camello!

Sólo me sirve un duque

El pulso de Louisa North se aceleró cuando Simon Tremaine, el duque de Foxmoor, le ofreció el brazo. No pensaba dejar que ese bribón la embaucara de nuevo. Se negaba a olvidar lo desleal que ese tipo podía llegar a ser, y el enorme precio que había tenido que pagar por su anterior desliz con él.

Pensaba enseñarle que ya no era la niña cándida e ingenua a la que él había engañado siete años atrás.

—¿Cuáles son vuestras pretensiones, señor duque?

—¿Pretensiones? —repitió él, mientras se encaminaban hacia las escaleras que conducían a los jardines de la casa de su hermana, donde se estaba celebrando la fiesta.

—Me refiero al espectáculo con lady Trusbut, agasajándola por haberme recibido tan bien en su casa. ¿Qué pretendéis? ¿Y por qué? —Ella le lanzó una mirada inquisitiva, mas los ojos de él permanecían impasiblemente clavados en un punto lejano.

—Me ayudasteis con Raji, así que lo mínimo que podía hacer era ayudaros con lady Trusbut.

—Si ni siquiera conocéis mis intenciones —respondió ella.

—Entonces quizá sería mejor que os sincerarais conmigo.

La petición puso a Louisa en guardia instantáneamente.

—¿Por qué habría de hacerlo?

Él la miró a los ojos.

—Porque fuimos amigos, hace tiempo.

—Nunca fuimos amigos.

Simon escudriñó su cara con unos ojos calientes, siniestros... embriagadores.

—No, supongo que no lo fuimos. —Depositó la mirada en sus labios, y prosiguió en un susurro—: Los amigos no se besan, ¿no es cierto?

Ahora sí que su pulso estaba a punto de estallar, de eso no le cabía la menor duda. Louisa intentó no prestar atención a ese detalle tan significativo.

—Los amigos no mienten ni se traicionan. Fuimos meramente unos peones en la partida de ajedrez de Su Majestad. O quizá sería mejor decir que yo fui un peón. Vos, en cambio, os dedicasteis a dirigir la partida magistralmente con el príncipe.

Louisa no se dio cuenta del enorme resentimiento que se desprendía de su tono hasta que él repuso secamente:

—Y vos no tuvisteis ningún reparo en vengaros, así que, ¿qué tal si cerramos el desafortunado incidente de una vez por todas?

¿Incidente? ¡Cómo se atrevía a llamarlo un mero incidente!

Louisa se soltó de su brazo cuando alcanzaron el último peldaño de las escaleras.

—Por si no os habíais dado cuenta, señor duque, hace tiempo que dejé atrás ese tema. Y ahora, si me excusáis...

Pero Simon parecía mantener toda su atención fija en un punto alejado de ella.

—Vamos —murmuró él, abruptamente, ofreciéndole nuevamente el brazo—. Demos otra vuelta por los jardines.

—No veo la necesidad de...

—Fijaos en la escena delante de vos —señaló él entre dientes—. Todos los invitados nos están mirando, a la espera de presenciar la explosión.

Ella miró hacia los jardines, y su corazón se encogió

cuando se dio cuenta de que Simon tenía razón. La multitud allí abajo congregada se había quedado incómodamente en silencio, dispuesta a no perderse «la explosión», tal y como Simon lo había descrito.

A pesar de que nadie —excepto sus respectivas familias— conocía la declarada antipatía que la señorita Louisa North profesaba al duque de Foxmoor, todos sabían que hacía tiempo él la había cortejado, antes de aceptar el puesto de gobernador general de la India repentinamente.

Las habladurías habían sido mordaces cuando él se marchó: se dijo que ella le había dado calabazas y le había roto el corazón; también que, inexplicablemente, Su Alteza había desautorizado la unión y que había partido el corazón a la pareja.

—Tenéis dos posibilidades —apuntó Simon todavía entre dientes—: dar una vuelta por los jardines conmigo para demostrar que ahora mantenemos una buena relación, con lo cual conseguiríamos poner punto y final a la especulación, o podéis dejarme plantado aquí delante de todos, aunque con ello lo único que conseguiréis será que la gente hable sobre nosotros sin parar. ¿Qué preferís?

Ella dudó unos instantes, aunque sabía que no tenía elección.

—Muy bien, señor duque —respondió en una cadencia acaramelada—. Estaré encantada de dar una vuelta con vos.

Una sobria sonrisa coronó los labios de Simon cuando ella volvió a emplazar la mano sobre su brazo.

—Celebro vuestra elección.

Mientras descendían las escaleras, Louisa apretó los dientes al ver cómo la gente los miraba y cuchicheaba descaradamente. Le había costado mucho que la tomaran en serio en su absoluta dedicación a las acciones benéficas, y ello gracias a su intachable reputación y a su desmedido afán por evitar los escándalos. Le había costado muchos años en la corte silenciar los rumores, no sólo acerca de ella y Simon, sino también sobre la posibilidad de que fuera hija del mismísimo Príncipe de Gales y por los escándalos que su madre y su hermano habían provocado en el pasado.

Había enfocado su vida a acciones comprometidas, se había comportado con un decoro consumado, y había aprendido a controlar sus impulsos para que nadie pudiera compararla con su descocada madre. Sin embargo, sabía que todo podría venirse abajo con un leve zarandeo de la cuerda floja por la que ahora se movía.

Sería terrible que todas las habladurías se dispararan de nuevo, justo ahora que ambos estaban a punto de demostrar que habían cambiado...

—¿Estáis bien? —inquirió él.

—Sí —respondió ella con una evidente tensión.

—Parece como si os hubierais tragado un sapo.

Ella lo miró con cara sorprendida.

—¿Un... un sapo?

—En la India comen sapos —aclaró él, completamente inexpresivo.

—Estáis bromeando, ¿no?

Las comisuras de los labios de Simon se retorcieron bruscamente.

—No, es cierto. Se los comen con mostaza y mermelada. Y añaden unas gotitas de vino de Madeira para matar el veneno.

—¿Veneno?

Él la guió hacia un sendero bordeado de capullos de rosas a punto de florecer.

—Los sapos son venenosos si no se les añade vino de Madeira. Todo el mundo lo sabe.

—Ahora sí que estoy segura de que me estáis tomando el pelo —dedujo ella con una carcajada incómoda.

Pero la ocurrencia de Simon había logrado relajarla un poco. Los invitados finalmente habían retomado sus conversaciones, privados del espectáculo escandaloso que esperaban.

—Así está mejor —declaró él en voz baja—. No soporto que piensen que os estoy torturando.

—No, claro, eso sería terrible para vuestra imagen pública —lo pinchó ella con un tono mordaz.

—Y para la vuestra. —Cuando ella lo miró con estupefacción, él agregó—: una persona que se dedica a acciones benéficas ha de preocuparse por su imagen pública, también, supongo.

Louisa sintió un escalofrío en la espalda. Simon parecía siempre mostrar una habilidad innata en saber lo que ella estaba pensando.

No, eso era absurdo. Él únicamente daba esa impresión. Era su punto fuerte. Era su modo de manipular a la gente para triunfar.

Y, sin embargo... Louisa no podía borrar la sensación de que ambos estaban exactamente en el punto donde lo habían dejado. Parecía como si él hubiera emergido directamente de sus memorias, incluso su aroma era el mismo de antaño... esa embriagadora mezcla de brandy, madera de sándalo y jabón.

Había olvidado lo encantador que podía ser cuando se lo proponía. Louisa tenía la sensación inequívoca de que, si cerraba los ojos, podría trasladarse a esas maravillosas noches en que fue presentada en sociedad, cuando él bailaba con ella más de lo que era pertinente, y hablaban, y bromeaban, y la tentaba...

Pero eso no había sido nada más que una ilusión.

Y ahora también era, probablemente, una ilusión.

«Cuidado, Louisa. No esperes nada bueno por mostrarte atenta con el duque de Foxmoor», se recordó a sí misma.

Si no iba con cuidado, caería en las redes de ese embaucador. Pero esta vez ella tenía mucho más que perder que sólo su corazón. Y se negaba a permitir que el duque consiguiera arrebatarle nada nuevamente.

Simon supo distinguir al instante el momento en que Louisa se puso de nuevo a la defensiva con él. Le había parecido que se estaba relajando, pero a juzgar por su patente sonrisa falsa y la forma en que inclinaba la cabeza hacia cada persona con la que se cruzaban en los jardines de su hermana, ese momento se había esfumado.

Maldita fuera. Se había convertido en una mujer muy poco afable, y él sabía que era por su culpa.

Bueno, quizá no toda la culpa fuera de él. Mientras se aproximaban a dos reputados miembros del Parlamento, Simon reparó en las miradas oscuras que le lanzaron a Louisa, miradas que se volvieron recelosas cuando recayeron sobre él.

Ella había comentado que su grupo benéfico no temía expresar abiertamente sus opiniones a los miembros del Parlamento, pero seguramente ningún miembro del Parlamento que valorara su puesto osaría tomar en serio a un grupito de mujeres que exigían unas reformas penitenciarias.

No obstante, eso podría explicar la alarma del Rey por la implicación de Louisa en ese asunto. Era obvio que él no estaba meramente preocupado por la seguridad de la que creía que era su hija. La política también tenía algo que ver con todo ese barullo. Todo lo que Simon tenía que hacer era descubrir qué sucedía.

Él le sonrió con dulzura.

—Todavía no os he dado las gracias por ayudarme con mi mono. Tan pronto como llegué, oculté la jaula en la biblioteca de vuestro hermano, por si acaso.

—Me sorprende que al final decidierais traerlo.

Simon se encogió de hombros.

—No pensé que supondría un problema en casa de mi hermana. Además, a él le gustan las fiestas.

Louisa lo miró con recelo.

—No habláis como el hombre que conocí, quien jamás se habría arriesgado a importunar a sus potenciales partidarios intentando contentar a su mascota.

—La gente cambia.

—¿Ah, sí? —Cuando él la miró extrañado, ella añadió—: Confieso que me quedé bastante sorprendida cuando me enteré de que teníais una mascota, que encima era un espécimen exótico.

—¿Por qué?

—Porque las mascotas necesitan que los cuiden, y un hombre de vuestra posición dispone de poco tiempo para esas tareas.

—Lamentablemente —manifestó Simon secamente—, nadie informó al pobre *Raji* de mi apretada agenda antes de que él decidiera adoptarme.

Louisa pestañeó.

—¿Adoptaros?

—*Raji* pertenecía a la esposa india de mi ayudante de campo, que murió... trágicamente. Mi ayudante estaba demasiado turbado como para tolerar nada que le trajera recuerdos de ella, así que asistió al funeral con el pequeño personaje, con la intención de donarlo a la familia de su esposa. Pero cuando el pillo me vio, se agarró a mí y no hubo forma de que se soltara.

Y el sentimiento de culpa no le permitió a Simon deshacerse de él. Lo más extraño del caso era que a pesar de que *Raji* servía como un doloroso recordatorio de lo mal que se había comportado Simon, la criatura también había sido su salvación, el único punto de luz en esa época tan oscura.

—Desde entonces no se ha apartado de mi lado.

—Eso tampoco me parece propio de vos.

Simon le lanzó una sonrisa socarrona.

—Y, sin embargo, aquí estoy, con un mono a cuestas. ¿Qué queréis que haga?

Las facciones de Louisa se suavizaron visiblemente. Entonces desvió la vista y carraspeó.

—¿Y cuáles son vuestros planes?

Todo dependía de lo que él descubriera de ella en los siguientes minutos.

—Todavía no estoy muy seguro. Hace tan sólo tres días que he regresado a Inglaterra. ¿Por qué lo preguntáis?

—¿Ya habéis estado en el Parlamento?

—Sí.

—Entonces ya sé la respuesta.

Simon ni siquiera fingió no comprenderla.

—Desciendo de una larga línea de estadistas por parte de mi madre.

—Y también por parte de vuestro padre; una larga línea de pomposos duques cantamañanas —contestó ella con agudeza.

Él soltó una estentórea carcajada.

—Ya veo que habéis trabado una fuerte amistad con mi hermana.

—Oh, sí, aunque ella habla más de los ilustres parentescos de vuestra madre que de vuestro padre. He oído mil historias acerca de vuestro abuelo Monteith, el famoso primer ministro. Regina dice que os educó desde muy pequeño para que siguierais sus pasos. Por eso todos esperan que os convirtáis en primer ministro.

Simon la observó con curiosidad.

—¿Y vos? ¿Qué esperáis de mí?

Él se refería al grupo reformista que ella lideraba, pero la cuestión pareció aturrullarla. Louisa desvió la vista.

—Nada. Excepto que seamos capaces de comportarnos como dos personas civilizadas.

—Ahora estamos siendo muy civilizados. —Él eligió las palabras cuidadosamente—. Si queréis, incluso podría ayudaros con vuestro grupo benéfico. Puesto que pretendéis inmiscuiros en la vida política...

—No pretendemos inmiscuirnos en política —lo atajó ella con tesón—. Somos muy serias con nuestros intereses.

La expresión insultada de Louisa le arrancó a Simon una sonrisa.

—De eso estoy seguro.

—De un modo u otro, convenceremos al Parlamento para que reforme las prisiones.

¿De un modo u otro? Pero ¿hasta qué punto el grupito de Louisa estaba metido en política?

—Es una buena causa.

—Es una causa significativa —terció ella acaloradamente—. Las condiciones de esas pobres presas son deplorables, y ya es hora de que alguien haga algo al respecto. El hecho de que unos pocos idiotas no soporten la idea de que sus esposas apoyen una causa moral no nos hará desistir de nuestro intento.

Ahora conseguía Simon llegar al centro de la cuestión.

—Claro que no. —Hizo una pausa, luego añadió con un tono distendido—: Entonces, supongo que algunos hombres se oponen a vuestros esfuerzos, ¿es eso lo que me estáis diciendo?

—«Protestar» es una palabra demasiado suave. Vuestros compañeros del Parlamento están intentando intimidar a sus esposas para que abandonen la Sociedad de Damas de Londres. Algunos incluso han expresado sus quejas contra mí al mismísimo Rey.

—¿De veras? —Él sofocó una sonrisa. A pesar de que Louisa había cambiado en ciertos aspectos, todavía demostraba ser tan obstinada como siempre, gracias a Dios. Y ahora él comprendía por qué el rey estaba tan nervioso.

Sin embargo, intentar casarse con ella quizá era una solución demasiado extrema...

—A lo mejor los miembros del Parlamento consideran que una mujer joven y soltera no debería inmiscuirse en un asunto tan peliagudo como es una reforma penitenciaria.

—Especialmente, porque el hecho de que esté soltera no les permite vilipendiarme en público.

Simon la miró sorprendido.

—¿Qué queréis decir?

—Bueno, no pueden alegar que estoy descuidando a mi esposo y a mis hijos, de la forma que hacen con las reformistas casadas. Así que dispongo de absoluta libertad para dedicarme en cuerpo y alma a mi causa, y no soportan el hecho de que no puedan criticarme. Particularmente, porque saben que es una causa justa, aunque se nieguen a admitirlo.

—Comprendo. —Así que el rey quería que ella se casara para destruir su imagen de Juana de Arco. Y cualquier hombre que se aviniera al trato de Su Majestad, ganaría una significativa ventaja en el campo político.

Por todos los santos, pero ¿en qué estaba pensando? Debía de estar loco para considerar la posibilidad de casarse con Louisa bajo cualquier circunstancia. Lo mejor era dejar que las actividades de Louisa enturbiaran la relación del rey con el Parlamento; era lo que George merecía por los estragos que había causado con sus pecadillos privados y sus venganzas personales. Mientras el rey no se opusiera activamente al retorno de Simon en el mundo de la política, él todavía podría conseguir sus objetivos. Quizá requeriría más tiempo, pero...

Más tiempo. De acuerdo. Probablemente mucho más tiempo. Después de siete años, la mitad de la Casa de los Comunes era nueva, y la otra mitad recordaba a Simon sólo como el hombre que inexplicablemente se había largado a la India cuando estaba a punto de alcanzar la cima del éxito. Sin el apoyo del rey, tendría ante sí una batalla cuesta arriba para alcanzar el puesto de primer ministro. Y necesitaría esa posición encumbrada para conseguir que sus medidas vieran la luz. No podía propiciar el cambio por sí solo, así que necesitaba a Su Majestad, por lo menos al principio. Lo cual significaba que debía considerar meticulosamente el pacto trascendental que le ofrecía el rey.

De todos modos, necesitaba una esposa, ¿no? Contempló a Louisa de soslayo, que caminaba a su lado con un porte destacadamente grácil y elegante. El hecho de haber sido la dama de compañía de la fallecida princesa Charlotte le había otorgado la posibilidad de pulir sus formas, le había enseñado a ser menos impulsiva. Francamente, había gestionado la situación con *Raji* de una manera admirable. Y su interés por la reforma penitenciaria también era admirable, aún cuando había elegido defender una causa que suscitara demasiada controversia.

Si Simon se casaba con ella, la podría enfocar hacia acciones más adecuadas para la esposa de un primer ministro. Incluso quizá podría despertar en ella el entusiasmo por sus propios objetivos.

Y, finalmente, conseguiría acostarse con ella.

El hambre de poseerla lo invadió de nuevo, de un modo acuciante. Jamás había logrado dejar de pensar en ella. Quién en su sano juicio no desearía poseer a esa belleza de ojos rasgados, besar esa garganta pálida y elocuente y sentir el pulso acelerado bajo la lengua...

Simon se contuvo para no lanzar una maldición en voz alta. Antes de contemplar la posibilidad de estar de nuevo con Louisa, lo más apropiado era determinar hasta qué grado estaba metida en su causa benéfica, de la que se jactaba que se dedicaba en cuerpo y alma, y hasta dónde llegaba su convicción de que no quería casarse.

Simon la llevó hacia un sendero más apartado mientras se explayaba en un tema que sabía que la distraería.

—Y supongo que lord Trusbut es uno de esos caballeros que intimidan a sus esposas.

—No, la verdad es que creemos que no está demasiado seguro de qué camino ha de tomar. Si pudiéramos convencerlo de que no estamos intentando derrocar al gobierno ni ninguna tontería similar...

—Entonces permitiría que su esposa se uniera a vuestro grupo. Y podríais usar su influencia para vuestra causa.

—Exactamente; ésa es nuestra esperanza.

—Es más que comprensible —concluyó Simon al tiempo que la alejaba más del bullicio de la fiesta, rezando para que ella no se diera cuenta.

Mas Louisa estaba demasiado ocupada preguntándose por qué Simon mostraba ese inusitado interés en las actividades de su grupo como para fijarse en algo tan inconsecuente como por dónde paseaban. No podía creer que él se mostrara tan solícito. Quizá sí que era cierto que la gente cambiaba.

Y quizá estaba loca por albergar ese pensamiento. Simon jamás hacía nada sin una finalidad. Jamás. Lo único que sucedía era que aún no había descubierto lo que él buscaba esta vez.

—¿Por qué os ofrecisteis a llevarme a visitarla? —lo apremió ella.

—El apoyo de lord Trusbut es tan importante para mis propósitos como lo es para los vuestros. No veo la razón por la que no podamos aunar nuestras fuerzas.

—Salvo que yo no me fío de vos. —Louisa se arrepintió de haber pronunciado esas palabras en el mismo instante en que las soltó.

Simon se detuvo al lado de un inmenso roble para mirarla fijamente a los ojos.

—Pensé que habíais dicho que habíais dejado atrás el pasado.

—Pero eso no quiere decir que lo haya olvidado. Ni tampoco las lecciones que aprendí de la experiencia —contraatacó ella con voz calmosa.

La lámpara china que colgaba de la rama más baja del roble desprendía una tenue luz que iluminaba el pelo rubio de Simon y sus ojos brillantes. De repente, Louisa se dio cuenta de que, aunque podían oír los sonidos de la fiesta a lo lejos, se habían quedado esencialmente solos, separados de todo el mundo por una valla de abedules.

Simon se acercó más a ella.

—Yo tampoco he olvidado el pasado. Pero aparentemente las memorias que más prevalecen en mi mente difieren de las vuestras.

La repentina sed selvática que emanaba de sus ojos le hizo a Louisa revivir los delirios que había reprimido en lo más profundo de su ser durante todos esos largos años.

—¿A qué os referís? —le preguntó, conteniendo la respiración.

—Recuerdo unos interminables valses y unas conversaciones todavía más largas. Y recuerdo una época en la que confiabais en mí.

—Antes de que descubriera vuestras falsas intenciones.

—No todas eran falsas —aclaró él suavemente—. Y vos lo sabéis.

Cuando Simon inclinó la cabeza, Louisa se estremeció con un escalofrío de anticipación.

—¿Se puede saber qué estáis haciendo? —le preguntó, a pesar de que temía saber la respuesta.

—Averiguar si vuestro sabor es tan rico como recuerdo.

Y acto seguido, cubrió la boca de Louisa con un beso.

Que Dios se apiadara de ella. Realmente, el sabor de Simon era tan rico como ella recordaba. Las memorias la asaltaron y nublaron la realidad, hasta que fue incapaz de separar la primera vez que él la besó de ese preciso instante.

Entonces el beso cambió: dejó de ser gentil y curioso, se convirtió en algo más firme, más caliente... más lascivo. Oh, por todos los santos. Los labios de Simon se movían implacables sobre los suyos, reclamando su respuesta.

Y ella le estaba dando luz verde, permitiendo que esa parte secreta y femenina de su ser se excitara ante la evidencia de que él todavía la deseaba, después de tanto tiempo... y después de lo que ella le había hecho.

¿Lo que le había hecho? ¿Y qué pasaba con lo que él le había hecho a ella? Louisa se zafó de él.

—Ya es suficiente, señor duque —balbució, intentando recuperar la compostura fría y distante.

—Pues para mí no —murmuró Simon mientras se inclinaba de nuevo hacia ella.

Louisa volvió a liberarse.

—Ya es suficiente, caballero.

Visiblemente consternada, se dio la vuelta para regresar precipitadamente al sendero, con ganas de escapar.

La voz de Simon retumbó entre la oscuridad detrás de ella.

—Muy propio de ti, Louisa. No piensas arriesgarte a descubrir si verdaderamente has dejado atrás el pasado. Tienes miedo de que me aproveche.

Ella se detuvo en seco. ¡Maldito fuera él por leer su mente con tanta nitidez! Debería ignorar el comentario y alejarse de él, pero las palabras arrogantes continuaban resonando en sus oídos...

Se dio la vuelta con la fuerza de un torbellino.

—Te equivocas. Te aseguro que te he olvidado completamente.

Simon enarcó una ceja en señal de incredulidad y avanzó hacia ella.

—Entonces, ¿por qué huyes?

Louisa elevó la barbilla con altivez.

—No quiero que nadie me vea a solas contigo y que de nuevo se disparen las habladurías.

—Estamos solos, y no veo a nadie que se acerque. —Le lanzó una sonrisa burlona—. Admítelo: tienes miedo de que te bese.

—Te equivocas. No tengo miedo, porque ya lo has hecho...

—Vamos, pero si apenas me has dejado que te roce los labios. Eso no ha sido un beso de verdad. —Simon se encogió de hombros—. Pero, claro, comprendo... no te atreves a darme un beso de verdad, porque podrías descubrir que todavía sientes algo por mí. —Luego desvió la vista hacia sus labios—. A menos que se trate de que no sabes lo que es un beso de verdad, un beso íntimo...

¿Un beso íntimo? ¿Se estaba refiriendo a...?

Oh, claro que sí. Una vez Louisa había sido tan incauta como para permitir que un hombre le diera un beso íntimo.

Recordó el asco que había sentido... Entonces, una leve sonrisa coronó sus labios...

¡Claro! ¿Qué mejor manera de terminar con esa ligera atracción que sentía por Simon que permitirle que le propinara uno de esos deleznables besos íntimos?

—Muy bien. —Ella dio un paso hacia delante y elevó

la cara—. Supongo que no descansarás hasta que obtengas tu beso de verdad. Así que adelante.

Simon la observó unos segundos con semblante incrédulo, sin saber qué hacer ante su repentina capitulación. Pero entonces achicó los ojos y atacó de nuevo esa boca tan sensual, esta vez hurgando dentro de ella con su lengua caliente, inquieta...

Caray. Louisa acababa de cometer un grave error. Por lo que parecía, disfrutar o no de un beso íntimo dependía de lo diestro que fuera un hombre al darlo. Y Simon era irrefutablemente diestro. Más que diestro.

Ella se estremeció, incapaz de apartar sus labios de esa boca tan ardiente. ¿Por qué nadie la había prevenido de que un beso íntimo podía despertar una serie de sensaciones tan encantadoras, tan placenteras en su boca, capaces de acelerarle el pulso hasta límites insospechados? ¿Dónde estaban las alarmas, los avisos de que un beso como ése podría abocarla irremediablemente a un serio problema?

Simon la embestía desvergonzadamente, fieramente, como dándole a entender que su beso no era nada más que un preludio a la seducción. Irresistible. Delicioso. Capaz de causar verdaderos estragos.

Él deslizó el brazo alrededor de su cintura para acariciarla... o para acercarla más a su cuerpo, y Louisa notó el tormento de sus manos sobre ella, vencida por el placer de sentir de nuevo cómo la rodeaba con sus brazos...

Dejándose llevar por la situación, Louisa desplegó las manos sobre el pecho de Simon, y entonces, embriagada por los latidos salvajes del corazón del duque, las deslizó hasta su cuello. ¿Cuánto tiempo había pasado desde que un hombre había hecho que se sintiera querida? ¿Deseada?

Mucho tiempo. Demasiado tiempo. Había llegado a convencerse de que no se sentía atraída por ningún hombre. Mas sólo había hecho falta un beso para que Simon hiciera añicos esa certeza. Igual que hacía años había hecho añicos sus ingenuos sueños y esperanzas...

Louisa apartó la boca repentinamente, abrumada por el pensamiento de con qué facilidad había sucumbido a los encantos de ese bribón.

—¿Por qué haces esto? —le preguntó.

—¿Por qué me dejas hacerlo? —contraatacó él con la voz ronca. Luego empezó a besarla suavemente por el cuello, por la mandíbula, por la garganta.

—Porque...

«Porque estoy loca», se dijo a sí misma.

—Porque considero que es mejor que acabemos con esta historia.

Simon se quedó de piedra.

—¿Acabar con nuestra historia? —balbució al tiempo que respiraba sobre su cuello.

Luchando por vencer el ardor que sentía en el pecho, Louisa se apartó y lo miró a los ojos.

—Tu insistencia sobre un beso de verdad. Ahora que lo has conseguido, ya está.

—¡Y un cuerno! —Su respiración era todavía acelerada y entrecortada, y sus ojos la devoraban impúdicamente—. Mira, no intentes convencerme de que no has sentido nada con ese beso.

Louisa simuló quedarse pensativa durante unos instantes.

—Pues la verdad es que tienes razón —asintió lentamente—. No he sentido nada. Aunque ha sido un experimento interesant...

—¿Experimento? —la atajó él

—Sí. Para corroborar que te he olvidado. ¡Qué alivio tener esa seguridad, ahora! —Orgullosa por cómo había conseguido ocultar sus verdaderos sentimientos, Louisa se deslizó de sus brazos y añadió con una sonrisa forzada—: Parece ser que ya no ejercéis ningún efecto sobre mí, señor duque.

Simon reaccionó ante su trato formal mirándola boquiabierto, y ella se sintió más que satisfecha.

Hasta que él desvió la mirada hasta sus labios todavía ardientes.

—Me estás tomando el pelo.

A pesar de que la sonrisa de Louisa tembló un poco, ella estaba dispuesta a tener la última palabra.

—Oh, lo siento. No he querido insultarte. Besas la mar de bien, tan bien como cualquiera de los pretendientes que he tenido hasta ahora. No es eso lo que quería decir. Verás, tengo planes y objetivos en los que no deseo incluirte, por más bien que beses. —Elevó la barbilla altivamente—. Y tampoco puedo olvidar que sigo sin fiarme de ti.

—Siempre te has mostrado más que dispuesta a pensar mal de mí —espetó él.

—Estás enojado porque has perdido el poder de manipularme con un solo chasquido de tus dedos. Pero así es la vida. Quizá la sociedad te adore y te suplique que le prestes atención, pero yo sé perfectamente cómo eres.

Simon la miró con el semblante serio.

—No sabes nada de mí. Jamás lo has sabido.

Algo en su voz hizo que Louisa recapacitara, que despertaran sus ganas de creer en él. Pero había aprendido que su lengua locuaz le permitía mentir con una habilidad consumada.

—Sé lo suficiente.

Acto seguido, Louisa enfiló rápidamente hacia el sendero. Había logrado salir airosa de esa situación tan peliaguda, pero no estaba segura de poder hacerlo una segunda vez.

A partir de ahora, tendría que andar con más cuidado. Se acabaron los encuentros privados con Simon. Se acabaron los largos paseos por lugares apartados donde él pudiera seducirla.

Y se acabaron los besos. Obviamente, no más besos. Simon era demasiado diestro besando como para no alterar la paz mental de cualquier mujer.

Sabrina Jeffries

Se ha convertido en una de las novelistas de su género más aclamadas por el público y la crítica en los últimos años, consiguiendo que sus títulos se posicionen en las listas de ventas en cuanto ven la luz. En la actualidad, vive en Carolina del Norte con su marido y su hijo, y se dedica únicamente a la escritura.

Sobre las láminas

La imagen que hemos usado para la portada de este volumen está tomada de una de las pinturas murales de la tumba de Nefertari, una de las esposas del faraón egipcio Ramsés II (c. 1279-1213 a.C.). La tumba, descubierta en 1904, se encuentra en el Valle de las Reinas, cerca de Tebas.